新世纪作家文丛 第五辑

悬棺

肖江虹 著

长江出版传媒 长江文艺出版社

图书在版编目（CIP）数据

悬棺 / 肖江虹著. -- 武汉 : 长江文艺出版社,
2019.12(2022.9)
(新世纪作家文丛. 第五辑)
ISBN 978-7-5702-1261-3

Ⅰ. ①悬… Ⅱ. ①肖… Ⅲ. ①中篇小说－小说集－中国－当代②短篇小说－小说集－中国－当代 Ⅳ. ①I247.7

中国版本图书馆 CIP 数据核字(2019)第 206286 号

责任编辑：杜东辉　　责任校对：毛季慧
封面设计：颜森设计　　责任印制：邱　莉　王光兴

出版：长江出版传媒 | 长江文艺出版社
地址：武汉市雄楚大街 268 号　　邮编：430070
发行：长江文艺出版社
http://www.cjlap.com
印刷：武汉珞珈山学苑印刷有限公司

开本：880 毫米×1230 毫米　1/32　印张：11.125　插页：2 页
版次：2019 年 12 月第 1 版　　2022 年 9 月第 2 次印刷
字数：287 千字

定价：32.00 元

《新世纪作家文丛》编委会

“新世纪作家文丛”总序

白　烨

摆在读者诸君面前的，是长江文艺出版社接续着“跨世纪文丛”，新推出的“新世纪作家文丛”。

在20世纪的1992年至2002年间，长江文艺出版社聘请资深文学评论家陈骏涛，主编了“跨世纪文丛”，先后推出了7辑，出版了67种当代作家的作品精选集。因为编选精当、连续出书，也因为是一个在特殊时期的特殊文学行动，“跨世纪文丛”遂成为世纪之交当代文坛引人注目的重要事件。当时，主编陈骏涛在《“跨世纪文丛”缘起》中说道：“‘跨世纪文丛’正是在新旧世纪之交诞生的。她将融汇20世纪文学，特别是80年代以来中国文学变异的新成果，继往开来，为开创21世纪中国文学的新格局，贡献出自己一份绵薄之力，她将昭示着新世纪文学的曙光！”这在当时看来实属豪言壮语的话，实际上都由后来的文学事实基本印证了。“跨世纪文丛”出满67本，已是21世纪初的头两年。《中华读书报》曾经在一篇文章中这样写道：“在新世纪的钟声即将敲响的时候，它暂时为自己画上了一个圆满的句号。这套文丛创始于7年以前的1992年,其时正值纯文学图书处于低迷时期,为了给纯文学寻求市场、为纯文学的发展探路,陈骏涛与出版家联手创办了这套旨在扶持纯文学的丛书。丛书汇聚了国内众多名家和新秀的文学创作成果,王蒙、贾平凹、莫言、梁晓声、韩少功、刘震云、余华、方方、池莉、周梅森等59位作家均曾以自己的名篇新作先后加入了文丛。几年来,这套丛书坚持高品位、高档次,又充分考虑到读者的阅读需求和阅读期待,为纯文学图书闯出了一个品牌。"这样的一个说法,客观允当,符合实际。

也正是自1992年起,在邓小平南方谈话精神的强劲指引下,国家与社会的改革开放,加大了力度,加快了步伐,社会生活真正开始以经济建设为中心,经济建设以市场秩序的确立为重心。社会生活的这种历史性演变,对于未曾接受过市场洗礼的当代文学来说,构成了极大的冲击与严峻的挑战。提高与普及的不同路向,严肃与通俗的不同取向,常常以二元对立的方式相互博弈。正是在这种日趋复杂的社会文化背景之下,以严肃文学的中青年作家为主要阵容,以他们的代表性作品为基本内容的"跨世纪文丛",就显得极为特别,格外地引人关注。究其原因,这既在于"跨世纪文丛"不仅以高规格、大规模的系列作品选本,向人们展示了当代作家坚守严肃文学理想和坚持严肃文学写作的丰硕收获,还在于"跨世纪文丛"以走近读者、贴近市场的方式,给严肃文学注入了生气、增添了活力,使得正在方兴未艾的文学图书市场没有失去应有的平衡,也给坚守严肃文学和喜欢严肃文学的人们增强了一定的自信。

大约是在20世纪90年代中期,在"跨世纪文丛"出满5辑之际,我曾以《"跨世纪文丛":九十年代一大文学奇观》为题,撰写了一篇书评文章。我在文章中指出:"跨世纪文丛"是张扬纯文学写作的引人举措，而且“有点也有面地反映了80年代以来文学发展演进的现状与走向。在纯文学日益被俗文化淹没的年代，这样一套高规格、大规模的文学选本不仅脱颖而出，而且坚持不懈地批量出书，确乎是90年代的一大文学景观”。我在文章的末尾还这样期望道：“热切地希望‘跨世纪文丛’坚持不懈地走下去，并把自己所营造的90年代的文学景观带入21世纪。”

好像是冥冥之中的一种缘分，我当年所抱以期望的事情，现在正好落在了我的身上。

因为种种原因，“跨世纪文丛”在文学进入新世纪之后，未能继续编辑和出版，因而渐渐地淡出了读者视野与图书市场。约在2014年岁末，在新世纪文学即将进入第十五个年头之际，长江文艺出版社决意重新启动这套大型文学丛书，并希望由我来接替因年龄和身体的原因很难承担繁重的主编事务的陈骏涛先生。无论是出于对于当代文学事业的热爱，还是出于对于长江文艺出版社的敬重，抑或是与亦师亦友的陈骏涛先生的情意，我都盛情难却，不能推辞。于是，只好挑起这副沉甸甸的重担，把陈骏涛先生和长江文艺出版社共同开创的这份重要的编辑事业继续下去。

2015年1月7日，在北京春节图书订货会期间，长江文艺出版社借着举办《中国年度文学作品精选丛书》出版20周年座谈会，正式宣布启动大型重点出版项目——“新世纪作家文丛”。由此开始，我也进入了该套文丛的选题策划和作者遴选的准备工作。当时的“新浪·文化”就此报道说：“面对新的文化格局、新的文学现象，出版人仍然应该‘有自己的事情要做’。‘跨世纪’有跨世纪的机缘，新世纪同样有着它的使命召唤。在一片喧扰之中，一大批严肃的理想主义文学者，仍然怀揣着圣洁的执著，身负着难以想象的重压蹒跚而行，出版人当然没有理由旁而观之。这正是《新世纪作家文丛》的缘起。”

经与长江文艺出版社的社长刘学明、总编尹志勇、项目负责人康志刚几位多次沟通和商议，我们大致达成了以下一些基本共识：一、新的丛书系列以“新世纪作家文丛”命名，即以此表示所选对象——作家作品的时代属性，又以此显现新的丛书与“跨世纪文丛”的内在勾连与历史渊源；二、计划在5年时间左右，推出50~60位当代实力派作家的作品精选集，每辑以8~10位作家的作品集为宜；在编选方式上，参照“跨世纪文丛”的原有体例，作品主要遴选代表作，并在作品之外酌收评论文章、创作要目等，以增强作品集的学术含量，以给读者、研究者提供读解作家作品的更多资讯。

事实上，文学在进入新世纪之后，在社会与文化的诸种因素与元素的合力推导之下，越来越表现出一种史无前例的分化与泛化，创作形态也呈现出前所少有的多元与多样。文学与文坛，较前明显地发生了结构性的巨大变异，我曾在多篇文章中把这种新的文学结构称之为“三分天下”，即以文学期刊为阵地的传统型文学（严肃文学）；以市场运作为手段的大众化文学（通俗文学）；以网络科技为平台的新媒体文学（网络文学）。在这样一个有如经济新常态的文学新生态中，严肃文学的生存与发展，传统文学的坚守与拓进，就显得十分重要并具有非同寻常的意义。因为这一文学板块的运作情形，不只表明了严肃文学的存活状况，而且标志着严肃文学应有的艺术高度，这也在一定程度上影响和引领着整体文学的基本走向。而就在与各种通俗性的、类型化的不同观念与取向的同场竞技中，严肃文学不断突破重围，一直与时俱进；一些作家进而脱颖而出，一些作品更加彰显出来，而且同90年代时期相比，在民族性与世界性、本土性与现代性等方面，都更具新世纪的时代特点和新时代的审美风貌。即以最为显见的重要文学奖项来说，莫言获取2012年度诺贝尔文学奖的殊荣自不待说；近几届的茅盾文学奖、鲁迅文学奖，不少出自“60后”和“70后”的作家频频获奖、不断问鼎，获奖作者的年轻化使得文学奖项更显青春，文学新人们也由此显示出他们蓬勃的创造力与强劲的竞争力。这一切，都给我们的“新世纪作家文丛”的持续运作，提供了丰富不竭的资讯参照，搭建了活跃不羁的文学舞台。

我们期望，藉由这套“新世纪作家文丛”，经由众多实力派作家姹紫嫣红的创作成果，能对新世纪文学做一个以点带面的巡礼，也经由这样的多方协力的精心淘选，对新世纪文学以来的作家作品给以一定程度的“经典化”，并让这些有蕴含、有品质的作家作品，走向更多的读者，进入文学的生活，由此也对当代文学事业的繁荣与发展，乃至对社会主义精神文明建设，奉上我们的一份心力，作出自己的一份贡献。

我们将为此而不懈努力，也为此而热切期盼！

2015年8月8日于北京朝内

目　录 —— Contents

百鸟朝凤

索引

【词目】百鸟朝凤

【发音】bǎi niǎo cháo fèng

【释义】朝:朝见;凤:凤凰,古代传说中的鸟王。旧时喻指君主圣明而天下依附,后也比喻德高望重者众望所归。

【出处】宋·李昉等《太平御览》九百一十五卷引《唐书》:“海州言凤见于城上,群鸟数百随之,东北飞向苍梧山。”

1

过了河,父亲再一次告诫我,说不管师傅问什么,都要顺着他,知道吗？我点点头。父亲蹲下来给我整了整衣衫，我的对襟短衫是母亲两个月前就做好的，为了让我穿上去看起来老成一些，还特地选了藏青色。直到今天离开家时，母亲才把新衣服给我换上。衣服上身后，父亲不满意，蹙着眉说还是没盖住那股子嫩臭味儿。看起来藏青色的短衫并没有拉长我来到这个世界上的日子。毕竟我才十一岁，这个年龄不比衣服，过过水就能缩短或抻长的。

一大早被母亲从床上掀下来的时候，还看见她一脸的怒气，她对我睡懒觉的习惯深恶痛绝。可临了出门，母亲的眼神里却布满了希冀、不舍，还有无奈。父亲则决绝得多，他的理想就是让我做个唢呐匠。我们水庄是没有唢呐匠的，遇上红白喜事，都要从外庄请，从外庄请也不是容易的事情，如果恰好遇上人家有预约，那水庄的红白喜事就冷清了。没有了那股子活泛劲头，主人面子上过不去，客人也会觉得少了点什么。所以被请来的唢呐匠在水庄都会得到极好的礼遇，烟酒茶是一刻不能断的，还得开小灶。离开那天，主人会把请来的唢呐匠送出二里多地，临别了还会奉上一点乐师钱，数量不多，但那是主人的心意。推辞一番是难免的，但最后还是要收下的。大家都明白这是规矩，给钱是规矩，收钱是规矩，连推辞都是规矩的一部分。

听母亲说，父亲想让我做一名唢呐匠其实并不完全为了钱。母亲说父亲年轻时也想做一名唢呐匠，可拜了好多个师傅，人家就不收，把方圆百里的唢呐匠师傅都拜遍了，父亲还是没有吹上一天的唢呐，人家师傅说了，父亲这人鬼精鬼精的，不是吹唢呐的料。许多年过去了，本以为时间已经让父亲的理想早就像深秋的落叶腐化成泥了，可事实并不是这样。自我懂事起，我就发现父亲看我的眼神变得怪怪的，像蹲在狗肉汤锅边的饿痨子，摩拳擦掌，跃跃欲试。有一次，我的老师在水庄的木桥上遇见了父亲和我，他情绪激动地给父亲反映，说我从小学一年级到五年级，数学考试从来没有超过三十分。我当时就羞愧地低下了头，想接下来理所当然地有一场暴风骤雨。老师说完了，父亲点点头，很大度地挥挥手说三十分已经不错了。然后牵起我走了。走到桥下，他回头看了一眼身后可怜的一头雾水的教书匠，嘿嘿干笑了两声，教书先生哪里知道，水庄的游本盛对他儿子有更高远的打算。

我确实不喜欢念书，我们水庄大部分娃子和我一样不喜欢念书，刚开始还行，渐渐的就冷了。主要是听不懂，比如我们的数学老师，自己都没有一个准，今天给我们一个答案，明天一早站在教室里又小声地宣布，说同学们昨天我回去在火塘边想了一宿，觉得昨天那个题目的答案有鬼，不正确，所以吓得一夜都没睡安稳，今天特地给大家纠正。我们就笑一回，后来又听说数学老师其实也只是个小学毕业的，更有甚者说他根本连小学都没有读毕业。我们就无可奈何地生出一些鄙夷来。鄙夷的方式就是不上课，漫山遍野地去疯。

我不喜欢念书，可我也不喜欢做唢呐匠，我也说不清为什么不喜欢做唢呐匠，可能是从小到大总听见父亲在耳边灌输唢呐匠的种种好，听得多了，也腻了，就厌恶了。而且我断定，我的父亲之所以希望我成为一个吹唢呐的，目的就是图那几个乐师钱。

2

翻过大阴山，就能看见土庄了。那就是我未曾谋面的师傅的家。我们这一带有五个庄子，分别叫金庄、木庄、火庄、土庄，再加上我们水庄，构成了一个大镇，按理这个镇子该叫五行镇才对的，可它却叫无双镇。未来师傅的宅子在一片茂盛的竹林中，是翠绿掩映下的一栋土墙房。我曾经从爷爷的旧箱子里翻出一本绣像《三国演义》，里面有一幅画，叫三顾茅庐的，眼前的这个场景就和那幅画差不多。通往土墙房的路一溜的坦途，可父亲却发出吭哧吭哧的喘气声，他额头上还有针尖大小的汗珠儿,两个拳头紧紧地握着。我看了他一眼,父亲有些不好意思起来,他想我定是把他的紧张看破了,于是他就露出一个自嘲的讪笑。

面子有些挂不住的父亲就转移话题。福地啊！父亲说,你看,左青龙,右白虎,后朱雀,前玄武,一看就不是一般人家。我想笑,可没敢笑出来,父亲是不识风水的,连引述有关风水的俗语都弄错了。这几句我也是听水庄的风水先生说过,不过人家说的是前朱雀,后玄武。我想父亲真的是太紧张了,他怕自己小时候的悲剧在下一代的身上重演。我顿时有了一些报复的快感,想师傅要是看不上我就好了,最好是出门了,还是远门,一年半年的都回不来。

看见我左摇右晃的二流子步伐,父亲在身后焦急地吼,天杀的,你有点正形好不好！师傅看见了那还了得。

父亲的运气比想象的要好，土庄名声最显赫的唢呐匠今天正好在家。

我未来师傅的面皮很黑,又穿了一件黑袍子,这样就成了一截成色上好的木炭。他从屋子里踱出来的时候燃了一袋旱烟，烟火吱吱地乱炸。我很紧张,怕那点星火把他自己给点燃了。他大约是看出了我的焦虑,就抬起一条腿,架到另一条腿的膝盖上,把鞋底对着天空,将那半锅子剩烟杵灭了。做这样一个难度很大的动作只是为了杵灭一锅烟火,看来我未来的师傅真是一个不简单的人。

焦师傅,我叫游本盛,这是我儿子游天鸣,打鸣的鸣,不是明白的明。父亲弓着腰,踩着碎步向屋檐下的黑脸汉子跑过去,跑的过程中又慌不迭地伸手到口袋里摸香烟,眼睛还一直对着一张黑脸行注目礼。可怜的父亲在六七步路的距离里想干的事情太多了，他又缺乏应有的镇定,这样先是左脚和右脚打了架,接着身体就笔直地向前仆倒,跌了一嘴的泥，香烟也脱手飞了出去，不偏不倚地降落在院子边的一个水坑里。我的心一紧,赶忙过去把父亲扶起来,父亲甩开我扶他的手,说扶我干什么？快去给师傅磕头啊！我没有听父亲的，毕竟我认识父亲的时间比认识师傅的时间要长，于情于理都该照看刚从地上爬起来的水庄汉子。主意打定，我仍然不屈不挠地挽着父亲的手臂，我抬起头，父亲的额头上有新鲜的创口，殷红的血珠正争先恐后地渗出来，我一阵心酸，眼泪就下来了。

师傅摆摆手，说磕头？磕什么头？他为什么要给我磕头？这个头不是谁都能磕的。

父亲哑然，很难堪地从水坑里捡起香烟，抽出一支来，香烟身体暴涨，还湿嗒嗒的落着泪。

这？父亲伸出捏着香烟的手为难地说。

屋檐下的扬了扬手里的烟锅子说，我抽这个。

我、父亲，还有我未来的黑脸师傅，三个人就僵立着，谁都不说话，主要是不知道说什么。还是屋檐下的木炭坦然，不管怎么说这始终是他的地盘，所以他的面目始终都处于一种松弛的状态，他看了看天空，我也看了看天空，他肯定觉得今天是个好天气，我也觉得今天是个好天气。太阳像个刚煎好的鸡蛋，有些耀眼，我未来的师傅就用手做了一个凉棚，看了一会儿太阳，又缓慢地填了一锅烟，把烟点燃后，他终于开口了。

哪个庄子的？他问话的时候既不看我，也不看父亲，但父亲对他的傲慢却欣喜如狂。父亲往前走了两步，说水庄的，是游叔华介绍过来的。父亲把游叔华三个字做了相当夸张的重音处理。游叔华是我的堂伯，同时也是我们水庄的村长。

我听见唢呐匠的鼻子里有一声细微的响动，像鼻腔里爬出来一个毛毛虫。他继续低头吸烟，仿佛没有听见父亲的话。看见游村长的名号没有收到想象中的震撼力，父亲就沮丧了。

多大了？唢呐匠又问。

我的嘴唇动了动，刚想开口，父亲的声音就响箭般地激射过来：十三岁。比我准备说的多出了两岁。怕唢呐匠不相信，父亲还做了补充：这个月十一就十三岁满满的了。

唢呐匠的规矩你是知道的，十三是个坎。唢呐匠说。

知道知道。父亲答。

这娃看起来不像十三的啊。唢呐匠的眼睛很厉害。

这狗东西是个娃娃脸，自十岁过来就这样儿，不见熟。

嗯！唢呐匠点了点头。看见唢呐匠表了态，父亲的眉毛骤然上扬，他跑到屋檐下战战抖抖地问：您老答应了？

哼！还早着呢！

我原本以为做个唢呐匠是件很容易的事情，拜个师，学两段调儿，就算成了，可照眼下的情形来看，道道还真不少呢。

院子里摆了一张桌子，桌子上放了一个盛满水的水瓢，水瓢是个一分为二的大号葫芦。唢呐匠递给我一根一尺来长的芦苇秆，我云里雾里地接过芦苇秆，不知道唢呐匠到底什么用意。

用芦苇秆一口气把水瓢里的水吸干，不准换气。我未来的师傅态度严肃地对我说。

我看了看父亲，父亲对着我一个劲地点头，牙咬得紧紧的，他的鼓励显得格外的艰苦卓绝。

我把芦苇秆伸进水里，又看了看他们两个人，唢呐匠的眼神和父亲形成了鲜明的对比，自然而平静，像我面前的这瓢水。

我提了提气，低头把芦苇秆含住，然后一闭眼，腮帮子一紧，一股清凉顿时排山倒海地涌向喉咙。我睁开眼，看见瓢里的水正急速地消退，开始我还信心满满的，等水消退到一半的时候，气就有些喘不过了，水只剩下三分之一的时候，不光气上不来，连脑袋也开始发晕了，胸口也闷得难受，我像就要死了。

快，快，快，不多了。是父亲的声音，像从天外传来的。

终于，我一屁股坐倒在地，仰着头大口地喘气，我又看见太阳了，是个煎糊的鸡蛋。

等太阳重新变成黄色，我听见父亲在央求唢呐匠。

您老就收下他吧！父亲带着哭腔说。

他气不足，不是做唢呐匠的料子。

他气很足的，真的，平时吼他两个妹妹的声音全水庄都能听见。

唢呐匠笑笑，不说话了。

这时候我看见父亲过来了，他含着眼泪，咬牙切齿地操起桌上的水瓢，劈头盖脸地向我猛砸下来。

你个狗日的，连瓢水都吸不干，你还有啥能耐？水瓢正砸在我脑门上，我听见了骨头炸裂的声音。我高喊一声，仰面倒下，太阳不见了，只有一些纷乱的蛋黄，还打着旋地四处流淌。

怎么样？他叫的声音够大吧？气足吧？父亲的声音怪怪的，阴森潮湿。

我努力睁开眼，又看见了父亲高高扬起的水瓢。

叫啊！大声叫啊！父亲喊。

我不知道父亲为什么要这样。我做不成唢呐匠怎么会令他如此气急败坏。

正当我万分惊惧的时候，我看见了一只手。

那只手牢牢攥住了父亲的手腕。

3

好多年后师傅对我说，你知道当初我为什么收你为徒吗？我说你老人家心善，怕我父亲把我给活活打死了。师傅摇头，说你错了，我收你为徒是因为你的眼泪。我说什么眼泪？师傅说你父亲跌倒后你扶起他后掉的那滴眼泪。

父亲走了，看着他离开的背影我顿时有一种无助的感觉，以往天天看见他，没觉得他有多重要，被他揍了还会在心里偷偷骂“狗日的游本盛”。现在才发现父亲原来是极重要的。他就像一棵树，可以挡风遮雨，等有一天自己离开了这棵大树，才发现雨淋在身上是冰湿的，太阳晒在脸上是烤人的。

从此以后，我就是一个人了。看着父亲渐渐变淡变小的背影，我忍不住哭了一场，师傅站在我旁边，伸出一只手搭在我的肩上，轻轻拍了拍，我心里一热，哭得更厉害了。

晚上吃饭，师傅给我介绍了师娘，师娘很瘦，也黑。走起路来左摇右晃的，像根煮熟的荞麦面条。师娘话多，饭桌上问了我好多事情，都是关于水庄的，还说她有个亲戚就住在我们水庄。和师娘比起来，师傅的话则少了许多，一顿饭时间就说了两句话，我端碗的时候他说：吃饭。我放碗的时候他又说：吃饱。

吃完饭，我主动把碗刷了。在刷碗的过程中我偷偷探头看了看坐在堂屋里的师傅和师娘，当时师娘对着我站的位置指指点点，还不住地点头，脸上也有些不易觉察的笑容。师傅却不为所动，他只是一个劲地抽烟，喷出来的烟雾也浓，让我想起在水庄和父亲烧山灰的日子。我明白师娘的笑容和我刷碗的行动有关。而我刷碗的行动又和临出门那晚母亲油灯下的唠叨有关。母亲说：出门在外不比在家，要勤快，眼要尖，要把你那根全是懒肉的尾巴夹好。

刷完碗师娘对我说，她的三个儿子都成家分出去了，家里就他们两老，所以你该做些力所能及的事情。

晚上我躺在床上，想明天就要吹上唢呐了，有一些兴奋，又有一些惶恐，总觉得我的人生不该就这样拐弯的，我还没有玩够，我还是个娃儿，娃儿就该玩的。想起我的伙伴马儿他们，此刻他们肯定正在水庄的木桥边抓萤火虫，把抓来的萤火虫放进透明的瓶子里，走夜路时可以当马灯用。

一早，我还在梦里捉萤火虫，就听见了两声剧烈的咳嗽声，咳嗽声是师傅发出来的，我一惊，知道这是起床的信号，师傅毕竟不是亲爹，没有像父亲一样冲进来掀开被窝照着屁股就一顿猛扇。我想他一定还当我是客人，所以方式也就间接一些。穿上衣服走出门，我先喊了一声站在屋檐下的师娘，正在淘蚕豆的师娘对我点了点头。打完一个呵欠我才发现太阳还在山那头浴血挣扎，我心里头就上来了一些怨气，想这太阳都还没有出来呢，就得爬起来。在家虽然被父亲扇屁股，但那时太阳都老高了啊。看见我脸嘴不好看，师娘说你师傅到河湾去了，你也去吧！

顺着师娘指的方向，我看见了木庄的河湾，木庄虽然叫木庄，可河湾却比水庄的还要大，河岸四周有烟柳，烟柳我们水庄也有，远远的看去像团滚圆的烟。烟柳四四方方地抱着一团翠绿的河湾，几只纯白的水鹤在河湾上悠闲地飞来绕去。师傅站在河滩上，静静地看着水面，他的身影很孤寂，也渺小。

师傅从河岸边齐根折来一根芦苇，去掉顶端的芦苇须，把足有三尺长的芦苇秆递给我，说过去把河里的水吸上来，记住，芦苇秆只能将将伸到水面。开始我以为这是件极简单的事情，一吸我才知道没有那么简单。我脸也红了，腿也软了，小肚子都抽筋了，还是没能吸上一滴水。我回头看了看师傅，师傅脸色灰暗，说等你把水吸上来了就可以回家了。

天黑尽了我才回到师傅家，师傅和师娘守着一盏如豆的油灯。看我进屋来，师娘端给我一碗饭，饭还没到我手里，师傅说话了。

水吸上来了？

我摇摇头。

那你回来搓屎啊？师傅猛地立起来，把手里的旱烟杆往地上狠狠地一掼。他的脸本来就乌黑,此刻就更黑了。

我现在才意识到这个黑脸男人是认真的。

我的晚饭被师傅扒掉了半碗,虽然师娘一直给我说情,说天鸣他爹可是交足了生活费用的,再说娃儿在吃长饭呢!

娃?老子哪个徒弟不是娃过来的?老子当初拜师的时候,三天没有饭吃呢!

夜晚我躺在床上痛快地哭了一回,哭完了就想父亲的绝情,想完父亲的绝情又想母亲的好。想着想着就睡着了,睡着好像没多久又听见了咳嗽声。我爬起来凑到窗户边,发现山那边连太阳浴血的迹象都还没有。

此后十多天,我天天攥着根芦苇秆在河滩上吸水。有往来的土庄人隔得远远的就喊,焦三爷又收新徒弟了。还有的喊,这个娃子能成焦三爷的弟子,看来是有些能耐的。我听见他们的喊声里有酸溜溜的味道,肯定是自己的娃没能让师傅看上。这样我有了一些信心,就把吸水这个世间最枯燥的活儿有模有样地干起来。

大约是一个黄昏,我记得那天河滩上的水鹤特别多,沿着水面低低地滑翔,在一片耀眼的绿中拉出一尾又一尾炫目的雪白。我像之前千百次的吸水一样,一沉腰,一顿足,一提气,竟然牢牢地咬住了一股冰凉。我把嘴里的水来回渡了渡,又把它轻轻地吐到掌心里,不错的,我把水吸上来了。看着掌心的一窝清澈,我恍若隔世,一股说不清道不明的东西在心窝子里上下翻滚,喉咙慢慢就变得硬硬的了。我撒腿疯了似的向师傅的土墙小屋子跑去,跑到院子里,师傅正坐在屋檐下编苇席。

吸上来了。我一字一顿地说。

本来以为师傅会笑一个,然后点点头,说这下你可以吹上唢呐了。但不是这样的。师傅听我说完,从脚边堆积的芦苇里挑出一根最长的,掐头去尾递给我。我把芦苇秆立起来,比我还要高,我疑惑地看着师傅,师傅依然认真地低头编着苇席，半晌才抬起头对我说，去啊！继续吸。

4

到土庄两个月零四天，蓝玉来了。

蓝玉来的头天晚上，土庄下了一场罕见的暴雨。第二天一大早我起得床来，看见院子里跪着一个男娃子。他的全身上下都湿透了，衣裤上粘满了黄泥。在他的身边，是一个三十出头的汉子，也披着一身的潮湿，他两个手不停地搓着，眼睛跟着师傅转。这个时候，我的师傅正在牛圈边给牛喂草，他大把大把地把青草扔给圈里的牛，还在院子里过来过去的，就是不看院子里的蓝玉和他的父亲，仿佛院子里的两个人只是虚幻的存在。我看出了蓝玉父子的尴尬，想起自己刚来到这个院子的情景，就有些同情院子里的人。

这个时候，蓝玉抬起了头，向我这边看了一眼，我给了他一个浅浅的微笑，一脸黄泥的蓝玉也笑了，他的笑意很薄很轻，仿佛往湖面上扔了一块拇指大小的石子激起来的一层涟漪。好多年后蓝玉还在对我说，他说当时跪在泥水里的他都有了天地崩塌的感觉，他已经打定回家的主意了，不管他的父亲同不同意他都准备回家了，就是因为我的那个微笑，他留了下来。

师傅同意收下蓝玉是在蓝玉的父亲两个膝盖也重重地跌落在泥地里后。当时师傅正抱着一捆青草往牛圈边去。那个异样的声音至今还犹然在耳，我看见蓝玉的父亲两腿一屈，接着他面前的水被砸得稀烂，咚，一个院子都颤抖起来。师傅回过头就僵在那里了，然后他说你起来吧，我可以试试他是不是吹唢呐的料，不行的话，你还得把娃领回去。

和我相比，蓝玉的测试多出了好几项内容。除了吸水，还有吹鸡毛，师傅把一片鸡毛扔到天上，要蓝玉用嘴把鸡毛留在空中，一袋烟的功夫不能掉到地面。还有就是打靶,含上一口水,对着桌上的木牌,在四步外的距离用嘴里的水把木牌射倒。我很为蓝玉担心,因为我连一瓢水也是吸不完的。

蓝玉轻描淡写地就完成了测试，不仅我惊讶，连师傅都有些惊讶了。虽然他把这种惊讶包裹得很严实,当蓝玉把桌上的木牌射倒后,他的两条眉毛很迅速地彼此凑了凑,眉间也多出来一条窄而深的沟壑。我至今都承认,我的师弟蓝玉天分比我要高得多。

蓝玉留下来了,和我住一张床。师傅还郑重地把我介绍给了蓝玉,说这是你师兄,师兄师弟,就要像亲兄弟一样的,懂不懂？蓝玉点了点头,我也点了点头。

晚上蓝玉在床上问我,吹唢呐好玩吗？我说不知道,蓝玉惊讶地翻起来说你怎么会不知道呢?你不是都来两个月了吗?我说我还没吹上一天的唢呐呢！那你在干啥？蓝玉问。喝水,喝河湾的水。我答。

打蓝玉来后,土庄的河湾边吸水的娃由一个变成了两个。土庄人从河湾过就大声说焦三爷又收徒弟了,焦家唢呐班人强马壮了。

在我们吸水的这段日子里,师傅和他的唢呐班共出了十多趟门。整个无双镇都跑遍了。我和蓝玉还认识了焦家唢呐班的师兄们。我的大师兄年纪和我父亲差不多,师傅让我和蓝玉叫他大师兄,我们都有些不好意思,毕竟他是个满脸胡须的大人。我们怯怯地喊罢,大师兄摸摸我们的脑袋,然后看着师傅笑笑。师傅说磨磨都能出来。大师兄又笑一回,他笑的时候嘴裂得很大,胡子满脸跑,他把唢呐凑到嘴里,唢呐的苇哨和铜围圈就不见了。

接活后出门的前一晚,焦家班照例要吹一场的。院子里摆上一张桌子,桌子上有师娘煮好的苦丁茶和炸好的黄豆。师傅和他的徒弟们散坐在院子里,大家先聊一些家常。聊家常的时候有一个人声音最大,说话像打雷,他是我的二师兄。据师娘讲,二师兄是师傅最满意的徒弟,天分好，也刻苦，特别擅长吹丧调，能在灵堂把一屋子人吹得流眼泪。聊一阵子天，师傅就咳嗽两声，众人会意，各自从布袋子里抽出唢呐，第一步是调音，看看唢呐音调对不对；然后师傅起调，如果接的是红事，就吹喜调，喜调节奏快，轻飘飘地在院子里奔跑；如果接的是白事，就吹丧调，丧调慢，仿佛泼洒在地上的黏稠的米汤，等到师傅独奏的那一段，我和蓝玉眼窝子都有了一窝水。

无双镇大部分人家接唢呐都是四台，所谓四台，就是只有四个唢呐手合奏；比四台讲究的是八台，八台除了四个唢呐手，还有一个鼓手，一个钵手，一个锣手，一个钞手。八台不仅场面大，奏起来也气势非凡。师娘告诉我，如果练的是八台，土庄的人都会来，聚在院子里，屏声静气地听完才散去。毕竟八台一是难度大，二是价钱高，一般人家是请不起的，土庄人近水楼台，运气好的话一年能听上一两回。我又问师娘，有比八台更厉害的吗？师娘笑笑，说有，我问：是什么？

百鸟朝凤，师娘答。

怎么个吹法？我问。

独奏！师娘说这话的时候神情肃穆。

独奏？谁独奏？我和蓝玉惊讶地问。

夜风撩着师娘的头发，她的表情像一本历史书，好久她才说，当然是你们师傅。

5

三个月了，我用一人多高的芦苇秆把河湾的水吸了上来。可我还是没有吹上唢呐。师傅只是让我和师娘下地给玉米除草。土庄六月的天气似乎比水庄的要热得多，我们水庄这个季节都是湿漉漉的。在玉米地里，我对师娘说土庄不如水庄好，我们水庄没有这样热，师娘就哈哈地笑，笑完了说游家娃是想家了。中午收工回家，经过河湾的时候，我的师弟蓝玉扎着马步在河湾上吸水。蓝玉是有天分的，他才来一个月，就接到师傅递给他的一人多高的芦苇秆了。我到这一步比蓝玉整整多用了一个月时间。

吃完晚饭，蓝玉去刷碗，自从他来了以后，刷碗这个活就是他的了。刚开始我还觉得好，想终于可以不用刷碗了。可没过两天师傅对我说，跟你师娘下地吧。才下了半天的地，我又想念刷碗了。蓝玉刷碗的声音特别响，刷碗这活我是知道的，磕磕碰碰发出些声响是难免的，但绝没有这样大的声响的。连提个水壶，蓝玉都要弄得惊天动地的，一弓腰，就发出咳的一大声，仿佛他提起来的不是一个水壶，而是一扇石磨。很快，蓝玉就从厨房出来了，他甩了甩两只湿漉漉的手，眼睛看着师傅和师娘，他的意思是告诉我们，该他的活已经干完了。

蓝玉得到了师娘的夸奖，师娘说蓝玉刷碗动作比天鸣麻利，顿了顿师娘又说，麻利是麻利，但没有天鸣刷得干净。

蓝玉不仅话多，也会讲。他坐在师傅和师娘的中间给他们讲他们木庄的奇怪事，师娘被他逗得哈哈大笑，连师傅一直绷着的脸都会不时舒展开来。我没有蓝玉的嘴皮子，就在旁边一直闷坐着，师娘好像看出来了，就对我说，天鸣是不是想家了，想家的话就回去看看吧。她说这话的时候眼睛一直盯着师傅，我想是这个事情她做不了主，在征求师傅的意见。一提到回家，我的眼窝就一阵发热，我真想家了，想父母，还有两个妹妹，他们肯定也在想着我的。

我目不转睛地看着师傅，老半天师傅才说，早去早回。

我又回到水庄了。

以前觉得水庄什么都不好，一脚踏进水庄的地界，我发现水庄什么都好，水庄的山比土庄的高，水比土庄的绿，连人都比土庄的耐看呢。

走进我家院子，母亲正蹲在屋檐下剁猪草，父亲站在楼梯上给房顶夯草。一看见我，母亲就扔掉手里的活跑过来，她摸摸我的头，又摸摸我的脸，说天鸣回来了，还瘦了。母亲的手有一股青草的腥味，但我觉得特别好闻，我好久没有看见母亲的脸了，好像黑了不少，看着母亲，我的眼睛就模糊起来。

本盛，天鸣回来了。母亲对着父亲喊。

父亲没有从楼梯上下来，他弯下腰看看我，又继续给屋顶夯草。

好好的，回来做啥？父亲的声音顺着楼梯滑下来。

师傅让我回来的。我直着脖子说。

啥？你个狗日的，烂泥糊不上墙。父亲把夯草的木片子高高地摔下来，破成了好几块。

娃好好的，你骂他干啥？母亲说。

好好的？好好的能让师傅赶回家？父亲从楼梯上下来，还腾出一只手狠狠地对着我戳。你啊，你啊，你——父亲发出的声音像被他嚼碎了吐出来的。

晚上母亲给我做了一顿腊肉，还不让两个妹妹多吃，拼命把好吃的往我碗里夹。父亲在饭桌上不停地对我翻白眼，像要活吞了我似的。什么时候回去？母亲把碗里最后一片腊肉夹给我问。早去早回，师傅说的。我说。真的？父亲把头歪过来问，我点点头。这时候水庄的游本盛才笑了，还用筷子敲了敲我的后脑勺，轻轻的。我发现，这顿饭父亲的筷子一直没有伸到肉碗里，我把母亲给我的最后一片腊肉夹起来放进了父亲的碗里，父亲笑得更欢了，说那就恭敬不如从命了。

月亮上来了，两个妹妹都睡了。我和父亲母亲坐在院子里，我给他们讲了木庄的好多事情。

爸，你知道唢呐除了四台和八台，还有什么吗？我问父亲。

父亲笑了笑，然后看了看母亲，母亲也笑了笑。

莫非还有十六台？母亲说。

我摇摇头。说唢呐吹到顶其实是独奏呢！你们知道叫什么吗？

这时候我看见父亲的笑容不见了，他的目光跑到月亮上去了，面容也变得复杂了。好半天他才把目光转向我，说你知道我为什么要送你去学吹唢呐吗？

我摇头。

就是要你学会吹百鸟朝凤。

我惊讶了，就兴奋地说原来你也知道百鸟朝凤的啊！还表态说你们放心，我学会了回来吹给你们听。

没有那样简单，你师傅这十多年来收了不下二十个徒弟，可没有一个学会百鸟朝凤的。父亲说。

很难学吗？我问。

倒不是，这个曲子是唢呐人的看家本领，一代弟子只传授一个人，这个人必须是天赋高，德行好的，学会了这个曲子，那是十分荣耀的事情，这个曲子只在白事上用，受用的人也要口碑极好才行，否则是不配享用这个曲子的。

咱家天鸣能学会吗？母亲问。

父亲摇摇头，走了。院子里只剩下母亲和我，还有天上的一轮残月。

6

回到土庄我才知道，蓝玉已经把河湾里的水吸上来了。

一回来蓝玉就兴冲冲地问我用长芦苇吸上河湾的水用了多久，我掰着指头数了数说一个半月多一点吧。我用了十天。蓝玉骄傲地说。我心里就有些神伤了，说师傅都说了的，你的天分比我好。蓝玉就拍拍我的肩膀，说你也很好的。

但是我发现我真的不好。

蓝玉吸上水后本来也和我下地的，可下地才几天，事情就发生了变化。

我清楚地记得那天有好大好大的雾，气势汹汹的，整个土庄都不见了。我还没起床，就听见蓝玉的尖叫声，我翻了个身，想多睡一阵子。蓝玉总是起得比我早，甚至比师傅师娘还早，为此他还得到了师傅的夸奖。说实话，我也想像他那样起得早的，我也想得到师傅的夸奖的，可我就是起不来，硬着头皮爬起来也是昏昏沉沉的，好一阵子满世界都在乱转。到后来我索性不起来了，夸奖也不想要了，只要让我多睡一会儿就阿弥陀佛了。

起来，快起来，土庄不见了。蓝玉跑进来摇我。

嗯！我咕哝一声，没理会他。

天鸣，土庄没有了。他干脆把我的被窝抱走了。

无奈，我只好起来，走到屋外我才发现土庄真的不见了。

那是我一生中见到的最大的雾，天地都给吃掉了，连站在我面前的蓝玉也消失了。一眼的白，那白还泛着湿。我没有见过有这样气势的大雾，呼吸都不顺畅了。我凑近蓝玉，他正用两只手拼命地捞悬在空中的白，像一只巨大的蜘蛛，被自己拉出来的丝给网住了。

你们两个进来。师傅在里屋喊。

我和蓝玉折进屋，师傅说今天雾大下不了地了，正好我有事情要交代。

师傅从床下拉出一个锈迹斑斑的铁皮箱子，他打开箱子，我和蓝玉都凑过去看，屋子里光线不好，只能看一个大概，反正里面都是唢呐，大大小小，长长短短的唢呐。师傅弯下腰不停地翻检着箱子里面的家什，挑啊拣啊，终于，他抽出了一支略短一些的唢呐，把唢呐放进嘴里，唢呐就发出长长的一声——呜。师傅直起腰来，把唢呐递给我身边的蓝玉，说从今天开始你就不用下地了，专心吹唢呐吧，先把它吹响，我就教你基本的调儿。

蓝玉当时的样子我都没法子形容，接过唢呐的那一刻，昏暗的屋子里竟然划过两道亮光，那是蓝玉眼睛里出来的。我看见蓝玉握着唢呐的手在轻轻地抖动，然后他笨拙地把唢呐塞进嘴里，腮帮子一鼓，唢呐就放出来一个闷屁，又一鼓，又出来一个闷屁。

我想师傅接下来该给我派发唢呐了，说不定是支长的呢，比蓝玉的长。我就定定地盯着师傅的手，希望他能抓住一支长的唢呐不放，再放到嘴里试一试，然后递给我。但我是不会像蓝玉那样没有一点定力，当场就放几个闷屁显摆，我会找个没人的地头悄悄放。

师傅是拿出了唢呐，拿出来还不止一支，拿一支出来，他先是吹吹，然后卷起袖口拭擦一番，又放回去，又捡起一支吹拭一番，照例又放回去。我眼珠子都瞪直了，总是希望下一支就是我的，开始看见短的还害怕，怕他递给我，我想要一支比蓝玉长的。可随着箱子里翻剩下的唢呐越来越少，我的心就开始绷紧了，想短的也成，就是拇指长短的我也收。

"砰"的一声，师傅合上了他的箱子。

我没有吹上唢呐。晚上我对蓝玉说我要回家了。蓝玉说你不是刚回过家吗？我说我不想学吹唢呐了。我现在才知道，师傅其实是看不上我的。

土庄的夏天是没有水庄的好看，可土庄的秋天却老有味儿了。土庄的山小是小了些，可山上都有树，种类也繁多，常青的松和落叶的枫抱在一起，夏天还是整齐的绿，到秋天枫树就醉了。就这样，一个一个红绿间杂的山丘一排儿的往远方去了，像一排生动的省略号。我背着行李顺着省略号一直走，边走边哭，我悲伤极了，来土庄都这样老长的日子了，我就是吹不上唢呐，却成了焦家的长工。又想我连唢呐都没有摸过就回到水庄，水庄人肯定要笑我了。还有，我最担心的还是父亲，我这样回去倒不是怕他揍我，我是怕他会活活气死。

我是偷偷走的，从土庄不见了的那天起，我就想走了。昨天晚上，我的师弟蓝玉又爬到我的床上吹了一回唢呐，他吹的时候还拿眼睛瞟着我，眼角得意地往上翘。我知道他是在我面前显摆，可我不恨他，因为要换着我我也是想显摆的。蓝玉的脑袋很大，所以他很聪明，他现在都能把师傅教给他的丧调吹得我眼窝子发潮了。吹到精彩的地方他还会停下来给我讲，这是滑音，这是长调。每天我和师娘下地，他就爬到我干活的地头，猴样地蹲上草垛子，呜呜啦啦的就吹开了。回家的路上，我一身的疲惫，连走路都摇晃着，蓝玉却活蹦乱跳，像早晨刚刚抽上露水的青草儿样鲜活。

我走了，谁都不知道我走了。我走的时候蓝玉还抱着他的唢呐在床上说梦话呢。本来我想跟他道个别的，可我又怕他大呼小叫的惊动了师傅师娘。出门我才发现天还没亮，四处都是让人心悸的黑。我摸索着在屋檐下坐下来，坐下来就想在土庄的这些日子，想师傅和师娘。师娘是个好人，像母亲，在地里还不让我多干活，吃饭老往我碗里夹菜。我最不留恋的就是师傅，我还偷偷给他起了外号，叫焦黑炭。焦黑炭没有一点好，整天绷着脸不说，还不让我吹唢呐。想了好多，我的心里五味杂陈，喉咙一硬，就悄悄呜呜地哭起来，一直哭到天色微明，回家的路也能见着了，我才站起来离开，走出一段回头看了看，眼泪又下来了。

终于要离开土庄了，我这辈子怕是当不上唢呐匠了。想起上次回家时给父亲和母亲表的态，说一定学会那首百鸟朝凤回家吹给他们听。但是眼下的情形别说百鸟朝凤了，就是一段稀松的丧调都没有学会。我觉得我最对不起的人就是水庄的游本盛了，他一心一意地送他的儿子学唢呐，可他的儿子学了差不多半年，连用唢呐放两个闷屁的机会都没有，这让水庄人知道了还不笑掉大牙？又伤心了一回，却没有让我放弃回家的念头，反正迟早都是要一无所成地回家的，晚回不如早回，早回还能给家里帮把手。

又看见了水庄，横在天地间，安静得像熟睡的孩子。再拐一个弯，就到我们水庄的地界了。我走的是下坡路，路细而窄，弯弯拐拐，像截扔在山坡上的鸡肠子。路两边有一溜的火棘树，那些枝枝蔓蔓都不安分地往路上凑，这样本就狭窄的小路都快看不见了。

拐过弯，我听见路坎下有说话的声音。踮起脚，我看见老庄叔正领着一群人在他的新房上夯草。干活的人里还有我的父亲，水庄的游本盛。我悄悄地从火棘树下钻过去，把身子隐在草丛里。

天鸣最近没回家？老庄叔问父亲。

吹着呢！好多调调都会了。父亲声音很大。

以前我还没看出天鸣这娃是吹唢呐的料呢！老庄叔又说。

天鸣可比我强，我这娃不要平时看他不吭不响的，做起事情来可一点不含糊。父亲说，前不久回来还气粗地给我和他老娘表态，要吹百鸟朝凤呢！

老庄叔就笑一回，他知道父亲是吹牛。就说，百鸟朝凤！百鸟朝凤！我都好多年没听过了，上一次听还是十多年前，火庄的肖大老师去世，焦三爷给吹过一次，那场面，至今还记得，大老师的亲戚学生在院子里跪了黑压压一片，焦三爷坐在棺材前的太师椅上，气定神闲地吹了一场，那个鸟叫声哟！活灵活现的。

等天鸣学回来了，我让他吹给你们听。父亲许愿。

那样我们水庄就长脸了，本盛也长脸了，我就是担心，天鸣有没有那个福气，这百鸟朝凤一代弟子就传一个人呢。老庄叔说。

你们可以不相信天鸣，我是相信我的娃的。父亲说。

我蛇样地从草丛里逡出来，我不想回家了，我想吹唢呐，从来没有像此刻这样想吹唢呐。

我顺着原路爬到山顶，回头看了看水庄。远处近处有袅袅的炊烟，水庄醒过来了。

回到土庄，师傅正在院子里磨刀。看见我失魂落魄地站在院子边的土墙下，师傅说：你师娘到地里去了，你也去吧！

7

师傅把唢呐递给我。是一支小唢呐，哨子是用芦苇制成的，芯子是铜制的，杆子是白木的，铜碗的部分则有些斑驳了。我摩挲着它，这支唢呐比蓝玉的要小，但我已经很满足了，我终于吹上唢呐了。我使劲揪了一下大腿，生生的疼。

这是当年我师傅给我的，是我的第一支唢呐。师傅蹲在大门口吸着旱烟说。

别看它个儿小，但是调儿高，唢呐就是这样，调儿越高，个儿就越小。师傅吐出一口烟雾接着说。

我点点头，门口的师傅渐渐就模糊了。

冬天来了，木庄也热闹了。我和我的师弟蓝玉把木庄整天搅得呜呜啦啦的。河湾边，草垛上，还有庄子西边的大青石上，都能听见破烂的唢呐声，破烂的声音主要是我吹出来的，蓝玉吹的唢呐声已经很悦耳了。他吹的时候，过往的木庄人会停下来仔细听一听，听完了就远远地喊说焦家班后继有人了。我则没有这样的待遇，过往的听见我的唢呐声拔腿就跑了，我就和蓝玉哈哈地笑。

师傅很吝啬，每次教给我的东西都少得可怜，一个调子就要我练习十来天。

焦家班又接活了。出门的前一晚，一班人围在火塘边，木桌上还是有苦丁茶和炒黄豆。我和蓝玉一人抱着一支唢呐坐在人群中，血都滚热了。我们终于成为焦家班的一员了，也许要不了多久，我们就可以和师兄们一起到很远很远的地方去了。大家演奏完，大师兄就说两个师弟来的时间也不短了，也该露一手了。我有些怯，因为我吹得实在是不好，就推说让师弟先来吧。蓝玉也不推辞，像模像样的先抖一抖衣袖，两手举着唢呐，往前一推，再徐徐地把哨子凑进嘴里，像一个老练的唢呐手。蓝玉吹奏得确实好，我觉得和师兄们都差不多了。他演奏的是一段喜调，曲子轻快地在屋子里跳跃，他脑袋和调子一起左摇右晃的，吹得一屋子喜气洋洋。吹奏完了，大师兄就摸蓝玉的大脑袋，说不得了不得了，其他师兄也说好，只有师傅不说话，大口大口地吸烟。

蓝玉吹完了，一屋子人都看着我，我的心突突地跳，握着唢呐的手也浸出好多的汗来。二师兄对着我点点头，我知道他是鼓励我。我战战抖抖地把唢呐塞进嘴里，呜呜地憋出几个滑音和颤音，然后我低下头，说我就会这点了。

一屋子都无话了，只有油灯在轻轻地跳动。师兄们都神情肃穆地看着师傅，师傅还是低着头吸烟。好半天二师兄才低低地对师傅说，师傅恭喜您了。师傅把旱烟伸到凳子腿上按熄说，好了今天就到这里，散了吧，明天还要赶远路呢！

我不知道二师兄为什么要恭喜师傅，我吹得那样烂，这样久了也只会吹一些基本的音调，师傅还一副不依不饶的样子，每天就只要我钉着几个调儿吹。

就几个调，我把冬天吹来了。

今年的第一场雪总算来了，都孕育了好几天了，直到昨夜才落下来。半夜我和蓝玉都听见了雪花滑过窗棂的声音。我和蓝玉都睡不着。我们睡不着倒不是等这场雪。在黑夜里大大地睁着眼睛，是等天亮后激动人心的一刻。昨天晚上，焦家班围在火塘边奏完最后一曲调子后，师傅对大家说：明天天鸣和蓝玉也和我们一起出门吧！

蓝玉推开窗户对我说，落雪了，不知道我们木庄是不是也落雪了呢？我说我们水庄肯定是落雪了的，每年这个时候，雪落得可大了，漫天遍野地飞，一个庄子都陷下去了。

我起得很早，草草地抹了一把脸，小心翼翼地把唢呐装好。我装唢呐的布袋子是师娘缝的，碎花青布，唢呐刚好能放进去，可熨帖了；蓝玉的唢呐也有布袋子，是藏青棉布缝制的，后来我才发现，装蓝玉唢呐的布袋子的前身是师傅的内裤。这个秘密我一直没有给蓝玉讲，再后来我又发现，我的布袋子是师娘贴肉的裤衩改的。

今天要去的人家请的是白事。我刚装好唢呐，接客就到了。来接唢呐的是两个年轻人，比我和蓝玉大不了多少，嘴边刚刚长出来一些茸毛，他们一人背着一个背篼，怯生生地站在院子边。我们无双镇就是这样的，请唢呐要派接客，接客要负责运送唢呐匠的工具，等活结束了，还得送回来。

很快我的七个师兄就到了，看来主人请的是八台，七个师兄加上师傅刚好八个。我和蓝玉当然还不能上阵，蓝玉其实是够了的，但师傅说了，先跟一段再说。两个接客很麻利地把锣啊鼓啊的全装进背篼，看我和蓝玉怀里还抱着唢呐，就伸过手来说都装上吧。我不让，说自己拿就成了，反正也不重的。接客不让，说哪有唢呐匠自己拿东西的道理，我们金庄没有这规矩，无双镇也没有这规矩。我还想推让，师傅在旁边说，给他吧，不依规矩，不成方圆。

主人姓查，金庄漫山遍野散落的人家差不多都姓查。

我们被安排进一个单独的屋子，屋子很紧凑，还有两个炭火盆。屁股还没有坐热，师傅就对大家说："捡家伙，开锣！"说完就往院子里去了。

我终于能亲眼看到唢呐匠们正儿八经的八台大戏了。焦家班在院子里呈扇形散坐着，师傅居于正中，他的目光左右扫视了一番，众人会意，齐齐进入了状态。一声锣响，焦家班在金庄的唢呐盛会拉开了序幕。我此时听到的唢呐声和昨天晚上听见的预演有极大的差别，师傅和他的一班弟子个个全神贯注。唢呐声在高旷的天地间奔突。先是一段宏大的齐奏,低沉而哀婉;接着是师傅的独奏,我第一次听到师傅的独奏,那些让人心碎的音符从师傅唢呐的铜碗里源源不断地淌出来,有辞世前的绝望,有逝去后看不清方向的迷惘,还有孤独的哀叹和哭泣。尤其是那哭声,惟妙惟肖。一阵风过来,撩动着悬在院子边的灵幡,也吹散了师傅吹出来的哀号,天地间陡然变得肃杀了。

一直在院子里劳作的人群过来了,没有人说话,目光全在师傅的一支唢呐上。渐渐有了哭声,哭声是几个孝子发出来的。没多久,哭声变得宏大了,悲伤像传染了似的,在一个院子里弥漫开来,那些和死者有关的,无关的人,都被师傅的一支唢呐吹得泪流满面。

一曲终了,有人递过来一碗烫热的烧酒,说焦师傅,辛苦了,润润嗓子吧。

开过晚饭,主人过来了。先是眼泪汪汪地给师傅磕了一个头。说这冰天雪地的你们还能赶过来送我老爹一程,我谢谢你们了。

"他生前是我们查家的族长,可德高望重了!"主人爬起来说。

师傅点点头。

"做了不少好事,我都数不过来。"主人又说。

师傅又点点头。

"焦师傅,你受累,看能不能给吹个百鸟朝凤?"主人把脑袋伸到师傅面前问。

师傅摇摇头。

"钱不是问题!"

师傅还是摇摇头。

磨了好一阵子,师傅除了摇头什么都不说。主人无奈,只好叹着气走了,走到门口又心有不甘地回头问:"我老爹真没这个福气?"师傅抬起头说你去忙吧!

主人走了,二师兄看着师傅说:“师傅,查老爷子德高望重呢!”师傅的鼻腔哼了哼:“知道查姓为什么是金庄第一大姓吗?以前的金庄可不光是查姓，都走了，散到无双镇其他地头去了，这就是查老爷子的功劳!”

接下来几天,我和蓝玉就进天堂了。顿顿有肉吃,其间我和蓝玉还偷喝了烧酒,焦家班坐到院子里吹奏的时候,我还和蓝玉躲在屋子里抽烟,烟是主人家偷偷塞给我们的,我和蓝玉本来是不收的,可主人家不干,非得塞给我们。

离开那天,死者的几个儿子把焦家班送出好远,临了就把一沓钱塞给师傅,师傅就推辞,结果两个人在分手的桥上你来我往地斗了好几个回合,师傅才很勉强地把钱收下来。

几个师兄则站在一边木木地看着,眼神倦怠,眼前这个场景他们已经看够了。

8

春天降临了。

乡村的春天总是和仪式有千丝万缕的联系。像我们无双镇,春天一露头,就有拜谷节,播撒谷种的前一夜,每个村子的老老少少都要带上祭品,去本村最大的一块稻田里供奉谷神;拜谷节过去没几天,就该是迎接灶神爷的日子了,猪头是不能少的,还有小米渣,听老人们说,天上是没有小米渣的，人间全靠这点东西留住他老人家了；把灶神爷安顿好,就是晒花节了,太阳公公和花仙一起供奉,因为有两个神仙,供品自然不能少,蜂蜜、白米,干菊花,还有圆圆的玉米饼。太阳还没有出来,一庄人早就遥对着太阳升起的地方把供品摆放妥帖了，等那抹血红一上来,大家就整齐地磕头作揖,好听的话也会说不少,庄稼人没野心,就是祈求有个好年成。

晒花节刚过，土庄又热闹了。人们槐花串似的往焦三爷的院子里跑,扛凳子搬桌子的。遇上闲逛的路人,就有人招呼:“焦三爷传声了!”,路上的人一听,一张脸就怒放了,随即融入队伍,往焦三爷的院子迤逦而来。

土庄人等这个盛况的日子已经很久了。

无双镇的唢呐班每一代都有一个班主，上一代班主把位置腾给下一代是有仪式的,这个仪式叫“传声”,不传别的,就传那首无双镇只有少数人有耳福听到过的“百鸟朝凤”。接受传声的弟子从此就可以自立门户,纳徒授艺了,而且从此就可以有自己的名号,比如受传的弟子姓张,他的唢呐班子就叫张家班,姓王,则叫王家班。总之,那不仅仅是一门手艺,更是一种荣耀,它似乎是对一个唢呐艺人人品和艺品最有力的注脚,无双镇的五个庄子都以本庄能出这样一个人为荣。

这个仪式最吸引人的还不是他的稀有，而是神秘。在仪式开始之前,没有人知道谁是下一代的唢呐王。所以,焦家班所有的弟子都是要参加这个仪式的,连他们的亲人都会四里八乡地赶来参加,因为谁都可能成为新一代的唢呐王。

人实在太多了,师傅的院子都装不下了,于是屋子周围的树上都满满当当地挂满了人参果。我和我的一班师兄弟坐在院子正中间,两边是我们的亲人，我父母还有两个妹妹都来了；我的师弟蓝玉坐在我的旁边,他的家人也来了,比我的父母还来得早些。他们的脸上都是按捺不住的期待和兴奋。

屋檐下有一张八仙桌,八仙桌的下面是一头刚宰杀完毕的肥猪。此刻,这头猪是供品,仪式结束后,他将成为全土庄人的一顿牙祭。猪头的前面有个火盆,火盆里的冥纸还在燃烧。师傅坐在八仙桌后面。他一直在闷着头抽烟,师傅的烟叶是很考究的,烟叶晒得很干,吸起来烟雾特别大。很快,师傅的一张脸就不见了,他的半截身子都隐在一片雾障中,像一个踏云的神人,我竟然生出一些隐约的幻意。

良久,师傅才站起来,四平八稳地拄灭手里的烟袋,对着人群,平伸出双手往下压了压。喧闹的人群瞬间就安静下来。往地上吐了一口痰,师傅发话了。

“我快要吹不动了,可咱们这山旮旯不能没有唢呐,干够了,干累了,大家伙儿听一段还能解解乏。所以啊!在咱们这地头唢呐不能断了种。我寻思了好久,该找一个能把唢呐继续吹下去的人了!”师傅咳嗽了两声,停了停,下面又开始有响声了。这个时候我偷偷的侧目看了看蓝玉,我发现蓝玉也在偷偷地看我,他的嘴角还淌着一些笑。四目相对,我的脸刷就红了,像是心里某种隐秘的东西被戳穿了似的。蓝玉的脸没有红,他的脑袋抬得更高了,像一只刚刚得胜的大公鸡。我就升起一些不快,想还没见底呢,咋知道水底是不是石头?又想想,我的这班师兄弟里,也只有蓝玉最适合了,他人机灵,天分高,也勤苦。反正最后是他我也不会惊奇的。最后我觉得我那几个师兄也可怜,为什么师傅不全给传了呢?那样就整齐了,人人有份,个个能吹百鸟朝凤,焦家班、蓝家班、游家班,还不响亮死啊!

师傅又开腔了:“我这几年收了不少徒弟,大大小小的,个个都有些活儿,出活也带劲,没给吹唢呐的丢人。”顿了顿师傅接着说:“我们吹唢呐的,好算歹算也是一门匠活,既然是匠活,就得有把这个活传下去的责任,所以,我今天找的这个人,不是看他的唢呐吹得多好,而是他有没有把唢呐吹到骨头缝里,一个把唢呐吹进了骨头缝的人,就是拼了老命都会把这活保住往下传的。”师傅又咳嗽了两声,对旁边的师娘点了点头,师娘过来递给师傅一个黑绸布袋子。师傅接过来,小心翼翼地从里面抽出来一支唢呐。远远的我就感觉到了这支唢呐该有些年龄了,铜碗虽然亮得耀眼,却薄如蝉翼,杆子是老黄木的,唢呐的杆子一般就是白木，最好的也就是黄木，能用这样色泽的老黄木制成的唢呐，足见它的名贵。乡村人一般是见不到这样的稀罕货的。

“这支唢呐是我的师傅给我的，它已经有五六代人用过了，这支唢呐只能吹奏一个曲子，这个曲子就是百鸟朝凤。现在我把它传下去，我也希望我们无双镇的唢呐匠能把它世世代代地传下去。”师傅举着唢呐说。

院子里一点声音都没有，我只听见我的师弟蓝玉的喘息声，所有的眼睛都盯着师傅手里的那支唢呐。我相信这一刻的土庄是最肃穆的了，这种肃穆在了无声息中更显得黏稠，我最后只能听见自己的呼吸声了。

我侧目看了看我的师弟蓝玉，他紧缩着脖子，脑袋花骨朵似的。慢慢地，他的脖子被拉长了，成了一朵盛开的鲜花，花朵儿正期待着雨露的降临，焦虑、渴望在稚嫩的花瓣间涌动着。蓦然，盛开的鲜花枯萎了。几乎就在一眨眼间，正准备迎风怒放的花儿无声地凋谢了，花瓣起来了一层死灰，花秆儿也挫短了半截。这朵刚才还生机蓬勃的花儿，转眼间铺满了绝望的颜色。悲伤一下从我的心底涌起来，我的师弟蓝玉，迅速地在我眼睛里枯萎，他的目光慢慢地转向了我，我能看懂他的眼神，有不信、不甘、绝望，当然，还有怨恨，可我看到的怨恨很少，很稀薄，星星点点的。

这时候我的父亲，水庄的游本盛在旁边喊我："你呆了，师傅叫你呢！"

父亲的声音像耍魔术的使用的道具，充满了意外和惊喜。

9

蓝玉走了，披着一身绚烂的朝霞，向着太阳升起的地方去了。我站在土庄的土堡上，看着他的身影逐渐变小变淡。太阳明天还是要升起的，可我却见不到我的师弟蓝玉了。蓝玉在我的生命里出现和消逝都突然得紧，仿佛那个落雨的日子，蓝玉就该出现在我的面前，又仿佛这个炫目的黄昏，他本就一定要离去。

昨晚的饭很丰盛，有师娘做得最好的土豆汤，师娘做土豆汤是要放番茄的，番茄在无双镇不叫番茄，叫毛辣角，毛辣角又是土庄特有的小个毛辣角，樱桃样。师娘把剁碎的毛辣角和土豆搅拌在一起，还放了半勺猪油，颜色血红，喝起来酸酸的，很开胃；另外，还有蓝玉最喜欢的灰灰菜，灰灰菜是凉拌的。我在水庄没有见到过这种野菜，蓝玉说他们火庄也没有。嫩嫩的灰灰菜在水里飞快地跑过一趟，晾干后凉拌，居然有鲜肉的味道。

饭桌上师娘不停地往蓝玉的碗里夹菜，一盘灰灰菜差不多都到蓝玉碗里了。蓝玉很得意，不停地对我撇嘴，还故意咂吧出嘹亮的声音。师傅吃饭是没有响动的，他每一个动作都很小心，在饭桌上你都感觉不到他的存在。直到他把一筷子灰灰菜夹到蓝玉的碗里，我才发现师傅一直都在饭桌上的。师傅的这个动作让我和蓝玉的嘴合不上了。要知道，焦家班的掌门人没有给人夹菜的习惯。他总是静悄悄地在饭桌上干他该干的事情，不要说夹菜，就是话也极少说的，有客人他也只是两句话，开饭时说吃饭，客人放碗时说吃饱。师傅看见了我和蓝玉的惊讶，就对蓝玉说，多吃点，这种灰灰菜只有土庄才有的。

我忽然有了一种不祥的预感。这种预感在晚饭后终于得到了证实。

师傅照例在油灯下吸烟，蓝玉就坐在他的面前。

“睡觉前把东西归置归置，明天一早就回去吧！”师傅对蓝玉说。

蓝玉低着头抠指甲，不说话。

“差不多了，红白喜事都能拿下来的。”师傅又说。

“师傅，是我哪里没有做好吗？”蓝玉问。

“你做得很好了，你是我徒弟中悟性最好的一个。”

“那你为什么要赶我走？”蓝玉终于哭了。

“你我的缘分就只能到这里了！”师傅叹了口气说。

“蓝玉不要哭，没事就到土庄来，师娘给你做灰灰菜吃。”师娘也有了一窝子眼泪。

“我吹得比天鸣都好，天鸣能学百鸟朝凤，我为什么不能？”蓝玉咬着牙说。他力气太大了，把左手的中指都抠出血来了。

师傅眼睛一亮，忽然又暗淡下去了。他站起来拍了拍屁股，烟袋悬在嘴上，背着两只手离开了，走到门边才把烟袋从嘴里拿出来，回过头说睡吧，明天还有事情干呢！这话听上去是对师娘说的，又好像是对屋子里所有的人说的。

睡在床上，我有很多的话想对蓝玉说，可又不知道说什么好。一直到天亮，我们谁都没有说一句话。焦家班的传声仪式结束后，蓝玉很是难过了一阵子。没多久他就缓过来了，他对我说，只要还留在师傅身边，他就一定能吹上百鸟朝凤。我是相信蓝玉的，我知道师傅传我百鸟朝凤是因为我老实，不传给蓝玉是觉得蓝玉花花肠子多。其实师傅是不对的，蓝玉天分比我好，他确实是比我机灵了一些，可人机灵点有什么不好的呢？我打心眼里希望师傅能把百鸟朝凤传给蓝玉，我也这样对蓝玉说过，可蓝玉不领情，还说我挤对他呢！

现在师傅要让蓝玉走了。我的师弟最后的希望也就没有了。

蓝玉走的时候就是寻不见师傅。蓝玉在屋子里找了一圈也没寻着，师娘说定是下地去了。蓝玉就在院子里给师娘磕了六个头，说师娘我给你磕六个吧，你和师傅各自三个，我一并磕了。师娘把蓝玉扶起来，眼泪就哗哗地下来了。蓝玉走了，背着一个包袱，狠狠地转了一个身，留给我一个瘦削的背影。

蓝玉不见了，师傅从屋子后面的草垛子后转了出来。我回头看见了他，他对我说，从今天开始，我教你百鸟朝凤吧。

10

游家班到底是哪一年成立的我忘了。那年我好像十九岁，抑或二十岁？我经常在夜晚寻找我的唢呐班子成立时候的一些蛛丝马迹。暗夜里抽丝样出来的那些记忆大抵都和我的唢呐班子无关，倒是一些无关紧要的事件从记忆的缝隙里顽强地冒出来，堵都堵不住。

最深刻的当数我的堂妹游秀芝和人私奔。秀芝是我四叔的闺女，一直是个老实的乡下女娃，脸蛋一年四季都红扑扑的。见到生人就红得更厉害了。之前没有一点迹象表明她要离开生她养她的水庄。那个普通的早晨，我的四叔发现他的闺女不见了。一家人慌张地找了一天也没有寻着。后来有人告诉四叔，天麻麻亮看见秀芝和赵水生一起翻过了水庄后面的那座大山。赵水生是水庄赵老把的儿子，刚脱掉开裆裤就和他老子去了远方，听说是个大城市。秀芝读书的时候和他是同桌，受过他不少欺负，我还替秀芝揍过这龟孙子一顿呢！

毋庸置疑的，赵水生拐走了秀芝。

四婶哭了好几场，说姓赵的这几天跑过来和秀芝两个躲在屋子里嘀嘀咕咕，感觉就不对头，然后就骂姓赵的，骂完姓赵的又骂自个儿的闺女；四叔则是每日都杀气腾腾的样子，多次表态要活剐了姓赵的。一年后事情才出现好转。秀芝寄回来了一封信，信里说她很好，在深圳的一家皮鞋厂上班，一个月能挣半扇肥猪，还照了照片，照片的背景是一个大水塘，比水庄的水塘可大多了。后来才知道，那不是水塘，是大海。

我很奇怪为什么我的记忆里都是和游家班成立无关的事件。为此我陷入了长时间的自责，并试图用记忆来缓解这种不安。可是在梳理属于游家班的丝丝缕缕时，却让我陷入了更大的危机中，因为这些记忆没有一丝亮色，相反，它像一面轰然坍塌的高墙，把我连同我的梦都埋葬掉了。

不知道出师四年还是五年后,师傅把他的焦家班交给了我。

那天师傅对一屋子的师兄弟们说:从今后,无双镇就没有焦家班了,只有游家班。一屋子的眼睛都在看着我,我很茫然,手足无措。他们的眼神都带着笑,善良而温暖。可我却感到害怕。我不知道我该干什么?能干什么?我只知道今后这一屋子人就要在我稚嫩的翅膀下混生活了。我想起了六七岁放羊的经历,父亲把七八只羊交给我,对我说,给我看好了,丢了一只你就甭想吃饭。我特别害怕山羊漫山遍野散落的情景,总是希望他们紧紧地拢成一团。在路上我就和山羊们商量好了的,可一上了坡它们就没有规矩了,眼里只有茂盛的青草,哪儿草好就往哪儿奔,弄得我眼里尽是颗粒状的白。到回家的时候,这些白就更稀疏了。我那时除了哭真是没其他的好办法的。

而此时,那个叫游本盛的男人正挑着一对儿箩筐在水庄的山路上轻快地飞奔。他对遇见的每一个人重复着一句话:天鸣接班了,今后无双镇的唢呐就叫游家班了。他说这句话时除了自豪,更有一个伟大的预言家在自己预言降临时的自负。

猝然而至的交接像一场成人礼,从那天起,我眼里的水庄褪去了一贯的温润,一草一木都冰冷了,那些整日滑上滑下的石头也变得尖锐而锋利。

11

游家班接的第一单活是水庄的毛长生家。

过来接活的是长生的侄儿。一进院子就给我父亲派烟,父亲把香烟吸得有滋有味的,一脸的幸福。这是他的唢呐匠儿子严格意义上给他带来的第一次实惠,滋味自然是与众不同的。

我刚从屋子里出来，父亲就冲着我喊："八台哟！"

"我叔是啥人？别说八台，十六台也不在话下的。"接活的说。

父亲白了长生侄儿一眼："你妈的×，哪有十六台？"

长生侄儿咧了咧嘴，说现在不是天鸣做主吗？自个儿造啊！别说十六台，捋出个九九八十一台也行啊！

父亲这回笑了，快意地猛吸了一大口烟，他从蹲着的长条木凳子上一跃而下，说："那倒是。"

我点了师傅和几个师兄的名字，长生侄儿就蹦跶着去通知了，走的时候又给父亲派了一支烟，父亲接过香烟说你龟儿子脚程放快些，晚上要吹一道的哟。

其他几个师兄都来了，师傅和蓝玉没有来，长生侄儿说他好说歹说说到口水都干了，师傅还是不来，只推说身子不太利索。我没有问他蓝玉为什么没有来。

我家屋子不大，寨邻来了不少，把一个院子堵得满满的，都想看看游家班的第一次出活预演。大庄叔也来了，父亲还单独给了他一条独凳子和一碗浓茶。大庄叔一脸的笑，说真没想到这唢呐班的当家人会是天鸣这崽儿，平时十棍子敲不出一个屁，吹起唢呐来还叫喳喳的呢！当年你爹说你能吹上百鸟朝凤老子还不相信呢，看来你游家真的是祖坟上冒青烟了。

几个师兄话不多，一直笑，父亲给每个人都倒了一碗烧酒，还不停地催促说喝啊喝啊润润嗓子啊！

水庄的夜晚好多年没有这样热闹了。四支唢呐呜呜啦啦地吼。奏完一曲丧调，人群里有人喊说天鸣整一曲百鸟朝凤给大家听听。我说那不行，师傅交代过的，这曲子是不能乱吹的。人群又起一阵哄，老庄叔把凳子往我面前挪了挪，说就整一段，给大伙洗洗耳朵，这曲子当年肖大老师走的时候我听焦三爷整过一回，那阵势真他奶奶的不得了，能把人的骨头都给吹酥了。我还是摇头,父亲站在我身后对大家说今天就到这儿吧,以后机会多的是,天鸣保证给大家吹。老庄叔看见父亲发了话,也站起来说对对对,不依规矩不成,以后听的时间还多,散了吧都。

人群散了去,我对几个师兄说,这是游家班第一次接活,不能砸了,再走几遍吧。

远远的就看见了长生,他头上顶着一块雪白的孝布站在院子边等我们。看我们过来,长生给每个人派了一支烟。自己也嘬上一支。我说老人家什么时候走的?长生喷出一口烟,笑着说这个月都死三四次了,死去没多久又缓了过来,直到昨天早晨才算是死透。旁边一个老人干咳了两声,说长生,快行接师礼呀!接师礼就是磕头。长生回头看了看旁边的老人,说接什么卵师呀!天鸣和我啥关系?一起比过鸡鸡的。然后他回头看着我笑笑,我也笑笑。

我其实倒是很希望长生给我磕个头。长生比我大五岁,是个精灵货,个子也比我大,小时候放牛我没少挨他揍,揍了我还要我喊他爹,喊过他多少回爹我都忘了。我一直想着报仇的,慢慢长大了,懂事了,报仇这个事情也就丢到一边了。今天本来是个机会,可长生还是显示着他一贯的与众不同。算起来,长生算是水庄第一个穿夹克和牛仔裤的人,这几年水庄人都前赴后继地把庇护了自己几千年的土墙房推倒了,于是水庄出现了一排一排的镶着白晃晃瓷砖的砖墙房。水生看准了这个变化,拉上一群人在水庄的河滩上搞了一个砖厂。现在水庄好多人都不叫他长生了,叫他毛老板。

长生给游家班的待遇充分展示了他毛老板这个称呼并非浪得虚名。一人一条香烟,比起那些一支一支扔散烟的人家,这种一次性的大额支付确实让人快意,因为我从几个师兄接过香烟的眼神可以看出,他们像打了一辈子小鱼小虾的渔民,今天忽然就网起来了一头海豹。

然后,你就可以看见我的几个师兄在吹奏的时候是多么的卖力,我真担心他们用力过猛会震破手里的唢呐。特别是长生打我们旁边经过的时候，我大师兄高高坟起的腮帮子像极了他妻子怀胎十月时的大肚皮。

除了香烟，毛老板的慷慨还体现在很多细节上，比如润嗓酒，是瓶装的老窖；再比如乐师饭，居然有虾。那玩意通体透红中规中矩地趴在盘子里，连我都看得傻了，虾我听说过的，是水里的东西，我们无双镇好多水，可我们无双镇的水里没有虾，只有一汪一汪淡绿的水草。长生最大的慷慨还不是这些，而是看见我们卖力地吹奏时，他就会过来先给每个人递上一支烟，说别太当回事了，随便吹吹就他妈结了。

走的那天长生没有送我们，而是每人递给我们一把钱。大师兄说了，这是他吹唢呐以来领到的最多一回钱，二师兄在一边也说，钱是最多的一次，可吹得是最轻松的一次。

我捏着一把钱站在水庄的木桥上，木木地看着一庄子正起来的炊烟。

12

稻谷弯腰了，我去看了一回师傅。

又见到土庄的秋天了，一马平川的黄一直向天边延伸。

师傅刚下地回来。他好像更黑了，也更瘦了，裤管高高地卷起，赤着脚，脚板有韵律地扑打着地面，地面就起来一汪浅浅的尘雾。走到我的面前，他把手里的锄头往地上一拄，下巴挂在锄把的顶端，看着我笑笑，就伸出沾满泥土的手来摸我的脑袋。

“看你那双爪爪哟！”师娘嗔怪师傅。师娘也赤着脚，裤管也高高地卷起，正从屋子里往外搬凳子。

我把从水庄带来的东西拣出来放到院子里的木桌上。有师傅喜欢的旱烟叶子，烟叶是我到金庄出活时给买的，师傅说过无双镇最好的旱烟叶在金庄；还有腊肉，腊肉是我父亲烘的，颜色和肉质都好，带给师傅的是猪屁股那一段，在乡村人眼里，猪屁股是猪身上最珍贵的部分；此外还有母亲让我捎给师娘的碎花布，让师娘做件秋衣。

“来就来，还叮叮当当地带这样一大堆。”师娘总是要客气一番的。

我和师傅坐在院子里，这时候夕阳上来了，水庄就晃眼得紧。远处的金黄在晚风中奔腾翻滚，我都看得呆了。师傅指着远处对我说：“看那片，是我的，那谷子，鼓丁饱绽的。”我说我知道的，师傅就哈哈地笑说对对，你在的那阵子下过地的嘛。

我给师傅装了一锅刚带来的烟叶，师傅吸了一口，再吸一口，说没买准，金庄最好的烟叶在高昌山下，那片地种出来的烟叶才是最地道的，这烟叶儿不是高昌山下的。

“要吃人家饭，最后还要拉屎在人家饭盆里。”一旁剥蒜的师娘给我主持公道。

“前几天你二师兄来过一趟，说你们那边乐师钱出得很阔呢！”师傅往地上啐了一口烟痰说。

“不多的，就是有钱的那几家大方些！”

“人心不足蛇吞象啊！”

晚饭时辰，师傅搬出来一土壶烧酒。

十年了差不多，师傅一脸兴奋地说，火庄陈家酒坊的，那年给陈家老爷出活的时候到他酒房子里接的，没掺一滴水。

师傅在饭桌上照例没话，低着头呼啦啦地吃，间或端着盛酒的碗对我扬扬，这时候我也端起酒碗对着他扬扬，然后就听见烧酒在牙缝里流淌的声音。

我在土庄整整待了三年，没见过师傅喝过一滴酒。其实师傅是有些酒量的，三碗青幽幽的烧酒倒下去，师傅的脸就有了猪肝的颜色。两个眼睛也格外的亮。

最让我惊奇的是那天师傅喝完酒后在饭桌上的话，那个多哟！比我在木庄听他说了三年的话还多。那天师傅说的一些话让我印象深刻，因为师傅在说这些话的时候就像一只老狼，两手撑着桌面，脸向我这边倾斜着，眼睛里则是血红的光芒。他说唢呐匠眼睛不要只盯着那几张白花花的票子，要盯着手里那杆唢呐；还说唢呐不是吹给别人听的，是吹给自己听的；最后我的师傅焦三爷终于扛不过他珍藏了十年的陈家酒坊的高度烧酒，瘫倒在桌子上了，他倒下去的那一刻，两只眼睛直直地看着我说：

“有时间去看看你的师弟蓝玉吧！”

第二天起来，师傅师娘都不见了，我知道他们下地了。这就是他们的生活，规律得和日出日落一样的。我还是有些晕，走到屋外，院子里木桌上的筲箕里有煮熟的洋芋，这算是给我的早饭了。那些日子就是这样的，我和蓝玉每天早上都要为拿到大个的洋芋争斗一番的。

站在山梁上，我回头看了看土庄，它好像老去了不少，那些山，那些水，都似乎泛黄了。

13

马家大院看上去比五年前阔多了，楼房像个长个子的娃，几年光景就多出了三层。马家在木庄都习惯领跑了，还把后面的拉下一大截。老马家两层小平房起来了，木庄其他人家还在茅草屋子里忍饥挨饿，好不容易有了两层小平房，一瞧，老马家都五层了。木庄人总是在老马家屁股后面，怎么跑都跑不过。个中缘由除了老马脑筋好用以外，最主要的是老马有四个身强力壮的男娃子。几个娃出门早，据说中国的大城市都有他们的脚印。

可惜精打细算的老马还是耗不过病痛，六十不到的人，年前还背着手在木庄的石板路上检阅风景，年后就蹬腿了。四个儿子回来奔丧，每个人都有一辆小汽车，十六个轮子一码子停靠在木庄的石板街上，成了木庄人眼里一道稀有而复杂的风景。

游家班在马家大院里呈扇形散开。八台，也当然是八台。烟酒茶照例是不能少的，还有黄澄澄的糕点，放进嘴里又软又酥，上下颚一合拢，就化掉了。几个师兄都兴奋地交谈着，连平时话最少的三师兄都停不下口，他慌乱地说话，慌乱地把好吃的东西往嘴里扔，好几次该他的锣声响起了，他都还在为他那张嘴在奋斗。我有些火了，吼了他两声，没多久又听不见他的锣声了。

我忽然好惶恐。从我们进到马家大院起，好像就没有人关注过这几支呜呜啦啦的唢呐，我开始以为是大家不卖力，白了他们几眼，大家精神就抖擞不少，大师兄两个眼珠子都要给吹飞出来了，可对我们的处境仍没多少改善。人们依旧在院子里穿梭，小孩子依旧在院子里打闹，就是没人看我们。其间还有人碰倒了二师兄脚边的酒瓶子，白酒汩汩地往外流，那人像没看见一样，径直就去了。

我正要伸手去扶酒瓶子，眼睛就什么都看不见了。

猜猜，我是谁?

不用猜我就知道是他，我的师弟蓝玉。他的手粗壮了不少，声音也变得厚实了，嗓子也由男孩儿的蜕变成男人的了。

我的眼睛一下就潮湿了，其实我早看见他了的，混在来来往往的人群里，一件红色的外套招招摇摇。他的眼睛还不时地往游家班这边瞟，我没敢过去和蓝玉相认，不知道是没有相认的勇气还是其他的什么原因。

我的师弟蓝玉早就看见我们了，他一直没有过来，我想他不会过来了。

但现在他蒙住了我的双眼，让我猜他是谁。

蓝玉惊慌地松开了手，惊讶地看着两只手掌中的潮湿，又抬起头看着我的眼睛，忽然他的眼泪也下来了。我和蓝玉面对面站着，我们差不多一样高，他嘴角的胡须比我的要茂盛，身子却比我瘦弱一些。

我忽然有了拥抱蓝玉的冲动，那种感觉热乎乎的。好多年前我们家有一条狗，黄毛，短耳朵，有一天突然不见了，刚不见的那几天还会想想它，慢慢的就忘掉了。大约过了两个月，那条狗出现在了我家院子里，一身泥污，一条腿还折了，两只眼睛弥漫着哀伤和委屈。那时候我也是这种热乎乎的感觉，跑过去抱着狗流了一回泪。

我看着蓝玉，蓝玉也看着我，我们谁都没有动。

师弟！我喊了一声。

蓝玉走过来，捶了我一拳。

“你有丢过狗的经历吗？”我问蓝玉。

“有，丢了整整十年！”蓝玉说。

几个师兄的唢呐一下嘹亮起来。

晚上蓝玉没有回家，一直陪着我们。喝酒、吹牛、抽烟。

下半夜，几个师兄都去睡觉了，人群也大多散去了。我和蓝玉坐在院子里，我把唢呐递给他，说来一调，蓝玉兴致勃勃地把唢呐接过去，苇哨刚送进嘴里又抽出来了。他把唢呐还给我，为难地笑笑说算了吧！好多年没吹了，调子都忘记了。我也笑笑说你那脑袋，十分钟就能把调调找回来。蓝玉拿来两个碗，倒了满满两海碗烧酒，我们就开始喝，一直喝到月亮下去，漫天的红霞上来，没有一点睡意。

这么多年来，蓝玉那晚说过的话我基本都记得。甚至他说话时的每一个表情，歪脑袋，大幅度地点头，掏耳朵等这些细节都还在我的脑海里。比如他说当年离开土庄的时候，我一个人像条野狗一样，茫然地在田间小路上走，连死的心都有了。讲到这里他就把脑袋夸张地往下缩，等脑袋落到肩上了我才听见他喉咙里出来的那声浑浊的长叹；还有他说其实我不怪师傅，师傅让我回家是对的，要换了我，无双镇的唢呐班子早没了，我性子野，干啥都守不了多久，总会有些稀奇古怪的想法。讲到这里蓝玉的脖子忽然伸得老长，都快顶着头上那片红云了，他还呵呵地笑，笑完就猛灌下去一大口烧酒，脸也成了天边的颜色。

我的生命里有很多的变化，这些变化就像天气一样的让人捉摸不定，但每次变化之前又隐隐约约地看得见一些预兆。下雨之前是一定要乌云密布的，太阳带晕了，接踵而至的就是干旱，月亮带晕了，那说明接下来就该是一场连绵不绝的细雨时节了。那个木庄的夜晚，我和我的师弟蓝玉十年后相遇了，我们还有了一次酣畅淋漓的谈话，这场谈话让我隐隐地看到，也许，我的命运又到了拐角的地段了。

14

老马的四个儿子比想象中的要阔得多。

老马要入土的前一天，一辆卡车开进了木庄。

老马的四个儿子都到庄头去列队迎接。车上下来几个人，和老马的大儿子聊了几句，老马的大儿子一挥手，庄上一群年轻人就钻进卡车里卸东西。

一开始那些东西还是零零碎碎的一堆，让人不知所以，东拼西凑的一倒腾，我身边的师弟蓝玉惊讶地说。

“妈的，这是一支乐队！”

游家班呈扇形站在马家大院里，我惊奇地发现，我的师兄们集体陷入了某种迷惘。他们的眼神笔直地指向同一个地方，嘴全都大大地咧着，像咫尺有了一个意想不到的惊人变化，也像遥远的天边出现了神奇的海市蜃楼，他们最后都笨拙地完成了复杂情感下简单的语言传递。

“到底是搞哪样卵哦！”

“这些狗日的是从哪里冒出来的！”

“哎呀！”

“哦哟！”

……

天黑下来，落雨了，一开始那雨细微得让人都觉察不到，落到手背上，脸上，有些淡淡的凉意，用手一抹，什么都没有。渐渐的雨就大起来了，雨滴也变大了，砸在裸露的皮肤上还有些疼痛。人群就开始往屋子里、屋檐下和灵堂里拱。

城里来的乐队还在雨中忙碌着。二师兄看着雨幕中的几只落汤鸡，说如何不下刀呢？我看了他一眼，他可能意识到这个愿望着实歹毒了些，又讪讪地矫正说下石头也行的。我也赞成下石头，所以我就没有说话了。但很快我发现，下石头恐怕对城里来的乐队也不会有什么实质性的伤害。老马的大儿子很快招呼人在院子里支起了一个帆布帐篷。还满脸堆笑给他们派烟，每个人的两边耳朵上堆满了他还在乐此不疲地派。

很快城里来的乐队就准备就绪了。他们的家伙比起乡村八台唢呐要复杂得多。从我见多识广的师弟的介绍中我知道了左边那一排鼓叫架子鼓，站着的那个家伙手里抱着的像机枪一样的东西叫电吉他，案板样的是电子琴。最让我惊奇的是右边的络腮胡手里攥着的那支唢呐，他的唢呐好像更长更粗，腰身没有游家班使用的唢呐腰身好，大大咧咧的一粗到底。我就想这样粗的唢呐如何吹呢。

“砰！”弹吉他的用手指拨出了一个清脆的音符。我现在还会在梦里听见那一声响，它的出现让我的梦总是充满了灰色的格调，每一次醒来，我都会双手枕着头想好久，那一声砰为什么在我的梦里不再是乐器的音符，而是极其怪异地幻化成了各式各样断裂发出的声响。譬如我正在建房，砰，房屋的大梁断裂了；或者我刚爬上高大的桑椹树，砰，大树一折为二；又或者我孤独地在一方悬崖下爬行，砰，悬崖张牙舞爪地迎面扑来。

……

我唯一可以肯定的是，在木庄马家大院的那个夜晚，仿佛从天而降的一声炸裂，搅乱了某种既定的秩序。每个人的心底都有一些莫名的东西在暗暗涌动着，像夜晚厨房木盆里那团搅和完毕的面团，正悄悄地发生着一些不为人知的变化。

就在那支吉他发出那声诡异的“砰”的声响的瞬间，我惊异地看见，马家大院所有一切都静止了。洒落的雨滴停在半空，在灯光下有五彩的颜色；洗菜的妇女扔进大木盆的萝卜也滞留在空中，在灯光下有耀眼的白；还有灵堂里的烛光，瞬间就收束成了一团实心的灼热，坚硬如冰；一个正在奔跑的孩子身体前倾，悬停在大门处，手臂一前一后伸展着，像一尊肉铸的雕塑。我张皇地在静止中游走，伸手去碰了一下半空里的水滴，它竟然炸裂成了一团水雾；我绷起指头弹向那团坚实的火焰，哗啦一声，散落了一桌的橘红。

我痛苦地捂着脑袋蹲在院子里。

“咚”，一声闷响。杂乱的噪音铺天盖地的向我袭来，震得我耳朵发麻。我站起来，发现一切都是活的，一切都在继续。雨一直在下，萝卜翻滚着跌进木盆，烛火在欢快地燃烧，孩子在院子里不停地奔跑。

“你刚才看见什么了吗？”我问蓝玉。

蓝玉看着我，说：“你是不是丢东西了？”我摇头。“那你满院子找什么呢？”蓝玉问。

15

老马的葬礼新鲜而奇特。

乡村的葬礼不一定非得沉痛，但起码是严肃的。七十岁以上的老人去了那头，这叫喜丧，气氛是可以鼓噪些的。老马六十不到，他的葬礼是没有资格欢欣鼓舞的。可就在他入土的头一个晚上，马家大院出现了前所未有的喜气洋洋，那些奔丧迟到的人走进马家大院都一头雾水，以为走错了门，这里怎么看都像是老马家在娶媳妇，说在办丧事打死人家都不相信。

让老马由死而生的，是那支乐队。

先是几个人叮叮咚咚的乱敲一通，然后就唱开了。

鼓捣吉他的边弹边唱，唱的过程中还摇头晃脑的。他唱的是什么我听不懂，我的师弟蓝玉在一旁跟着哼哼，我问蓝玉他唱的是什么，蓝玉说是时下正流行的，只能跟着哼哼几句，整个儿的记不住，曲子叫什么名字也记不住了。

开始，木庄的乡亲们站在院子里，脸上都有了怒气。每个人都不很适应，脸上都有矜持的不满，一个上了年纪的阿婆把手里的一棵白菜狠狠地摔在地上，眼神离奇地愤怒，嘴里还咕咕囔囔，最后很沉痛地看了看灵堂。我知道她是在为死去的老马打抱不平呢！

渐渐的，大家的神色开始舒展开了，有一些年轻人还饶有兴致地围在乐队的周围，环抱双手，唱到自己熟悉的曲子时还情不自禁地跟着哼哼。

游家班站在马家大院的屋檐下，局促得像一群刚进门的小媳妇。我低头看了看手里的唢呐，才忽然想起来我们也是有活干的。

雨停了，空气清爽得不行，干干净净的。院子里为游家班准备的呈扇形排开的凳子还在。我们过去坐好。我看了看几个师兄。

“还吹啊？”一个师兄问。

“怎么不吹？又不是来舔死人干鸡巴的！”我对他的怯懦出离了愤怒。

我还拿起脚边的酒瓶子灌了一大口烧酒，悲壮得像即将奔赴战场的战士。

呜呜啦啦！呜呜啦啦！

平日嘹亮的唢呐声此刻却细弱游丝,我使劲瞪了几个师兄两大眼,大家会意,腮帮子高鼓,眼睛瞪得斗大。还是脆弱,那边的声响骄傲而高亢,这边的声音像临死之人哀婉的残音。一曲完毕,几个师兄都一脸的沮丧,大家你看看我,我看看你。

吹,往死里吹,吹死那群狗日的。师弟蓝玉在一边给大家打气。

我们吹得很卖力,在那边气势较弱的当口,就会有高亢的唢呐声从杂乱的声音缝隙里飚出去，那是被埋在泥土中的生命扒开生命出口时的激动人心,那是伸手不见五指的暗夜里划燃一根火柴后的欣喜若狂。

我们都很快意,那边的几只眼睛不停地往这边看,看得出,眼神里尽是鄙夷和不屑,甚至还有厌恶。

说实话,我对这群不速之客眼神里的内容是能够接受的,甚至他们就应该对我手里的这支唢呐感到厌恶才对。只是我没有想到,对我手里这支唢呐感到厌恶的不光是他们。

一个围在乐队边唱得最欢的年轻人不知什么时候站在我的面前。他斜着脑袋看着我,表情怪怪的,像是在瞻仰一具刚出土的千年干尸。我把唢呐从嘴里拔出来,吞了一口唾沫问:干什么?

你们吹一次能得多少钱？他说。

和你有关系吗？我答。

我付你双倍的钱,条件是你们不要再吹了。

我摇头说那不行。

没人喜欢听你们几根长鸡巴吹出来的声音。

那我也要吹。

这时候我的师弟站出来了，他过来推了年轻人一把。说柳三你干啥？叫柳三的说关你啥事？蓝玉说就他妈关我的事，咋了？

两个人就你来我往地开始推搡。本来已经有人过来劝住了的，柳三这个时候像想起了什么来，然后他说："哦！我差点忘记了，你原来也是个吹破唢呐的！"说完还嘿嘿地干笑两声。

我看见蓝玉的拳头越过三个人的脑袋，奔着柳三的脑袋呼啸去了。一声闷响后，殷红的鲜血从柳三的鼻孔里奔涌而出。场面一下子就乱了，呼喊声，叫骂声，拳头打中某个部位后的空响，夹杂在癫狂的乐曲声中，活像一锅滚热的辣油。

第二天是蓝玉送我们离开的。我的师弟脑袋上缠着一块纱布，左边眼圈像块圆形的晒煤场。在我们身后远处的山梁上，送葬的队伍爬行在蜿蜒的山道上，那利箭一样的乐器声响充斥着木庄的每一个角落。

16

水庄最近变化很多，有些是那种轮回式的变化，比如蒜薹又到了采摘的时候；有些变化则是新鲜的，让人鼓舞的，比如水庄通往县城的水泥路完工了，孩子们在新修完的水泥路上撒欢，大大小小的车辆赶趟儿似的往水庄跑，仿佛一夜之间，水庄就和县城抱成一团了。要知道，以前水庄人要去趟县城可不是那样容易的，不在坑坑洼洼的山路上颠簸五六个小时，你是看不见县城的。现在好了，去趟县城就像到邻居家串个门儿。

这个时候，我的父亲游本盛站在自家大蒜地里，满脸堆笑。在他眼里，像水庄有了水泥路这些新鲜事儿和他没有什么关系，他更关心的是他的大蒜地。今年的大蒜地倒是争气得紧，从冒芽儿开始就顺风顺水的，该采摘了，一根根在和风里炫耀着粗壮的身躯。父亲每天都要到大蒜地走一走，看一看，然后嘬着纸烟蹲在土坎上，没有比这让他更满足的事情了。

父亲弓着腰在剥蒜薹，一阵风过去，我看见了他两扇瘦窄的屁股。我说歇歇吧。他直起腰，回过头，一脸的怒气："歇歇？歇歇都能有饭吃老子早歇了！"我不说话了，还后悔刚才说出来的话。我想我最好是闭嘴，我说出来的每一句话，我的父亲都能找出让我难堪的理由。

可我发现，我不说话也不行，我不说话父亲也会把他的不满通过诸如眼神和动作传递给我。这一年来，父亲看我的眼神总是充满了疑问和警惕，我就像一只潜入他们家偷食的野猫，不幸正好被他发现了。我这只偷食的野猫只好把尾巴藏着掖着，生怕主人哪天不高兴了一脚把你踹出门去。

初夏是水庄一年中最好的季节，这个时候的水庄可有生机了，天空清澈碧透，水面也清澈碧透，一庄子待收割的蒜薹也清澈碧透。最打动人的不管你走到哪里，每一个水庄人的脸上都带着笑。水庄人真的没有野心，一次理所当然的丰收就能把一个村庄变得天宽地阔。父亲不和我说话，埋下头继续采摘蒜薹。我直起腰，天空没有一丝云彩，一望无际的蒜地在阳光下像一幅油画。远远的，族中的三叔对着我远远地招手。三叔是我请去通知几个师兄弟出活的人。不知道从哪一天开始，无双镇的唢呐班子省掉了接师礼，连运送出活工具这些规矩都一并没了。我三步两跳地跑过去，先递给三叔一支烟，他撩起衣角擦了擦满脸的汗水，把烟点燃后对我说。

"都通知了，只有你大师兄同意来。"

"其他人呢？他们怎么说？"

"还能说啥？不是说忙就是这里那里不利索咯。"

三叔说完走了，走出老远了他好像又想起了什么，回头大声喊：

"对了，你二师兄说以后不要去叫他了。"

"为什么？"我问。

“说下个月要出门了。”

“去哪里？”

“不知道，大城市咯！”

我悻悻地回过头，就看见了父亲那张铁青的脸，他两手叉在腰际，眼睛直直地看着我。我低着头从他旁边走过去，他在后面冷冷地笑，笑完了说：

“都快孤家寡人了吧？看你以后还怎么吹？吹牛×还差不多。”

晚上我没有吃饭，躺在床上，定定地看着天花板。天花板上有一只蜘蛛倒悬着垂下来，一直垂到我的鼻尖处，我伸出手，让蜘蛛降落在我的手心里，它就顺着我的手臂往上爬，时左时右，我不知道哪里是它想去的地方，或者它压根就没有目的地，只是这样一直往前爬，再往前爬，什么时候爬累了，织个网，就算安家落户了；又抑或被天敌给吃掉了，无声无息的，谁又会去关心一只蜘蛛的未来呢！

仿佛一眨眼时间，我身边这个世界一下就变得陌生了，眼里的一切都没变，山还是那座山，河也还是那条河。可有些看不见的东西却不一样了，像水庄的那条河，看上去风平浪静的，可事实不是这样的，小时候下河游泳，一个猛子下去，才发现河底下暗潮汹涌。

直到父亲睡了，我才从屋子里出来。母亲重新把菜给我热了热。我吃饭时，母亲还是像小时候一样静静地坐在我的旁边，目不转睛地看着我，眼神里流淌着源源不竭的爱怜。

“后天是不是要出活？”母亲问。

我点点头。

“听你爹说几个师兄都不来？”

我又点点头。

“唉！”母亲长叹一声，然后她接着说，“天鸣，要不这唢呐不吹了！咱干点别的，凭咱这双手干啥不能活命啊！”

我放下碗，转过去对着母亲。

“我知道这个理，可当年拜师的时候我给师傅发过誓的，只要还有一口气，就要把这唢呐吹下去。”

“可你看，就你一个人也吹不来啊！”

“过两天我去找师傅。”

17

我还没来得及去找师傅，师傅就先来找我了。

师傅一进院子就骂：“你个小狗日的游天鸣给老子出来。”

我出来看见师傅站在院子里，他的双脚沾满了泥，连衣服的下摆都有星星点点的泥点子。脸和我当初去拜师的时候一样黑，只是皱纹更多了，看见师傅老了一大截，我忽然上来了一些伤感。这个无双镇当年响当当的焦家班的掌门人，像入了冬的一棵老槐树，尽是令人沮丧的残败。最揪心的就是他一身灰布衣服了，还是老式样，对襟衫，几个地方都是补丁，要知道，现在无双镇像这样有补丁的衣服是不多见了，偶尔看见，不会有人说你艰苦朴素，下意识还会把你往穷人堆里推。

我喊了一声师傅。

“不要叫我师傅，我没有你这样的徒弟。”师傅往地上狠狠地啐了一口痰，“当初你是怎样说的，有口气就要把这活往下传，可这才过去多久？昨天就有人给我递话了，说无双镇的游家班散伙了，垮台了，有活也不接了，无双镇从今以后就没有唢呐匠了。”

我说师傅你先进屋，我们到屋里说。师傅一挥手：“进不起你的宝殿门，你现在哪里还瞧得上吹唢呐的？”还是母亲出来，说焦师傅你先不要着急，进来说，天鸣正托人到处通知他的师兄弟们呢，这几天就要出活。母亲说话时不断对着我眨眼，我慌忙应和说对对对。师傅火气这才消了些。背着手走进屋，也不看我，只说，不给老子说个一二三，看老子不撕破你那张×嘴。

师傅坐下来，接过母亲倒来的茶，怒气冲冲地等我的解释。听完我的解释，师傅把茶碗往桌上狠狠一掼。

“我去找他们，几个狗日的还翻天了。”

师傅出了院门，看我还站在屋檐下，就吼：“傻了？游家班班主是我还是你？”我哦了一声，才快步跟上去。

我跟在师傅身后，一路上他一句话都没有，但我能清晰地听见他大口大口喘气的声音。

二师兄对我和师傅的到来有些意外。当时二师兄正在打点行装，屋檐下，他正把一捆衣物狠命地往一个陈旧的蛇皮口袋里塞，口袋太小，装不下二师兄远涉的必须，就委屈地从口沿处往下撕裂，还发出吱吱的怪叫。二师兄骂了一句，抬起头就看见了师傅和我，他的嘴上下翕动着，是想说些什么，但从师傅的脸色他似乎已经明白了我们的来意，于是就什么也没有说。他放下手里的袋子，直起身子，从屋檐下的檐坎上下来，站在师傅面前，静悄悄的，没有一点声息。

师傅没有理二师兄，鼻子有了一声闷哼后，径直走到屋檐下，把口袋拎到院子里，把口袋里的东西一样一样地掏出来往院子里抛撒。师傅的这个动作持续了好长时间，我惊讶于这个看上去个儿不大的口袋居然有如此壮观的吞吐量，等师傅捋直了身子，院子里早成了花花绿绿的晾晒场。

师傅把干瘪的口袋踩在脚下，目光盯着二师兄，那眼神像水庄六月的日头，能把人烤晕过去的。

二师兄低着头，他一句话没有说，两个手交互搓揉着，这时候有几只麻雀从天而降，欢快地在院子里那些各式各样的衣物上跳跃。二师兄忽然松开了两只互握着的手，低头从师傅旁边走过去，蹲下身子把地上的衣物一件一件地拾起来搭在臂弯处，其间还拍拍打打地扇掉衣物上的灰尘。等他臂弯放不下后，他就慢慢蹲着移到师傅的脚边，伸出一只手扯师傅脚下的蛇皮口袋，师傅一动不动，师兄却执着地扯，力量也越来越大，最后我看见师傅的身体都开始摇晃起来。我站在一边看着这对奇特的师徒，他们就像在出演一出哑剧，每一个动作和眼神都极具深意，所有的表达都在你来我往的无声的动作中了。这时我的师傅伸出一只脚，狠狠地踹向了他二徒弟的面部，我看见二师兄猝然往后倒了下去，像刚被掏空的蛇皮口袋。好半天，师兄才像复苏的蛇一样从地上卷曲着爬起来，两道殷红从他的鼻孔蜿蜒而下，几乎穿越了整个面部。他没有完全站起来，依旧半蹲着，一步步挪到师傅的脚边，伸出一只手，固执地去扯师傅脚下的口袋。

这时候，我看见我的师傅面部完全变成了死灰色，五官也剧烈地痉挛着，像一锅煮烂的饺子。良久，他终于仰头长长地叹了一口气，叹气的感觉和水庄冬天的寒风一般，经过皮肤，直抵骨髓，能把人的那颗心都冻僵了。他终于移开了紧紧踩踏着口袋的脚，转身走了，走得很快，留给我一个颤抖不止的背影。

18

道路弯弯拐拐，曲折迂回。乡间小路就是这样，站定一个点，极目远眺，道路伸出去没多远就倏然不见了。赶上去，才发现它又折向了某一个去处，再远眺，还是只能看到一根断面条。我们就在这样一条琢磨不定的道路上走着。最前面是我的师傅，中间两个，一个大师兄，一个蓝玉，我跟在最后头。

蓝玉自从离开土庄后，没有出过一次活。今天他能站在游家班的队伍里，我总有一种怪怪的感觉。我也不知道师傅是怎样说服蓝玉跟我们出这次活的。那天师傅离开二师兄家后，就直奔木庄去了。昨天晚上，蓝玉推开了我家的门。

师傅今天穿了一件新衣服，衣服上的折痕都还清晰可见。他走得很快，像一只老当益壮的野兔。蓝玉有意把步子放慢，很快我们的队伍就断裂成了两个块，前面是师傅和我的大师兄，后面是我和我的师弟蓝玉。

和我并排着的蓝玉忽然说："师傅老了！"我点点头，蓝玉又说："这是我第一次正式出活，也是最后一次。"我转过头看着蓝玉，不知道他想表达什么。过了半晌，蓝玉自言自语："我答应师傅的，师傅也答应我的。"

我的师弟蓝玉就是这样，总让我琢磨不透，说话也玄机重重。我说这话什么意思？蓝玉笑笑，没说话。我就低头自己想，等我抬起头的时候，幽静的山路上就看不见人影了。

在无双镇，和其他几个庄子比，火庄一直落在后面，房屋还多是拉拉杂杂的茅草屋，道路也没有其他几个庄子来得宽敞。但火庄人老实。无双镇人到集市上买鸡蛋，特别是买土鸡蛋，都要先问问是哪个庄子的。说是其他庄子的，人家不敢买。那是因为吃过亏的，问的时候一个劲给你打包票说真是土鸡蛋，买回去打开，一眼的翻白。只有火庄的土鸡蛋货真价实，黄澄澄的不说，价格也合理。今天出活的人家在火庄的西头，看上去家境一般，房屋翻了新，但屋子里却空落落的，只有些日常生活必须的物事，看来是屋子翻新耗光了家资。

家境虽是一般，可仍旧热闹。这和死去的人有莫大的关系，死者是火庄的老支书。德高望重的老支书躺在堂屋里，安静得像一只睡去的猫。师傅过去恭恭敬敬地上了三炷香。晚饭毕，我们一班人聚在堂屋里，我百无聊赖，把玩着手里的唢呐。师傅则拿出他那支老黄木杆的唢呐不停地擦拭。

大师兄把唢呐放进嘴里调音,咕咕唧唧的。师傅说你们都收起来,今天天鸣一个人吹。说完把擦拭好的唢呐递给我。

我出奇地惊讶,大师兄更惊讶,连嘴里的唢呐都忘记卸下来了。

“为什么?”我问。

“他去过朝鲜,剿过匪,带领金庄人修路被石头压断过四根肋骨。”师傅面无表情地说。

“百鸟朝凤!”蓝玉一扫慵懒的模样,绷直了问。

架势是摆出来了。灵堂前一张宽大的木靠椅,一群孝子俯首跪倒在我面前。所有的人都站在院子里,仰直了脖子往灵堂里看,连一直撒欢的那条老黄狗也规规矩矩地端坐在院子里。

我忽然有了一种神圣感,像一个身负特殊使命的斗士。那些眼光让人着迷,在每天来来往往,平淡无奇的生活中,你是看不到这种眼神的。它是那样的干净无邪,仿佛春雨过后山野里散发着的清新气息,又像是冬雪里萦绕在山巅的蒸腾雾霭。

师傅站了出来,对着灵堂鞠了三个躬,然后转过身对众人说:

“百鸟朝凤,上祖诸般授技之最,只传次代掌事,乃大哀之乐,非德高者弗能受也。”我知道这几句是《百鸟朝凤》曲谱扉页上的几句话,下面的人是听不懂这几句话的,所以还是一贯地沉默。师傅接着说:“窦老支书我不多说了,他的所作所为金庄人都看在眼里,记在心里,如果无双镇还有人能受得起‘百鸟朝凤’这个曲子的,窦老支书算一个,今天,给窦老支书吹奏送行的,是游家班的班主游天鸣。”师傅的诚恳让跪倒在我面前的一干人开始发出呜呜的低鸣声。

“大哀至圣,敬送亡人,起奏!”师傅高喊。

我把唢呐送到嘴里,忽然眼前一片漆黑。

直到今天我都活在那段悔恨中,我本可以从容地完成一个乡村乐师所能完成的最高使命,可以让后人提起这段近乎传奇的事件时还能提起我的名字，本可以让乐师这个职业在乡村实现最动人的谢幕演出，甚至可以用一种近于神圣的方式结束我的乐师生涯。可就在那一瞬间，这些可能统统没有了，我的行为让无双镇这个古老的职业用一种异常丑陋的形式完结掉了，连在湮没于时代变化中的最后一刻也未能保持它曾经拥有的尊严。所以，在记录下这段经历的时候，我面临着可怕的记忆煎熬，我感觉我心灵深处的一块被时间慢慢治愈的伤疤又被重新揭开，我清楚地看见它鲜血淋漓，继而是透骨的疼痛。

重新睁开眼，一双双焦渴的眼睛全都在看着我。我把唢呐从嘴里慢慢抽出来，站起来对我的师傅说：

“对不起大家，这个曲子我忘了！”

出人意料，师傅笑了，下面的人也笑了。下面的人还在笑，师傅却哭了，他蹲在地上放声痛哭，我、我的大师兄，还有我的师弟蓝玉，我们站在师傅的身边，谁都不说话。师傅哭了一阵，站起来对还跪在地上的孝子鞠了三个躬，说我们对不起窦老支书，也对不起各位孝子。

焦三爷吹一个不就行了！人群中有人建议。

师傅摆摆手，说我早就没有这个资格了，这个班子不是焦家班，只有游家班的班主才有这个资格。师傅说完转过身从我手里抢过那支唢呐，抬起膝盖，两手握着唢呐猛力一沉。

咔嚓！

师傅走了，他迅速消失在了金庄伸手不见五指的黑夜里。

蓝玉从地上把断成两截的唢呐拾起来，又看看我，说：“看来我这辈子是听不到百鸟朝凤了！”

19

父亲对我的态度是越来越坏了，他看我什么都不顺眼，水缸空了，他骂我眼瞎了，连水缸没水了也看不见；我把水缸挑满了，他还骂我，说我除了挑水还能干啥？

父亲骂得对，我都二十六七岁的人了，还窝在家里。你看水庄和我一般年纪的人，娶妻的娶妻，生子的生子，还有大部分早就打点好行装，爬上开往县城、省城的客车走了，除了过年过节能看到他们一两眼，平时像我这样的年轻人村里几乎就看不到了。

自从游家班解散后，我再没吹过一天唢呐。

游家班的解散没有什么仪式，自自然然的，仿佛空气蒸发了一样，请也没人请了，吹就更没有人吹了。我和大师兄在无双镇的集市上遇到过一次，我们互相问候，还谈了今年庄稼的长势，最后还到无双镇的馆子里喝了一顿烧酒，可谁都没有说关于游家班的事情，哪怕一丁点也没有，像这个班子从来就没有存在过似的。

我二十八岁了，水庄的冬天又来了，水庄的冬天如今是越来越随便了，连场像模像样的雪都没有，最近两年更是蹬鼻子上脸，连点缀性的雾凇也看不见了，整个冬天都邋里邋遢，只知道一个劲地落冰雨，钉得人脸手生疼不说，还把一个水庄搅得稀泥遍地。

我现在最怕和父亲照面，不光是怕他骂我，是看着他一天天老去的模样我就会内疚。别人的儿子每年都能给家里寄回来数目不等的钱，我却只能坐在家里吃吃喝喝。母亲不像父亲那样责骂我，但她总是一声接着一声地叹气，叹气的声息像一块永远挤不干水的海绵，这比父亲的责骂让我更难受。就这样，我不得不在这个狭窄的空间里逃避。父亲每天吃完饭就去庄上看人打牌去了，他不参与，只是看，其实父亲很想坐上去摸一摸的，可他的口袋不允许。母亲则是每天都在灯下一直坐着忙，忙到实在疲乏得不行了才去睡觉。

我每个夜晚都早早爬到床上，却往往到了天亮还没有睡着。

今年从稻谷返青开始就没有落过一拨雨。本来都乌云密布了的，天地也陡然黑暗了，眼看一切前奏都摆足了，一庄子人都站在天地间等着瓢泼的雨水了。结果呢，稀稀拉拉地下来几滴，在地上留小几个濡湿的坑点，立马就云开雾绽了。反复几次，水庄人的希望和耐心像田里的稻谷一样，都干枯瘪壳了。

父亲的背越来越佝偻，像一张松垮垮的泥弓。父亲每天都守在他的稻田边，脸色和稻子一样枯黄。他的眼神散漫无力地在一坝子干瘪的稻浪上翻滚，跟着风的摆动，晃来荡去，软弱无力。就这样一直到黄昏，他才直起腰来，在一阵吱吱嘎嘎的骨头摩擦声中，开始把枯朽的身躯往自家屋子里搬运。

偶尔我会在院子里遇见他，他总是呆呆地看着我，没有了愤怒，也没有了讥讽，目光蛛丝一般的柔软，缠得我有些透不过气来。

我清楚地记得，那一季的稻谷最后全枯死在了田里。我站在水庄后面的山头，视野里是一片灼人的枯黄，那黄一直向天边延伸，这样的颜色真让我绝望。但水庄的游本盛更让我绝望。一张脸黄得肆无忌惮。肝癌晚期，我和母亲竭力要求把圈里的老牛卖掉给他治病，可游本盛说：算了，我就是田里的稻子了，再大的雨水也缓不过来了。

一个月来，父亲的身体在木床上越来越小。从医院回来，父亲就再没有离开过家里那张宽大的木床。木床是爷爷留下来的，父亲当年就在这张大床上降生，如今，他又即将在这张大床上死去，像完成了一个可笑的轮回。

早晨我把家里的老牛牵到水庄的河滩边吃了一些草。中午回家的时候，我居然看见父亲站在庄头，阳光把他捏成一小团，他把身体靠在土坎上，土坎上有茂密的青色，这样他就像一朵从草丛里长出来的黄色蘑菇。我远远就看见了他，惊讶过后眼泪就下来了。

我怕他看见我的眼泪，拭干了才走近他。他颤颤巍巍地过来，像刚学走路的小孩儿。拍了拍老牛的脖子，父亲说："把它卖了吧！"说完了居然下来了两滴眼泪。我明白了,父亲还不想死,他毕竟才五十出头,这样年纪的水庄人,都身强体健地穿梭于田间地头,还有使不完的劲,眼前的路还远得看不到头呢!“早该卖了,早卖早治的话,也不至于这样了。”我说。

牛卖掉那天,我在无双镇给父亲买了一双软底布鞋,我想过了,进城治病难免要走来走去的,软底布鞋穿上不硌脚,父亲全身只剩下骨头了,什么都该是软的才对。

晚上回来把鞋子递到父亲手里,他竟然从床上翘起来给了我一耳光。

“谁叫你费这钱?狗日的就是手散!”

耳光一点不响亮,听见的反而是骨头炸裂的声音。

我没有说话,把父亲扶下躺好,他两个鼻孔和嘴都大口大口地呼着浊气。喘了好一阵子,父亲终于平静了下来,他先是长长地吁了一口气,艰难地把身体侧过来对着我说:“天鸣,我听说金庄的唢呐也吹起来了。”我点点头。

其实不光金庄,无双镇除了水庄其他几个庄子都有唢呐了。也不知道是从哪天开始,城里下来的乐队就从无双镇消失了,就像停留在河滩上的一团雾,一阵风过,就无影无踪了。乐队一消失,唢呐声就嘹亮起来了。

“把游家班捏拢来。”父亲说,“无双镇不能没有唢呐。”

“有哩!除了水庄其他庄子都有了。”我说。

“日娘,那叫啥子唢呐哟!”父亲面色灰土,喘气声也大了许多,额头上还有汗出来。

我呆坐在床边,不说话。父亲的喉咙里有咕咕的声音,像地下的暗河,涌动着不为人知的秘密。良久,我听见父亲发出呜呜的哭声,哭声尖而细,如同一柄锋利的尖刀,划过屋子里凝滞的气息,继而如撕裂的布匹，陡然凄厉得紧。

此刻我才发现，我的父亲，水庄的游本盛心里一直都希望他的儿子吹唢呐的。在游家班解散后，父亲那种看似寡毒的蔑视、打击、嘲讽，其实是伤心欲绝，是理想被终结后的破罐子破摔。我又想起了父亲带着我拜师的那个湿漉漉的日子，还有他跌倒后爬起来脸上那道殷红的血痕。

我伸出手，摸到了父亲夸张的锁骨，它坚硬地硌着我的手，更硌着我的心。

我试试吧。我说，声音很小，但父亲还是听见了。

尽管屋子里光线很暗，但我还是看见了父亲眼里的亮光，我的话像一根划燃的火柴，腾地点亮了父亲这盏即将油尽的枯灯。

"我就知道，你狗日的还想着唢呐。"笑容在父亲枯瘦狭窄的面容上铺开，氤成一团凄苦和苍凉。"知道我为什么卖牛吗？"父亲纯真得像一个孩子，"我那是给游家班买家什用的，我想过了，啥子鼓啊锣啊，都老旧了，该换新的了。"接下来就是一阵咳嗽，父亲太兴奋了，又呼啸了一阵才平静了下来，父亲又说："我死了，给我吹个四台就行了。"

"我给你吹'百鸟朝凤'。"我说。

父亲摆了摆枯瘦的手，半天才说："使不得，我不配！"

20

父亲病得越来越重了，话也越来越少了，开始是整夜整夜睡不着，后来是睡过去就醒不来。母亲总是守在父亲旁边，隔一阵子就看一回，探探他的鼻孔，摸摸他的额头，怕他睡过去就永远醒不来了。

我则在无双镇几个庄子之间昼夜奔走。

在无双镇生活了这么多年，我第一次在如此密集的时间里听田间的蛙鸣，山谷的鸟叫。夜晚，我一个人在狭窄的山间小路上行走，天边的一弯冷月漠然地朗照，大地如逝者的巴掌一样冰凉，裹紧衣服才发现，寒冷正不可抗拒地到来。脑子里又浮现出父亲孤独无助的眼神和日渐枯槁的面孔。我怕他等不到我把游家班捏拢他就走了，那样我的父亲就听不到唢呐声了。对于水庄的游本盛来说，没有唢呐的葬礼是不可想象的。

无双镇被我的双脚丈量完毕了，我仍像一个出海旬月却两手空空的渔人。我的师兄师弟们，此刻正在繁华而遥远的城市挥汗如雨，他们就像商量好了一般，整整齐齐地离开了生养他们的土地。

大师兄还在。他不去城市不是他不想去，而是一次意外让他拥有了一条断腿，而这条腿也成了他和城市之间永远的屏障。我把香烟递到他手上的时候，他还满含神往地给我讲述了师弟蓝玉去年来看他时的情景。"小屁股，抽的烟一支顶你这个一盒，你还别不服气，那烟抽起来就是他奶奶的顺口。""看来，城里这钱还真他奶奶的好挣。"

听完我的来意，大师兄惊奇地盯着我，然后他说，你见过两个人吹的唢呐吗？旧时一般穷苦人家都四台，你想造个两台？埋条死狗还差不多。我说不是埋死狗，是埋我的父亲。大师兄脸上才起来了一层歉意，他大大地吸了一口烟，说去火庄吧，那里起来了好几个班子，听说场面很大，都有十六台了。奶奶的，十六个人一起吹唢呐，怕死人都能给吹活呢！

我走了好远，大师兄站在山梁上喊："去看看吧！如今无双镇的唢呐都成他们的天下了。"

我到火庄正赶上这里的唢呐班子出活。

确实很让人惊讶。

十六个唢呐匠占据了整个院坝，连死者这个理所当然的主角都被逼到了狭窄的一隅。一排条桌浩浩荡荡地拉出了雄壮的架势。条桌上的茶盘里有香烟和瓜子。瓶装的润嗓酒也精神抖擞地站成一列。唢呐匠一色暗红色西服,大宽领,下摆还卷了圆边,一个个像即将走入洞房的新郎。条桌顶头是一件银灰色西服,还扎了根猩红的领带,胸前挂了一块亮闪闪的牌子。看样子,他就该是班主了。

最显眼的还不是班主,而是他面前盘子里的一沓钞票,百元面额的,摞出了一道耀眼的风景。“起!”班主发声,接下来就是一场宏大的鼓噪,唢呐太多了,在步调上很难达成一致,于是就出现了群鸟出林的景象,呼啦一片,沸沸扬扬,让人感到一些惶然的惊惧。我甚至满含恶意地发现,有两个年轻的唢呐匠腮帮子从头到尾都瘪着,要知道,这个样子是吹不响唢呐的。这是我见过场面最大的唢呐班子,也是我听过的最难听的唢呐声。我的大师兄说得不对,十六台的唢呐不能把死人吹活,但没准会把活人吹死。

我回到家,父亲已经不能说话了,我凑到他的耳朵边说:给你请个火庄的八台吧!父亲忽然睁大眼睛,脑袋拼命地摆动,喉咙里咕咕地响着。我知道,他不要火庄的唢呐,他说过的,火庄那不是真正的唢呐。

水庄的游本盛是水庄的河湾开始结冰时离开这个世界的,他静悄悄的就走了,头天晚上还挣扎着吃了半碗稀饭,第二天一早,发现身体都已经变得冰凉了。他死的时候瘦得像个刚出生的婴儿,把一张木床映衬得硕大无比。我把卖牛的钱将父亲安葬了。他的葬礼冷清得如同这个季节,唢呐声自然是没有的,倒是北风从头到尾都在不停地呼啸。

那个黄昏,我守在父亲的坟边。从此以后,水庄再没有游本盛了,他和深秋的落叶一起,凄凄惶惶地飘落、腐烂。我在夕阳里想了好久,都没有想起我到底给了我的父亲什么。而我对于他,只有一个又一个的失望。我的唢呐没了,游家班也没了,直到死去,他连一台送葬的唢呐都没有。

好久没有看到水庄这样的黄昏了,在我的印象中,水庄的黄昏总是转瞬即逝的,刚发现它,它就一头栽进黑夜。其实心细一点观察,水庄的黄昏是很好看的，落日静止在山头，草的须穗摩挲着它的脸面，有了麻酥酥的微痒；风翻滚着从山梁上滑下来，撩开大山的衣襟，露出暗红的裸背。大地，就在这样简单的组合中，变得古老而温暖。

我从怀里抽出唢呐，对着太阳的方向，铜碗里就有了满满的一窝儿夕阳。

曲子黏稠地淌出来，打了几个旋儿，跌落在新鲜的坟堆上，它们顺着泥土的缝隙，渗透进了冰冷的黄土。我知道，我的父亲能听见他儿子的唢呐声。从我学艺到他离开这个世界，他还没有听我吹奏过这曲“百鸟朝凤”。开始唢呐声还高亢嘹亮着，渐渐地就低沉了，泪水把曲子染得潮湿而悲伤，低沉婉回的曲子中，我看到父亲站在我的面前，他的眼神如阳光一般温暖，那些已经一去不复返的日子，在朦胧的视线里逐渐清晰起来。

起风了，唢呐声愈发凌乱，褪掉了肃穆的色彩，却有了更多的凄凉。我的喉咙被一大团悲伤嗝得生疼，唢呐终于哭了，先是呜咽，继而大恸。连绵不绝的群山，被一杆唢呐搅得撕心裂肺。

21

今年第一场雪刚过，村长领着几个人到了我家。

我站在院子里，村长拍着我的肩膀说：这就是无双镇游家唢呐班子的班主。

很年轻啊！一个戴着眼镜的中年人说。

是这样的，他说，我们是省里面派下来挖掘和收集民间民俗文化的。

我说你就说找我什么事情吧。

戴眼镜的说我们想听一听你的唢呐班子吹一场完整的唢呐。我说游家班已经没有了，火庄有，你们去看看吧。那人笑笑，说我们刚从那里过来，怎么说呢！他干咳了一声："我们听过了，他们那个严格说起来还不能算纯正的唢呐。"

你看？他递给我一支烟说。

我说怕不行了，我的师兄弟们全进城了。

这时候站出来一个年轻一些的，村长赶忙出来介绍说这是县里来的宣传部长。年轻的部长很豪迈地一挥手，说去把他们都叫回来，费用我们来出。他的语调和姿势让我热血一下涌了上来，我仿佛看到了我的游家班整齐出场的场景，那是多么让人神往的一个场面啊！七八个人一字排开，悠悠扬扬地吹上一场。我梦里经常出现这样的场景。

我说好。

冬天快过去了，我接到了蓝玉的一封信，他在信上说，他已经在省城站住了，拥有了自己的纸箱厂。我决定去省城把我的师兄弟们找回来，我要把我的游家班重新捏拢来，我要无双镇有最纯正的唢呐。

省城真大，走下客车我有了溺水的感觉。

根据地址东寻西找了一整天，我终于在一个胡同里找到了蓝玉的纸箱厂。

推开铁门，一个守门的老头在门里一间昏暗的屋子里看报纸。

请问蓝玉在吗？

"蓝厂长出门去了。"老头答，"你找他什么事？"老头抬起头问。

"师傅!！"

……

那天夜里，蓝玉把在这个城市的师兄弟们都通知到了一处，还请大家去了一家金碧辉煌的饭店吃了一顿饭。师傅还是老样子，饭桌上一句话没有，沉默寡言地吃。我说明来意，师傅的眼里掠过一抹亮光，然后他抹了抹嘴，说上面都重视了，这是好事啊！

好多年没摸那玩意了。二师兄感叹。

我从包裹里取出来一支唢呐递给二师兄，说试试？二师兄把唢呐接过去，端平，刚把哨管放进嘴里，他的眼神蓦然黯淡，然后他举起右手，我看见我在木材厂打工的二师兄中指齐根没有了。

让锯木机吃掉了。他说，这辈子都吹不了唢呐了。

在水泥厂负责卸货的四师兄接过唢呐，说我试试，他架子还在，像模像样地摆好姿势，唢呐在他嘴里没有想象和期待中的嘹亮，只闷哼了一声，就痛苦地停滞了。他抽出唢呐吐出一口浓痰，我看见地上的浓痰有水泥一样的颜色。

别回去了，留下来吧！蓝玉看着我说。我喝了一大口酒，说我要回去，我一定要回去。看着桌子上的师兄师弟们，我忍不住哭了，师傅也哭了。

我知道，唢呐已经彻底离我而去了，这个在我的生命里曾经如此崇高和诗意的东西，如同伤口里奔涌而出的热血，现在，它终于流完了，淌干了。

夜晚，师傅还有师兄弟们送我去火车站。我们沿着城市冰冷的道路一直走，没有人说话，只有往来的车辆拉出让人心悸的呼啸，偶尔有行人经过，都一色地低着头，把脑袋往前伸，急冲冲地扑进城市迷离慌乱的大街小巷。

在车站外一块巨大的广告牌下，一个衣衫褴褛的老乞丐正举着唢呐呜呜地吹，唢呐声在闪烁的夜色里凄凉高远。

这是一曲纯正的“百鸟朝凤”。

原刊《当代》2009 年第 2 期

家　谱

一

母亲把日历翻过去，回过头对我说，下个礼拜就是七月半了，该给老人们写包了。

在母亲眼里，没有比七月半更重要的节日了。七月半到来的前半个月，母亲就开始变得小心翼翼，见到窗棂上停只蝴蝶，就说那一定是回家过月半的先人的化身，总之是这个时段出现在房前屋后的生灵都是幸福的，它们在家里健在的老人们的荫庇下，可以无忧无虑地逍遥好一阵子。

我们无双镇一到七月半就这样子，除了供奉饭食，打扫庭院这些仪式外，最重要的就是给逝去的先人们写包了。写包又叫封包，程序十分复杂。把买来的纸钱用专门的工具打制成有钱孔的冥币,再用白纸把分放均匀的纸钱用统一的方式包裹起来，最后用毛笔在白纸上书写好收包先人的辈分、姓名、纸包书写以及火化的时间。纸包书写格式要求是极其严格的,比如收包者是父亲,就要写成“故显考某某老大人收用”,母亲则写成“故显妣某氏老孺人收用”。除了格式要严格遵循,字迹还要端正,错别字是一定不能出现的,小时候我问过母亲为什么写错字不行呢,母亲就摸着我的头说:写错了先人们就收不到了,那该多可惜啊!

格式虽然严格,但对封包的数量却没有统一标准。这要根据死者和封包人的关系亲疏来决定封包的多少。每年封包的时候,父亲和母亲故去的直系亲人是最多的,每个人的摞在一起,都到我脖子处了。关系疏远一些的,比如父亲的舅舅、舅妈一类的就少了许多,五六个就成。我上了高中后,写包的任务就落到了我的头上,用父亲的话说,送你读书,还不是图个家里有个写写画画的。

我把桌子搬到院子里,太阳很好,安安静静地朗照着,树叶儿也泛着油亮亮的光，几只蜻蜓在院子上空追逐盘旋，一切祥和得像母亲的脸。

我铺开白纸开始封包。母亲颤巍巍地从屋子里出来,端出来一碗面粉熬成的糨糊放在桌子上,就拉条凳子坐在旁边静静地看着我封包。我从五岁开始和父亲一起封包，这些年来，把封包这门活计练得又快又好。母亲看着我,眼神里全是赞赏和自豪,她把封好的包拿在手里,轻轻地摩挲,然后把它们码得整整齐齐。

晌午,包终于封完了。母亲早就把毛笔和墨汁准备好了,最后母亲从里屋取出来一个红布包裹,包裹平平整整的,像我们无双镇用来盖房的薄石片。坐下来,母亲剥笋子样地一层层揭开一方猩红,包裹就真相大白了。那是我们老许家的家谱。家谱是线装的,纸张是我们无双镇自己漂出来的黄裱纸。无双镇有十多个纸坊,造纸方式虽然原始,工序却复杂,这里好多上了年纪的老人都是造纸的好手。无双镇造出来的纸像这个地头上姑娘们的脸皮,薄得连阳光都包不住的。薄是薄些,但韧劲很好,时间再久也不会变脆的。这样的纸张用来做家谱纸是最好的了。

母亲把家谱递给我的样子神圣般严肃,双手托举,腰弓一样的弯曲着。我伸出一只手,母亲使劲摇头,脸也涨得红了,我转过身子,双手高过胸,母亲才把那方淡黄递过来。我看见母亲眼角竟然湿润了,像是完成了某种神圣的交接。

我双手托着线装书,一股柔软的冰凉在指缝中游走,我似乎闻到了一种遥远的气息,淡淡的,散发着陈旧的墨香,还有一些涩滞的,让人呼吸不畅的尘土味儿。我小的时候,看见父亲写包的时候用家谱,就问父亲家谱是什么东西?父亲就停下手里的笔,眉头紧锁,很想给我一个圆满的解释,最后还是无奈地说长大你就知道了。

无双镇的纸质地再好,终究敌不过岁月的侵蚀。家谱还是泛黄了,面容呈现出可怜的憔悴,要不是封面上"许氏家谱"几个柳体字还筋强骨健的话,就真没有精气神了。我掀开它,动作轻柔而缓慢,怕把它弄疼了。扉页上的楹联是颜体字,上联是:不求金玉重重贵。下联是:唯愿子孙个个贤。第一页记述的是一个叫许闻达的。我刚念出这个名字,母亲在一旁迫不及待地插了话:"是你爷爷的爷爷的爷爷, 做过康熙皇帝平藩的将军,是个很大的官呢!"母亲说这话的时候脸上有阳光一样的颜色。

看得出,这是我们老许家的大人物,有关他的记述占了整整一页。官名处还用红笔画了圈,字体也大了好几号。

夜晚。我伏在桌案上端端正正地书写着。母亲依旧坐在我旁边,父亲在墙角的躺椅上吧嗒吧嗒地吸着旱烟,他的眼睛微闭着,烟雾浸漫在一脸的沟壑里,像大雾弥漫时的无双镇。

"许正文?"我把头扭过去问。

父亲喷出一口烟雾，缓缓睁开眼，说就给个月月红吧。父亲说完又把眼睛合上了。我知道，这个时候看上去安详的父亲其实和安详无关。父亲小时候上过私塾，是我们无双镇为数不多的文化人，无双镇谁家有个写写画画的都会来请父亲，请的时候态度也极其的谦恭。长年累月的谦恭也让父亲的心气越来越高，眼长期半闭着，神情也变得和无双镇的石板路一样冰凉。话也越来越少，最后每句话都拐弯抹角地暗藏机锋，让老实巴交的乡人头疼不已。

我说月月红是多少个呢？母亲说一年有几个月？我说十二个月啊！母亲说那就写十二个嘛。

我依旧写得很慢，很认真，虽然手开始有些犯软，还是咬牙坚持着。倒不是我有多虔诚，而是稍稍潦草一点，母亲的手指就会如期而至，在我的脑门狠狠一戳。抖了抖酸麻的手，我懒懒地翻开了家谱新的一页。

我有些惊讶了。

家谱上每一个成员的籍贯、经历、出生和死亡年月日时，死亡原因，安葬地都有详细纪录。唯独这一页除外。

页面上只有一个叫"许东生"的名字，名字后面是一片辽阔的淡黄。像无双镇秋天西地的那片草场，几个土丘，再向西延伸，就是一望无际的秋意。

"许东生？"我对母亲说。我当时距离母亲很近，清楚地看到了母亲听到这个名字时的反应。她先是一怔，安详的眼神里像是扔进了一块巨石，砸起一人多高的水柱。母亲那一刻是慌乱的，甚至有点魂不守舍了。喘气也变得粗壮起来，气息拂过我的脖颈，像刀刃从肤发上掠过。这一次，母亲没有照例转过头询问躺椅上的父亲，而是粗暴地伸过手来把这一页淡黄揭了过去。

我回头看了看躺椅上的父亲，除了嘴角有一些淡淡歪斜的痕迹，他依然纹丝不动。

“下一个。”父亲的声音像雪夜从门缝里挤进来的寒风。

二

冥包封写完毕了，它们被母亲规规矩矩地堆放在堂屋的大桌上，和水果、猪头一起变成了供奉品，香烟缭绕中，这些冥包被赋予了一种神秘而特殊的含义。母亲依然平静地穿梭在各个屋子之间，父亲仍旧躺在院子里晒太阳。一切平静如水。

我却被那方神秘的淡黄困扰住了。

许东生是谁？为什么在那页纸面上只有一个突兀的名字？在详细的家谱中，这个名字显得是那样的神秘和另类。那厚厚的一摞冥包中，居然没有一个是属于他的。父亲和母亲为什么在遭遇这个名字的时候会那样惶恐和不知所措？

这些疑问让我格外亢奋。

我搬了个凳子坐在父亲旁边。

“许东生是谁？”我的口气很舒缓。

父亲睁开眼，侧过头看着我，不说话。

“许东生是谁？”我在音调里掺杂了一些不屈不挠的味道。他的样子有些奇怪，我在他的面前成条蛆虫了，因为他的眼神里尽是厌恶。好半天，他的眼睛又合上了，像一块幕布，戏还没有开始，那面黑色就拉上了。

父亲那天再没睁开过眼，他的沉默没有让我有丝毫放弃的意思，弄清楚这个人物来龙去脉的念头反而愈加强烈。

半夜，蚊虫们在房间异常的活跃，我的大脑和它们一齐在黑暗里欢歌。“许东生”几个字在我的额头上跳来跳去，然后从我的眼眶里钻进大脑，先是在大脑的左边形成一个人影，影子高大干瘦，像一根失去水分的竹竿;紧接着影子愈发清晰,我努力地想看清楚横在面前的那张脸,可脸部的五官却一塌糊涂,我竭力地往前凑,凑近了也没有用,那张面孔还是模糊得像暗夜里的无双镇,你可以感觉到它的存在,甚至可以准确地说出哪儿是山,哪儿是水,哪儿是房屋,哪儿是土丘,可你就是看不明白。

这一夜,这个影像一直折磨着我,他时而高时而矮,时而远时而近,时而清晰时而模糊。直到公鸡在鸡窝里把带有粪味的打鸣声扔满了整个无双镇,我仍然没有摆脱这个影像的困扰。

我从床上爬起来,母亲已经把院子扫完了一大半。我过去接过扫帚,装得很是孝顺的样子说妈您歇着我来扫。母亲的眼睛鼓得大大的,以为我又要给她讨钱赶集,慌忙把口袋捂得紧紧的说要钱是没有的。我笑笑说妈您别大惊小怪的,我就想知道许东生到底是谁?母亲没有接我的话,而是一把抢过扫帚,呼啦呼啦的又开始扫地,她的脸色也不好,和堆在墙角的茄子叶一样的颜色。

“把牛赶上坡去。”母亲扔给我一句尖厉干燥的话。

我和我们家老牛一前一后地在无双镇后山的山脊上缓缓地移动着。我家的老耕牛都快九岁了,无双镇像它这样高龄的耕牛已经不多了。可能是上了年纪的原因,老牛走得特别慢,目光也格外的悠闲,隔一阵子还会抬起头来欢欢地吼两嗓子。老牛是我一手带大的,我不知道它的来历,只知道是父亲在集市上花钱买回来的,到我们家的时候个头还小,怯怯地站在院子里,眼神里充满了不安,小蹄子不住地刨着地。父亲说刚断奶的犊子都这样,慢慢把娘忘掉就好了。

老牛悠闲地在野地里吃草,我坐在石头上看天。无双镇的天遇上朗照就显得特别的高,山啊树啊看起来离天就远了,远得呼吸都畅快起来。神奇的还是远处那些云朵,打着滚似的变来幻去,刚才还是一整牛,眨巴个眼就变成僵硬的石块了。我的眼睛就在云端上奔跑,希望看见一些自己神往的东西。果然，西边一株高大的杉树顶着一个人，干瘦的，两条胳膊长长地垂着，脑袋半歪着，薄薄的像风中的剪纸。我想那一定就是我们老许家家谱里头的那个人了，他该是个瘦子，五官也不好看，走起路来还没有精神劲儿。

许东生！一会儿在我脑子里，一会儿又爬到了云端上，就这样上蹿下跳的没完没了。

我想我应该去问问爷爷的。我们老许家以前人丁兴旺，到爷爷这里就开始悬乎起来，三代单传让爷爷在一惊一咋中抖抖索索战战兢兢地过了大半辈子。在爷爷眼里，我肩负着重振老许家的神圣使命，所以我从小就被爷爷当宝贝蛋子惯着。再老眼昏花，一见到我他就两眼放光。关键的是，这么多年来，他对我几乎就是有求必应。

爷爷和奶奶住镇西头，那里住的大多是老年人。我们无双镇就这样，孩子娶了媳妇就成横生出去的枝干了，得分家，分家出来的儿子们就往东建房造屋，形成了无双镇东边儿子西边爹的独特格局。

西头全是长长的胡同，胡同一个接一个，循环往复地缠绕着。我顺着胡同一直走，胡同沟子里尽是新鲜青苔的味儿，我特别喜欢这个味道，有些幽远，又有些厚实，像用鼻孔去阅读一本厚厚的古书，苍凉中透着清雅。

果然，推开门爷爷的眼睛就亮了。两只手还在空中兴奋地乱摇，像见到了阔别多年的故友。连他屁股下的藤椅也发出嘎吱嘎吱的快乐的响声。一进门我就迫不及待地蹲在他的藤椅边问。

许东生是谁?

爷爷的眼睛在那一瞬间就黯淡下去了，像一汪到了尽头的烛火。然后他把干枯的身子紧紧地贴住藤椅，眼睛定定地望着挂满灰尘的屋梁。

好久，那汪烛火又开始慢慢升腾起来，爷爷侧了一下身子，我就听见了他骨头枯朽崩塌的声响。

“他是我的父亲，长得嘛……高大，特别高大，是我们这一带有名的袍哥，手下有好几十名兄弟，都是些狠人呢。”

“都干些啥事呢？”我问。

“杀富济贫，就是抢富人的钱物来帮助穷人。”

“真的？”

爷爷点点头，花白的脑袋像夯土墙时的大锤，沉重得足以敲碎灶上的那口大铁锅。

“那家谱里为什么不写呢？”

“袍哥是啥？土匪！有啥好写的。”

回家的路依旧要穿越那些胡同，青苔的味儿还在，无影无踪地弥漫在细窄的胡同里。伸手在空中捞一把，在鼻子边把手一松，竟然有些闷人。胡同实在太长了，最后我被闷得连脚步都变得踉跄起来。

三

我不信。

我们无双镇的花灯调子里，杀富济贫的都是当英雄来歌颂的。四处宣扬还来不及呢！哪有连家谱都语焉不详的道理。再说，你看父亲和母亲，我一提到许东生这个名字，两张脸都快成煤块了。

我连续几夜照例看见那个人影，还是干瘦干瘦的，没有一点高大威猛的痕迹。我想这样的体形哪能做袍哥呢？一阵风怕就没影儿了呢！

吃完晚饭，我对母亲说，我想把我们老许家家谱写完整。

正在灯下纳鞋底的母亲惊讶地抬起头，半截棉线还叼在嘴里。她把棉线从嘴里抽出来，说写家谱？就你？再说家谱也是完整的啊，没有地头空着啊！我说许东生那个地头空着呢！母亲说你也不知道这个祖宗的事情，你咋写呢?总不能胡乱写吧。我说我知道，爷爷告诉我的。母亲一笑，把凳子挪到我旁边,饶有兴致地问我爷爷是怎么给你说的呢?

我把身子端了端,表情也整理得严肃些说:许东生,生于某年某月某日,卒于某年某月某日,无双镇人氏,是本地有名的袍哥,手下好汉云集,常行劫富济贫之义事,为时人所敬仰……

我还没说完,母亲就笑了,笑得五官都挤成了一堆。她摇摇手说这是爷爷给你说的,我点点头,母亲笑得更欢了,最后连腰都直不起来了。

我不信。我冷冰冰地说。

母亲不笑了,她捋直身子,说一个死人和你有什么关系呢?你干吗这样刨根问底哟?

我说是我祖宗呢!祖宗的事情我该知道吧!

妈,你就给我说到底是怎样的,好不好?我哀求。

母亲往父亲屋子里看了看,嘴唇动了动,还是摇了摇头。最后母亲把嘴凑到我耳朵边说去问问你大伯公吧!

大伯公是爷爷的堂兄,身体比爷爷好,头发也不见白,都八十的人了还能担担水在镇西头的胡同里四平八稳地行走。大伯公脾气不如身体,火爆得像六月正午的日头。

寻着大伯公的时候,他正在镇西头的大杨树下对和他下棋的赵家老头挥以老拳。远远地就听见他喝骂的声音和赵家老头哀嚎的声音。赵家老头往东逃遁的时候和我擦肩而过。

"你个狗日的许老鬼,赢得起输不起的老东西。"赵家老头边跑边骂。

我过去拉住宜将剩勇追穷寇的大伯公。劝他说下棋就下棋,干吗打架呢?

是他被我打,小崽子你搞清楚了。大伯公吼。

我慌忙点头。

帮他捡起一地的棋子儿,我把他扶到石凳上坐下。

关于许东生的事，母亲让我来问大伯公是对的。在我的印象里，大伯公是我这辈子见过的最没有撒谎天赋的人，他的话就像射出去的响箭，呼啦有声。我们无双镇讲究礼节，去谁家遇到吃饭，主人总要问“吃过了吗？”客人不管吃没吃过都会客套地说吃过了吃过了，有些还会拍拍干瘪的鼓气肚子说你看刚吃过还胀着呢！只有大伯公，遇到这种情况主人问吃过了吗？他就答还没吃呢！主人说那吃点吧！大伯公就往饭桌上瞅瞅说妈的菜太孬了老子不吃。这个世界如果连大伯公的话都不可靠，那就真没可靠的了。

我拍了拍他身上的尘土，看来两个老头在地上肉搏过。问，许东生是谁啊？

大伯公抬起头，说你问他干啥啊？我说随便问问。

“是你爷爷的爹，就是我的叔公，我父亲是你爷爷的大哥。”果然是一串响箭。

我心头一喜：“他是不是高个子？”

“去，妈的，矮得像坨牛粪。”

“粗壮吗？”

“瘦得像根豇豆。”

“他是不是当过袍哥？”

大伯公笑了，露出两排猩红的牙床，牙床上点缀着几颗稀疏的黄牙。

“袍哥？就他那样？在村子里耍耍狠还差不多。”

我吞了一口唾沫，继续问。

“他是咋死的呢？”

大伯公不笑了，也不应我的话，转而狠狠地骂：“和老子下棋敢耍赖，看老子明天不扒了你的皮。”

“许东生是咋死的呢？”我嗓门大大地问。

“姓赵的,最好别让老子看见你,那样你就等着睡棺材吧!”大伯公站起来用手指着远方继续骂。

我沮丧地埋下头。大伯公走了,他的步伐还是很稳健,夕阳把他的影子拉得长长的,变形成了一截冬日的老枯树。

四

日历又被母亲揭去了好几页。看得出母亲揭日历时的急迫心情,她恨不得一把抓掉中间的日子,一步踏入七月半。随着日子的临近,父亲和母亲也越来越虔诚,连平素架子大上了天的父亲也变得面色温和,整天把个脸整得笑模笑样的,好像祖宗们真的已经大驾光临了一般。

一大早,父亲就把扫帚绑在竹竿上拂扫屋梁上的尘埃,这个事情每年这个时候都是要做的,大约是想给回家的祖宗们一个相对舒适的环境,让他们吃得好住得好一些。我还在床上,屋子里弥漫着一股浓浓的灰尘味儿,我爬起来,父亲狠狠地瞪着我,像是我睡懒觉让他在祖宗们面前丢了脸似的。

我蹲在院子边刷牙,天空依然高远,风懒洋洋地摇着院子里几棵枣树。我心里空落落的,那个名字依然在我脑海里盘旋。我想也许此刻,他就立在某一个角落里,探头探脑地打量着这里的一切。转念一想又觉得不太可能,因为在我们老许家那本家谱里,他是最不受人待见的了,这样的境遇下,他八九怕是不会来的了。

有人猛拍了一下我的肩膀,连牙刷都给拍掉了。回过头,我看见了刘光荣。

刘光荣是我小时候的玩伴,因为家穷,小学毕业就回家跟父亲下地了。十一岁那年,他父亲在追小偷的时候被小偷捅死在镇西街的石板路上。我还记得那天天气很好,一大摊血在阳光下红得分外的耀眼。我仰起头，刘光荣的脑袋特别大，把一个天都遮住了。我说你干嘛呢光荣。他说找你啊！我说找我干嘛。他说我们家包还没写呢，这不来请你了吗。我站起来说没问题。

出门的时候，父亲说话了。

“你上哪儿去？”父亲声音低沉。

“去帮光荣他们家写包！”我答。

“不许去！”父亲的脸色陡然变了。

“为什么？”我问。

“我说不许去就是不许去！”父亲把手里的扫帚狠狠地掼在地上吼。

父亲的火也把我的火点起来了，从他拒绝让我知道家谱上那片空白的真相开始我就有火了。作为老许家的人，我觉得我有权利知道这个真相，可是所有的人对这件事都遮遮掩掩。一团火在我的心里开始旺旺地燃烧起来。

“我就要去，看你能把我怎么样？”我撂下狠话拉起刘光荣拔腿就走。

路上刘光荣说你老爸怎么会发这样大的火啊。我说鬼才知道呢！大约是我抢了他的饭碗吧。

光荣家的包没有我家的多，一小堆可怜巴巴地堆在墙角。家谱薄薄的一小本，油腻腻的不说，字迹也歪歪扭扭的。

屋子里光线不好，我叫光荣拉开了灯。

光荣妈给我倒来一碗水，老人好像老了不少，一蓬头发乱糟糟的像个鸟窝，手也格外的黑，把水放在我面前的时候，我看见她黑乎乎的指头正浸泡在水碗里。我写得很潦草，这样速度就快了许多。刘光荣坐在我旁边啧啧地羡慕，说这有文化就是好，要不是家穷，我说不定也能上高中、上大学的，那样写个包就用不着求人了。

我笑了笑，很快，我的笑容就凝固了。凝固住笑容的是刘氏家谱上的一行字。

刘新松,光绪三年生于无双镇,幼时蛮横好斗,成人后更是为祸乡里,与同乡许东生合称“无双二霸”,而立年伙同许东生在村西老树林奸淫过路女子,被愤怒乡邻双双乱棍击毙,尸首被野狗分食。谨为记。

“这个许东生不会是你们老许家人吧?”刘光荣指着家谱上的那个名字问。

“不是,肯定不是!”

我握笔的手一抖,白纸上慢慢绽开了一朵黑梅,在一方雪白间妖艳地盛开。

原刊《天涯》2009年第6期

天堂口

1

早先的修县不是这样子的。范成大把两只脚塞到屁股下面说。

柳姨妈没有接话,她浅浅地笑笑,眼角的皱纹波浪一样荡开,把手里的缝衣针伸到花白的头发里磨磨,又低头认真地缝制摊放在膝盖上的寿衣。寿衣在修县这个地头叫老衣,棺材叫老家,人去了那头叫老了,老了后都穿这个式样的衣服,统一的青棉布,圆领,长衫,下摆还得坠俩棉球子,那是怕人老了,魂灵就飘了,着不了地呢。

柳姨妈以前不做老衣,做面糕。在修县,上了点岁数的人没有不知道柳姨妈面糕的。一到嘴里就化了。人们回忆起都这样说。做面糕这活儿耗气力,柳姨妈男人死得早,给她扔下个三岁半的男娃,先老去了。上了岁数的柳姨妈不能站在面板前轻快地摔打面团了，不声不响就关掉了面糕铺子，修县最好的面糕也慢慢成了记忆。关掉门脸儿的柳姨妈先是把儿子扇子送到了部队，然后回了老家，三年后，柳姨妈的一个远房侄儿开了辆咣当乱响的车把柳姨妈从老家接来，在火葬场看起了大门。看门是个闲活，柳姨妈就开始给人缝老衣，她缝的老衣舍得布料，针脚也细密，不定价格，看着给，慢慢定制的人也多了，柳姨妈每月只赶七件老衣，多了就推了，说怕缝不好，对不住老去的人。

圈完一个袖口，柳姨妈把针别在衣服下摆，站起来抖开一面藏青色，也抖开了对面石板上范成大一片啧啧声。柳姨妈把衣服折叠周正夹在腋下，说你先坐会儿，我得做饭了。范成大一拍大腿立起来，说道，我也回去了，下午还有俩赶着升天呢！转过身，柳姨妈扶着值班室的门喊："要不晚上过来吃饭？"范成大回头，憨憨一笑，说算了，还是吃食堂吧。去得远了，门边的低声咕哝："食堂那饭咋吃啊！清汤寡水的。"

范成大穿过一片林荫道，两旁是高大的法国梧桐，树们都有些年纪了，黄皮蜡干，却依然葱绿。也有病死的，硬直地挺着，仔细看，又有新的翠绿从树根下斜出来，那生命新鲜得直逼人眼。每次经过这片林荫道，范成大都要挨着数一数这些老迈的梧桐树，没多久就会有一棵梧桐树死去了，开始那几年范成大会有失落感，在火葬场做了八年的火化工后，他就释然了，"这进进出出看得多了，人的想法也就变了。"他常常这样对人说。

范成大八年前在这座城市的西边有四间青砖房，还扯了个剃头门脸混生活。后来政府找到他，说要在那片地建一个新的火葬场，范成大说不是已经有一个了吗？人家就开导他，说这城市每天得有多少人老了呀！老火葬场屁股那样大一块地盘，一炉子烧十个也烧不过来呢。范成大想想也是，点头的同时嗫嚅着说这以后生活没着落了。人家说我们调查过了，像你这样无儿无女，无亲无戚的，我们在老火葬场那头给安排了活儿，按月发工资，生活肯定没问题，不愿意也成，一次给足搬迁费。范成大想了想说，给我安排个活儿吧，我闲不住。

范成大刚来那几年，这里可热闹了，人来人往，每天都有不绝于耳的悲哭声，近几年越来越少了，都往新地方去了，新地头档次高，设施齐，去那儿，死人舒坦，活人脸上也有光。那些客死他乡的，煤矿爆炸透水的，吃低保的，死了才会来这里，凄凄凉凉，冷冷清清，随便弄弄，就粗粗糙糙扔给范成大，有时候范成大也会问两句，说咋这样弄啊！连身衣服都没有。送尸工小郑就点上一支烟说，弄个鸡巴，外地来挖煤给砸死的，一把火烧了算屎了。

八年来，范成大规律得像一个闹钟，每天六点起床，在火葬场逛一圈，看完那些花花草草，八点钟准时到火化间，有活就干，没活就清理火化床，很仔细的那种清理，一张火化床他能折腾一上午。

食堂还是老三样，炒洋葱，烩豆腐，拌萝卜。范成大没有要炒洋葱，都吃这么多年了，范成大老觉得身上有股子洋葱味儿，咋洗都洗不掉。找张桌子坐下来，低头慢慢地吃，吃着吃着就看见面前有个人影一晃，抬起头，是会计胖妹，斜了一眼范成大，走开了，去了另一张桌。像胖妹这些远离尸体的人，是无论如何也瞧不上运尸工和火化工的，还背地里说他们这些人身上有死人味儿。

范成大的屋子挨着火化间，独溜溜一间屋子，一张床，一个破旧的沙发就把屋子塞得满满的了。范成大在沙发对面的墙上钉了一块木板，用来放他十四英寸的电视机。吃完饭，在外面转两圈，回来就老猫样的窝在沙发里，一动不动，有时候睡过去了，醒来电视节目都结束了，他也懒得起身，翻个身继续睡。虽说有张床，其实范成大很少用的，后来他干脆像收拾古董样的给床铺套上一张塑料布。

2

夜缥缈得如一面纱。

范成大靠在门边，看着长长的走廊，走廊里有昏黄的灯光，运送遗体的担架车从走廊尽头过来，车轱辘磨出一串幽深的叹息。范成大立正身子，整了整衣衫，他的样子肃穆得不行，那样子仿佛迎接的不是一具僵硬的尸体，倒像是一个远来的贵客。送尸工梁子远远地朝范成大挥了挥手，担架车停在范成大面前，死者身上覆了片塑料布，塑料布质量不好，能依稀见到那人的一些面目。

范成大眉毛就蹙了起来。

"该用块白布呀！"

梁子把口罩卸下来挂在一边耳朵上，摸出一支烟点上，深吸了一口，好像是吸猛了，呛得弯下腰不停地咳嗽。半天才直起腰来说用啥白布哟！捡渣渣的，病死在广场那头，无亲无戚，民政局让烧的。

"也该用块白布呀！"范成大不屈不挠。

骂了一句，把烟头掐灭，将剩下的半截烟屁股装进口袋，梁子接着说："还白布？一分钱没有，能给烧了就算不错了，要逮以前啊！还不是喂狗了。"

"也该用块白布呀！"

梁子歪着头看了看范成大，然后抬手指了指范成大，想说什么，最后一句话没说，摇摇头走了，走远才丢了个字在昏暗的走廊里。

"操！"

范成大把车推进焚化间，打来一盆水，倒进半瓶醋，把手伸进去泡了一会儿。

慢慢揭开塑料布，范成大看到了一张乱乎乎的脸，油腻腻的胡须堆满了下巴，额头上还有一个新鲜的伤疤。塑料布完全掀开，范成大忽然起来了难抑的凄凉，死者没有穿衣服，一条破破烂烂的裤子连裤腿都没有，裸露在外的部分都是黑黢黢的颜色，酸臭味混着淡淡的尸体腐败的味道让范成大有些难受，他抓过墙角桌上的醋瓶子咕噜噜灌了一气，长长地吐了一口气。

出了门，范成大先来到自己的小屋，从床底下拉出一个箱子，打开箱子，箱子里有一把剃头剪，一把刮胡刀，一张磨刀皮。都是他开店时候的家什，店铺给掀掉时剃头的玩意其他的都扔掉了，就留下了这几样东西，时不时还能用上。提着箱子出来，他拐到值班室门口，透过玻璃门，柳姨妈还在缝老衣，灯光不好，柳姨妈几乎都凑到布面上去了。

范成大轻轻敲了敲玻璃门，柳姨妈抬头，凑近了才看清楚门外的范成大。

打开门，范成大咳了一声，说扇子还没回来？

值夜班呢。柳姨妈说。

喔！范成大点点头，说我来向你借块白布。

“白布没有了，青布行不行？”

想了想，范成大说行，我要五尺。

范成大拿着布走了，柳姨妈倚靠在门边，她知道范成大今晚又得忙活一宿了。早些时候，柳姨妈反对范成大给那些无名尸体搞打整，劝了几回，范成大不听，柳姨妈就不劝了，偶尔范成大还会过来借这借那，借完了第二天都会还上，开始柳姨妈执意不要，可范成大执意要还，还说你拖娃带崽的，扇子将来还得成家立业呢！你挣那点钱也不容易，我是啥人啊！无牵无挂，两脚一蹬，安心上路，所以一定得还。

下剪前范成大总要先唠叨一番的。还不是普通的唠叨，是念上一段《增广贤文》。

昔时贤文,诲汝谆谆,集韵增文,多见多闻。

观今宜鉴古,无古不成今。

知己知彼,将心比心。

酒逢知己饮,诗向会人吟。

相识满天下,知心能几人。

相逢好似初相识,到老终无怨恨心。

近水知鱼性,近山识鸟音。

钱财如粪土,仁义值千金。

流水下滩非有意,白云出岫本无心。

当时若不登高望,谁信东流海洋深。

……

范成大剪得很慢,每走完一剪都要停一停,看好了从哪里下剪最适合,和他以前给活人理发一样的精细。修县这边有这个风俗,人老到那头去了,都要刮掉头发和胡须,取二世为人,清清洁洁的意思。火葬场设有专门的遗体清理处,除了剃头刮须,还要化妆呢。收费虽然有些高,但没有一个死者的亲属有异议,想想,都老了去了,最后一次了,谁还能省这钱啊!

“你看你这头顶,旋儿都歪了,不在正中呢!注定不是善终的命哟!”范成大呵呵笑,笑归笑,剃头剪扔在嘎吱嘎吱跑,须发纷纷扬扬,范成大很快就推出了一块干净地头。把地上一摊乌黑清理干净,范成大打来一盆水,掂块布把死人身子擦了一遍,重新打来一盆水,又擦了一遍,抖开五尺青布把打整出来的一截白净覆盖了,范成大拉把椅子坐下来,长长吁了一口气,摸出烟杆,卷了一管旱烟填进烟锅,嗞嗞地吸起来。除了疲倦,范成大还感觉到了惬意,此时此刻是范成大最享受的时候,他在回味这个过程。转过头就能看见焚化炉的盖子,范成大一直认为,人老去了,应该干干净净地进去,因为那里是通往天上的入口。

3

范成大去了一趟市区。老火葬场离城区有五公里路程，只有一路公交车，得等上很长的时间，站上等车的一个个都毛焦火辣的样子。范成大不急，他觉得进城是幸福的事情，他喜欢这种幸福的感觉，这个过程的每一个细节他都喜欢，他不会焦躁，不会心烦。站在站牌下，远处是一片郁郁葱葱的绿，入眼都是旺盛的生命迹象。

回来时天有些昏暗了，远处近处的轮廓都被模糊包裹了起来，范成大坐在最后一排左边靠窗的位置，每次进城，来回他都会选择这个座位，如果这个位置没有了，他会耐心等下一趟。他没想过为什么自己会对这个座位这样迷恋，他只觉得这个位置安静，安全，很少有人会侵入这个边缘的领地，满车厢的喧闹、争夺、拥挤，都和这个位置无关，仿佛两个被隔离的世界。范成大去新的殡仪馆参加过一次培训，那边就热闹了，好几路公交车往那边跑，人也多，最后一排左边靠窗的位置自然是没有的，那次范成大候了四五个小时，也没候着他要的位置，最后他是走回来的，走了整整四个小时，回来给柳姨妈说，柳姨妈就笑他一根筋，范成大挠着头说以前也不是这样的呢。

下了车，黄昏已经上来了，火葬场路灯还没开，一片破旧朦朦胧胧。范成大腋下夹着一块青布，七尺，他得还给柳姨妈。推开值班室的门，场景有些异样，柳姨妈没有一如既往地在缝制老衣，而是低着头在抹泪。范成大凑过去说你这是咋了？柳姨妈摇着头，哭得更伤心了。范成大知道柳姨妈眼泪窝窝可不浅，不是那种一点点委屈就流眼抹泪的人。

问了好几遍，柳姨妈也没有应，只是一个劲儿地哭，范成大慌了神，有点手足无措，在逼窄的屋子里不停地转动着身子，脸也涨得通红。没有经验，范成大也不知道怎样劝说柳姨妈，索性拉把椅子坐下来，看着柳姨妈哭，窸窸窣窣哭了一会，柳姨妈才算开口了。

“挨千刀的，都二十六七的人了，还不让人省心，整天就是吊儿郎当的。”

挽起袖子抹了一把泪，柳姨妈接着说：“值夜班你就好好值夜班嘛！几个保安窝在屋子头耍纸牌，耍嘛，耍出纰漏了，办公室让人给撬了。”

“丢啥东西没有？”范成大问。

“电视机给抱到大门边，太重了，没弄走，丢了几盒茶叶。”

“那就好，那就好。”

柳姨妈激动地一挥手：“不是丢东西的问题，你说这不成器的玩意儿，值班时间耍牌，我没教过他呀，那部队上也没教过啊！他还学会了呢！”

“事不大，你先别上火。”

“还不大啊！都处理了，不让在那头待了，给下到这头来了。”柳姨妈又哭了。

“呀！来这头，这头有了保安的呀！过来干啥呢？要不你给你侄儿说说，给他一次机会，扇子还小，哪能没个疙疙瘩瘩的。”

柳姨妈摆摆手，说使不得。几乎就是一瞬间，她就镇定下来了，也不哭了，撩起衣服下摆把两个眼睛仔细擦了一把，说我求你个事情，让扇子过来跟你。范成大慌忙摆摆手，说不成不成，小年轻谁愿意去我那里啊！会耽误娃娃的。柳姨妈说你放心吧，我心里有数，我这就去给我侄儿说，让他无论如何都得给安排到你那地头，不过说好了，你可千万不能说这是我的意思。

4

扇子铁青着一张脸站在范成大面前。圆脑袋板寸头，干干净净的，范成大喜欢扇子的这个模样。第一次看见扇子是在值班室门口,他正和柳姨妈呵呵地聊,忽然听见有人喊妈,一抬头就看见扇子了,穿了一套崭新的军装,板寸比现在还板寸,腰挺得笔直,满脸堆着笑。看见范成大正和老妈肆无忌惮地笑,复员军人有些不快了,拉着妈就往值班室去了。范成大也不气,起来掸掸屁股,往焚化间那头去了。

“来了!”范成大笑着问。

扇子不吱声,恹恹地看了一眼立在门边的范成大。

“来了好,来了好。”范成大说。

扇子更不安逸了,朝范成大翻了翻白眼,范成大才意识到自己刚才的问候很蹩脚。

“就在这地儿啊?”扇子伸出脑袋朝焚化间瞟了瞟问。

“嗯!”

“挺干净哈!比那边还干净呢!”

“比不上,比不上,那头啥子都是新家伙,听说炉子都能把人烧出几个模样来,有全化的,还有烧掉肉留下骨的呢!”

扇子白了范成大一眼,说还有烧成熟肉的,你要不要尝尝?范成大脸上的笑容瞬间没了,他侧着身子绕过扇子,拱进旁边的小屋。

夜晚火葬场安静得像一面湖水,连一枚树叶降落的声息都清晰可闻。

梁子把尸体送过来就走了,死者是个建筑工人,四川那边过来的,从脚手架上摔下来的,脑袋差不多都让角铁给齐齐斩掉了。本来范成大已经睡下了的,听见房门砰砰乱响,打开门,范成大吓了一跳,是办公室主任,还笑眯眯地看着他,要知道,平素火化工是看不见主任的,更别说主任的笑容了。范成大穿好衣服,主任说老范啊这样晚把你叫起来真难为你了,有具尸体得麻烦你马上开炉。啥人这样急啊?范成大问。脚手架上跌下来的,四川的,家人等着要骨灰回老家安葬呢!范成大说这样啊！嗯，确实是急，我马上开炉。

出门来，范成大拐到值班室边，值班室一个进出，柳姨妈住里屋，扇子在外面一间搭了一个行军床。

凑过耳朵，范成大听见了扇子的呼噜声，范成大举起手准备敲门，想了想他的手又垂了下来，转身走出去几步，他又回头走到门边，毫不犹豫地敲响了门。

扇子揉着眼睛打开门，愤愤地说半夜三更敲哪样鸡巴毛？

送人过来了，主任喊开炉呢！范成大说。

“夜半三更开炉烧人，哪来的规矩？”扇子咕哝着。等他披上衣服出来，范成大都走出老远了。

掀开面上的塑料布，范成大就被哽着了。血肉模糊的脑袋黏糊糊地歪在一边，齐脖的巨大创口堆满了黑黢黢的已经凝固了的血，还有血泡从一团黢黑的缝隙处咕咕往外冒。特别是血淋淋中那双还睁得斗大的眼睛，范成大忽然听见身后一声惊叫，回过头，扇子一屁股落在墙边的椅子上呼呼喘着粗气。

“惨绝了，妈妈的。”他伸手抹了一把额头上的汗水。

“看你，不是还当过兵吗？”范成大说。

“老子是当过兵，可没杀过人啊！”

范成大说你去打盆水来，扇子看了他一眼，脑袋歪开，不说话。范成大看扇子没有动作，也不喊了，自己拐出去打了一盆水进来。

范成大开始在血糊糊的脑袋来回抹，脑袋抹干净了，脚边那盆水也变成了血红色。把水倒掉，范成大从小屋里拿来剃头工具，准备下剪了，看见扇子还歪在椅子上，两个鼻孔里不知什么时候多出了两团餐巾纸。范成大说你到你妈那里拿根缝衣针和一卷棉线来。扇子瓮声瓮气地问：“你想干啥？”

“叫你拿你就去拿！”范成大的口气忽然变得僵硬了。

扇子拿来了针和线，柳姨妈也跟着过来了，披件单衣，火化间有些凉，一踏进屋子她就打了一个冷噤。范成大扭头看见了，就说你来干啥呢？这天凉飕飕的，像是在关心，又像是责怪。扇子把针线扔给范成大，一脸的乌青，倒不是让他去拿针线他不乐意，而是刚才范成大对老妈说的话让他很不受用。

“你谁啊？轮到你问三问四的。”他心里说。

柳姨妈把头凑过去，身体剧烈抖了两抖，披着的衣服滑落了下去。扭过头，她低呜着说这是咋整的，咋成这样了，我还说扇子拿针线干啥呢。

柳姨妈呜呜哭着，范成大也不说话，他低着头，把歪在一边的脑袋掰过来，和断开的脖颈凑在一起，对齐，然后仰起头穿针，屋子里灯光不好，穿了好一阵都没有穿进去。柳姨妈看了，接过来穿，鼓捣了一阵还是没有让线透过针眼。扭头看了看窝在椅子上一脸难看的扇子，柳姨妈生气了，说你倒享清福了，过来把针线穿上。

扇子一甩手说：“那是我们干的事情吗？我们负责的是把尸体烧了。”停了停他又小声补充：“娘的，猫拿耗子，多管闲事。”

声音很小，柳姨妈还是听见了，她蜷起拳头过去给扇子的脑门吃了一核桃，咚一声空响，扇子跳起来，瞪着眼，柳姨妈也瞪着眼，扇子最终被母亲看毛了，才不情愿地把针线拿过来。

屋子里安静极了，只有轻微的呼吸声和针尖穿透皮肉的声音。柳姨妈和扇子静静地看着范成大缝合，他缝合得很慢，每缝一针都要抬起头长长地吐一口气。此刻，柳姨妈脸上的惊惧已经退潮了，她目不转睛地看着，每一次针尖穿透皮肤，她的嘴唇都要紧紧地咬一次，仿佛那针尖会刺痛躺着的人。

范成大脑门上布满了汗珠，柳姨妈侧头看了看聚精会神的范成大，眼里荡开一片温暖的涟漪，她回手捞起衣袖，往范成大的脑门上抹了抹。范成大也侧目看了看她，嘴角拉开一线笑。

砰的一声，扇子摔门出去了。

两人看了看还在来回抖动的大门，都没说话。缝合完毕，柳姨妈给范成大把椅子拉过来，范成大困顿在椅子上，嘴张了张说："既然是亲人等着抱骨灰回去安葬，咋不见他的亲人呢？"

是啊！这事还真轮不到你呢。柳姨妈说。

柳姨妈拿来一块白布，范成大把尸体裹好，推上焚化台，他又开始念叨：

昔时贤文，诲汝谆谆，集韵增文，多见多闻。

观今宜鉴古，无古不成今。

知己知彼，将心比心。

酒逢知己饮，诗向会人吟。

相识满天下，知心能几人。

相逢好似初相识，到老终无怨恨心。

……

手指往按钮上轻轻一按，焚化炉张开嘴，一团洁白跟着履带进去了。

"上天咯！"范成大一声喊。

柳姨妈脸上一片炽热。

5

扇子觉得范成大只有这样恶心了，特别是两人在一起的时候，来来去去收获的都是白眼，连食堂里打饭的那个乡下妹把一勺饭送过来的时候脸都厌恶地歪向一边，好像站在她面前的是个死人似的。扇子最不能容忍的是范成人的窝囊和无能，就是烧锅炉的癞皮也要奚落他，“范成大,我怎么老闻到你身上有股怪味呢,是不是和死了的那些好看女人亲嘴啊！”说完还露出一口黄牙呵呵笑。这时候的范成大该干啥干啥,不说话,也不看奚落他的人。

当然,没人敢和扇子这样说话。一是扇子一身的腱子肉能让人多少生出些怯意来,二是大家都知道扇子的堂兄是殡仪馆管事的。即使对他现在干的工种看不上,也只能在心里。还有想法更多的,食堂几个女娃聚在一起洗菜时总喜欢讨论扇子,一个说你看长得吧挺抻抖的,还有关系,咋就干那活呢？另一个说你是不是看上他了？前一个就把一手水甩过去,嗔怪着,你胡说八道啥呢？低头想想,幽幽地说,要不是干那个活的,还差不多。

扇子最恶心的还不是范成大的怯懦，而是范成大没事时总喜欢往值班室边凑,跟老妈嘻嘻哈哈地说话。那些路过值班室的人看老妈的眼神也变得怪怪的了。

一连几日都没活,四周都冷冷清清的。一闲下来,范成大就开始磨他的剃头剪,拿根小挫坐在门边,两腿把剪子夹好,嗞嗞嗞嗞地磨个不停。有人路过,叉着腰骂,范成大,你他妈弄出这声都快让人倒牙了。范成大抬起头,看着骂他的人笑,笑得对方都不好意思发火了,摇摇手走了。黄昏的时候,吃完饭后范成大就出来走走,步子总是不听话地往值班室那边抹,好像都成下意识了,快抹到值班室了,范成大就停下来了。扇子端张椅子靠在值班室门口,两个眼睛直直地盯着范成大,范成大有点虚了,佯装看看左左右右的花花草草,慢悠悠地折回去了。回到小屋子范成大有点恼自己了。又不是偷人抢人,我虚他干啥？他想。但是去值班室的念头却被浇灭了,后脑勺全是那双直盯盯的眼睛。

夜上来后柳姨妈也搬条椅子和儿子坐成一排，四下张望一阵就问扇子:咋不见你范叔呢？扇子阴阴地说:说不定自己爬到炉子里去了。柳姨妈就轻轻给扇子后脑勺一巴掌:撕你嘴,胡说八道。扇子又说:他和我无亲无故,也不是我啥子叔,麻烦以后在我面前不要这样称呼他。

柳姨妈又扬手,忽然觉得儿子的话里有股辣椒味。想想手又垂了下来。

坚守了两天的值班室,扇子熬不住了,一大早起来进城去了。

中午饭一过,范成大磨磨蹭蹭就过来了,柳姨妈照例坐在门边缝老衣,细针密脚地走着。抬头看见范成大,两个人就笑笑,柳姨妈起身,范成大摆摆手,说凳子不用搬了,我就是随便走走。柳姨妈回身坐下来,把手里的活计搭在板凳空着的一头,说好几天不见你影儿了,都忙啥呢?

范成大斜靠在一棵粗大的梧桐树上,一只手轻轻地拨着一块老旧的树皮:“没啥?把剃头剪子拿出来磨一磨,都钝了。”说完他又抬抬手,说你忙你的,不要管我。柳姨妈重新捡起老衣,却没有下针,而是看着远处苍苍莽莽的山林子,眉宇间爬上来一层淡淡的愁苦,看了一阵子,她又转过头看了看范成大,然后她长长叹了一口气,低头把针扎进棉布。

远远地,扇子提着两个塑料袋子沿着狭窄的水泥路过来,范成大总算把那块老树皮给揭下来了,他随手把树皮往草地上一丢,说今儿人少,我该吃饭了,要不食堂就关了。

柳姨妈启启嘴唇,想说什么,抬头看,范成大都消失在路的尽头了。

6

前几天闲得要命,这两日却忙得起火。

一大早殡葬车就进进出出的好几趟,梁子和几个运尸工赶趟儿似的跑来跑去,几趟下来,陈尸间堆得满满当当。

在陈尸间门口,梁子摘掉口罩喘着气对扇子说:“操他娘的,煤洞透水给淹死的,全是鼓鼓囊囊的,那肚子大得哟!”

“臭了吗？”扇子问。

“都给泡好些天了，你说能不臭吗？”梁子答。

“妈的！”扇子一撇嘴，“你倒是完事了，接下来该我倒霉了。”

“你憨啊！有范成大啊！你享福了。”梁子笑着说。

扇子的确是享福了，第一具尸体推进来，范成大就打好水等着了。扇子则戴着个口罩坐在墙角的椅子上。

扇子嘿嘿地冷笑：“你体力过剩啊？后面还一大串呢！”

范成大也不理他，慢慢地在黑咕隆咚、鼓鼓的肚子上擦拭着。扇子一直冷笑，看见范成大扯直棉布在死人的脚丫子里来回拉时，扇子笑得更厉害了。擦完了，范成大出去把水倒掉，没多久提着个瓷盆进来，腋下还夹着一沓纸钱。把火盆放在死人脚边，蹲下来一张一张地烧。

“是你爹啊？”扇子说。

“都是些外地人，没几张纸钱回不去。”范成大说。

范成大的动作和他的性格一样的缓慢，最急促的，就是把人送进炉口的那一嗓子：

“上天咯！”

烧完一具，接着一具，范成大都一样的程序，不疾不徐，有条不紊。

扇子就这样看着，开始他还冷笑，还骂，渐渐地他就不笑了，也不骂了，静静地看着范成大，纸钱燃烧的光照着范成大的脸，安详、肃然，看不到半点悲喜，平静得如一块千年的青石板。扇子开始可怜起范成大来，无儿无女，为了几个吊命钱，整天和这些脏兮兮的死人凑一起，在别人眼里，范成大都快和一具尸体差不多了。但扇子搞不懂的是范成大为什么这样做，扇子见过新修的火葬场那头的焚化工是怎样干活的，白衣白裤白帽白口罩，整个人遮得密密实实的，和死人保持着让人信服的距离，推进来，送进去，一触按钮，万事大吉。要想让他们在完成这个简单的过程时轻一点，慢一点，还拿死人当人看，可以的，家属奉上一条香烟或者一个红包,死者就不会有磕磕碰碰的疼痛了。

范成大佝偻着腰蹲在地上,墙上就有了一个枯朽的弧形。扇子心里忽然有点堵,他站起来,走过去,从兜里摸出一个口罩递给范成大,范成大艰难地反过身,摇了摇头。

“不要算屎!”扇子狠狠地说。

最后一具尸体推进来,梁子靠在门上看着扇子挤眉弄眼地怪笑着,笑完了甩给扇子一支烟,刚点上烟,听见范成大发出一声深不见底的叹息。

“还是个娃娃呢!”

扇子凑过去,虽然已经变得肿大,但依稀能看出那是一张还泛着童真的脸。

范成大静静地擦,扇子和梁子悄悄地抽。

擦完,范成大低头去抬地上的盆,一弯腰,身体忽然一个踉跄,还是梁子眼疾手快,过来拦腰抱住了范成大。扇子也过来帮忙,两人把范成大扶到椅子上坐好。

“没事吧?你。”扇子问。

范成大摆摆手,他脸色很苍白,额头上还有密密麻麻的汗珠。

“唉!”范成大长叹一声,“多可惜啊!都是些还能蹦蹦跳跳的汉子呢!”

范成大仰靠在椅子上,昏黄的灯光照着他,他两眼紧闭,脸上的肌肉在不安地跳动。扇子和梁子倚在门的两边看着范成大。

忽然,那双紧闭的双眼里居然流出了两串浑浊的泪线。

7

早先的修县不是这样子的。范成大把两只脚塞到屁股下面说。

阳光朗照着,柳姨妈抖了抖手里的老衣,说你看看缝得好不好?对面盘着脚的范成大呵呵笑,说好好好。把衣服放下,柳姨妈忧心忡忡地说,真的不让你干了?

咳!范成大一挥手,“搬不动了,不干就不干了,饿不死,低保不是都办下来了吗?”

柳姨妈说那住处呢?范成大往远处指了指:“在铺子村租一间屋,二十块钱一个月,便宜呢!”

“经常过来坐坐。”柳姨妈说。

“看吧,可惜远了点,我看过了,得转好几趟车呢。”范成大说。

那个夜晚,范成大把焚化炉从里到外打整了一遍,一个人在焚化间里坐了大半夜,简单收拾了一些东西,乘着夜色走了。走到值班室门口,他本想给柳姨妈道个别的,在门口站了好久,最终还是没有敲响那道门。他艰难地翻过火葬场的围墙,步履蹒跚地消失在了茫茫夜色里。

扇子参加了岗位培训,回来看见母亲一个人坐在值班室外发呆,就问:“妈,你想啥呢?”

柳姨妈看了儿子一眼,眼睛又投向远处:“范成大走了。”

“走了?什么时候?”

“我也不知道,今早过去,看见门锁上了。”

扇子丢下手里的东西,跑到那间小屋前,大门紧锁。折过身打开焚化间的大门,墙角的椅子上摆着一个老旧的剃头箱。

从此以后,火葬场的人再没见过范成大。

其实范成大偷偷回来看过一次,在一个夜晚,他站在焚化间外的一棵大树下,透过窗户,他看见一颗留着平头的脑袋,来来往往忙碌着。

最后,在夜色里,起来了一声高亢的喊声:

“上天咯!”

原刊《山花》2009 年第 12 期

当大事

养生者不足以当大事，惟送死可以当大事。

——孟子

一

松柏爹是个干脆人，连死都干脆得让人心服口服。昨天傍晚，铁匠还看见他神气活现地背着手从自家院子边经过。今天一大早，就听见松柏老娘站在院子里呼天抢地高喊："松柏他爹，卸门板咯！"

卸门板在无双镇是对人死了的别称。人落了气，要乘身子还有点热和劲儿，迅速卸下大门板，在堂屋里用两条凳子把门板支上，将逝者移到门板上停放好。亲人要抓紧逝者还没有完全僵硬，洗擦穿衣，捋直手脚，遇上腰弯背驼的逝者，还要在身子上放上沉重的物事，将身子压直，免得入棺时碰天磕地。

松柏老娘站在院子边喊完一嗓子，就趴在土墙上嚎哭。孙子穿个裤衩挂着两吊清鼻涕从屋里出来，拖拖拉拉走到松柏老娘身后，扯了扯奶奶的裤腿。松柏老娘低头看了看孙子，哭得更厉害了。哭了一场，松柏老娘渐渐升起来一些埋怨，开始是埋怨松柏两口子：丢下个嫩苔苔，就进城了，过年回来跟住店似的留几天，狗日的些，整天就知道找钱找钱，娃娃连爹妈都不认得了。接着就埋怨松柏爹：挨千刀的，马屎外面光，里面一包汤，看起来雄赳赳气昂昂，说没了就没了。

往远处看了看，村里几条懒洋洋的小路上还是光溜溜的，没一个人影。松柏老娘有些慌了，折进屋，掀开被褥探了探，松柏爹没有了耐性，热气渐渐散去了。松柏老娘又慌慌地折出来，对着远处喊："松柏他爹，卸门板咯！"

时间黏稠得要命，松柏老娘像扔在烙锅上的一条泥鳅，在院子里直溜溜转。眼睛不时往远处瞅。孙子没能看出奶奶的焦虑，依然一副春光明媚的模样，撅着两瓣屁股往围墙上爬，奋斗了几次没能成功，就伸开双臂，腆着脸过来要奶奶帮忙，形势判断错误了，屁股上挨了两巴掌，白屁股成了红烧肉。娃娃委屈了，遍地打滚。要搁以前，松柏老娘早就祖宗长祖宗短的赔不是了，今天没这个心情了，眼睛只盯着远处的小路。

还是慢，啥子都慢，松柏老娘发觉连风过来的脚步都是慢腾腾的。不知道从哪天开始，这个村子就变了，变得慢条斯理的，人们说话慢了，走路也慢了，炊烟起来得慢，日头落得也慢，好像连庄稼都长得慢了。

小路上终于出现了两对老胳膊老腿，铁匠老口子，像俩蜗牛。渐渐地，几条小路上都爬满了蜗牛，老的嫩的，前前后后，一步一步往松柏家这边爬。

铁匠两口子刚进院子，悲伤就扑面而来。未亡人哭得呼天抢地，铁匠老婆过去挽起松柏老娘一只胳膊，说些人死事大，后事要紧之类的话。悲伤归悲伤，方寸没有乱，松柏老娘一步一步移到铁匠身边，把一把起子递过来，泪汪汪地看着檐坎下那扇大门。铁匠哦了一声，颤巍巍地走到大门边，仰头看了看，心悬了起来，太高了，咳嗽了两声，想把背直起来，腰间一阵酸麻，七十年的日子把腰背压弯了，捋不直了。铁匠折进屋里，端出来一条凳子，凳子不高，刚到膝盖沿儿，可铁匠觉得横在面前的是座大山，努力了几次，都没能爬上去，叹了口气，铁匠就开始回忆能把大锤抡出一朵花的日子。

“年轻几岁肯定能上去。”铁匠无可奈何地看着松柏老娘说。

松柏老娘仰起头，风撩着她的白发，那门确实变高了，和松柏爹成亲时，她也这样仰着头看过这扇门，那时没觉得有多高啊！

娃娃们脚快，蹦跳着进到院子来，把一帮老骨头扔得远远的。嫩苔苔脸上都是难抑的兴奋，日子总是那样沉闷，终于有机会欢天喜地一盘了。在这些乡村孩子的眼里，只有过年时爹妈们从遥远的城市带回来的稀罕物能让他们高兴一回，过完年，某天一觉醒来，爹妈们就不见了，跟着通往山外的那条路狂奔，希望能再看一眼和孙悟空一样来去无踪的爹娘，可爬到山崖上，见到的却是另一座更遥远的山。

五个老者，年纪加起来三百多，牙齿凑起来五六颗，一个站在凳子上，四个扶着凳子，身躯和凳子一齐摇晃，院子里全是仰着的脑袋，屏声静气，像在观看一场惊险的杂技。凳子上的把着起子鼓捣了一阵，虚汗就下来了，无奈地梭下来，换上另一颗花白的脑袋。反反复复好几次，总算把门板给卸了下来，几个老者彼此笑了笑，心里都在说：这胜利来之不易啊！铁匠抹掉额头上的细汗，他是这场接力赛的最后一棒，人人都见证了他的艰苦卓绝。铁匠抽出烟袋，是该解解乏了。刚把旱烟点上，嚎哭声从屋子里奔涌而出。

“老者，你就不能多等等啊！”

几个女人进去把松柏老娘连拖带拽弄出来，女人一屁股坐在地上，双手拍着大腿：“都硬梆了！”

几个老者拱进屋子，铁匠掀开印着大朵牡丹的被子，伸手在松柏老爹额头上探了探，回头对身后的几颗花白脑袋说：“凉透了！”

众人一齐摇头，像风蹚过芦苇荡。

无双镇的规矩是，人要死在床上，但不能凉在床上，据说那样就赶不上接魂的牛头马面了，牛头马面死脑筋，只按规矩在神龛前的门板上接魂，时间也掐得死死的，不等的，飘飘荡荡进来，看见神龛前没有人，掉头就走，这样死人就惨了，三界进不去，五行入不了，终年只能在一个阴惨惨的地头过日子。

看着冰疙瘩一样的松柏老爹，几个老者黯然神伤，不管如何，都得把老伙计移出去，万一牛头马面有事来晚了呢，或者今天两个接魂的畜牲心情好，来了想坐会儿也说不定。

门板支好了，铺上一层薄薄的烧纸。六个老头呲牙咧嘴把松柏老爹抬出来，到了堂屋中间，抬脑袋的两个老者手软了，松柏老爹身子一歪，侧身翻加转体一百八十度，啪嗒摔了一脸灰，铁匠本想开黄腔，可看了看，两个失手的过完年就翻八十去了，说不定明年就该抬他们上门板了，怪不着呀！

还好，松柏老娘还在院子里，被几个女人架着嚎哭，没见着男人一嘴的灰。铁匠几个慌忙把松柏老爹抬上门板，铁匠眼尖，从神龛上抓过来一张烧纸，飞快在松柏老爹脸上抹了几道，才让死人重新有了脸面。

躺在门板上的松柏老爹没有服帖，七十不到的人，腰就成了一张弓，远远看，像往门板上放了一个大元宝。铁匠喊旁边的王明白，说王老者，你按着脚，王明白点头，过去按住松柏老爹两只脚，铁匠则双手压住松柏老爹的双肩，铁匠点点头，两端同时下压，嘎吱一声脆响，身子和门板严丝合缝了，手一松，嘎吱，又成大元宝了。

王明白摇了摇头，说凉透了，只能上磨子了。

铁匠从屋子里出来，松柏老娘还在哭，铁匠歪歪倒倒折过去，对松柏老娘说："嫂子，大哥热气跑了，身子拉不直，怕是要上磨才成啊！"松柏老娘挽起袖子擦掉眼泪，点点头。

磨子也不是好弄的，松柏家的磨是大磨，磨盘比小磨宽了一巴掌，就一巴掌，让七个老者气都抬脱，抬着石磨经过院子时，连满院子乱跑的娃娃们都被吓着了，十四个眼珠子仿佛填在枪膛里的子弹。

石磨上了松柏老爹的身，几个老者掰破的蒜瓣一样四分五裂了，坐下来呼呼喘了好久，铁匠才咬牙切齿地说："老子年轻的时候，一人扛着一扇大磨，小跑两里地，没见着喘气的。"

"好汉不提当年勇！"一旁的唢呐匠喘着气说。

"还有一扇呢！"王明白说。

几个老者站起来，扭了扭腰，摇摇摆摆出去了。

第二扇石磨上了胸，嘎吱一声，松柏老爹直起了腰板。几个抬石磨的脸色看上去比躺着的还难看。

坐下来，铁匠狠狠骂了句："王八操的些，跑得一个不剩，以前这些事儿哪能轮到我们头上。"骂完，铁匠忽然想起了什么，冲着院子喊："谁负责通知松柏两口子？"

院子里有答："春花老娘去镇上打电话了。"

铁匠咕哝："老婆娘那脚程，连只蚂蚁都跑不过，怕没到镇上就老死在半路咯！"

二

铁匠站在檐坎上，看着一院子的脑袋犯了难。

松柏老娘非要让他当管事，说不论两家的关系，还是铁匠的能力，只有他当管事最合适。铁匠不敢推，管事在无双镇是个很有面子的活路，别看是临时的，也不像任命村长得下红头文件，但能做管事的人除了要具备相当的组织能力外，还得德高望重，那样人家才服你，才能让你随意调遣。人家有人老去了，请你当管事，是看得起你，信任你，推了差事就推了仁义。

铁匠挨着数了数，嫩娃娃一大堆，全都脏得像从灰坑里扒出来的；老者老奶半院子，一口气都能吹倒。倒是有两个年轻的，一个是老刘家老二，三十出头，一条鼻涕从年头悬挂到年尾，见着谁都喊爹；另一个四十多，前些年进城把一只手留在了绞肉机里头，也永远把自己留在了乡村。这样的队伍，面临的是和煤、生火、杀猪、煮饭、炒菜、洗碗这些活路，最恼火的是把死人抬上山，就眼前这些货色？日他妈的，铁匠都不敢想了。

可不管如何，总不能让死人烂在家里吧？铁匠还是硬着头皮开始安排。

"你，还有你，去请道士先生。"

"你们四个，负责和煤。"

下边咕哝。

"啥？和不动？你满院子看看，还有没有比你更年轻的？"

"墙角那几个婆娘，负责煮饭。"想了想，铁匠补充："甑子大了抬不动，我安排人给你们抬。"

东拼西凑，差事都总算有了着落，铁匠长吁了一口气，拉条凳子坐下来卷旱烟，烟卷还没塞进烟袋，才想起棺材的事情没有安排。

铁匠在里屋找到松柏老娘，女人正和几个关系近的说着松柏老爹活着时候的种种好，说到动情处就横起衣袖抹一把泪。铁匠进来，冲着几个女人喊："各就各位，该干啥干啥去。"几个女人退了出去，松柏老娘站起来，期期艾艾地看着铁匠。

“我哥老家在哪？”在无双镇，棺材叫老家，人死了叫老去了。

“厢房！”松柏老娘说。

掀开油布，铁匠惊讶了，心里还隐隐有些嫉妒。雄伟的老家：白杨木，上好漆面，前挡和后挡都是加厚的，棺盖上雕了镂空的印花。

看见铁匠目瞪口呆的模样，松柏老娘起来了一些得意：“去年松柏回来时请东溪的鲁木匠做的，光料子就三千多。”

“我那三个龟儿子就差远了，到时候能给我安排个火匣子就高高福在了。”铁匠喷出来的口水酸酸的。

“看你说的，你那三个都在皮鞋厂，一个甩一沓，水晶棺材都有了。”

铁匠笑笑，过去摸了摸松柏老爹锃亮的老家，说好是好，移出去怕要费死呆力。

三个臭皮匠终究还是臭皮匠。十多个老者聚在厢房叽里呱啦吵了半天，也没能找出把棺材移出来的办法。关键还是硬件跟不上，也不是没有好计划，可再好的计划也需要劳动力，一屋子都是出气比进气多的主，挪根凳子都要喘上半天，遑论眼前这口巨无霸了。

“等松柏他们回来再说。”铁匠一锤定音。

三

天黑尽了春花娘才回来。老太婆一屁股坐下来就开始揉脚，来回三十多里地，尽是毛狗路，不仅窄，路上还铺满了石疙瘩。铁匠看了看春花娘，一张脸像刚出笼的绿豆糕，还有滴滴答答的水珠。喝完铁匠递过来的一碗水，春花娘把碗往凳子上一砸，就开了黄腔：“这世道，养儿不如养条狗，爹都跷脚了，还舍不得那几个卵子钱。”松柏老娘听见声音，从屋子里跌跌撞撞跑出来，问：“打通松柏电话了？”春花娘点点头：“我给他说你爹老去了,狗日的在电话头好半天屁都不放一个,最后说不好请假,来回一趟,位置就没了,还嘤嘤呜呜地淌了一回狗尿。”松柏老娘听完,就哭了,哭了几声就开始咬牙切齿地骂:“挨千刀的,下油锅的,老娘怕他是石头缝缝里蹦出来的孙行者哟!没爹没娘了,都!”孙子叉着两条肉乎乎的腿走到奶奶面前,松柏老娘把嫩苔苔往外一推,吼:“滚!长大了八成也是白眼狼。”几个女人过来劝。铁匠往厢房那头看了看,他想,那口棺材的确太大了。

夜慌慌的,人也慌慌的,夜是黑慌的,人是饿慌的。一院子的老树桩手脚实在太慢了,从院子那头抱捆柴火到院子这头,得花上一袋烟功夫;洗棵白菜比种棵白菜还费时。娃娃们守在灶台边,眼巴巴盯着炒菜锅,一个个口水滴答。

院子里开始还有说有笑,声音也还响亮,渐渐就安静下来了,偶尔有人说话,声音也烂面条似的。好几个老者连旱烟都不敢吸了,两口烟吞下去,满世界都在乱晃。

终于,铁匠喊:人死饭甑开。

做饭慢得心焦,吃饭的速度却一点不含糊。年纪是大了,可矜持没有一起老去,速度没有淹没礼节。途中,王明白还放下碗,一双筷子整齐地搭放在碗口上,徐徐地扒掉胡子丛中两粒剩饭,重新端起碗才发现,菜都干净了,王明白也不恼,慢慢吃完碗里的剩饭,卷好一锅旱烟,躲在一边悠闲地吸。

吃完饭,女人和孩子们相互搀扶着回去了,手电像夜晚的萤火虫,若有若无地在乡间小道上缓慢漂移。男人们留了下来,在院子里围坐成一团,和夜一样安静,只有烟锅子炸裂和啐口痰的声音。堂屋里,松柏老爹托着两扇石磨,样子看起来有些冒火,他的脚边,一盏过桥灯忽明忽暗。

吐出一口痰,把烟锅子伸到凳子腿上磕了磕,王明白说:“都不晓得这日子是往前了还是退后了,人哪有这样的死法?死去一个对时了,除了燃盏过桥灯,卵事都没干成。"

铁匠接过话:"也是哈,要搁以前,到这个光景,道士先生早就唱上了,猪也杀了,大门上的白对联也贴上了。"

一个老者说:"老子想好了,先挖个坑,等那些气饱力胀的过年回家,让他们先把棺材给我抬进坑里放好,不行了,就躺进去落气,省得麻烦。"

王明白就笑:"万一躺进去一月两月死不去,咋搞?"

铁匠也笑:"大不了长一身青苔。"

院子里荡起一层浑浊的笑声。

四

早晨,阳光稀疏懒散。

帮忙的赶在太阳之前就上路了,等挪到松柏家,太阳都到脑壳顶了。

铁匠刚把事情吩咐完毕,几个开裆裤就从远处跑来,边跑边喊:"道士先生来了。"

四个道士先生,全都老得皱了皮,汗流浃背走进院子,把家伙往地上一撂,瘫在椅子上就动不了了。咕噜噜灌了一碗水,领头的大师傅才回过阳来。把院子里的人打量一番,大师傅问:"香蜡纸烛准备齐了?"

铁匠慌忙跑过来:"齐备了,就等你们了。"看了看,铁匠问:"道士班子不是有八个人吗?"

大师傅摇摇手:"四个年轻的不干了,扛着蛇皮口袋进城去了。"

"司书房准备好了吗?"大师傅问。司书房就是道士先生们的工作室,接下来几天,除了拉撒,吃喝都在里头。

铁匠点点头。

院子里总算出现了喜色。等太久了,道士先生终于来了,松柏老爹算是不用走黑路了。大家都很激动,几个洗碗的老太婆甚至都落了泪。乡村的葬礼,是从道士先生跨进门槛那一刻开始的。而道士先生进门后干的第一件事情,就是张贴白对联。

大家全停下手里的活儿,眼巴巴地看着司书房的大门口。

终于,铁匠笑吟吟地从司书房出来了,手里拎着一张纸,白纸黑字。

楼梯搭好了,浆糊刷好了,铁匠爬到大门上方,双手展开三个大字:当大事。

松柏老娘站在院子中间,看见大门顶上铺平的白底黑字,百感又交集了,淅淅沥沥地走进堂屋,对着两扇石磨下的人说:"老者,先生进屋了!大事开锣了!"

灵堂搭建得还是马虎,三五棵松柏枝,没能搭出应有的肃穆和庄重。大家都不是很满意,可嘴上不说,看看三个去砍松柏枝的老头吧!老得昏天黑地,这几棵松柏丫枝还不知道咋个弄来的呢!

厢房里,松柏老娘和铁匠并着肩,眼睛盯着那口棺材,一脸无奈。

一个小屁孩在门外喊:松柏奶奶,道士先生喊你。

两人折出来转进司书房。大师傅拿掉老花镜,咳嗽两声,说:"喊主人家来,是有些事情先说清楚,我们是明白人做明白事。"

松柏老娘点点头。

大师傅接着说:"按规矩,这场法事应该诵八卷经,唱九转经文,加上必不可少的举灵幡、破地狱、过天桥,需要三天半时间。"顿了顿,大师傅说:"以前,大部分过场都是我那几个年轻徒弟走,我就是破地狱的时候做个大法师,现在呢,年轻的都走了,就剩下这几根老骨头,还是东拼西凑才弄齐的。"

铁匠赶忙上前给大师傅点上烟,大师傅吸一口,吐出来,一脸的沟蹙，烟雾缭绕。抖抖烟灰，大师傅说：“都各自退一步，我想呢，经文我们诵三卷，唱三卷，对了，祖坟远吗？”

松柏老娘点点头：“好几里地呢！”

大师傅脸上起来了难色：“这就麻烦了，举灵幡这一场你们也晓得，得敲敲打打去祖坟上悬幡，太远了，几个老者怕是要给整趴了，我看也省了吧！”

松柏老娘慌了，伸长脖子问：“不举灵幡，死人看不见路了哟！”

大师傅吐出一口烟，说：“只能这样了，道场钱你们看着给，做不做随你。”

“做，肯定做，要不死人该在那头摸黑了。”松柏老娘泪眼婆娑。

锣鼓响起来了，笑声也从院子里荡漾开去。大门前的白对联也补齐了，一横两竖。横的早先贴好了，竖的还湿津津地泛着墨香，右边：三径寒松含露泣；左边：半窗残竹带风号。

“算是像个样子了！”铁匠看着灵堂前几个敲锣诵经的说。

五

一大早，铁匠就站在檐坎上清点人数。清点完毕，铁匠喊：今天最重要的事情是杀猪，杀猪匠来没有？

院门边一个声音答：来了。铁匠循着声音看过去，眉头就皱起来了。

一个人提着篮子跑过来，说：我就是杀猪匠，土庄来的。所有人都惊讶了，杀猪匠嘛，就该有杀猪匠的样子，大脑壳，络腮胡，腰粗膀圆，杀气腾腾的才对。可土庄来的杀猪匠像根晒干的豇豆，细胳膊细腿，你还看不见他的眼神，因为他戴了一副眼镜。

铁匠嘿嘿笑：“这位，我们请你来是杀猪哦！不是杀鸡。”

杀猪匠点点头，笑着说除了人，我啥都能杀。

铁匠上下打量了一番,说看上去你该有五十出头了吧?无双镇的杀猪匠我基本都认得,没见过你啊!

那人笑笑，有点不好意思，挠挠后脑勺说:“当了三十二年代课老师,不让干了,进城没人要,就捡起我爹的营生了。”

哦！铁匠应声:“教书匠变杀猪匠了,你这弯儿拐得有点儿猛了！”

杀猪匠眼神蓦然黯淡了:“总得混碗饭吃不是？”

院子里一阵沉默。

忽然那人把声调调得老高:“猪呢？在哪儿？”

支好案板,铁匠先站在猪圈门口看了看猪,又回头看了看人。估计了一下敌我形势，铁匠对几个准备抓猪的人吩咐:“这是本地猪，肉头紧,劳力好,轻易不投降,要在圈门口把它拿下,千万不能让它跑出来。”然后铁匠又做了科学而严密的分工:“你抓左耳,你抓右耳,你薅尾巴，杀猪匠拎脑袋。”

几个老者点点头。

“各就各位！”铁匠低声喊,样子怕猪把情报偷走。

众人在圈门口布下了一张天罗地网，六颗花白的脑袋像绽开的一把棉球。

杀猪匠顶在最前线,他的身子在微微地颤抖。

“注意,来了！”铁匠一把拉开圈门。

于是,这个初春的早晨,除了被石磨压得抽不开身的松柏老爹,在场的每一个人都见证了一场惨烈的完败。

铁匠后来总结:真老了,六个老者加起来连头猪都不如。

此刻,那头杀出重围的胜利者正在远处的野地里啃青草,不时还抬头朝人满为患的松柏家看看,它看上去相当悠闲,脚步也格外的轻松。

杀猪匠站在院子边,看着远处那头猪,手里还提着那把寒光四射的杀猪刀,他的背影单薄落寞。

他不敢回头，因为院子里的人都在笑他。这也怪不得院子里的人，按照乡村杀猪的规矩，杀猪匠是顶在最前线的排头兵，猪从圈里放出来，杀猪匠要第一个冲上去，牢牢钳住猪脑袋，其他人再揪住那些容易的部分，然后硬生生将要宰杀的畜牲提上案板，这时候你才能看出让杀猪匠箍头的奥妙，因为他在头部，顺势将脑袋往上一掰，腾出攥着钢刀的那只手，往喉咙处一递，就能吃上新鲜的猪肉了。遇上追求观感的杀猪匠，还会将杀猪刀叼在嘴里，两眼圆睁，大声喝叫，赢来一帮小屁孩崇拜的目光。

可人们看到的事实是，猪出来了，前教书匠刚伸出手，那猪就一头将他顶倒在地，还嚣张地踏着他的肚子扬长而去。

猪肉没吃上，倒是浓烈的猪粪味随着风儿东飘西荡。

松柏老娘坐在里屋，脸色灰暗，看见杀猪匠进来，把脑袋歪到一边，不搭理。

杀猪匠搓搓手，低声说："大嫂，你看，不要猪血行不行？"

"就算我不要猪血，你又能如何？"松柏老娘气鼓鼓地吼。

"我去追着杀。"杀猪匠说，想了想，他接着说："既然你不要猪血，那三十块钱的杀猪钱你减掉十块吧！"

"管你哪种杀法，帮忙弟兄能在晚饭时候吃上猪肉就行了。"

杀猪匠点点头，闷着头出去了。

那一天，这个村子的老老幼幼都目睹了一场奇怪的杀猪场面。

先是看见杀猪匠从里屋阴着脸，红着眼出来，手里提着雪亮的杀猪刀。接着就是一场艰苦卓绝的旷野追逐，瘦小的人和肥硕的猪在野地里跑了整整两个小时，最先倒下的是猪，然后倒下的是人，花白的阳光下，那个瘦弱的男人慢慢爬过去，将手里的刀往猪的喉咙猛捅，一刀，两刀，三刀，乃至无数刀，一旁观看的孩子被杀猪匠眼里绝望骇人的光芒给吓得掉头就跑。开始，院子里被人和猪的追逐逗得放声狂笑，慢慢地，是不时的嬉笑，最后，天地都安静了，每个人脸上都起来了一层冰凉的秋霜。

等旷野里那个人和那头猪彻底安静下来后，几个女人眼里有了泪，那泪水经过嘴角，伸出舌头一尝，酸酸的。

杀猪匠站在松柏老娘面前，满身血污，连眼镜片上也有斑斑的血点，透过镜片，是茫然散乱的眼神。杀猪匠接过女人递过来的三十块钱，走了，走了几步，返身回来，把十块钱递回给松柏老娘，说："讲好的，不要血少给十块。"

杀猪匠走了，被跃跃欲试的黄昏裹挟而去，他的背影越来越单薄，仿佛一枚枯黄下坠的松针，就算落了地，也不会有半点声息。

晚饭吃上新鲜的猪肉了，但没人欢呼雀跃，连一直闹腾的嫩苕苕们都闷声了。

还有人怪厨房，说炒的肉一点都不香。

六

道场实在粗糙，绕棺、悬幡、过桥这些带点体力活的程序都省掉了，几个老眼昏花的道士就知道坐着念嗑嘴经，念得两扇嘴皮都起壳儿了。大家就有点不高兴了，这样毛糙的道场以前哪能见着啊！就算家境最不济的人家，都会勒紧裤腰带，给死去的一个圆满，也给活着的一个安心。

几个老者团坐在院子里，个个愁云密布，自顾把旱烟吸得嗞嗞乱炸。

"和埋条狗差不多了！"王明白白了一眼灵堂前念得摇头晃脑的花白脑袋。

铁匠把旱烟从嘴里抽出来，往地上飙了一口清痰说："怪不着啊！你看几个道士先生，一动弹就嘎嘎乱响，你让他过桥？亡人还没过奈何桥，道士先生怕自己就先过去了。"

众人无言了。

铁匠重新填好一锅烟，刚想燃上，司书房那边喊："管事过来一下。"

铁匠应声，站起来，腰有些酸麻了。偏偏倒倒钻进司书房，大师傅问："下葬地看好没有？看好了该带人挖井了。"铁匠一拍脑壳："看我这记性，让狗给吃了，昨天松柏老娘还跟我说过呢！"笑了笑，铁匠接着："说放心吧，门板上的两年前就给自己把地方选好了，我这就派人去挖井。"

退出来，铁匠往院子里看看，心又提起来了。硬着头皮点了几个看上去还有些精气神的，说你们跟我上山挖井。几个人站起来，一个问，哪儿啊？柳家大坡，铁匠答。

一院子人全都傻眼了。

柳家大坡啥地方啊？无数的沟沟坎坎，空着手上去下来得花上大半天时间，还满山的老火棘树，树上的尖刺又密又硬。

王明白把烟袋往桌上一拍，吼："要我去挖井也行，不过我得给自己也挖一口。"

大家就把目光转向王明白。王明白四下看了看，又吼："看哪样？等把谭老者抬上去，估计我也该断气了，你们把我直接扔井里就得了，还省他妈的麻烦。"

院子里议论纷纷，像煮开的锅。

铁匠喊一声，双手往下压了压，说："我们这里的规矩大家都知道，亡人自己选的地方，是万万不能变的。"

王明白往前一步："他选北京上海也抬去啊？"

铁匠气上来了，费力不讨好的委屈在胸口横冲直撞，他指着王明白："王老者，你狗日的不要一颗耗子屎打坏一锅汤，换着躺在门板上的是你，你还会说这样的折寿话？"

王明白又往前一步，咳嗽一声，满脸自信，看来准备全面反攻，话还没出口，热滚滚的嚎哭忽然从里屋面汤一样的泼了出来。

松柏老娘跟在哭声后面，一出门就坐倒在地，双手高举："谭松柏啊谭松柏，你个遭雷打的畜牲儿，爹都跷脚了，你狗日的还惦记着你那两个卵子钱，你们谁都不要管了，就等死人烂在家头算了。"

几个女人慌忙上前，连拉带拽把松柏老娘牵起来，忙活的过程中，还不忘送给王明白几个白眼。

王明白悻悻地缩回去坐下来， 看着松柏老娘说："我也知道，'活时选地，死后钉钉'的规矩，但是嫂子，你看看这一院子的人，哪个不是黄泥巴都盖到脖颈了，毛主席还说要实事求是嘛！就算有那心，也没那力啊！"

松柏老娘不答话，只顾哭，她不是不罢休，是不甘心，不把死人埋在他自己选好的地方，子孙要背骂名，从古至今，无双镇还没有人家这样干过。

"我倒有个主意！"王明白把烟卷填进烟锅里说。

松柏老娘忽然收了声，撩起衣服下摆擦了一把泪，把目光转向王明白。

铁匠走到王明白面前，把烟袋从他嘴里扯出来说："有屁就放，啥子主意？"

"找人来抬。"王明白言简意赅。

"放你的狗屁，你放眼看看，咱们这无双镇还有劳力吗？"铁匠骂。

"不会吧，你想想。"王明白说。

铁匠怔了怔，然后摇了摇头。

"下水滩！"王明白歪着脑袋看着铁匠笑，模样像扔了一块骨头给面前的饿狗。

铁匠一定，随即大笑："你是说那个钻井队？"

"唉！"王明白得意洋洋。

“人家不一定来呀？”松柏老娘仿佛溺水的人抓住了一根救命稻草。

“谁家没有个大屋小事，怕就是要费些钱，请七八个人，一天多少工钱，我们照给。”王明白像极了诸葛亮，就差一把羽毛扇了。

松柏老娘一张脸就怒放了，扬声喊：“给，多给，反正钱是松柏那王八蛋的，人不来，钱遭殃。”

七

出门前，松柏老娘泪汪汪地看着铁匠说：“他叔，松柏爹能不能埋下去，就靠你了。”铁匠笑笑，说放心吧，都是爹娘养的，再说我们也不亏人家，我让王明白和我去，他那张嘴你也知道，天上的麻雀都能哄下来。

看着铁匠和王明白远去的背影，松柏老娘在心里把算盘扒得叮当乱响：棺材得从厢房移出来，井得挖得深一些，不行就先入殓，直接抬上山。如果时间还充裕，就让几个劳动力运些垒坟用的石头。接下来又有些担忧，怕钻井队开出的工钱太高，这可是松柏两口子的血汗钱，能省则省，要是人家通情达理，一分钱不收也说不定。马上又觉得这怎么可能呢？女人自己都笑了，可女人还是不甘心，白日梦还在继续，要是人家不收钱，就让厨房好好整两桌酒菜感谢人家。

一回头，松柏老娘仿佛看见院子正中央，规规矩矩地摆放着那口气派的棺材。

铁匠和王明白一前一后，在莽莽苍苍的大山中像两粒滚动的黄豆。翻过一座山，就是下水滩了。远远地就听见了机器的轰鸣声，轰隆隆震得耳膜鼓胀。也不知道是哪一天，这支钻井队就进来了，钻得整个下水滩到处是桶沿大小的洞洞。

连滚带爬翻过去，铁匠笑成了一朵花。

散布在钻井周围的，全是年轻汉子，一个个生龙活虎，跳天舞地，肩上扛着粗大的钻头，跑得跟阵风似的。有两个虽说戴着眼镜，但因为年轻，在铁匠和王明白眼里也是难得一见的钢筋铁骨。此刻，眼前的这个山谷，每一个旮旯都是力气，两人耳边全是粗壮有力的呼吸。这样的激动人心实在是久违了。

看够了，两人才走过去，一个戴眼镜的迎上来问："啥事情？"

听口音，是外地人。铁匠刚想说话，王明白先开腔了，叽里哇啦说完，眼镜就蹙起了眉头。

"这事怕不成，我们赶进度，耽搁不得。"

"耽误多少时间我们照给工钱。"铁匠说。

眼镜摆摆手："不是钱的问题，你说的那个是小事，我们这是大事。"

"啥子了尿不起的大事哟？"铁匠说。

"矿藏勘探。"眼镜说。

"你是说我们这地头藏有宝贝？"王明白来劲了。

眼镜点点头说："跟你们也说不明白，一句话，你们脚下踩着的是一捆一捆的大票子。"

两个老者眼睛瞪得大大的。

眼镜转身要走，铁匠一把拉住他："刚才说那事儿，帮个忙吧！"

"都是爹妈养的，帮个忙吧！"王明白附和。

眼镜笑着摇头，走开了。

两人泄气了，找个土坎走下来，王明白扯根青草放进嘴里嚼，忽然，他吐掉嘴里的残渣，说憨哦，我们直接去找那些肉疙瘩。

蹦跳着过去，王明白拉过来一个壮劳力，把事情说了一道。

年轻的肉疙瘩听完呵呵笑，边笑边摇晃着脑袋。最后他指着远处一个正低头打桩的年轻汉子说："看见了吗？那个打桩的，爹死在家里两天了，遇上赶进度，回不去了。"

回来的路上，两人都没话，耳际只有风掠过山岗的呼啸声。

八

一屋人都沉默了，间或起来一声长长的叹息。

松柏老娘搬张凳子坐在松柏老爹身边，直勾勾地看着死去的人，她也不哭了，嘴里一直在念叨，声音细而碎，没人知道她在念叨啥。

旁边一个老太婆忧虑地对铁匠说："想想法子吧！你看松柏娘，都有点神神叨叨了。"

几个女人去拉松柏老娘，老娘一甩手，说不要拉我，松柏他爹有事给我交代。看到这场景，几个女人倚在门边开始流眼泪，连灵堂前正在诵经的大师傅也站了起来，看着松柏老娘感叹：就是饿饭那几年，我也没见到死了抬不出去的，现在有吃有穿，反倒埋不下去了。

吃完晚饭，没有人离开，孙子孙女们靠在爷爷奶奶、外公外婆的怀里睡去了，大家都想留一下，帮忙出点主意，想点办法，明天就是下葬的日子了，可眼前这局势，还一门不挨着一门，棺材还雄踞在厢房里，死人还躺在门板上。

大家自觉移到松柏老娘旁边，老太婆蓬松着一头的白发，眼神空洞。

铁匠着急了，把凳子往松柏老娘靠了靠说："嫂子，你看这该咋整？"

松柏老娘捋了捋头发，冷静地说："我自有办法！"

大家把脑袋一齐凑过去。

"剁成几节，丢出去喂狗！"

大家一阵唏嘘。王明白站起来，对着大家说："既然到了这个分上，主人家看来是没法子了，我来做个主，要同意，就按着办，免得延误了谭老者上路。"清了清喉咙，王明白接着说："情况大家也清楚，就我们这一堆货色，抬上柳家大坡是不现实了，干脆，就在这屋子旁边挖个坑，把老家先拆开，弄到坑里头安装好，把谭老者直接抬进去。”

铁匠一听就不安逸了，说王明白，你家这样埋人啊？好主意啊！一股馊臭味。王明白两手一摊说：“你厉害，说个好法子啊！”

铁匠一声长叹。

下葬日，天气有情绪，冷雨一直都在滴滴答答。

大师傅坐在屋檐下，看着一堆忙碌着的老枯朽。井挖好了，棺材解开了又合上了，人抬进去了。

就等大师傅来盖棺了，棺材盖到一半时有个仪式，孝男，也就是死者的儿子要爬到棺材上，拍着盖子喊三声爹，孝男不在，只得孝孙代替了，小屁孩不肯下去，被几只手硬生生按进去的，娃娃没见过这阵势，以为要殉葬呢，吓得哇哇大哭。

大师傅把手里的白幡一挥，高唱：当大事，水陆道场引亡魂；当大事，江河呜咽送亡人；当大事，细细点查身前事；当大事，双手推开天堂门，灵霄十二殿，接引亡魂人，盖棺——咯！

咔嚓！棺材盖上了，站在井边的老骨头们都倏然一惊，人人都看到了一团漆黑。

下雪了，今年的第一场雪，来势凶猛，窸窸窣窣落了一夜。松柏老娘起得很早，先给孙子下了一碗面，小崽子端着面趴在门槛上吸得稀里哗啦响。老太婆端着簸箕坐在院子边捡黄豆，转过身，就能看见松柏爹了，正顶着一头白往这儿看呢！

北风过来，撩起一阵响动，门楣上三个大字不知什么时候被风扯成了好几块。

原刊《天涯》2011 年第 3 期

蛊 镇

一

小心翼翼揭开瓦罐，王昌林眼睛就亮了。

十多条半尺长的蜈蚣通体碧绿，焦躁地在罐子里游走。把半碗惨绿色的汤汁倒进瓦罐，盖上盖子，王昌林双手合十，双目紧闭，低声念诵。

云上的蛊神
请赐给我无边的法力
林间的毒虫
沟边的魔草
都为我所用

七七四十九个昼夜
炼成一道圆满的蛊
那些不速之客
驱赶他们
驱赶他们
远离我的寨子
远离我的族人
万能的蛊神啊
请用你的惠赐
永葆我们平安
让这个叫做蛊镇的村子
世世代代
绵延不绝

一连默念了六遍。

为什么要念六遍，王昌林不清楚，师傅把制蛊的手艺传给他的时候，也没有说明白。“六”在蛊镇是个好得要命的数字。制蛊需要六种毒草：毒鹅肠、散白花、断肠草、曼陀罗、见血封喉和溶血藤；常入蛊的毒虫也是六种：断尾蛇、毒蜈蚣、恶蝎子、鼓蛤蟆、长脚虺和尖嘴蝮；还有，蛊镇老人平常不做寿，唯独六十六岁，不仅要做，还得大做，三亲四戚，七乡八寨都要请到。仔细想想，和六有关的事情还有很多，每年六月六日是敬蛊神的日子，寨西头戏台的柱子是六根，甚至过年都规定菜数只能六碗。总之，只要留心，在蛊镇，这个数字无处不在。

洗净手，王昌林把瓦罐重新放回屋角的土坑，覆上土，铺上篾席，伸直腰呵呵笑了。是值得高兴一回，等蜈蚣吸完这半碗草汁，这道蜈蚣蛊就算大功告成了。

重新窝进躺椅，王昌林才感觉累了，快八十的人了，身子骨是不行了，随便一动都能听见骨头炸裂的声响，不动就尽量不动吧！油尽灯枯，随时都可能没了。

也怪，刚翻七十那个坎坎时，王昌林还没觉得自己老了。整天跟着四个儿子往庄稼地里头钻，好手好脚，啥活都能提得起。自从儿女们扛着蛇皮袋子进城后，他觉得自己一夜之间就老了。儿子们都有孝道，每月按时寄钱，吃吃喝喝足够了。可他不满足，还是想在地里头蹦跳的日子，时不时还扛着锄头去地里头转悠，可入眼的荒凉让他实在无从下手，撂荒的庄稼地全是野草，比他还高，在风里头得意洋洋对着他摇头晃脑地示威。

倦意袭来，王昌林迷迷糊糊中看见老婆子在和他说话。老婆子站在蛊镇对山的丫口上，风吹着她长长的秀发，她那时还没过门呢！脸颊泛着少女特有的潮红。

“那个谁，听说你们镇子上有人会放蛊，真的假的呀？”

“是呀！我就会。”

女的吓了一跳，眼里扑闪着不安。

“放蛊是不是用来害人的呀？”

“屁，我就没害过人。”

老婆子性子犟，家里人不同意她嫁给一个蛊师，她收起几件换洗衣服就过来了，没有嫁妆，没有仪式，一口气为王昌林生了四个儿子。天不佑人，老四刚会喊妈，她就走了。急症，下地回来在水缸边汩汩灌下一瓢清水，噗地一躺就没了。

有人敲门，三长两短。王昌林遭打的蛇一般，两头一翘甩开了躺椅。他很细致地抹掉眼角的老泪，正正色，面上就起来了一层霜。

拉开门，王四维的嫩娃，叫细崽。此刻正是黄昏，晚霞在天边翻滚，王昌林一下没适应，差点被那片红光扑倒。抬手搭起一个凉棚，王昌林说幺公，你来晚了。

论辈分，六岁的细崽是王昌林的爷辈。在盅镇，年纪再大也是白搭，就算穿开裆裤的嫩娃，只要辈分上去了，你也得按规矩毕恭毕敬喊。

细崽没接话，左手一伸："拿来！"

"幺公，你进来！"王昌林闪开一条道。

"老子不进来，给钱，我还要去常家小卖部买饼干。"

"幺公——"

"少×啰嗦，拿钱。"

"不给。"

"王昌林，你要翻天不是？说好敲一次门五角的，老子敲了门，你就要给钱。"细崽直着脖子吼。

嘴角拉开一线笑，王昌林说幺公你进来，我多给你五角。

细崽眼睛一亮，指着王昌林义正词严说："说谎的是乌龟。"

进了屋，天边的晚霞被切断了，但细崽脸上的晚霞还在。不规则的一块红斑，差不多占据了整张脸，从额头上蜿蜒而下，漫过鼻梁，在右脸颊上夸张地铺开，一直流淌到脖颈。

伸手摩挲了那片赤红，"痛不痛？"王昌林问。

摇摇头，细崽有些不耐烦，说你都问了多少次了。手一伸，直截了当：给钱。

凑近仔仔细细琢磨了一番，王昌林点点头说："似乎比前个月又淡了些。"

听了这话，细崽有些得意，说："我爸说了，等它散了，就接我进城去。"

王昌林坐在门槛上，看着细崽蹦跳着远去的背影。霞光透过薄云，从天边斜刺刺照过来，仿佛无数的尖针，将一个镇子死死地钉住。王昌林举起头，针尖飞泻而下，他感觉到了一阵钻心的刺痛。

二

细崽脸上的红斑是两岁开始出现的。开始只是隐隐的淡红,他爸王四维还有些得意,逢人就说你看我娃这脸,红得跟苹果似的。渐渐就不妙了,先是微醺,继而大醉,最后像是给人甩了一脸狗血。四维是个舍得人,砸锅卖铁带着儿子到处跑,连省城最好的医院都去了。药吃了几箩筐,一点用处没有。最后带去看了邻寨一个巫医,巫医要了生辰八字,摸摸捏捏搞了一通,然后下了决断:这娃前世是个守寨的军士,在一场战斗中惨死,血气太浓,投胎了都没能化掉。王四维双膝一落,哽咽着央求解法。巫医摇着头说就是天王菩萨都解不了了。

一个清晨,伤心的王四维带着无解的王细崽离开了蛊镇,跟着外出的人流去了遥远的城市。半个月后的一个黄昏,更伤心的王四维带着更无解的王细崽出现在村头。他对遇到的每一个人说:都怪这张×脸。细崽妈扒开儿子的衣服,大大小小,深深浅浅的伤痕遍布全身。女人落了泪,抓住男人问这些伤是咋弄的。男人半天才说棚户区的其他娃娃都拿细崽当怪物打整,背着大人就没轻没重打他。抱着细崽哭了一回,女人说细崽我们哪儿也不去了,就是灵霄宝殿也不去了,我们就好好在家待着。

奇怪的是,自从回到蛊镇后,细崽脸上的赤红开始渐渐淡去,步子跟来时差不多。第一个发现的就是王昌林。一天,王昌林在村口遇见细崽端着小鸡鸡,对着远方咬牙切齿地撒尿,还咕哝:

"霉死你狗日的。"

目光顺着幺公皱皮的小鸡鸡歪歪扭扭绕过去,王昌林就看见了王木匠的屋子。

王木匠一身手艺,尤其擅长做寿木,前些年进山伐木,让一棵老黄杉砸断了腿。断腿后路就不平了,一迈步就跃跃欲试的模样。去年接到一个徒弟的信,让他去城里一个木材加工厂上班。兴冲冲进了城,徒弟带他去见工厂老板,老板看他一飞冲天跑来的架势,盯着那条断腿看了半天,一挥手就把他扇回了蛊镇。

王昌林不知道王木匠如何得罪了细崽。木匠是他看着长大的,不折不扣的老好人。早些年给人做个门窗,打个寿木,从不谈价,主人家看着给,多多少少他都受。最近几年就更不说了,气饱力胀的年轻汉子全都走光了,瘸腿的王木匠就成了寨子里头力气最大的人。谁家有个搬抬扛移的重活,站在村头的土堡上甩一嗓子,木匠就笑弥勒般腾云驾雾赶来了。论人缘,十里八乡怕是没人敢和木匠比。前年老爹老去,附近好几个寨子的人全来了,虽说都是些老弱病残,但量大,把一个院子塞得满满的。

王昌林背着手,盯着细崽的一举一动。等细崽收拾好撒尿的家什,王昌林往前迈了两步,他说幺公,木匠到底咋个得罪你了?细崽红着眼说,他把我从常家买来的饼干扔丢了,说饼干长了霉,不能吃。王昌林说木匠做得对呀。细崽翻着眼说干屌,他是没得吃眼红才这样干的。王昌林笑笑,双手把细崽扳过来,刚想给幺公讲道理,忽然呆住了。细崽额头上那团火烧云,仿佛正随着黄昏的降临慢慢淡去。

伸手使劲抹了抹,力气大了些,细崽咧着嘴叫了一声。

“怪了,幺公,淡去了呢!”王昌林惊讶着说。

挥手格开王昌林的手,细崽愤愤说:“管老子的,多管闲事。”

又仔细看了一回,王昌林确定,真是淡去了。

回到蛊镇半个月,细崽有了一个能挣钱的活。

这个安逸的活路和村东头的柳七爷有关。

蛊镇最大的一棵古柏在寨中的晒谷场上,浓荫蔽日,像个浑圆的伞盖。教书先生柳七爷每次给寨人讲古,到《三国演义》刘备出场那一段,就说刘备还是个娃娃那阵子,就坐在村子里一棵古树下,让其他娃娃来参拜他，喊他陛下，有人看见了，就说那棵树不就是皇帝的黄罗伞盖吗？这娃娃长大了定有出息。

然后柳七爷手指往上一戳，对众人说，那树就这模样，按这说法，我们大家都是帝王命哟。大家就呵呵笑一回。

柳七爷脑壳不大，但学问不少，上古那些芝麻大小的事情他都晓得。只要老天给脸，晚饭以后听他讲古是蛊镇人雷打不动的科目。人多那时候，男男女女，老老少少在古柏下围得水泄不通。离得远的，怕听漏了，脖子伸得老长，眉毛跟着剧情上下抖动。现在人少了，只剩下几个老眼昏花和鼻涕横流。但科目还在。只是柳七爷讲古的劲头没以前那样足实了，有一搭没一搭，还老出错。说诸葛孔明死了后，魏延反了，大喊三声谁敢杀我，第三声话音未落，就被身边的马超一刀砍于马下。周围尽是失望之色，王昌林实在忍不住了，咳嗽一声，装得水波不兴样地纠正：老七，是马岱，马超早死了。柳七爷双眼浮起一层灰暗，四下扫扫说："冷火丘烟的，没兴致，以前堆得密密匝匝的时候，我哪个时候讲错过？"

一连六天，晚饭后都不见了柳七爷的影子。王昌林和同宗的几个老人在树下抽旱烟，吧嗒吧嗒，云山雾罩，烟锅子填了好几回，也不见柳七爷过来。月亮起来老高，悬在古柏树顶，把几个老者拢在一团淡黑中。磕掉剩烟，王昌林说都散了吧，老七今天怕又不会来了，也不晓得他在忙些啥子。另一个老头往地上啐了一口烟唾沫，有些忧虑地说：最近他老说胸闷，会不会倒床了。

王昌林说明早我们去看看吧。

几个老者摇晃着往柳七爷屋子那头赶。蛊镇的早晨很安静，王昌林走在最前面，火棘树的拐杖在石板上敲打出沉闷的声响。他忽然停下来，远远近近打量一番，叹口气。

"要是前些年，这个光景，田间地头都是人。"

指着路边一堆乱木，王昌林说："你们看看，蛊神祠呀！连个轮廓都没有了,去年还有两根柱子立着,今年啥都没了。”

屁股后面几个老枯朽也跟着叹气。

柳七爷的屋子在村南头,背靠一条河沟,屋子周围都是竹子,枝繁叶茂,青翠欲滴。老夫子很讲究,当初选地建房,其他人家都离河沟远远的,怕潮湿。柳七爷不怕,说有山有水才有灵气,又说居不可无竹,就在屋子周围种了许多的钓鱼竹。在蛊镇人眼里,七爷有种天生的距离感,他的一举一动都让你惊讶,像个堕入凡间的星宿。

房门虚掩,王昌林站在院子里喊了两声,没人应答。

推开门,一股怪味扑面而来。

老七没了。王昌林说。

柳七爷仰面躺在一张核桃木的雕花椅子上,微闭的双眼汪满了墨绿色的脓水,面部完全塌陷,仿佛皮骨下有了一次暴雨后的坍塌。他手里还捉着一杆笔,黏稠的液体顺着笔杆往下淌,在地上洇出一个肥厚的圆圈。面前的条桌上,还有一沓纸。

从床上拉块布把七爷罩住,王昌林抓起桌上的纸翻了翻。“哦”了一声,他说:

“老七在写蛊镇志。”

门边一个老者问:“啥?”

想了想,王昌林感觉说不清,他就挥挥手说。

“快喊人来。”

老七落了土,寨里头十多个老者老奶坐下来商量,说我们这堆人,都是黄泥巴盖到了下巴的人,哪天一口气上不来,烂在家里头都没人晓得,得想个法子才成啊!

一阵长久的沉默。

这时候,细崽铺着满脸的红霞在树根下刨曲蟮。王昌林眼睛一亮,有了主意。

“就让我幺公每天挨家挨户敲一次门，哪天不应门了，那就是死透了。”

大家都觉得这法子好，一个人蹙着眉说细崽这东西性子不太顺溜，他不一定愿意捡这个活。

“敲一次给他五角钱，一个月满打满算三十天，也就一斤猪肉钱，”王昌林又补充，“重赏之下，你还怕没得勇夫。”

三

窗外正落雨，滴答滴答敲打着屋檐下的青石。蛊镇的雨夜很难熬，王昌林在床上翻来滚去几十个回合都没有睡去。他索性爬起来，拉开灯，光亮一炸开，王昌林给吓了一跳，一只枯瘦的老鼠趴在屋子中央。凑近看了看，是个老东西。确是年岁大了，它走路拖着后腿，干瘪的肚子贴着地，没一点精气神。甚至王昌林伸脚去撵它，它也懒得躲闪。掀翻了，吃力地爬起来，一顿一顿又往前爬。王昌林忽然涌起来一些心酸。他钻进厨房，舀来半碗饭倒在老鼠的面前。地上的老家伙嗅了嗅，身子缓缓抬起来，张开嘴开始吃饭。毕竟有了岁数，吃了几口，地上的就停住了，抬起前爪艰难地抹抹嘴，往墙角那头爬了过去。

笑笑，王昌林说：“我每顿小半碗，比你好不到哪儿去。”

地上的在屋子里糊里糊涂转了半天，才总算找到了角柜边的那个小洞。

“我太阳落坡就开晚饭，明天早点来，一起吃，多张嘴吃起来香。”

客人不见了，孤寂一下变得宏大，王昌林四下扫了扫，连墙上的老婆子也耷拉着眼皮。

拉开抽屉，王昌林取出从老七那儿拿来的那沓纸，把椅子挪到电灯下，开始慢慢翻检。

不愧是喝墨水长大的，老七的毛笔字写得真是好。纸是毛边纸，仿佛某种情绪，又轻又薄。第一页竖着“蛊镇志”三个大字，颜体，端庄肃穆。

囫囵翻了翻，内容都是熟识的。七百年前就有了这个镇子，出了几个将军，几个秀才，哪年哪月遭遇外族入侵，还有几次惨烈的护镇战斗等，杂七杂八，零零碎碎。

雨声滴答，王昌林双眼慢慢合上了。

雨后的蛊镇生机勃勃，到处都泛着墨绿，风一过，抖落树叶上还残留着的水珠，滴滴答答的声响此起彼伏。

细崽来得早，双脚踩着石板路上的积水，欢快地跳进王昌林的院子。

拍了两下，没人应。又使劲拍了两下，还是没人应。腾地跳回院子里，细崽扯着嗓子喊：“孙儿，你狗日的是不是断气了？”天地一片寂静，几只鸟被惊得从院子边的梓木树上腾空而起，树上轰地下来一阵露水雨。

屏住呼吸轻轻推开门，细崽吓了一大跳。王昌林躺在竹椅上，脑袋后仰，身上、地上都洒着纸张。细崽吓憨了，不敢出声。他随手拿起王昌林的火棘拐杖，抖抖索索折过去，轻轻捅了捅椅子上的人。

“喂，你死没有？”声音和手都在颤抖。

椅子上的没半点声息。细崽一阵难受，他确信他的孙子王昌林死去了。但他不死心，举起拐杖朝着椅子上一对老膝盖狠狠敲了下去。

一声怪叫，王昌林猛地拉直身子，两个眼睛鼓得斗大。

细崽也跟着怪叫一声，一屁股坐倒在地。

王昌林抹抹嘴，笑着说怪哉怪哉，在椅子上比在床上还睡得香。细崽却哭了，一张脸像是被揉皱的红布。抬手抹了一把泪，就开了黄腔：

“王昌林，你想吓死我是不是？烂狗日的，大清早你装哪样死？”

费劲地从椅子爬起来，王昌林说幺公，明明是你老人家拿拐棍砸我，你反而还怨我。

“老子不管，你狗日的吓着我了，你要捡损失。”

“好好好，你说咋个捡法？”

止住哭，细崽想了想，昂着头理直气壮说：“最少给三块钱，常家小卖部刚来了一种糖块，巴掌大，味道安逸得很。”

王昌林蹲下来，说给五块都行，不过有个条件。

“啥条件？”

“跟我学制蛊。”

哼一声，细崽对着王昌林吐出半截舌头，冷冷地说：“老子才不学，等我脸上的病好了，我爸就接我进城。”

“那一分钱不给？”王昌林说。

细崽寒心了，顺势一滚，把自己当成面团在地上反复抡。刚开始还行，速度快，再佐以撕心的嚎哭，显得威慑力十足。渐渐就不行了，毕竟是体力活，滚到最后就成了条青枫树头的大肥虫，一个来回都费死呆力。王昌林呢，索性拉条凳子坐到屋檐下，裹管旱烟咂得烽烟滚滚。太阳升了起来，哭声黯淡了下去。王昌林把烟锅子伸到凳子腿下磕了磕，细崽在身后说：“王昌林，我日你妈。”王昌林也不回头，接过话说：“我妈是你侄女，你要骂她我也无法。”细崽感觉理亏，侄女在对面银盘山上的岩缝里头，一百多岁，悬棺黑漆都剥落完了，显出无奈的死灰色。开错了黄腔，细崽收起了嚣张的神情，瘪着嘴，有一声没一声抽泣。

“给钱也可以，不过你得陪我进山找脆蛇。”王昌林说。

横着袖子拉一把鼻涕，细崽说要得要得。笑容在一张哭得稀烂的脸上绽开，像一朵怒放的红莲。倒不是为了那点钱，实在是脆蛇是个稀罕东西。

四

蛊镇四面环山，进进出出就靠一个豁口，豁口有个名字，叫做一线天。年轻的时候，王昌林搞不懂祖宗为啥选这样一处穷山恶水繁衍生息。后来从老七那里知道,主要是为了躲避战乱。祖先们打过一场败仗,为了躲避追杀,才选了这样一个易守难攻的地方。

山路不好走,两旁的刺蓬伸长手臂,热络地抱成一团。以前不是这样的,人多的时候,天天有人进进出出,还不闲着,遇上斜出来的枝桠,就会掏出柴刀把道路收拾出来。自从村人水样地淌出蛊镇后,道路慢慢就狭窄了。有些干脆就没了,不扒开杂乱,睁大眼睛,你甚至都不知道这里曾经有条路。

太阳当顶了，细崽和他的孙子王昌林还在半山腰摸索。细崽个儿小,弓着腰猫样往前蹿。他的孙儿不行,骨头让日子锈蚀了,硬直干脆,稍微弯一下就钻心地疼。不过还好,刚抽芽的老辈人耐心好,蹿出不远就坐下来,双手拢着膝盖等他。

“脆蛇真的会断成几截吗？”细崽问。

直起腰喘一阵,王昌林才说:“对呀,一般断成两截,我见过最多的是断成四截。”

在蛊镇,脆蛇是所有细娃心头的一个问号。那些皱纹里堆满阅历的人才有资格谈论脆蛇。据说除了蛊镇，全天下没有第二块土地有这东西。脆蛇通体雪白,个子小,毒性大。遇到危险,它会断成几截,等危险过去,那些断掉的躯干又蹦跳着合在一起,一溜烟就跑了。

“咋样才能抓住脆蛇呢？”细崽又问。

王昌林喘匀了,两只手把着拐杖,低声说:“捡走最中间一截,它就合不上了,就能抓住它了。”

细崽搓着手,舌头舔着嘴唇,一副跃跃欲试的样子。

关于这个稀罕物的诸多传说,好些蛊镇人都半信半疑。但是所有人都知道,脆蛇制成的蛇蛊,不仅能颠倒时序,还能返老还童,一句话,想啥有啥。

朝着一丛班茅草飙了一泡尿，细崽扭头问："哪里才能找到它呢？"

伸手往天上一指，王昌林说山顶的岩缝中。

"我们今天好好抓几条。"细崽说。

王昌林呵呵笑，说幺公，你算盘拨得倒是响亮，我活了这么多年，拢共抓过两条。

细崽眼神一下黯淡了，他嘟着嘴说："那你还上山。"

"上山还有机会，不上山就永远没有机会了。"

山顶是片开阔地，远远近近的物事都尽收眼底。那些高大的乔木到了山腰就停住了，把山顶全交给了矮矬的灌木丛，灌木种类很杂，火棘和黄杨占了大半。它们伏低身子，躲避着咄咄逼来的山风。王昌林年轻时随师傅上山寻制蛊的蛊物，站在山顶他问师傅，为啥山顶只有这些矮矬矬的灌木丛呢。师傅跟他说，山风太大，那些个儿高的会活活给吹折了，所以它们都躲在山脚。

关于这点，柳七爷还有句文绉绉的话，叫做：物竞天择。

王昌林眼睛看着细崽，他希望细崽也问他这个问题。制蛊这门活，关键的功夫是寻找蛊物的本领。你要知道什么物事喜阴，什么物事好水，什么物事在什么季节出没。所以，对环境的点点滴滴你都要了若指掌。王昌林知道峡水镇一个年轻蛊师，真本事没学到，却练就了一身歪门邪道。就拿抓蜈蚣来说，不赶山，不趴沟。宰一只公鸡，开膛破肚，岩壁下一埋，第二天扒开松土，公鸡全身钉满了循着血腥味赶来的大大小小的蜈蚣。给王昌林讲这件事的时候，年轻人还一脸得意。王昌林当时就冷笑，蛊物最大的要求是干净，吸了一夜的鸡血，那还叫干净吗？

层层叠叠的岩壁耸立在山顶，仿佛码放着的一册册古书。细崽兴奋地跳天舞地，在岩缝间探头探脑。

招招手，王昌林说幺公，你过来。细崽跳过来，王昌林说幺公，我考考你。细崽眼一翻，说要得。王昌林指着不远处一块石板，问：底下有些啥子？我说的是活物。细崽没想到来这一出，愣了半天，摇摇头。

“曲蟮子、山蜗牛、四脚蛇、红线虫，最少有这四样中的两样。”王昌林说。

细崽满脸狐疑，跑过去搬开石块，一方阴湿下，伏着一条曲蟮，两只山蜗牛和一条拇指粗细的四脚蛇。

“哎哟，狗日的说得好准呢！”

王昌林呵呵大笑。

“那你说脆蛇在哪里？”细崽问。

往远处一指，王昌林说那边。顺着王昌林手指的方向，细崽发现那边太远了，越过了脚下一片浩荡的莽莽苍苍。“去抓不？幺公。”王昌林侧着脸问。咬咬牙，细崽说去，今天不抓条脆蛇老子就不回家。

阳光从薄云斜射下来，像是天上抖落的一面薄纱。

一个寻常的起伏，两个人走了好几个时辰。

在一处山壁上停下来，更远的天地浮现在眼底。让人胆寒的峡谷，歪歪扭扭从远处过来，峡谷腰际，缠着一条土黄色的带子。

指着那条带子，王昌林说这是附近十多个村寨通往乡里的独路。他眼里浮起一层悠远，喃喃说：“你是不晓得那些年，一到赶集天，山路上全是人，背的扛的，牵猪的拉牛的，麻线一样连绵不断，”顿了顿，王昌林又说，“今天就是个赶集日啊！”

山谷中有鸟鸣声，空旷悠远，就是没一个人影。

“脆蛇呢？”细崽问。

摇摇头，王昌林说幺公，没有脆蛇，脆蛇不在这个季节出来，我哄你的。

从石头上蹦起来，细崽咬牙切齿指着王昌林，本想骂日你妈，又觉得对不起侄女，呼呼喘了几声狠狠一屁股坐回石头上。

两个人就这样呆呆坐着，天地寂然虚幻，最真实的是彼此的呼吸声。

忽然，细崽惊呼一声，说你快看，那头有人过来了。

揉揉眼，王昌林看清了，七八个人，有老有小，慢慢悠悠从远处走来。这是他三年来见到的第一拨生人。抽抽鼻子，喉咙都有些硬梆了。

他想跟人家打个招呼，要能天南海北吹吹壳子就更好了，实在不行，说几句天气好坏的废话也成。

“哎，路上的，赶场啊！”王昌林双手拢着嘴喊。

人堆堆停了下来，往这边瞅瞅。大约是没听清，停了一阵又开始往前耸动。

接连喊了好几声，对门都没应答。眼看着就要移到山腰的另一侧去了。王昌林急了，焦躁失望在脸上波涛汹涌。“要转过去了，要转过去了，”他指着远处喊，“你们倒是应句话呀，不要就走了呀！”

“对门的，我日你家十八代祖宗。”细崽站起来长声吆吆喊，力气很足，腰都扭弯了。

这句听清了。

乡下怪事多，有点距离，说正事吧，叽里呱啦一大堆对方未必听得见，可要开黄腔，声音压得再低都听得格外真切。

将将要消失的几个人站住了。

“我才日你家十八代祖宗！”对门应，应该有些年纪了，声音锈迹斑斑。

睃了一眼细崽，王昌林确信这个人是有资格做他爷辈的，这样奇妙的灵机一动，绝不是凡人可以想出来的。

“几个狗日的，你们是不是去乡上赶场？”王昌林一脸红光喊。

“你个老草包，我们就是去赶场。”

“猪狗不如的一帮东西，”王昌林干脆站起来，声音因为兴奋也高亢了不少，“你们是哪个镇子的？”

“老子溪水镇的，关你卵事。”

“今年庄稼长势如何？”

“说啥？”

“老子问你狗日的那头庄稼长得好不好？”

“有个屎的庄稼，除了房前屋后的菜园子，都丢了荒，”对门苍老的声音也透着莫名的兴奋，“老狗日的，你们这头呢？庄稼种得宽不？”

“宽个屎，也丢了荒。”

“好了，不和你老草包说了，得赶去集上买两口砂锅。”

“要得要得，狗日的慢些走哈！”

那群人缓缓离去，消失在一片云雾中。王昌林伸长脖子，定定地盯着道路的尽头。他的嘴还大大张着，脸色殷红，呼吸粗壮，仿佛新婚之夜。

五

一入秋，焦黄就占领了一切。这个时候，蛊镇上了岁数的人都不愿出门。有啥好看的，入眼都是揪心的残破。王昌林却格外喜欢这个季节。秋季是蛊物最活跃的时节，蛇虫蝎鼠，满林子乱蹿。

阳光柔和贴心，把王昌林罩在一片橘黄里头。他坐在院子里，把晒得干脆的蜈蚣一个一个放进擂钵，操起木棍捣得咣当咣当响。捣碎了，把细细的蜈蚣粉倒进土碗，端到鼻子边嗅了嗅，嘴就合不拢了。实在好成色，颜色好，味道浓。这道蜈蚣蛊是专门对付老寒腿的。王昌林好几年没有制出这样地道的蜈蚣蛊了。寨里几个被风湿折腾得要死要活的这下是有福了。

折进屋，王昌林把蛊粉倒进沙罐，从桌上的匣子里取出一道符，默念六遍蛊词，用符将罐口密封。这是怕蛊气走脱，减弱下蛊的效用。只需六个时辰，揭开符章，这道蜈蚣蛊就算彻底制好了。

其实制蛊不累人，累人的是下蛊。根据先师传下来的规矩，下蛊不得让被下蛊的人知晓，那样就漏气了，不仅没有效果，别人的病患还会转移到自己身上来。喝茶、饮酒、吃饭等都是机会，就看蛊师隐藏技法的手段了。蛊镇曾经有个厉害的蛊师，对人下了七七四十九道蛊，被下蛊的人竟然浑然不觉，病痛消失了都说不清子丑寅卯。王昌林把寨里几个患了老寒腿的排了排，还是遵循先易后难的顺序，第一个王文清，老东西粗枝大叶，不是那种细碎心眼，吃饭时候不要说给他下蛊，就是把饭碗偷走了，他都怕不晓得。

刚忙活完，院子里有人喊。转出来，是细崽的妈，女人叫赵锦绣，别村嫁过来的。四维进城后，她在家负责照看瘫痪的公爹和红脸的儿子。

“祖奶，有事啊？”王昌林喊了一声。

祖奶还很年轻，浑身上下都是急痨痨的气息。一动步，胸前就不安分地上下乱蹿。见王昌林出来，也不说话，自顾拉条凳子往屋檐下一坐，两个眼睛大大鼓着，气息也格外粗壮，脑袋偏向一边，一张脸像是刚从酸菜坛子里捞出来的。

“祖奶，看你这样子，嘴青脸青的，哪个惹你了？”王昌林扶着门框问。

“哪个？还有哪个？王四维这个挨千刀的咯！”

“我祖爷不是在城里头找钱吗，远天远地的他咋个惹上你呢？”

回头看着王昌林，赵锦绣嗡一声就哭了，边哭边骂：“他个无良心的杂碎，老娘在家头累死累活，他却在城里找野货。”

“无根无据，祖奶你莫乱说哦！”

赵锦绣激动了，猛地立起身，三两步奔到王昌林面前，左巴掌狠狠拍在右手背上，咬着牙说：“无根无据？前两天炳富婆娘回来跟我说，都明目张胆睡到一张床上去了。”

“如果真是这样，那我祖爷就做得不对了。”

回到凳子上坐下来，赵锦绣放声大哭。

王昌林倒来一碗水，把水递过去，他说祖奶，这事我帮不上啥忙，你得亲自进趟城，找祖爷好好说说。

骨碌碌喝了水，赵锦绣狠狠骂：“男人没一个好货，离家几天，就磨皮擦痒了，”把碗递回去，觉得话说得难听，又补充，“我没说你。”

笑笑，王昌林说：“祖奶说得对，我是有心无力！”

赵锦绣也僵硬地笑了笑。

“给我整道蛊。”

“啥蛊？”

“情蛊。”

王昌林听完就摇头，说祖奶，我们这行有规矩，情蛊不让随便制。赵锦绣倚老卖老，蛮声蛮气喊：“你就说给不给吧？”无奈笑笑，王昌林说不是不给，是根本没有，我好多年没制这道东西了。

“那你给我制一道。”赵锦绣把一缕头发拨到脑后说。

王昌林还是摇头。他说的是实话，传授技艺的时候师傅就说过：情蛊和腹蛊，无论制作和使用，要慎之又慎。原因是这两道蛊属偏门，偏门就是邪门，不算正道，乱用是要折寿的。因为用得少，乡村野地关于这两道蛊的说法五花八门。有次王昌林到乡上赶集，听几个人说情蛊的玄妙。一个煞有介事说：蛊师先下咒语，在十字路口摆两根交叉的树枝，下蛊的找个隐蔽的地头躲起来，等心仪的人跨过树枝，跳出来跟在那人身后，走近了轻轻拍一下心仪的人的肩膀，只要回头，那人就会死心塌地跟下蛊的一辈子了。王昌林听完觉得好笑，牛头不对马嘴。也不晓得这样的附会是谁造出来的，边边都不挨。

看王昌林不答应，女人又开始哭，嘤嘤呜呜抽泣，嘴也不闲着。

“我死了算，我死了算。”

猛地，她三两步跑到王昌林面前，扑通就跪了下去。王昌林一看，吓得不轻。赶忙伸手去捞赵锦绣。还是老了，力气从疏松的骨头缝跑掉了。吃奶的劲头都用上了，还是没能把女人捞起来。

“祖奶，你这样子是折杀我咯！”

女人神情坚定，说你不答应我就不起来。王昌林无计可施，扯了谎，说我火上还烧着水呢，我去看看。说完转身就往里屋拱。躲进屋子，好半天才顺过气来。主意是打定了，就是天垮下来也不能答应。

好半天，外面没了声息，王昌林想赵锦绣怕是走了。正想出来，忽然听见赵锦绣在门外喊：“昌林，你要应了，我让细崽跟你当蛊师。”

王昌林身子一震，打定的主意立时显得松松垮垮。

半边身子从大门里头露出来，王昌林看见赵锦绣还跪在原地。假模假式咳嗽一声，王昌林说祖奶，你刚才说啥子，我没听清。赵锦绣双手一撑地面站了起来，拍拍膝盖上的灰土，立马露出了运筹帷幄的得意。

“你那点小九九我还不晓得，”女人笑着说，“我说让细崽跟你学制蛊。”

“幺公倒是跟我提过，不过我没同意。”王昌林谎话一出口，脸就变得灰白。

“为啥不同意呢？”

“我们这行收徒吧，”王昌林站出门来说，“一是要看人品，二是要主事的人点头。”

“还人品，人都跑光了，哪个愿意跟你学这手艺，”女人勘破一切的神态，“你以为还是从前。”

冷哼一声，女人补充：“不找个人传下去，你这手艺就断种了。”

王昌林无话，祖奶没说错。

赵锦绣就笑，半天才收住笑说：“要不是有事求你，我才不会让细崽跟你学这手艺，你晓得的，他迟早一天也会进城去的。”

王昌林倚在门框上，默不作声。

“你倒是应不应？”赵锦绣不耐烦地吼。

看门边的沉默着不说话，赵锦绣就吼：“我十天后来取。”

六

细崽这几日莫名地兴奋。挨家挨户敲门声格外响亮，还会趾高气扬对那些门缝里探出的花白脑袋大声宣布：我爸要回家了。

那日赵锦绣去乡上给四维打电话，细崽也去了。电话拨通，赵锦绣就开始哭，光打雷不下雨。王四维在电话里说你别光哭，说事啊！声音细细的，没半点跋扈的影子。狗日的肯定是心虚了。赵锦绣想。认真哭了一阵，赵锦绣说爹好多天水米未进了，怕是熬不到立秋了。王四维听完就慌了，连忙问到底啥病啊。赵锦绣说我也不晓得，我劝死劝活，就是不去医院，也不说哪里不对头。

嗡嗡哭一阵，赵锦绣说：“你快赶回来吧！”

电话那头长长的沉默，好半天才嗫嚅着说：“不太好请假。”

赵锦绣急了，日妈操娘给了王四维一顿恶骂。王四维才咬牙切齿说：“好，等我把假请下来就立马回来。”

赵锦绣放下电话，细崽说爷爷哪顿不吞下两海碗，你咋说他要死了呢？

阴着脸看着细崽，赵锦绣说你想你爸不？细崽连忙点头。赵锦绣说那你还话多。顿了顿她长叹一口气，蹲下来摸着细崽的脑袋说：“你爸已经不是从前的那个爸了。”

当然了，细崽想，我爸是城里人了嘛。

刚才老娘嚎了半天也没得半滴水，此刻细崽却看见，两行清泪正从老娘的眼眶无声无息地滑落。

接下来的日子，细崽每天都会跑出一线天，坐在村头的那块大青石上，眼巴巴看着扭曲着绵延而来的山路。老爸没说清到底是哪天回来，只说最近几天。细崽希望能成为第一个接到老爸的人。他想见到老爸后，就先把脸凑过去给他好好看看，自己脸上的血红色已经开始淡去了。

老爸说过的，等颜色淡了去，就接他进城。

细崽喜欢城市，人多，楼高，颜色杂。尽管老爸住的地方离那些伸进云里的大楼还有一段路程，但细崽不觉得远。推开那扇松松垮垮的窗户就能看见。出了门，趟过一段积水的坑坑洼洼，就有无数的小卖部。哪像在蛊镇，去常家买根棒棒糖就得吭哧吭哧走上六七里地。不过细崽最喜欢的还是挂了个大钟的广场，大钟滴答滴答的声音好远就能听到。广场边卖啥的都有。最让他羡慕的就是广场上放风筝的那些细娃了，手里扯根线，嬉笑着在宽阔的广场上奔跑，头顶上一挂风筝在高楼大厦间起起落落。细崽最喜欢的是一挂老鹰，老大老大了，颜色威严沉着，不像蝴蝶蜻蜓啥的花里胡哨，刚飞起的时候能听见噗噗的巨响。

每次想到那挂猎猎作响的风筝，细崽都能听见自己咽口水的声音。

苦等了五六天也不见父亲的影子，细崽开始失去了耐性。从大青石上跳下来，他对着山路骂：王四维，你花口花嘴，说好了几天回来，至今不见影影，你老龟儿有本事一辈子都不要回家。

老龟儿是挨骂当晚回的家，那时细崽正在做梦。梦里他看见老龟儿竟然是骑着一只老鹰回的家。

女人拉开门，看见男人一脸疲态站在门口。

咋这样晚呢？女人硬着喉咙问。

“爹呢？”

“睡下了。”

“有好转没？”

女人没应声，低着头沉默一阵，说爹没病。

男人先是傻在门口，继而大怒，将肩上的背包狠狠往地上一掼，破口大骂！

“日你先人板板，几千里大路，老子日赶夜赶，你以为是细娃娃玩过家家？”

赵锦绣叉着腰，死死盯着男人，稳操胜券的模样。

“老娘没凶你，你倒是先扳飙了，咋的，往天这个时候，是不是正骑在别人肚子上使力？”

打蛇打七寸，蛊镇人人都懂的道理。赵锦绣没有弯弯绕，单刀直入，直取要害。被打中七寸的王四维果然一下就蔫了，声音也失去了刚才的钢火和锐利，吞吐着说：“这是哪个狗日的乱嚼舌根？”

迎着冰凉的月光冷笑一声，赵锦绣说：“姓孟吧，在你们工地上煮饭的，对不对？”

王四维无话，头耷拉着，像是想往地里头钻的样子。

野话成了事实，赵锦绣一下就崩塌了。她其实希望男人硬实些，最好打死也不承认，那样起码还可以自己骗骗自己。哪晓得男人怂包一个，三言两语就认了账。悲伤顿时如洪流一般泄闸而出，她双手抱头，蹲在地上开始哭。怕屋里老的嫩的听见，她把哭声压得很低，仿佛水壶里煮开的水，动静不大，但足可以把人活活烫死。王四维不敢劝，先是站着看女人哭，又觉得本来就理亏，这样高高在上看热闹更是理亏，索性坐下来，眼睛投向远处月光下的影影绰绰。其实那些模糊的高高矮矮和他没关系，他的心思在城市和乡村之间不断来回跑。

赵锦绣在屋檐下一直呆呆坐着，整个人空落落的，其实她啥都没想，因为她啥都想不起来了。她感觉自己像头顶那片惨淡的云彩，跟着风的方向一直跑啊跑啊，慢慢变小变淡，直到无影无踪。

内疚没能敌过疲倦，王四维躺在床上，打鼾地动山摇。

捋捋头发，女人站起来，脸上掠过一丝轻笑。

蹑手蹑脚来到外屋，她没敢开灯，借着从窗户挤进来的月光，找到了男人搭在凳子上的夹克。她把衣服捧在怀里，像是抱着一个易碎的古物。小心翼翼移到窗户边，女人慢慢松开咬紧的嘴唇。翻检如同蜻蜓点水，指尖顺着衣服的线缝抖战游走。

女人在月光下铺开一方灰白。她侧耳听了听，男人粗壮的鼾声在里屋上蹿下跳。

剪刀在夹克前襟亦步亦趋，看似无声无息，其实雷霆万钧。女人直起腰，看着夹克接缝处炸开的缝隙，长长吁了一口气。抬起衣袖抹了一把额头上渗出的细汗，左顾右盼一番，女人从怀里掏出一块纸片，捋开，一尺长形符咒，在月光下跳跃着幽怨的浅黄。符咒上无数黑色的蝌蚪，交织出暧昧的迷幻。女人心细，在符咒外裹了一层塑料纸，这样就不怕反复的搓洗了。

来回折叠，秘密越变越小，把瘦身的秘密塞进夹克的前襟，女人从衣服下摆抽出早就准备好的针线，把裂口缝合得如同心思一般缜密。

最后，两眼微闭，双手合十，对着完整如初的夹克轻轻默念：

情的蛊神
你睁大双眼　手持宽大芭蕉叶
为我看护外出的汉子
你蒙蔽他的心
你遮住他的眼
那些花里胡哨的女人
在他面前都是毒虫游鼠
等他归家那天
才拿开你宽大的叶子

那样

我定当为你

焚香祭拜

供奉刀头

念完，女人将衣物放回。躺下来，侧身看着身边的男人。里屋背着月亮，光线不好，男人只有一个模糊的大概。明天中午，赵锦绣会为远涉归家的男人炖一锅香喷喷的腊猪脚。那才是真正的惊心动魄呢。

清晨睁开眼，细崽就听见了那个熟悉的声音。以为是做梦，使劲掐了掐大腿，生生地疼。从床上一跃而起，细崽光着脚丫子跑到外屋，老爸正和爷爷在门边说话。看见细崽跳出来，王四维笑了笑，笑容绵扯扯的，像是隔了夜的糍粑。细崽一个箭步蹦到老爸面前，把脸凑了过去，眼里全是哗哗的得意。

王四维仔细看了看细崽的脸，又伸手摸了摸。然后惊异地说："淡了，真是淡了些呢！"

他还呵呵笑着对窝在藤椅里的父亲说："爹呢！散去了咯！"

"你说的，散去了就带我进城，反悔的是王八蛋。"细崽昂着头说。

王四维一个劲点头，说不反悔，不反悔，反悔我是你儿。藤椅里的睃了儿子一眼，费气拔力咕哝：乱屎说，没大没小了。

表皮都是久别重逢的其乐融融，细崽和爷爷都没能看到底下的暗潮涌动。

一锅浓稠的腊猪脚在火塘上咕咕冒着气儿，揭开锅盖，香味一下漫到了门外。吞了一泡口水，王四维说腊猪脚呢，我半年多没吃过了。三个碗一字排开，赵锦绣挨个往里舀肉汤。男人难得回家，自然得厚待一些，碗里头全是精华。

定定神，赵锦绣从兜里掏出三个纸包。眼前浮现出王昌林把纸包递给她的情景。她还记得王昌林的表情,无奈中透着凝重。“祖奶,三包蛊粉,每次下一包,能管住他三个月,记住,一定要分批下。”

把一包淡黄色的蛊粉倒进碗里,搅匀,女人舒了一口气。站在原地呆了半天,心底忽然涌起一阵怅然。辛辛苦苦整了这样一出,就能管三个月,她实在不甘心。三个月以后呢?狗日的还不是照样抱着别的女人进进出出。

咬咬牙,女人将剩下两包药粉倒进碗里,赵锦绣想这下好了,能管到过年回家。

然后她笑了,那笑散发着幸福的光泽。

夜里,赵锦绣和王四维躺在床上,谁都没有动。愧疚和愤怒筑成的高墙让两个人都失去了翻越的激情。

第二天一早,男人就起身了。

晨曦中,赵锦绣和细崽把王四维送到一线天。王四维本来有好些话想给赵锦绣说,呆了半天也没能张嘴,只能点点头。然后他摸着细崽的脑壳说:在家要听你妈的话,能帮衬的就帮衬下,晓得不?

细崽说好,不过你答应我的,等病好了就带我进城。

王四维还没开口,赵锦绣就气冲冲把细崽往面前一拉,说:“进城去干啥?花花绿绿的,不学坏才怪呢!”

男人沉默一阵,把肩上的背包一甩,迎着一片血红走了。

七

秋末的阳光轻而薄,漫不经心的样子,全然没有了夏日灼人的那股子认真劲。

赵锦绣一大早就起来给公爹洗衣服。天气开始转凉,得把放置了一年的冬衣翻出来洗好晒干。老骨架子不比年轻人,翻过九月冬衣就得上身。老棉衣本来就粗壮，浸湿后就更难打整了。赵锦绣呲着牙鼓捣了半天，还是拿盆里的那团肥大无可奈何。

正无计可施，门边有人喊。

“嫂子，忙着呢？”

转过眼，赵锦绣看见了王木匠，肩上扛个条锯，歪斜着身子往这边看。

“哎，正好，你来给我搭把手吧，这老棉衣我一个人拧不干呀！”赵锦绣招着手喊。

王木匠把条锯靠在墙沿边，高低不平过来。赵锦绣把棉衣一头递过去，说我把着这头不动，你劲大，使劲拧。

头靠着头，两个人弯下腰，王木匠一抬头就傻了。赵锦绣衬衫低垂，白色的胸衣吃力地包裹着两团硕大。王木匠一下就慌了，连忙把脑袋扭开，身体被拉成了一个怪异的弧形。

“你倒是用力啊！”赵锦绣喊。

抬头看了看，赵锦绣对王木匠这个造型格外惊讶。然后她一低头，自己都被那道风景吓了一大跳。慌忙拉直身子，赵锦绣红着脸对王木匠说你有事忙去吧。王木匠怯怯应一声，颠簸着跑走了。赵锦绣看着王木匠跑远的身影，心头仿佛钻进了无数的小蚂蚁，在心尖尖上爬啊爬啊。半天收回目光，才看见墙沿边的条锯。几步跑到院门外，朝那个落荒而逃的背影喊。

“条锯，你的条锯。”

条锯的主人蹒跚着跑远了。

握着条锯，赵锦绣心里怏怏的。脸上的红云还在，像是被人勘破了某个细微的隐秘。这情绪很遥远，小姑娘家家才有的呢！今天好奇怪，又捡回来了。木匠的条锯有些年龄了，手把那地方磨得闪亮。赵锦绣轻轻摸了摸，还留有撩人的热气，仿佛那人的发肤。怔怔呆了片刻，屋子里一声苍老的咳嗽把女人打回了原形，把条锯往地上一扔，心头暗骂：要脸不要你？

就这样，赵锦绣一个早上没有安生，她被一种古怪的思绪牵着走，像个探头探脑的小偷，心思总念着那个觊觎已久的物事。心思晃晃悠悠，做事也糊里糊涂。午饭上桌，细崽爷夹筷菜放进嘴里，脸上的褶皱立马挤成一团。

“盐巴重了！”细崽爷说。

赵锦绣自己尝了尝，呸一口吐丢了。端起菜碗逃进厨房，心还在咚咚跳。探头看了看桌上一双老小，两人都在笑。她长舒了一口气，确认盘旋在心头的念头没有被发现。

饭还没吃完，王昌林来了，站在院门边喊幺公。

抹抹嘴出门来，细崽说长声吆吆喊哪样㞗。赵锦绣白了儿子一眼，靠着门框说昌林啊，进来刨碗饭吧。王昌林摇着手说：“我吃过了，我想问问幺公想不想出门，我要去趟来鹤村。”

赵锦绣蹙着眉想了想说：“我听说来鹤村已久没人了，你去那头干啥呢？”

“还有几户，我一个熟人老去了，是个同行，我赶过去看看。”王昌林说。

细崽叉着腰，鼓眉鼓眼说：“去也行，好多钱？”

一巴掌扇在细崽背上，赵锦绣吼：“你和钱一天生的吗？就晓得钱。”

王昌林孤掌摇摇。细崽喜形于色，一个箭步跳进院子。赵锦绣在门边喊：“去就去，不许收钱的，晓得不？”细崽回头，很认真地说：“他要一不留神倒死在沟沟坎坎，怕是变成骨头了也没人晓得，我陪着他，收五块钱还不行啊？”

王昌林哈哈笑，说应该的应该的。

出了一线天，天地凋破得更厉害了，远远近近全是枯黄，那些星星点点的绿色不仅没能增添些生气，反而让残破显得更加气势汹汹。

两个人站在崖边，两条水线有气无力往山谷跌落。甩掉最后一滴，细崽裤子一提就算完事。他的孙子王昌林不行，抖抖索索忙活半天都没能把裤门链子拉上。细崽急了，骂骂咧咧说你看你那×样子，一泡尿能把胡子撒白。“老了就这样子了。”王昌林苦笑着说。细崽干脆跳过去，给他拉好链子，系好裤带，往后一蹦，一本正经说：“我要到了你这岁数，就把自己杀了，免得难过。”拉拉衣襟，王昌林也一本正经说：“等到了我这岁数，你就晓得了，好死不如赖活。”

翻过垭口，王昌林指着远处一方平坦说：“幺公，你看看那块地盘，如何？”

“适合跑马。”细崽说。

摇摇头，王昌林面带得意说：“你不懂，你看那个山形，像不像一张太师椅？”没等细崽答话，他接着说，“最妙的是椅子对面那座山，活脱脱一副笔架啊！这叫啥，这叫文曲坐案，好地啊！”

这是王昌林给自己选好的终老之地。年轻时赶山抓蛊物，惦记的都是蛇啊虫啊的，翻过六十六，想法就不一样了，死后找个好的安身之所成了比抓蛊物更重要的事情。每到一地，都要照着阴阳学的道道，前后左右仔细打量一番。五年前，他赶山赶到这里，正好站在那把椅子的椅面上，环顾四周，当即决定，就是这里了。

赶到来鹤村，也是午后。

在王昌林的记忆里，来鹤村算个大寨子。大集体那阵子，附近几个村子经常搞比学超，每次出工，都是来鹤村最惹眼，壮劳力多，轮换勤，三两下就把其他寨子给拖垮了。

王昌林站在寨门口，秋风裹挟着陈旧的房檐草，在地上打着旋，忽东忽西，捉摸不定。踮起脚朝寨子深处看，没有丁点死人的痕迹。要知道，乡村有人老去，最紧要的是在寨门口悬上灵幡，那是给亡人指路用的呀！

沿着细窄的石板路往里走，脚下茅草漫过了脚脖子，在裤管上拉出沙沙的声音。小路周围那些密密匝匝的房屋全都静默着，最猖狂的是青苔，爬满了院子、水缸，甚至门窗。越过长长的垣墙，两旁的房屋更显陈旧，斜边掉垮，拇指粗细的蒿草将它们裹得严严实实。细崽嘴里哼着小曲，手里拿根棍子，去撩那些悬在院门上的蛛网。忽然他定了下来，回头朝孙子神秘地招手。王昌林蹑手蹑脚过去，顺着幺公的手指，他看见房子的屋檐下蹲着一只灰色的野兔，正悠闲地啃着草。

王昌林呵呵笑。细崽说你笑哪样？王昌林说没啥，就是想笑。

来鹤村的蛊师住在村子的后背上，来来回回绕了好几回，才找到。

推开院门，一个人没有。灵堂里，一个须发全白的老头敲着木鱼念经，眼神不好，两个眼珠子都快掉到经书里去了。

“就你一个人？”王昌林问。

念经的把指头伸进嘴里舔了舔，翻过一页书，才慢悠悠抬头问：

“啥？”

“你们道士班子一般不都是五个人吗？”王昌林凑过去大声问。

“几个年轻的都进城了，”老道士把书捋平整，又说，“进城找大钱去了。”

半天才有个人进来，蛊师的侄儿，六十出头，把王昌林领到停放死人的门板边，他掀开蒙着蛊师的白布，对王昌林说：“你说奇怪不，我叔是笑着死的。”

蛊师那张脸像朵凋零之前奋力一震后开得繁茂的鲜花。嘴角上扬，双眼微闭，仿佛还沉浸在某个幸福的场景里。

“我前天晌午过来，他拉把靠椅坐在院子里晒太阳，我过去一看，他满脸堆笑，喊了两声，不应，以为他睡着了，哪晓得——”蛊师的侄儿对王昌林比划着说。

王昌林摇摇头，指着门板上的，说你呀你呀！

八

今夜月亮特别好，明晃晃悬在古柏树顶。

一群老小聚在树下，东拉西扯说些闲话。左手的王文清眉飞色舞，正说着城里头的新鲜事。王文清早先进过城，给人看工地。一晚王文清刚睡下，听见外面有动静，提着根铁棍从工棚里出来，看见几个黄毛在搬搭架子的扣件。王文清大喊你们干啥？几个小偷回头一看，干瘦的王文清在昏黄的灯光下像根生锈的铁丝，胆儿就上来了，暗偷变成了明抢。一个拿手指着他，语气强硬：老鬼，进屋好生待着，再鬼喊呐叫，我搞死你。第二天，没等老板开口，王文清就把自己开除了。背着行李回到蛊镇，时不时就给大家说说城里的新鲜事。

“我们那个工地的边边上。”对于城市的描述，王文清有固定的开头。

听的人不满意，城市多大啊，为啥都围着你那个卵工地打转转。细崽每次听到开头就瘪嘴，话也难听。

“老癫东，你陀螺啊，就会原地乱转。”

王文清和王昌林一辈，也喊细崽幺公。他不敢顶撞长辈，只好说：幺公，我眼界浅，整天就在工地上转，你老人家宰相肚里能——细崽就不耐烦打断他，说×话多，你快说，不过得说点新鲜的，以前没讲过的。

点点头，王文清说这个保证新鲜。端起黢黑的大茶缸灌了一通苦丁茶，把细碎的茶叶啐在地上，王文清说：“我们那个工地的边边上，有一个温泉，温泉这东西狗日古怪呢！一年四季都热气腾腾的。温泉里头不光洗澡，还——”

四五个娃娃拖长声音一起接话：还卖肉。接完个个翻白眼，细崽往王文清面前吐了一泡口水，语带嘲讽：“还新鲜，烂菜叶还差不多，老子耳朵都听起老茧了。”王文清怏怏缩回脖子，说我记得我没讲过这个的呀！

娃娃们起哄。王昌林咳嗽一声，两手往下压了压说我今天来给大家讲，都是真事，老七志书上写的。众人安静了下来，一个娃娃小声嘀咕：柳七爷又没进过城，能说啥子哟？王昌林睃了嘀咕的一眼，还好，比自家小一辈，能开黄腔：

“闭上你那张×嘴，好好听我说。”

总算静了下来，王昌林开始讲。

“当年红毛贼造反，到处抢劫杀人，一年刚秋收完，就杀奔我们这头来了，这些人精得很，晓得秋收后油水大。来了多少人呢？估计得有百十号人，家伙也齐整，火铳长矛都有，”说到这里，王昌林扭头看了看王文清，又指了指王文清脚边的茶缸，王文清慌忙把茶缸递过来，抿了一口茶，拍拍茶缸，王昌林接着说，“红毛贼是天擦黑的时候到的，一队人把镇子围得严严实实，他们想得简单，准备天一黑就进攻，一举拿下。”

捋捋胡须，王昌林呵呵笑：“狗日的想错了，寨人早有准备，家家户户都准备了家伙，男男女女正摩拳擦掌等着他们呢！可毕竟家伙不如人家，人家长矛火铳，我们锄头镰刀。那一仗打得惨烈哟！红毛贼死了二十多个，我们死了四十多。不过呢，据说那是红毛贼打劫村寨中损失最惨的一次。”

“后来又来过没？”王文清伸长脖子问。

把茶缸递给王文清，王昌林笑着说：“你不要慌嘛，听我慢慢说。寨老为了保卫屁股下面这块地皮，就动员家家户户制作干仗的家伙，火铳、长矛、大刀、弓弩啥子的都备了很多。接下红毛贼前后来了六七次，一次比一次阵势大，硬是拿蛊镇没法子，每次都扛回去不少死人。断断续续打了几个月，红毛贼才被打服气了，就再没来过了。”

咧着嘴笑了笑，王文清说先人些厉害呢！这样硬实，我看哪个还敢来。

摇摇头，王昌林说："你高兴得太早了，人要收你，你可以对抗，天要收你，你就无法了。有一年起了瘟疫，蛊镇三个月就有一半人死掉了。几个寨老一商量，在寨上选了三十个年轻的男女，凑足盘缠，让他们走得远远的，等瘟疫过了再返回来。目的就是要保住这个镇子。半年后，三十个人回来了。眼前的景象是惨绝了，一个活人都没了。"

"三十个人抹掉眼泪，烧火开锅重新开始，"王昌林说，"不要小看这三十个人，五十年的时间，蛊镇就成了四百多人的大寨子了。后来选出来新的寨老，寨老板眼多，想出了一个主意，让人到处放风，说蛊镇人人都会放蛊，还是最毒的腹蛊，只要进了寨，不死脱层皮，"嘿嘿一笑，王昌林说，"从那时候这个镇子就安生了。"

月光幽幽，朗照着一个庄子，雾气从远处的林子里漫过来，被夜风扯得丝丝缕缕，东一块西一块悬吊着。

长时间的静默。

忽然一个娃娃直起身，跳下石凳子，愤愤说："说的一点屁意思没得，还不如刚才温泉卖肉那个好玩。"接着一群娃娃跟着应和，全都蹦了起来，嬉笑着跑走了。

"妈个×，我说的这个不好听吗？"王昌林直着脖子问。

王文清往地上啐了一口痰说："我觉得你这个更有意思些。"

骂完他端起茶缸灌了个底朝天。扭头看见王昌林在笑。就说我最近发现你特别喜欢笑，是不是捡元宝了。

他不晓得，王昌林咧着的嘴后全是得意。岁月吹皱了他的手背，可没能带走他的手艺。

九

秋末最后一天，王昌林对来敲门的细崽说。

“幺公，我昨夜梦见脆蛇了，我们抓脆蛇去。”

把半吊鼻涕吸回鼻腔，细崽没有想象中的激动，而是把脑袋伸过来，说你看是不是又淡去了？王昌林点点头。细崽就激动了，搓着手，踌躇满志。心情好了，态度也跟着好，叉着腰对王昌林说：老子今天高兴得很，就跟你去抓脆蛇。

眼睛往上翻了翻，细崽有些不放心，问：你真梦见脆蛇了？

孙子慌不迭地点着头。

“王昌林，你要敢哄我，死了下油锅。”

撒谎的心虚了，毕竟离死不远了，这样的诅咒让他心惊肉跳。

“幺公，我乱屎说的。”王昌林怯怯说。

“那你到底想干哪样？”

“想去上次去的地头骂骂人，过过嘴巴瘾。”

“你想骂人就骂嘛，跑这样远干啥？”

“想和生人说说话。”王昌林满脸乞求，最后他说，“我眼睛饿了，幺公。”

两个人走得很慢，入眼的枯焦让王昌林有些透不过气来。他感觉山好像更陡了，路更狭窄了，连飞舞的蜻蜓行动都变迟缓了。

过一个坎，他试了几次都没能过去。咬咬牙，把拐杖往坎那边一扔，变直立行走为四肢爬行。勉强爬上坎沿，卡住了，进退不得。细崽转过一个弯，回身不见王昌林，心想都快成千年老龟了。蹲在地上看了一阵蚂蚁，还是不见人来，站起来放声大骂：“王昌林，你是不是死硬梆了。”天地寂然，只有清脆的鸟叫声。细崽气得使劲跺跺脚，喷着火折了回去。

看见悬在坎坎上的王昌林，细崽吓得惊叫了一声，跑过去一把搂住王昌林，又大骂：“你狗日的都成这样了，咋不喊我一声？”费了好大劲才把老古物从坎子上搬下来。王昌林说不了话，脸青嘴青，大口大口喘着气。细崽眼睛开始潮红，捡起王昌林的拐杖使劲一挥，扫倒了路边的一片班茅草。然后他气咻咻吼：

“你再这样不吭不喊的，哪个再和你出门就是你孙子。”

对面的孙子艰难地摆摆手。

“走，回家了，不去了。”细崽说。

王昌林又慌忙摇手，鼓着眼吞吐了一会，才说话：

“都到这里了，回去可惜了。”

把拐杖往地上一掼，细崽说要去你自己去，说完转身就走。

走出老远回过头，细崽看见他的老孙子摇摇晃晃站起来，弯腰捞起地上的拐杖，一顿一顿又开始往山上爬。细崽脸上红云漫卷，嘴里呼吸着粗壮的气息，他真想给老犟牛两窝心脚。这时一只松鼠从树后探出头，缩头缩脑打量着细崽。细崽扭头看见了，伸长脖子破口大骂：

“我看你妈×！”

伸手拉住路边一根树枝，王昌林往上爬了两步，脚趾抓得紧紧的，他是觉得，一步比一步更加艰难了。忽然后背被硬生生顶住了，王昌林吃了一惊，回头一看，瘦弱的幺公低着头，两只手抵着他的后背。

王昌林笑笑，说幺公，你看你像根芦柴棒，我要支撑不住往后一倒，你就成摊饼子了。

后面的闷着声吼：“×话多，快点走！”

山道孤零零缠绕在山腰，谷底偶尔刮来一阵风，在山路上扬起漫天的尘土。王昌林下巴挂在拐杖上，木木地盯着那条土黄色的带子。眼睛都望穿了，就是不见人迹。细崽没有他孙子的定力，东张西望。两只乌鸦站在不远处的枯枝上拍打着翅膀，黏稠的阳光照着它们的羽毛，闪闪发光。细崽捡起一块石头，奋力投向无忧无虑的一对墨黑。咣一声响，两只乌鸦腾空而起，顺着山势砸进了深谷。

“回了吧！”他对王昌林说。

“再等等，我就不信见不着一个人。”

细崽不干了，站起来拍拍屁股，大声武气说："要看你一个人看，老子回家了。"王昌林伸手从衣兜里掏出两块钱递过去。细崽瘪着嘴接过来，指着对面山顶最高的杉树说："两块钱只能管到太阳挂在那棵杉树上。"

风越来越大，呼啸着从谷底往坡上爬。王昌林眯着眼，一头白发被揉成了斑鸠窝。他忽然费力地撑起身体，对细崽说："回吧！"细崽抬头看着他，指了指天上。太阳高悬，离那棵杉树还有好长一段距离。王昌林摇摇头，说回吧，我吃点亏。细崽摸出一块钱还给王昌林，说："退你一块，老子不占你便宜。"

回家的路好像更长了，摸摸索索到了蛊镇后山，天边的红色已经褪尽，黄昏从远处一点一点漫过来了。这是黑夜来临前的最后一抹光亮，仿佛即将离世的老人，总要在临死前有一次莫名其妙的清晰和生动。乡下人管这叫回光返照。王昌林扶着一棵老枯树，被天边那片开阔的乳白吸引了。渐渐地，那片白亮越来越强，竟生生在天际撕开了一个巨大的口子，白光从口子喷涌而出，仿佛奔腾的江水。黄昏在一瞬间退去了，山山水水被白光照得亮亮堂堂。汹涌的光亮刺得王昌林眼睛生疼，目光慢慢往回缩，等落到那片斑驳的岩壁上时，他被惊呆了。淡黑的岸壁上，爬满了长长短短的雪白，它们扭动着身子缠绕在一起，垒成了一个高高的蛇丘。

山顶的两个人完全僵直了，惊骇从每一个毛孔嗞嗞往外冒。

时间已然断裂，思绪被无情地瓦解。眼中的雪白聚拢，摊开，再聚拢，再摊开，反反复复，无休无止。天边和崖壁的两团白亮像是获得了某种默契，相互帮衬，坚挺且持久。最后，两团白亮同时湮灭，黄昏重新占领了天空，淡黑抹满了岩壁。

像是一个梦，王昌林使劲掐了掐大腿。

"是哪样东西？"细崽的声音和有关脆蛇的传说一样，断成了好几段。

"脆蛇！"王昌林语气悠悠。

说完他慢慢往那片崖壁移动，细崽在他身后，拉着他的衣襟，脚步抖抖索索。

蛇潮虽然退去，但痕迹还在，岩灰画出无数的蛇痕，歪歪扭扭往岩缝里去了。

"王昌林，你看。"细崽惊叫一声。

一条手腕粗细的脆蛇摊在青石上，应该是从高处摔下来给砸晕了。

把蛇抓起来，王昌林捋了捋，说还活着，摔昏过去了。脆蛇通体雪白，有淡淡的红圈把身体分成了好几截。王昌林指着红圈对细崽说："这是条大蛇，脆蛇年纪越大，这红圈就越淡。"

脱下外衣把蛇包好，王昌林对着岩壁磕了三个头。

"你还给蛇磕头呀？"细崽说。

"这头是磕给蛊神的，"抖抖沉重的外衣，王昌林说，"我晓得，这是他赐给我的。"

指指王昌林提着的外衣，细崽问："你拿出来看看，它是不是真的可以断成几截？"

"你跟我学这门手艺，我就让你看。"王昌林说。

眉头皱了皱，细崽嗤了一声，说："老子要进城，鬼大二哥才学你这个。"

十

阴郁的冬日一直飘冻雨，左等右盼，总算迎来了一个艳阳天。赵锦绣起得老早，得赶着这个稀罕天气把该忙的忙完。铺的盖的得翻出来晒晒，穿的戴的要扒下来洗洗；庭院也该打扫了，枯叶被水一泡，满地褐色的汤汤水水。赵锦绣喜欢干净，她瞧不起那些邋里邋遢的人家户，气力足的进城了,眼睛鼻子就不好使了,房前屋后,鸡拉狗吐,脏得闹心。偶尔去串个门,连个下脚的地方都没有。主人家还若无其事端碗饭站在臭气熏天里头吃得津津有味。有时候她也忍不住,说你家也是,打整打整又累不死人。人家就答复她:人花花都没得一个,打整出来给哪个看哟?赵锦绣就犟上了,指着对方说你不是人啊?要给哪个看,自家安逸噻。

扫完院子,赵锦绣进屋去搬木盆,老的小的有一堆要洗。木盆靠在墙根,移开木盆,赵锦绣看见了那把条锯。

通往木匠家的路曲曲拐拐,像极了走在路上那个人的心思。理由其实格外强壮,送还人家落下的东西,天经地义,任谁也说不出半句闲话来。赵锦绣心虚的是,明明还有一堆活等着自己,为啥要挑这个时候送过去?女人就跟自己说,木匠离不开条锯呀!人家不好意思过来拿,自己就不能主动点。这个坎勉强算是迈过去了。但最后一道坎她实在过不去,细崽就在屋子里憨坐,为啥不让他去送呢?

女人脸又红了,脚步却没有慢下来。

王木匠正在屋檐下推板子,刨子来回跑,木屑纷纷扬扬。偶一抬头,他就看见远处过来的赵锦绣。手一抖,刨子走偏了,深深嵌进了木板里头。他慌忙低下头,假装成一个心无旁骛的好木匠。等赵锦绣走进院子喊了一声兄弟,他才抬起头,然后装出相当惊讶的表情:

“嫂子来了。”

赵锦绣没敢看他,眼睛投向边上做好的一架立柜,啧啧两声,说手艺真好,你看这立柜好巴实。王木匠连忙点头,接着又迅速摇头,结结巴巴说做得不好,乱做,乱做。赵锦绣把条锯递过去,说你上次落我院子里的。木匠连忙接过来,说谢谢嫂子了,进屋喝碗茶吧!女人说不了不了,家里一堆活等着我呢!王木匠说那好那好,嫂子你慢走。说完一抬头,又看见那对旧物了。他梦里见过几次,充满了淫邪的色彩。毕竟是没结过婚的人,现在见着真东西了,脸一下就红到了耳根,像是面前的人知道他在梦里的一举一动。

出了院门，赵锦绣心里愤愤然，心里说：我又没说走，就喊我慢走，我偏不慢走。想到这里，脚步变快了许多。很快王木匠的屋子就看不见了，女人回过头，怅然若失。

叹口气，她喃喃说："我这是撞到哪样鬼咯？"

整整一天，赵锦绣把活干得沥沥剌剌。衣服上架了，才看见还残留着肥皂泡；猪食煮熟了，就找不到猪食瓢；四下寻了半天的缝衣针，最后发现就攥在自己手里。一直到黄昏，她都没缓过神来。把晾衣绳上的几件衣物收在臂弯里，看着四合的暮色，心思又凝重了。这时儿子忽然在身后喊了一声妈，吓得赵锦绣一个激灵。儿子神秘地对她说，王昌林抓了一条脆蛇。

"真的假的？"赵锦绣问。

蛊镇人都知道，那东西不容易找到。

儿子比划着把那天的情形说了一遍，赵锦绣面色就不好了。

"一下拱出来这样多的脆蛇，怕不是啥子好兆头。"赵锦绣说。

而对于王昌林来说，没有比这段时间更好的日子了。

揭开褐色的瓦罐，王昌林喜形于色，那条雪白在罐底蜷成一团。明年开春，王昌林将会制出蛊师最引以为傲的一道蛊：幻蛊。一个蛊师能在离开人世之前制成一道幻蛊，无论如何都算是奇迹了！

晚饭过后，他还特地为壁柜后的那只老耗子备了点腊肉。人老心细，怕老伙计吞咽困难，特地把腊肉切成了细丁。他还开了一瓶酒，本来想和老耗子一醉方休，又怕老伙计鼠老体衰把老命喝杵脱。自己舒舒服服喝了好几杯，酒精在老迈的血管里恣意流淌，把骨头都泡酥了。喝完他就缩进椅子开始假寐。半晌老耗子爬出来，不过对腊肉不是很感兴趣，凑过去嗅了嗅没动嘴，潦潦草草吞了几口米饭，又摇晃着钻回洞里头去了。

"看你那样子,怕是要走在我前头哟!"王昌林笑着说。

闭上眼,那个场景又出现了。密密麻麻地缠绕在他脑子里扎了根,他相信这绝不是巧合。既然不是巧合,那当然就是提醒。神灵是要提醒什么呢?他把身边的大事小情都过滤了一遍,最后他认定,肯定是最近几年的蛊蹈节太过敷衍了。

想想那些年镇上蛊蹈节的情形。盛况啊!大人细娃,早早就开始盼,新衣新裤早早就准备好了,神龛得写新的,肥猪是要杀的,大歌是要唱的,蛊场是要跳的。印象最深的还是那一张张的脸,希冀、敬畏、欢喜,什么都有,看起来很复杂,其实很简单。这几年的蛊蹈节让他窝火,每次节气来临,个个都叹气,还说什么人都走光了,搞给谁看啊?老得都要入土了,谁还有这个闲心啊?这个时候王昌林就忍不住骂:"人走了就不活了?人走了吃饭就改吃屎了?人走了就可以光着腚满寨子闲逛了?"说丧气话的闭了嘴,王昌林还不罢休,拐杖在地面狠狠杵了两下,又说:"妈个×,只要有口气,你也得给神龛上供的菩萨祖宗上炷香不是?"

十一

第一场冬雪过后,蛊镇的冬天就算到头了,整整半个月,阳光一直朗照。东风来得也早,从一线天呼呼过来,枯焦被吹散,嫩绿很快铺了一地。

赵锦绣扛捆青㭎柴从林子里拱出来,看见炳富老婆顶着一头鬈发从远处过来了,她的高跟鞋咄咄咄咄敲击着石板路,发出的声响和走路的模样都是新鲜的。赵锦绣很羡慕这个女人,狠得下心,撇下两个老的和三个小的,拍拍屁股就跟男人进城去了。没进城时,两个人关系近,是可以说私密话的人。慢慢地,赵锦绣就发现,她和炳富家的没以前对路了。每次女人回来,都会到她那里坐坐,开始还好些,跟赵锦绣说些城里的稀罕事,随着时间越拉越长,话就少了,到最后干脆就没话了。

回来了？赵锦绣远远喊。

炳富老婆半天才看清柴火后的那颗脑袋。连忙说哎呀呀，你看你，真是一身蛮力没处使呀，这该是男人的活嘛！

赵锦绣笑，笑容有些苦巴。炳富家有点不过意，说要我帮忙不？赵锦绣低头看了看炳富家脚上的高跟鞋，说帮啥子哟，我怕崴了你的脚呢！

一前一后往寨子里赶，前面的赵锦绣忽然问：

“如何了？”

后面的怔了怔，问：“啥子如何了？”

“那对狗男女咯。”

炳富家的笑了，笑容很开阔，像头顶上的天空，无边辽远。

“我正想跟你说，散伙㞗咯！”

“散了？”

“具体我也不晓得，反正那个×婆娘整天垮着脸，”炳富家的笑得更大声了，“不光垮脸，两个人还吵，吵了没多久，女的就搬走了。”

“他呢？”赵锦绣声音细细的。

“哪个？”炳富家的收住笑，想想说，“你家王四维啊，霜打了，老了一长截，以前在工地上还唱山歌，现在不唱了，从早到晚屁都不放一个，就窝在板房里抽闷烟。”

赵锦绣躲在柴火后偷偷笑了一回，有点翻身农奴把歌唱的意思。

接着就没话了，只有高跟鞋敲打地面的声响和柴火在肩上嘎吱嘎吱地呻吟。到了岔路口，赵锦绣才开口：

“去家头坐坐不？”

“算了，先回家看看。”

赵锦绣点点头，等炳富家的走远了，她又朗声说：

“回去好好给几个娃娃洗一下子，脏得像从牛屁股里头拉出来的。”

回身爬坡，赵锦绣觉得身子轻盈了不少，有腾空而起的感觉。路边开始抽芽的花花草草像是都在对她笑。太阳还挂在头顶，她就开始盘算晚饭，炒个腊肉，爹如果想喝酒，就陪他喝两杯。为啥？不为啥，高兴咯！赵锦绣站在坡上都笑出了声。

高兴的事情还很多，特别是细崽，脸上的红色在东风里头消退得好像特别快。模子边缘那圈稍微深一些，中间离得远一些都看不出来了。一家人都高兴，爹每天都要扳着孙子看半天，边看边笑。

最不高兴的就怕是王四维了。赵锦绣不怀好意地想。活该，像是种花生的红砂地，你偏把矮旱稻插进去，能长出啥子好模样？不管好胯下的东西，端起到处文进武出。不让你撞下墙，你还不晓得回头了。

晚饭公爹灌了两杯酒，早早就上了床。

赵锦绣精神好得很，里里外外彻底收拾了一遍，还烧了一盆水，得给细崽洗个澡。细崽坐在木盆里打水玩，赵锦绣摸着儿子脸上淡红色的印记，说细崽，你这胎记散去了，是不是就进城跟你爸去了。细崽点头说是呀，老爸答应过我的。

把细崽诓睡下，赵锦绣拉条凳子坐在屋檐下，眼里一地墨黑，远处几点灯火，虚弱得仿佛一阵微风就能给吹灭了。她睡不着，早间那点兴奋退潮了，接踵而来的居然是深深的失落，就像这暗夜一样，无边无际。远方那个男人怕是已经成了一只被痛苦裹得密不透风的蚕茧。她想明天去乡上打个电话，跟他说清楚情蛊的事情。念头转回来，女人又恨自己的软弱。狗东西和野女人在床上翻滚的时候，何曾想到过我呢！

和赵锦绣一样盯着黑夜发呆的还有王昌林。和赵锦绣翻滚的念头不同，王昌林啥子心思都没有，他喜欢盯着黑夜看。窝在屋檐下的躺椅里，拉条毯子把自己完全盖住，只露出一对眼睛，看近前的黑，远处的黑，所有的黑。很小的时候，他和师傅出门抓蛊物，夜晚遇上暴雨，师徒二人躲进一个山洞，师傅躺在一旁呼呼大睡，他则趴在狭窄的洞口，看着外面的倾盆大雨和雷电交加。忽然不知从哪里蹿出来一只山豹子，借着闪电发现了他。王昌林吓得全身发麻。山豹子努力了好几次，都没能挤进洞口，在洞门口低低地嚎叫了一阵，只好悻悻地离去了。从那以后，王昌林就喜欢上了这个动作。

扭了一下身子，毯子滑落了，王昌林慌忙把毯子拉上来盖住脑袋，轻轻掀开一条缝，又开始专注地盯着黑夜看。他觉得，这样是安全的，外面的种种危险，都奈何不了自己。

几处灯火渐次消失，该是上床的时候了。

躺在床上，他从枕头下抽出从老七那里捡来的稿子。习惯了，每晚都翻上几页。老七真是巧手，不光字写得好，还会画图。一张纸上绘了七棵古树，居然是按照北斗七星的布局栽种的。这个事情王昌林曾经问过老七，说为什么古树的位置和现在的北斗七星的位置有些出入。老七跟他说，那是时间让天上星宿的布局改变了。老七还说，世间没有东西是亘古不变的，为啥呢？因为有时间。

翻了几页，一幅图案出现在王昌林眼里，看了看标示，是蛊镇的地图，一百年前的。那时候镇子好像比现在大得多。把地图颠来倒去看了一番，王昌林发现这个形状有些面熟。他相信这个形状他见到过，在哪里见过呢？到底是在哪里见过呢？他闭上眼，面部紧紧缩成一团，似曾相识的心思像是水面上掠过的一块石片，涟漪阵阵，可就是看不真切。

用手使劲揉了揉太阳穴，那幅图画开始慢慢清晰了。

一线赤红跨过鼻梁，斜穿过整个面部，在下巴形成一道粗壮的弧线，最后在颧骨处圈成了一个不规则的椭圆。

王昌林猛地坐起来，心在怦怦乱跳，仿佛要蹦跶着跃出胸腔。

在屋子里来来回回转了好久，他都没能压住心头的慌乱。走到屋角的水缸边捧起冷水洗了个脸，才慢慢平静下来。“说不定是个巧合。”他对自己说。

立刻他又坚决地否定了自己。

"是巧合的话我一头碰死。"

十二

在院子里劈劈砍砍,王木匠失去了一贯的专注和定力。计量好的尺寸,锯条跑完后不是宽就是窄。杂乱的心思还把记性都吃掉了,刚才明明放在手边的斧子,转过眼就找不着了,趴在高高的木屑堆里翻了半天,斧子没找到,却发现了凿子。从容没有了,兴致就打了折扣。板子锯了一半,王木匠撒了手,斜靠在马凳上,摸出一支烟呼呼抽,还责怪嵌在板缝里的锯条:昨日才给上的油,今天就涩得跟犁老板土样,还难伺候得很呢!

老娘看出了儿子的异样,上前年爹死,也没见着他这般的魂不守舍。倒碗茶放在马凳上,老娘说不想干就歇两日吧!王木匠说我倒是歇得,就怕杨村樊老者等不得,十多天不吃不喝了,这几日连话都说不成了,能熬到月底就算狠人了。

看了看马凳边那口棺材,老娘摇摇头,说你要赶也成,不过得细心点,我看你这几天昏头昏脑的,怕你剁着自己。走到屋檐下,老娘回头说:"歇了吧?"扔掉烟蒂,王木匠说妈你管事管得宽,管到人家脚杆弯,你管我歇不歇哟!老娘摇摇头,以前儿子和娘说话没有这样的口气。转进里屋,隔着窗户看着儿子,老娘又长吁短叹一回。该是找门亲事的时候了,这些年当娘的没少托人。要求不高,不论长相,年纪不过四十就成。媒婆一听就摇头,说实在老火哟,好手好脚,能跑能动的,全都卷起铺盖进城了。老娘狠狠心,说只要是个女的,没翻过五十的也成。媒婆还是摇头,说这一拨的差不多也走光了。

锯条沙沙响,心思却在别处。那个影子老在眼前晃动。木匠识得人,他晓得不是一头热,从女人看他的眼神他就知道,女人心头有捆干柴,就差个火引子了。男女的事情，一头热不惹人，真要你情我愿，心子把把都会变得痒酥酥的。心思跑偏了，手就跟着歪了，手腕忽地一扭，啪一声脆响，锯条崩成了两截。

把锯条往墙根一扔，朝屋里喊：妈，我进山去了。喊完也不等老娘答话，斧子往腰上一别就走了。

运气还好，找到一棵红杉，腰杆笔直，打个梳妆柜最好了。把树放倒，剔掉枝叶，木匠坐在树干上抽烟，这段时间天气不错，屁股下的红杉有十来个晴日就晒干了。林子里安静极了，不远处两只松鼠拖着比身子还粗的尾巴上蹿下跳。

忽然有噼啪声传来，折断树枝的声音。王木匠站起来，踮起脚尖往那头看，一个弓着的背影在折地上的干柴。

熟悉得不能再熟悉的衣服，碎花格子，梦里见过好多次。王木匠心头成了翻锅的开水。幽深的树林顿时弥漫着天知地知的决绝，远处那个弓着的脊背像是一种下作的迎合。木匠就像地上的红杉，屹立百年就等着一朝的轰然倒塌。

正弯腰捆柴火，赵锦绣面前突然多了一对脚。目光倏地一下爬到脸上，赵锦绣看见了眼睛里头两团烈火。眼神不避不让，狠狠地从女人的领口插了进去，放肆地顶撞着两个饱满的乳房，全然没有了那日院子里的羞愧和不安。赵锦绣心头紧了一下，慌张地放眼四下扫了扫，要命的安静，密实的丛林将秘密包裹得密不透风。微微拉了拉身子，女人就不动了，那道敞亮还在，像是给面前的男人黑夜里留出的一道门缝。潜藏的鼓励让男人热血上涌。几乎同时，两团身体都急切地向对方扑去。男人力气很足，积攒几十年的气血都在这一刻喷发了。女人则在一团炽热中开始熔化。男人的嘴在慌乱中急切地搜寻，当两张嘴叠合在一处的时候，女人忽然一把推开了男人。

兜头的一瓢凉水。

横起衣袖抹了抹还泛着紫红的嘴唇，赵锦绣看着木匠说：

“这样不行。”

“为啥？”

“一笔写不了两个‘王’字。”

男人呆呆看着女人。

红晕慢慢从赵锦绣脸上退去，平静主宰了她的面孔。她理了理一头凌乱的乌黑，低头开始收拾柴火，动作井井有条。木匠知道，这汪火已经烧尽了。但他还是不甘心，心头还跳跃着残留的火星，舔舔嘴唇，他说，“他先对不起你呢！”

赵锦绣神情一下严肃了，她说：“他咋做是他的事，我咋做是我的事。”

迟疑片刻，木匠有些悻悻，又说：“天知地知哩。”

指指林子深处，赵锦绣说：“这里埋的都是王家老祖宗，你敢保证他们也看不见？”

顺着手指的方向看去，几座顶着青苔的古墓惊出了木匠一身冷汗。

“他敢乱来，是那个地头见不着祖宗，见不着，就没了怕惧。”赵锦绣又说。

把柴火往肩上一扛，赵锦绣踩着一地的窸窸窣窣走了，走出去不远，她回头对木匠说。

“我大门右边的楔子松动了，哪天你抽空来给我紧紧。”

木匠看见了她的笑容，像在沟坎边碰着时招呼的那种笑，熟悉，又陌生。

十三

那夜洞悉了秘密后，王昌林坚定地认为他的幺公绝非常人。细崽每天来敲完门，王昌林就好吃好喝地招待他。细崽也不客气，边夸孙子孝顺，边啃着喷香的腊排骨。王昌林看着细崽脸上的图案，不错的，一模一样。他相信这是神迹，细崽就是上天派下来传达意图的使者，至于要告诉蛊镇人什么，这个他一时间还没理出头绪来。

吃饱喝足，幺公抹着油水滴答的嘴对王昌林说："你这几天请吃请喝，低眉顺眼，是不是有事求老子？"王昌林慌忙摆手，说幺公误会了，我就是尽点孝道。细崽哼一声，说我不白吃你的，你要我做啥就开口。想了想，王昌林说既然幺公开了金口，你要愿意，就陪我去给我师傅上炷香吧。细崽指着孙子教训："烂肚子王昌林，老子早就晓得你心头那点小九九。"

师傅在银盘山的岩缝里，早些年蛊镇还时兴悬棺，超过七十的老人死去，装进棺材，用绳索吊上岩壁，找一处宽阔的岩缝放进去，再钉些木桩子固定好，一场葬式就算成了。后来有力气的进了城，棺材就吊不上岩壁了，死后就都钻进土里头去了。

沿着岩壁边缘爬了一段，细崽看清了那些悬棺。几十口棺材卡在岩缝中，经年风雨剥蚀，棺材色调斑驳。

"为啥不埋进土里头呢？"细崽问。

王昌林仰头看了看，倚靠着岩壁说："祖先的家最早可不在蛊镇，说是在很远很远的地方，在那里曾经有过一场激烈的战斗，我们的祖先输了，一路迁到了这里。"

"我问东你说西，叫你打狗你去撵鸡，"细崽打断了孙子的话，"我是问你为啥不埋进土里头，你×叨×叨说这个干啥子嘛？"

王昌林说好好，怪我×话多，幺公骂得对，扬扬眉毛，他接着说："老祖先们觉得打输是暂时的，总有一天要打回去，所以死了不进土，找个岩缝先放着，等有朝一日决定打回去了，就让后人把棺材也抬回去，死了也要埋回老家的土地上。"

抬手指了指，王昌林说幺公你看，棺材的头都朝着一个方向，那就是祖先老家的方向。

“我还以为这个地头就是老家呢！”细崽说。

“哪个都说不清楚到底哪里才是老家，说不定还有老家的老家，老家的老家的老家。”王昌林说。

到了一处宽阔地，王昌林从袋子里取出香蜡纸烛点燃，对着半山喊：“师傅，我来跟你说一声，我家蛊神给了我一条脆蛇，让我做道幻蛊。”

“哪个是你师傅？”细崽问。

抬头顺着远处的岩缝看过来，王昌林指着一口还残留着黑漆的棺材说：“就是那个。”

“那个不是我侄女吗？”细崽说。

“哦，对对对，是我妈，”王昌林说，“人老了，记性都让狗给吃了，我师傅是倒数过来的第四个。”

祭拜完毕，王昌林对细崽说：“幺公，愿意跟我进山找蛊药不？”

细崽盯着他，没言语。王昌林赶忙说：“你老开个价。”

嘟着嘴想了想，细崽说算了，我妈都骂我了，说我是从钱眼眼里头钻出来的。然后他伸过脑袋，笑着对王昌林神秘地说：“我攒的钱够买一架很大很大的老鹰风筝了。”

王昌林睁大眼睛看着细崽，幺公脸上的图案有些依稀难辨了。

五日的工夫，王昌林的双脚就把蛊镇几座大山丈量完毕了。这可是年轻时候的能耐呀。他站在院门边举头四下扫了扫，高大扑面而来，不错的，都是封了路的老林子，光看着就给吓得半死，更不要说攀爬了。

双手叉腰，得意从头到脚，还感慨：“我都佩服我自家。”

旁边的细崽对他的沾沾自喜不安逸，斜乜着讽刺：“我要不跟在你后头，你怕摔得骨头渣渣都不剩了。”王昌林连忙点头，说幺公的功劳，幺公的功劳。幺公的确有功劳，除了保驾护航，途中还要给孙子揉腿捶腰。小拳头打击着老驼背的当口还叹气说："他妈这世道颠倒了，爷爷居然给孙子捶背哩！"

之前，王昌林从来没有动过闯山的念头。闯山这活，翻过五十你都不敢想了。那些腿脚麻利的，把老命丢在老林里头的多的是。可自从那条脆蛇进了家，蛊镇的蛊师就开始了精心的谋划。凭着记忆，他理出了一条最安全的路线图。很快又给否掉了，那条路线不能找齐需要的物事。幻蛊这一道，除了脆蛇，最紧要的就是迷心草。这东西金贵，对生长的地头特别挑剔，附近几座大山，只有滴水岩岩缝里头才有。可那条路线，王昌林想起来就发毛。他师傅的师傅，采迷心草时一只手没有抓牢，飘荡着落下山崖，跟着激流远走高飞了，坟头就在崖下的河岸上，其实就是一个衣冠冢。

迷心草是细崽采来的，细小的身架子在岩壁上像手脚长了倒刺的长虫，三下五除二就给王昌林抱上来了一大堆。王昌林那个感动啊！连说幺公巴实。幺公不是一般的巴实，简直是巴实到家了。伟大的幺公跟着孙子险象环生闯了五天大山，一次都没提过钱的事情。

正午阳光很好，王昌林在院子里铺开一摊一摊的花花绿绿。连锯藤、山岩草、青筋根、迷心草，杂七杂八占满了整个院子。晒干后，这些物事都会被剁碎，放进一口大锅熬煮一个对时。捞掉药渣，有用的是剩下的半锅汁水。

细崽呢，寸步不离，他就要看看，最厉害的幻蛊到底是如何制成的。

无关紧要的步骤，王昌林都不遮不掩，还会絮絮叨叨给幺公讲些注意事项。可到了晚上话蛇的时候，老脸就绷住了。拦着里屋的门，死活不让细崽进，说你进屋来也可以，但必须先拜师，这是蛊师的秘诀，只有入得蛊门了才能现世。细崽不干，说你是我孙子，拜了师老子还要喊你师傅。王昌林就说我不要名分，但你得给蛊神发个誓言。细崽还是不干，相对而言,他更惦记城头广场上那挂风筝。

话蛇这段,细崽只能在院子里干坐,里屋不时传来王昌林低低的说话声,间或还有吟唱和轻祷。细崽心头痒痒,嘴上不服输,嘟哝着骂:“老子才不稀罕呢!”

不过王昌林还是透了一些风口。他给细崽说这幻蛊吧,最要紧的就是话蛇了,啥子叫话蛇呢?就是制蛊前的这段日子,蛊师要天天和脆蛇说话,让它明白接下来发生的一切,这样脆蛇才有灵性,脆蛇有了灵性,才会心甘情愿奉献出自己。

王昌林连续翻了好几天的黄书,他要为制作这道幻蛊选一个好日子。

十四

春天愈发真切了,深绿簇拥着几面山壁,河水叮咚跳跃。喜人的春光里,一直枯败的老枯朽们像是脑门上长出了嫩芽,面容难得一见的抖擞。最欢喜的算是四维他爹了,天不亮他就爬起来,端条凳子坐在屋檐下等天亮。红光刺破天幕的一瞬,他在心头一阵欢呼。然后他盯着那轮鲜嫩喷薄的红日徐徐爬过一线天,从两棵青枫树中间缓缓而上。直到赤红消散,转成刺目的亮白。

儿媳妇披件衣服从里屋出来,看见屋檐下笑吟吟的爹,说爹你干啥呢?这样老早。爹就说人老了,瞌睡少,我起来看太阳。赵锦绣连忙从屋里拿件棉衣递过去说,凉气太重,你不怕害病呀?说完转进儿子睡的那屋,细崽四仰八叉倒在床上,梦口水牵丝挂缕。一巴掌拍在儿子瘦削的屁股上,赵锦绣喊:太阳照到屁股了,快起来,先去敲门,敲完了跟我进山扛柴。儿子咕哝一声,翻过去继续睡。往门外扫了一眼,赵锦绣笑着说:“前三十年睡不醒,后三十年睡不着,我家都赶上了。”

一阵猛扇，细崽才懒懒地直起身来，揉揉眼央告："妈，让我再眯五分钟嘛。"赵锦绣把衣裤丢过去，说眯五分钟能当肉吃啊？快起来。细崽垮着脸从床上逡下来，阳光扑了他一身。赵锦绣感觉有些异样，猛然之间又想不起是到底哪里不对头。把儿子上下考察了一番，她一个箭步跳到细崽面前，端起儿子的脑袋，目不转睛地看，看着看着眼泪就下来了。

"散了，全散去了。"赵锦绣语无伦次。

说完她牵着儿子跑出门外，把儿子往公爹面前一推，泪涔涔说：爹，你看细崽这脸。

公爹凑过去，把孙子面部仔细检视一回，扁塌的嘴一瘪，老泪扑簌。

"转世为人了！"公爹激动地说，"菩萨显灵了呀！"

给儿子套好衣裤，赵锦绣说敲完门不要去疯跑了，早点回来，去乡上给你爸打个电话。

细崽应一声，往王昌林家那头跑去了。

王昌林正弓着腰铡药，屁股忽然挨了一脚，踢得很轻，算是招呼的一种。回头一看，幺公双手叉腰，得意地看着自己。

把脸送给孙子看了个透，细崽欢喜地蹦着跑开。王昌林没有幺公的欣喜若狂，隐隐的不安反而占了上风。细崽跑出老远，王昌林的声音才从身后追来："你慢点走嘛，为啥要急痨痨跑呢？就不怕摔了。"

电话打过去，没有想象中的欢呼雀跃，嗯啊嗯啊，连声好都没有。儿子在电话里头给老子说：爸，我脸上红斑散完了，你啥时候来领我？电话一直沉默，忽地咣当一声，嘟嘟嘟叫个不停。细崽疑惑着举起电话，赵锦绣把耳朵凑过去听了听说：挂了。

母子二人站在邮电所门口，一脸失落。赵锦绣心头隐隐作痛，她本来想给王四维说清楚，你下半身的耷拉只是暂时的，翻过年就好了，可她担心万一王四维知道了真相，除了记恨她，只怕又屁颠屁颠找那个煮饭的野货去了。儿子没有她心头那样多的弯弯绕，一脚踢飞地上的易拉罐，扯开嗓子骂："王四维，说话不算数，你去死咯！"

半个月后，炳富家就带回了王四维的死讯。

关于王四维的死，炳富媳妇的说法是王四维当天负责给新建的大楼贴墙砖，兴许是没吃早饭的缘故，脑壳短路，发了昏病，低头拣砖时没站住，从二十层高楼一个倒栽葱跌了下来。王文清大儿子德生却是另外一路说法，他说当时他也在贴砖，离王四维就一丈的距离，王四维根本没有去拣砖，甚至连手头的砖刀都丢了，在脚手架上呆眉呆眼朝远方看，看了半晌，张开双手，像挂风筝样的就飘走了。

"我当时扭头看了他一眼，他眼睛里头空落落的，我就感觉有点不对头，"德生最后说，"我肯定他是鬼缠身了。"

不管哪种说法，有一点是肯定的，王四维死了，死得还极其难看，几个负责收拾尸体的同乡都不敢描述当时的情景，有个胆儿大的也只说了一句话。

"炸成了好几块。"

两处耳房，一间躺着一个，赵锦绣在东房，公爹在西房，模样都差不多，目光呆滞，半死不活。

几个老婆子坐在赵锦绣的床沿边叹气，床上的四天水米不进，精气神被快速剥离，蜡黄的脸像块干脆的抹布，看不到任何的表情。公爹的情况稍好些，还能说话还能哭。他对立在床边的王昌林说："去年蛊蹈节，我连张纸花花都没给菩萨烧，做梦就看见一个素衣人用棍子敲我脑壳；前几日，我在梦里头又见到那个素衣人了，他拿锯子锯我的右腿，醒来后右腿就一直痛，当时就晓得要出事情，哪晓得出的竟然是这样大的事情。"说完他嘴就大大张着，喉咙里发出咕咕的声响，眼泪哗哗淌。王昌林也不晓得咋个安慰，就给床上的掖了掖被子说："老天祖，都是命。"

王四维的死，王昌林愿意相信炳富媳妇说的，要真是意外，那就和他配制的三道情蛊没有关系。可他更相信德生的说法，离得那样近，难道还会看花眼不成？他后悔了，不该制那道蛊，始终是偏门，本来是好意，哪晓得整出这样骇人的尾巴。

从四维爹的屋子里退出来，王昌林长叹了一口气。棺材边上的过桥灯闪着幽幽的光，灯芯塌在油碗里，亮光缩头缩脑。王昌林过去挑起灯芯，光芒才直起腰来。

转到棺材另一边，王昌林看见了细崽。幺公跪在棺材边，手里拿根木棍，咚地敲一下棺材骂一句："王四维，说话不算数，你下油锅的。"咚又一声。"王四维，说话不算数，你挨千刀的。"咚，"王四维，说话不算数，你砍脑壳的。"

王昌林喉咙一紧，呼吸就不平整了。他过去想把细崽捞起来，细崽扭头看了他一眼，很认真对他说："王昌林，你不要闹了，我在和王四维讲道理。"抹掉泪，王昌林说幺公，你爸已经老去了。横起袖子拉掉半吊鼻涕，细崽冷笑着说："不要以为我不晓得，狗日的是答应的事情办不成，装死的。"

十五

跌跌撞撞回到家，已是深夜。

王昌林算了算，今晚该是最后一次话蛇了。

灯光幽暗，在装蛇的罐子前燃了一炷香，烧了三张纸钱，王昌林坐下来，他说：

前头和你摆了好多天龙门阵，我们这行你也晓得了个大概。今晚呢，我是有些要紧的话要跟你说清楚。明天午时，你的大限就到了，不过你不要慌，也不要怕！跟你说句实话，到了我这岁数的，都怕死，夜晚都不敢睡沉，就怕一觉睡着就醒不过来了。不过慢慢我也明白了，行路可以绕山绕水绕刺蓬，死亡不行，你绕不过。前些天有个白衣人给我托梦，梦里头他把一个鸡蛋放进我手心头，我摊开手掌托着鸡蛋，不晓得他是哪样意思，他看着我笑笑，一指弹破了蛋壳，我正可惜哩，就看见一只毛毛的鸡仔从蛋壳里头歪歪扭扭出来了。悟了几天我都没搞清楚这个梦是哪样意思，今天我明白了，那是菩萨要跟我说，鸡仔在蛋壳里头的时候，已经习惯了里头黑糊糊的活法，它就怕蛋壳破掉，为啥呢？因为他不晓得外头到底是个啥样的，等蛋壳破掉，它从蛋壳里头走出来的那一刻，才发觉，外头真是好光景啊！你是不是嫌我话多哟！年轻时我看我师傅话蛇，他老人家话少，比如今天，他就一句话：明天上路。你如果不嫌我话多，我就再说两句。我做蛊师这些年，没干过一件昧心事，零零散散做些蛊药，也医了一些人，虽然他们都不晓得自己的病是我治好的，但我不记挂这些，做自家该做的就是了。

啰嗦完，王昌林把蛇罐，舂好的草药，新画的符章一并搬到神龛上，恭恭敬敬磕了三个响头。

窝进躺椅，他想睡一会，养足精神，去给四维守守夜，唱几段孝歌。

脚边忽然有窸窸窣窣的声响，低头一看，老伙计出来溜达，步履蹒跚，不时还抬起爪子抹抹脸。王昌林坐起来，才想起今天只顾忙活四维的后事，把老家伙给忘记了。四下翻寻了一阵，啥子都没有。王昌林一脸愧疚，他说实在对不起，今天事多，把你给忘了。蹲下来伸手摸了摸鼠脑壳，始终是老熟人，那东西不惊不咋，屁股落实在地上，仰着头看着王昌林。搓着手，王昌林说你要等得了，我给你下点面条吧。

端着煮好的面条出来，老伙计还在。把碗放在老鼠面前，王昌林说："晓得你老了，牙口不好，我煮得烂，你多吃点，晚饭宵夜并成一回了。"

嗅嗅，老鼠开始动嘴。王昌林躺回椅子，摸出旱烟裹上，说："你慢慢吃，我闲着没事，正好和你摆下龙门阵。我呢，干了一件蠢事，脑壳一热，给我祖奶做了一道情蛊，老人家为了套住男人，手狠了，把三道蛊当作一道一次给下了，你不晓得，这情蛊厉害，一道下去，男人三个月之内就成李莲英了，三道合成一道下，就只能当一辈子李莲英了。我晓得，四维是自家从脚手架跳下来的。我觉得这都是我一个人的罪过，你给我把把脉，看我老去了是上刀山还是下油锅？”

地上的没声响，王昌林别过脑袋一看，面条收得精光，老伙计拖着鼓鼓囊囊的肚子正往洞口那头爬。

“你这几天厉害呢，饭量变得斗大，我敬重你。”王昌林笑。

灯光昏暗，老鼠越爬越慢，到了洞口，身子开始左右扭动，接着侧身一歪，四脚朝天，不动弹了。王昌林慌忙爬起来，走过去细看，老伙计已经归天了。这个死法王昌林见过，六零年饿饭，寨子头一个王姓同族从一户远方亲戚那里抱回十五个盘碟大小的糍粑，一口气全吞掉了，当夜就老在床上，硕大的肚子上连青筋都条条饱绽着。

“你有点节制嘛，活活把自家胀死，这下安逸咯！”王昌林说。

打着手电，王昌林在屋子旁的菜地里挖个坑把老伙计埋葬了。然后一头钻进黑夜，往那个还没有埋葬的人家户去了。

十六

直到王四维下葬那天，他的儿子王细崽才确信，他爸真的老去了。

盖土之前有个仪式，死者的儿子，也就是孝男要从棺材尾爬到棺材头，拍着棺材盖子喊三声爹。细崽一直哭，道士先生左劝右劝，他就是不下去。还是王昌林站出来说幺公，你要不下去，你爸在那头就要摸黑了。细崽将信将疑遂下去，拍着棺材喊完三声爹，双手抓着棺材盖子嚎啕大哭，边哭边骂狗日的王四维说话不算数。上头的喊了好久他都不上来，还是两个人跳下去，才揪蚂蟥样的把细崽从棺材上抠了下来。

坟土覆得越来越高，细崽哭声越来越矮。他忽然扯了一把王昌林的裤腿问：“有没有吃了一下长大的蛊药？”王昌林问：“你想干啥？”细崽说："我想打个瞌睡就长大，自家进城。"王昌林摇摇头。细崽脸上立时浮现出汹涌的不屑，骂："你不是说你啥蛊都能制咯嘛！连个长大的蛊都没得，有哪样×出息。"

日子脚赶着脚往前跑，春风吹绿了四维的坟头。

七窍都喷着悲伤的赵锦绣，还得拖着松松垮垮的身子忙里忙外。四维一走，一个家就成了断线的风筝，口粮没了着落。赵锦绣压着伤心和时间打仗，先把寨西的几块水田耙上，落一季晚稻，解决三张嘴的吃饭问题；后山的两块旱地也要抓紧，苞谷和黄豆都种上。等忙完田土，找个赶集日去乡上，买回两头双月猪，到了年末，一头留下过年，一头牵到集上卖掉。细崽明年就到上学的年龄了，吃穿都会更费钱。

锄头起起落落，身后是翻起的大片褐色。赵锦绣不敢歇，她怕追不上春种。抹掉额头上细密的汗珠，她又开始翻土。不知道是悲伤积压得太多，还是丢掉农事的时间过久，半块地还没翻完，赵锦绣就感觉到难抑的胸闷。找方土坎靠着，仰望着远处的一线天，赵锦绣眼泪就下来了。以往累了倦了，她也会朝那个方向瞭望，从一线天出去，在很远很远的地方，她的男人也在挥汗如雨。那时呆呆看上一阵，希望就会逼退困倦，现在不行了，男人没了，远方就变得空空荡荡，看得久了，反而是更多的疲累。

继续低头翻了一阵，赵锦绣看见了木匠，扛把锄头颠簸着从远处过来。没话，直接跳进地里就开始翻土。赵锦绣怔了一下，咳嗽一声，木匠不理会，锄头上下翻飞。这头又重重咳嗽了一声，那头抬起头来。这头巴掌凭空使劲扇了扇，像是要把那头扇出自家的黄土地。那头皱皱眉，不理睬，埋下头认真翻土。这头生气了，往地上狠狠啐了一口痰。那头假装没看见。

斗争隐秘而剧烈。赵锦绣最终败下阵来，她索性懒得理会，低头接着翻土。空气凝重涩滞，野地里只有间或的鸟鸣和锄头钻进泥土的嚓嚓声。

先前木匠离得远，彼此有着称心的距离，随着地越翻越少，凑得也越来越近。到了午后，都能听到对方粗壮的喘息声了。双方都阴着脸，仿佛土地和自己有隙，锄头抡得苦大仇深。就在两把锄头要晤面的时候，木匠忽然收住了。直起腰杆，抹掉脑门上的汗珠，折身走到土坎上，放倒锄头，屁股挂在锄把上，脱下鞋子，抖掉里头的泥土，站起来扛着锄头离去了。

赵锦绣没抬头，把剩下那点翻完，木匠已经不见了。回头扫了扫，新翻的土地热气蒸腾。

此后几天，木匠都保持着这个方式。他更像是下到自己的地里，来去都显得理所当然。最后一天，翻的是西山前的老板土，丢荒时间太久，土地硬得像块铁板。始终是女人，赵锦绣每下一锄都格外吃力，缓慢的进度让她愈发气急败坏。农活讲细致，急不得，你一急它就跟你耍性子。失去耐心的赵锦绣铆足了劲抡锄头，咔嚓下去，抱起锄把左摇右晃好半天，锄头就是不出来。一个上午，女人都在和锄头进行着艰苦卓绝的战斗。终于，在赵锦绣无数次野蛮的不讲情理后，锄头决定自绝。离得远远的，木匠听见咔嚓一声，抬头一看，女人的锄头还嵌在泥土中，锄把从根部齐齐断掉了。

眼窝一热，莫名的委屈从女人胸口喷涌而出。她想哭，余光扫了扫一旁的木匠，止住了。在他面前，她必须守住自己的坚不可摧，她觉得哪怕丁点的示弱，都像是在给对方隐秘的暗示。

踩着翻开的厚土，冷眉冷眼走过去，赵锦绣伸手一把抓住木匠手里的锄头。木匠侧眼看着她，没松手。赵锦绣加了把劲，用力摇了摇，男人还是没松手。赵锦绣猛地抬头，眼里迸出一道寒光，男人心虚了，手一松，锄头到了赵锦绣手里。

提着锄头折回去，赵锦绣刨出嵌在地里的锄头，把木匠锄头往地上一扔，抓起锄头和断掉的锄把，眼不斜视地走了。木匠愣在原地半天，等赵锦绣走远了，才过去捡起锄头。木匠心开始乱了，本来，做这个决定的那一刻他觉得自己是已经完全沉淀好了的清水，甚至他都做好了最坏的打算，哪怕女人对着他开黄腔，他也无所谓。“心头干干净净的，我怕哪个？”他对自己说。哪晓得赵锦绣只消扭个胳膊动一下腿，就把他沉淀完毕的清水搅得乱七八糟。

不远处的树上有唧唧的鸟叫声，像是嘲笑。

“当”的一声，锄头失魂落魄插进泥土。

“咔嚓”锄把断成了两截。

十七

从脸上圈儿散去那天开始，细崽就步入了莫名其妙的力不从心。

那天和孙子王昌林进山挖苦蒜，刚出村就不迈步了。蹲在路边摘开得繁盛的鹅黄花，王昌林以为幺公贪玩，拐棍捅了捅路边枯死的老槐树，说幺公你快点，我中午饭还要做个苦蒜辣椒水呢！细崽仰着头，额头上爬满了汗虫，他说王昌林，我心慌得很。王昌林不信，伸手探了探细崽的额头，火烧火燎的，他想多半是热伤风，就说幺公苦蒜不挖了，我们回家吧！

细崽回家就倒床了。赵锦绣不敢大意，从乡上请来医生，吃了药打了针，就是不见好转。怕风钻进来加重细崽的病，赵锦绣给窗户上了厚厚的帘子。

大早，王昌林提着一个沙罐从屋里头出来，脸上的笑按都按不住。他生命中最重要的一道蛊昨天晚上大功告成。蛊镇的蛊师实在太兴奋了，一夜没有合眼，他在院中来回走，两腿都酸麻了他还想走。

出门来，王昌林看见了祖奶。

风很大，吹得绳子上的衣服噼啪响。赵锦绣坐在屋檐下，低着头，皱着眉。一根枯草从远方飞来，粘贴在她的眉毛上，她定定坐着，连拂掉枯草的念头都没有。又来一阵风，那根草摇了摇，流连了半天才飞走。

祖奶早啊！王昌林笑着说。

祖奶依旧定定的，迎着风流着泪说：

“细崽成个老人了。”

王昌林嘴巴就闭不上了。

发现这个秘密时，太阳刚刚升起。赵锦绣当时在院子里剁猪草，听见细崽在里屋喊妈。赵锦绣连忙进屋，黑黢黢的屋里，细崽哑着声说：“妈，你把窗帘布拉开，我怕黑。”拉开帘子，光芒溢满一屋。赵锦绣回过身，看见细崽一只手挡着眼睛，露出尖瘦的下巴。慢慢适应了刺眼的光亮，细崽才把手拿开。坐在床边的赵锦绣看了看细崽的脸，眼前一片漆黑。

王昌林俯着身坐在床前。

他的幺公看上去比他还老，窄窄的额头上爬满了密密麻麻的皱纹，一张脸被枯败完全占领，深陷的双眼仿佛两个看不到底的黑洞，积满了死亡的气息。

这是满脸稚气，前不久还陪着自己翻山越岭的幺公吗？不是，肯定不是，这哪里是降临人世才区区六年的生命，这副干枯瘦小的身躯分明就是一道惊人的谶语，一张发白的符章，一个恶意的玩笑。一瞬间，王昌林泪流满面，他感到了彻头彻尾的哀伤，活了这样多年，经历了无数的生离死别，从来没有此刻的痛彻心腑。他嘴唇不住地抖动，颤抖着喊了一声：幺公。

细崽缓缓睁开眼，前日眼中的清澈透明消失得干干净净，疲乏地看了半天，才认出王昌林来。咧咧嘴，他说话了，声音细微得如同从布帛上抽走一根丝线。

“王昌林，我做了一个梦，梦见我的脸上长出了一大片高粱，高粱地里有好多人,都拿着锄头挖我的脸。”

陆续来了十来个医生,乡上县上的都有。

“准备后事吧!”离开的时候都这样说。

十多个老人顶着一头花白稀稀拉拉散落在院子里,像刚起了一层秋霜,都沉默着,脑袋不时往细崽那个屋子看看。

“好久没听见敲门声了,有点不习惯。”一个说。

说完,是更长久的沉默。只有窗户下四维爹喉咙里发出嚯嚯的声响,快速而剧烈的打击让他连说话的念头都没有了。前天进屋看了孙子,他没有眼泪,没有哭声,只有决绝的一言不发。饭点上,接过儿媳递来的饭碗,鼓着眼一口气扒光,儿媳以为爹饿,又添了一碗,照样扒得飞快,添到第四碗,儿媳不敢接碗了。她晓得,自从四维走后,公爹每顿就大半碗。

“总要做点啥吧?”王文清说。

大家看了他一眼,没人应声。

“把蛊神祠翻修一下吧!”一直嚯嚯的四维爹忽然发话了,言语抑扬顿挫,连尾音都精神抖擞。

怪得很,没有人吃惊,大家好像都知道四维爹这个时候就会说话。

“咋翻?除了剩下个地基,上无片瓦,下无块砖。”王文清说。

“只要地基还在,就能翻。”四维爹欠欠身子说。

王文清撇撇嘴,四下扫扫,冷言冷语说:“你看看这堆废物,吞口水都能噎死,还翻新神祠?”

四维爹一弯腰,伸手抓起地上一块瓦片,咣地砸了过来,王文清眼尖,腾身一跳,避开了。

“看你那卵样,比虼蚤还跳得快,让你翻个神祠你还推三推四的。”四维爹恶声恶气骂。

辈分太低,王文清不敢顶嘴,快快表态:只要大家都说翻,就翻咯。

这时候王昌林站了起来说:“老七的志书上画得有蛊神祠的模样,过两天就动起来,有钱出钱,有力出力,蛊蹈节之前一定把它立起来。”

王昌林话音一落,那头四维爹脑袋一歪,目光立时涣散,只有喉咙里头的嚯嚯声。

十八

赵锦绣突然有了难得的镇静。

如果只看她一日的行迹，你很难想象这个女人有一个正大步流星奔向死亡的儿子。一早,院子照例要清扫的,杂叶枯草啥的还不乱倒,在院墙角拢成一堆,点火烧掉后倒入猪圈,那可是很好的肥料呢！接着给公爹准备早饭,一小碗本地面条,煎个鸡蛋,八成熟,老人牙口不好,焦了咬着费劲。伺候完老的,就打盆热水给床上的细崽擦脸,擦完脸喂药,喂药途中还和儿子开两句玩笑。

“细崽,昨晚我家两头猪掐架了,大的那头被小的那头咬得满猪圈跑,你说笑人不？”

“细崽,王文清到乡上赶集去了,听说去买猪尿泡炖田七,老东西又开始尿床了。”

说完赵锦绣就呵呵笑。细崽不能言语,偶尔拉开一下眼皮,算是回应。

汤勺把黑色的液体倒进细崽的口中,喉咙汩汩响好半天,一次艰难的吞咽才算完成。赵锦绣清楚,这汤药与其说是喂给细崽的,还不如说是喂给自己的。只有给细崽喂药的时候她才不会心慌意乱，药是好东西,是治病的,吃了哪能一点用处没有？其实细崽吞下去的还不能算药,只有医生开出来的才是药,可惜来看过的医生都拒绝开药,说实在开不出对症的方子。医生不开,赵锦绣就自己来,房前屋后,田间地头,石壁垭口，只要看起来像药的，她都采回来，支上砂罐熬。她相信乡间流传的一句话：草药草药，是草就成药。

喂完最后一勺，悲伤如期而至。忧伤像是骑着的一匹马，看起来你是坐实了，那是表象，它一发蛮，就颠你个四仰八叉。赵锦绣伸出手，摩挲着儿子满头的白发。一个月不到，细崽头发就全白了。床上蜷缩着的枯朽实在揪心，仿佛一截柴火，丢进炉子，等拉出来的时候，就变成了焦糊的黑炭。

“喊王昌林来。”细崽满脸皱纹拼命挤压，瞪着眼朝赵锦绣艰难地喊。

没等赵锦绣过去，王昌林就过来了。

递给赵锦绣一碗蜂蜜，王昌林说你给幺公化碗蜂糖水喝吧。进屋来，王昌林挨在床边，半天细崽睁开眼，嘴角扯了扯，像是想说话。王昌林慌忙伏低脑袋，他听见他的幺公一字一顿说。

“王昌林，我难过得很，给我打针。”

眼角一潮，王昌林说幺公，医生都回家吃饭了，等医生回来，我就让他给你打针。

“王昌林，我要打针，我要打针，你狗日的快给我打针。”

抹着泪直起身，王昌林看见赵锦绣端着一碗糖水进屋来。伸出手，王昌林说祖奶给我吧！

赵锦绣抹着泪递过碗，王昌林一只手接过碗，另一只手在身后隐秘地蜷起，大拇指绷住中指，迅捷划过水碗，轻轻一弹，一线淡黄跃入碗中。

喂完蜂糖水，王昌林对赵锦绣说：“祖奶，你去忙吧，今晚我守着幺公。”

夜轻薄如纱，夜空中有猫头鹰的声音，长长短短在林子里跳跃。陆续有光亮往细崽家这头爬。开始月亮一直躲在云层里，慢慢就朗开了，等到月盈窗棂，细崽卧病的屋子里聚满了密麻的老小。几个有辈分的老人抽着旱烟,旁若无人地高声说话,他们谈论着电视上南方百年难遇的干旱,谈论着旱稻与水稻的区别,谈论着女人屁股大小与生孩子之间的关系。说到好笑处,就咧嘴露出一口烟熏的黑牙,风摇枯枝样的笑得摆来摆去。

众人的目光在说话的老人和床上的细崽之间来回摇曳。目光去到床上,脸上就浮起一层悲戚;眼神缩回椅子,忍不住发出几声哈哈。

蛊镇人觉得日子就是这样,悲欢一线之间,生死隔墙相望。

赵锦绣躲在墙角,针线在青布上穿梭。一个老女人掌着灯站在她身后,眼睛跟着缝衣针起起落落。衣服是缝给细崽的,这个样式的衣服在蛊镇有统一的喊法,叫老衣。是人在这个世界最后一套行头,入殓的时候才用。赵锦绣针脚走得很细,看不出丝毫的慌乱。接完一只袖口,她还抖开衣服问掌灯的女人:“你看如何?”女人慌不迭喊好,喊完眼角就起来了一层雾。

王木匠坐在门边,屋里的熙攘他一句没听清。他来得最早,进屋来和王昌林打了个招呼,就坐下来看细崽。慢慢目不转睛就变成了目瞪口呆。他清楚地发现,缠绕着细崽的苦痛逐渐松了绑,紧绷的脸面一点点舒展开来,仿佛绽开的花蕾,最后下撇的嘴角徐徐抬高,勾出一个上扬的半圆。

那分明是在笑。

忽然一个细娃喊:“你们快看。”

所有的目光移到了床上。只见床上的垂死,双拳紧握,先伸出一只手,慢慢举高,伸直,接着伸出第二只手,举到一半,胳膊肘渐渐打弯,画出一个怪异的形状。

扔掉手里的东西,赵锦绣跑过去抱着儿子的脑袋,轻轻问:“细崽,你想跟妈说啥?”

王文清歪着脑袋看了好一阵子,喃喃说:“我觉得他是拽住了啥子东西。”

细崽拽住的是一架风筝，他此刻正奔跑在那方宽阔的广场上，身边全是欢快的笑声，无数的风筝在半空中猎猎作响。细崽觉得天上最神气的还算是那架老鹰风筝，扑闪着宽大的翅膀，迎着风威武地滑翔。这挂风筝的线，就牢牢拽在自己的手里。忽然听见一声喊，细崽扭头望去，王四维坐在不远处的花坛上，笑吟吟看着儿子，橘黄的阳光拢着他，眉宇间全是幸福。细崽对着老爸招手，王四维过来牵着儿子的手。两个人拉着风筝笑着往前跑，跑着跑着，细崽觉得手一紧，抬头一看，风筝变成了一只真的苍鹰，昂着头往更高的地方飞去。一脚踏空，细崽低头，惊奇地发现自己和老爸都飞了起来。他们越飞越高，越飞越高，最后融进了那片无边的蔚蓝。

十九

入殓成了大问题，细崽两只手就那样高举着，棺材盖子就是盖不上，没辙，换了四维爹的大棺材，还是盖不上。王文清出了个主意，说干脆直接上磨子，细崽这样嫩胳膊嫩腿，一扇磨子就能压得服服帖帖。王昌林不同意，只有他清楚这个姿势代表了什么。两个人正争论，赵锦绣过来了。看了看儿子，说：“细崽，你是个听话的娃娃，人死如泥，为了入殓，只能给你上磨了。”

几个人抬来磨子，就是放不下去。

“压上呀！”王文清喊。

一个抬磨的睃了王文清一眼说：“你看幺公这笑，老子实在不忍心。”

赵锦绣靠着大门，眼泪簌簌落。

忽然院门边一个声音说：“磨就不上了，我这就回去赶做一个棺材盖子。”

后天就下葬，你赶得出来吗？王昌林问王木匠。

扭头走出院子，王木匠说：“两天两夜不睡觉，我就不信赶不出来。”

门边的赵锦绣泪线立时变得更粗了。哭够了，她把王昌林叫过去说：“你受累，给你幺公找个下葬的地头吧！”想了想，王昌林说：“笔架山吧，那也是我的地头，幺公和我亲，挨着我吧！”

细崽落了葬，日子一头栽进了五月。

王昌林每天都要上一次笔架山，乘逝去还新鲜，他要和幺公多说几句话，等魂灵投胎转世了，说得再多幺公也听不见了。天气还算配合，多半日子都朗照。迎着第一抹霞光，王昌林歪歪扭扭逡出寨口，顺着一溜模糊的山道，吭哧半天才爬到幺公的新家。坐下来，裹一管烟，慢悠悠点燃，惬意吸了两口，喊一声幺公，就开始了无边无际的自言自语。坟堆文文静静，没了活着时候的调皮捣蛋。王昌林说了好些烦心事，特别是神祠翻修的进度，“一帮老爬虫，支根柱子一天就过去了。”这还不是王昌林最担心的，他闹心的事情在城里。前前后后往十几个城市打了上百个电话，都低声下气到求爹爹告奶奶了，就是没一个愿意回来。

虽说进度慢点，可翻新神祠的活路没有停。镇子被埋进了黄昏，十多个老者还在忙活。众人像是获得了某种默契，都闷着头做事，连龙门阵也不摆了。

完工那天，四维爹早早就吩咐儿媳妇，去乡上割几斤肉，打两壶酒，好好请一帮子人吃一顿。他恨自己两条废腿，要不就算递块木板也是好的。请大家吃顿饭，就是想弥补一下自己的亏欠。夜晚的饭桌上，众人都有了难得一见的轻松，遗失的酒量饭量又捡回来了。不多会，一壶酒就全倒进了肚子。赵锦绣从里屋又提出来一壶，说敞开喝，我爹说了，今天管饱。抹抹嘴，王昌林大声喊：今天日子特别，大家放开整。

除了木匠，他一直躲在靠墙角的位置，低着头刨了两碗饭就歇了。

王昌林倒了一碗酒，往他面前一推，说这段日子就算你最辛苦，喝一碗。木匠慌忙摆手，说我真是不能喝。王昌林挤挤眼说你少哄我，我又不是没见你喝过。木匠推开碗，说昌林，我的确能喝点，但我酒后德性不太好，话多，还是算了吧！王昌林不干，拼命把酒碗往前推，木匠两手筑成一道屏障，死死抵住面前的酒碗。

“喝一点吧！”赵锦绣说。她把一盘刚炒好的洋芋丝端上桌，也不看这边，说完又折进厨房去了。

赵锦绣一发话，木匠阻挡酒碗的双手立时变得绵实了许多，张开的十指逐渐软成一个圆，圈住了那个酒碗。等赵锦绣端着新炒的菜从厨房出来的时候，木匠的两颊都有了敦实的酡红。

赵锦绣伸长腰，隔空把菜放在了木匠的面前。

木匠低头看见了那盘菜，回锅肉，又肥又厚，还嗞嗞冒着油。

吃饱喝完，一群老迈钻进黑夜，各自散去了。

王昌林刚进屋，就开始落雨了。起初像是老人的泪，不久就成了如注的尿线。王昌林困顿在椅子上，脑袋歪着，耳际全是雨滴敲打树叶的声音，猛地刮来一阵疾风，雨点就猖狂了，热爆爆敲击着窗棂，急不可待地想要破窗而入。不知是酒精的作用，还是暴雨的原因，王昌林忽然变得格外亢奋。这种感觉在胸口左冲右突，顶得热血上涌。他爬起来，从抽屉里头取出那沓纸，翻拣出老七留下的墨和笔，规规矩矩在一张白纸上写下：

壬辰年仲夏丁丑日，蛊神祠翻新。

二十

蛊蹈节来了。

天气无比晴朗。阳光抱着寨子，风从一线天轻轻过来，俏皮地拨弄着花花草草，溪流奔波欢腾，在山沟里头绕出一条清亮的白光。一切都显得那样的美妙，像是给一个隆重节日的到来做着扎实的准备。

在神龛的香炉里头燃了一炷香，天光还未全白，王昌林就清扫屋子，找来一根竹竿，把扫帚绑在竹竿上，拂掉房梁和角落处那些老旧的蜘蛛网。屋子有了新颜，天已大亮。捞起门边的拐棍，王昌林得去看看师傅。

师傅安睡在半山，听着崖下的弟子一个人絮叨。

“今天日子特殊，我来看看你，”把一张旱烟皮展开，放进嘴里焐了焐，烟皮软了，抽出来，抖开，王昌林接着说，“神祠翻好了，原来的式样，还在寨头拉撒的都出了力的。”

燃了烟，继续说：“细崽刚去那头，你要拿只眼睛盯着他点，他在寨头辈分高，黄腔开惯了，过去了也怕改不了。你要不看着，他肯定吃亏。”青烟袅袅，顺着王昌林花白的脑袋攀爬，升得高了，一阵细风，倏地不见了。

“幺公不是凡人，我这样说你肯定不信，又要骂我花口花嘴，”王昌林仰头对师傅笑笑，“他是老死的，临走前我给了他一道幻蛊。”

顿顿，他接着说：“今年的节气又黄了，你也看见了，怪不得我，该做的我都做了。”

撑着腰杆站起来，王昌林深吸一口气，说：“蛊师不给自己下蛊，这是规矩，我要是越了规矩，等过来你再收拾我吧！”

王昌林没有原路返回，取细窄的山道去了趟一线天。

爬上一块大石头，他呆望着远去的石板路，陈旧的石板在阳光下散着青幽幽的光芒。王昌林清楚记得小时候第一次越过一线天时的情景：雨后，石板湿滑，他和几个细娃一起站在豁口的这头，心头是耐不住的痒痒。老人们常黑着脸告诫，不要轻易越过豁口，一线天的那头有吃人的妖怪，红头绿面，口若血盆。踌躇半天，相互望望，一班细娃还是跳过了一线天。神奇的一跃，从那刻起，天地洞开，目光和见识跟着步伐一起广阔。先是乡上，后是县上，最后是省上。虽然没有走得更远，但是王昌林知道还有比省上更奇异更广阔的地方。

黄昏。

金色的光线从薄云倾泻而下,在村庄和野地形成了无数菊黄光圈,一个光柱正好击中院子躺椅上的王昌林，手边木桌上的酽茶缸波光跃动。

他眯着眼,带着笑,扭头对边上的细崽说:“幺公,跟你说个秘密,你脸上那个圈——”细崽一脚踢在椅子上,急不可耐吼:“散都散去了,还说它搓屎,快起来,神祠那头热闹得很。”

起身来,两人折出院门,远远就听见人声,在蛊镇的半空鼎沸。神祠前花花绿绿一大片,一色的新衣,一色的欢笑。老七一身对襟素衣,远远对着王昌林招手。老七是蛊蹈节的主事,纷纷乱乱的事情都要他一手一脚安排,他分量重,一句话一个坑,都听他的。王昌林近了,老七递过来一沓纸,说还是老规矩,你负责写纸包。王昌林说我眼力不好,找个年轻的写吧。老七摇头,严肃着说年轻的心粗,我不放心,这纸包你也晓得,错了一个字,神灵就收不到了。

跳场的坝子早平了出来,一群细娃在上头追逐,笑声纷纷扬扬,雪片样的融化在耳际。坝子边,盛装的女人们立成两排,对着歌,歌声高矮不一,各自顺着自己的声部跑,像极了翻滚的麦浪。赵锦绣站在第一排,王昌林注意到,祖奶今天格外漂亮,格子衬衫,发髻高高挽起,新娘一样。

忽然细崽指着远处一声喊。

顺着细崽手指的方向看去,王昌林心头一哆嗦。

一线天那头,密麻的年轻男女,顺着古旧的石板路,迤逦而来。

定稿于 2013 年 4 月 1 日

悬　棺

第一章

十四岁那年，我有了属于自己的棺材。

不只我，在我们燕子峡，所有的男娃到了十四岁，都会有一口属于自己的棺材。

我们燕子峡管棺材叫“老家”，我的“老家”是盅镇的王木匠做的。前日有人从盅镇带来消息，说我的那口“老家”将在昨夜下水。根据猫跳河的水势，该是今天正午左右抵达。燕子峡所有的棺材都是在猫跳河上游的盅镇打制的，山高谷深，陆路运送极其不便，只能顺水而下。多年来，燕子峡的乡人棺材接得多了，就有了经验，根据水势就能判定棺材到达的时间。

太阳还没探头，我和来辛苦已经粘附在陡峭的刀劈崖上，如同两只壁虎。

崖下是猫跳河，早不见了秋冬的枯瘦，露出了夏日繁茂雨水后的狂暴狰狞，黄龙似的扭动着粗壮的身子咆哮远去。

我跟在来辛苦身后，浑身上下都是汗水。峡谷里头有雾，一小团一小团，像是母亲纺出的纱线，从我身边无声无息飘过。抽抽鼻子，我闻到了云雾的味道，湿湿的，带点腥味，有点像乡村饭桌上凉拌的鱼腥草。

来辛苦在我脚下，身子倚挂在半壁，抬头看着我，我的四肢随着他的喊声抖索着移动。

"右靠，腾左手，左脚蹬右壁，右肩抵上崖，弯腿，弓背，右手托住上半身，转半圈，对，沉左身，日你妈，耳朵聋了，是左，不是右。"

我不敢往下看，不是怕高，是怕来辛苦的眼神。

从我懂事起，来辛苦的眼神就成了一把刀，刀刃随着时间的推移越发锋利。

这段崖其实不高，也不算险，在我们燕子峡的悬崖峭壁里头，屁都不算。我一点也不怕，来辛苦从来没看到过我和四喜他们逡下这段悬崖时有多麻利。

在来辛苦上方，我一直装得小心翼翼和战战兢兢，可娴熟和本能有关，时不时还是会探头探脑。在崖上过了大半生的来辛苦自然不是憨包，他看得出我和这段悬崖的关系。看我熟练地绕过一段凹口后，他不说话了，蛇一样很快逡到了地面。

下到河岸，红日腾腾升起，十多个族人赤身裸体蹲在地上接棕绳。红光照着他们的脊背，发出黑亮的光芒。河水裹着枯枝败叶，隆隆直响。水面上，已经抽顶的玉米秆跟着河水流动的方向挣扎。沿着河岸放眼过去，一个月前还大片大片的玉米地已经没了踪影，雨季一过，河水跌落，就会看到全都倒伏在河滩上的玉米秆，从头到脚裹满泥浆，早已死得透透的了。打我记事起，从来没看到燕子峡的人从河滩上收走过一季庄稼，年年栽种，年年发芽，年年抽顶，年年挂包，同样的，年年绝收。可还是年年播种。我曾经问过母亲，说明明年年绝收，为啥还要白费力？母亲当时正在烧山灰，风把一股浓烟送进她眼里，她就泪流满面跟我说：燕子峡最肥的土地就在河滩上，一季成了，赛过你在其他地头种十季。

泥土在燕子峡是稀罕物，放眼出去，只有石头，单独的石头，抱成一堆的石头，细碎的石头，垒成悬崖的石头。墨黑是这里的主色调，要见到绿色，得等到庄稼伸腰，那些大豆玉米在气势汹汹的石堆里格外扎眼，一小块一小块的，最宽的半间屋子大，窄点的八仙桌大小，还有那些从石缝里长出来的，孤孤单单，在风里扭动着孱弱的腰杆，遇上狂风，呼呼几下就倒了苗，挣扎几日后，又慢慢直起了腰。

看我蹲在河边发呆，来辛苦就朝我吼。

“憨屎了？自家的事情呢！”

我悻悻过去，几个人已经把绳套扎好。一个黑瘦的汉子站起来，正往腰上绑绳子。他是我族叔，叫来向南，我叫他二叔。他眼睛很小，还不聚光。来向南爱笑，一张笑脸从年头挂到年尾。

绳子绑牢，来向南跺跺脚，对着对面的山壁大喊一声：日绝娘哟！

对山的回音还没有散去，来向南的目光倏地就变了，仿佛出鞘的利剑，立时精光暴涨。他走向河边，步伐沉着坚定。赤裸的身体刚才还粗糙无光，此刻却变得油亮赤红，连下体一直耷拉着的那个物事都绷得笔直。

一个鱼跃，我的族叔来向南就扎进了湍急的河流中，岸上一帮人死死拽着绳子，不停地收收放放，河里的族叔时隐时现。

无数次的起起落落后，干瘦的来向南居然爬上了对岸。甫一上岸，他就把自己扔在一堆乱石里头，仰着头，没有声息，只能远远看见他起起伏伏的白肚子。喘了一阵，他才爬起来把绳子拴在一块巨大的石头上。

来辛苦笑笑，沉声说："好得很，好得很。"把绳子这头在一棵大树上绑牢，来辛苦对人群说："大家抓紧点，把绳套布好，免得到时手忙脚乱。"

太阳还未当顶，远远就看到了那口棺材，被浑浊的河水裹挟着，蹦跳着往下游来了。来辛苦大喊一声：落河咯！十多个光丝丝的汉子跃入水中，沿着绳子一字排开，目不转睛盯着那横冲直撞过来的棺材。啪的一声水响，沉重的棺材撞在绷得笔直的拦棺绳上，立时抢出了一个锐利的枪尖。河岸上绑缚绳索的大树一个哆嗦，树叶飘飘洒洒。一个反弹，棺材剧烈旋转，原地转了好几圈。一阵白黄的水花四溅后，两股绳套已经驯服了远来的桀骜，在十多个汉子的推拉中，乖巧地落了岸。

上得岸来，湿漉漉的男人们沿河立成一排。来辛苦一声吼："跪咯！"

扑通，沿河的肉身全都矮了半截，齐诵：河神松手，族人得走。这一拜是为了感谢河神在众人接棺时的高抬贵手。我八岁还是九岁那年，也是这样一群汉子在这里接棺，下去了十个，上来了八个。河神收走了两个。依旧要跪拜，但没有人哭，也不会有人哭。我们燕子峡的男人天生就不会哭，生离死别，火烧房塌，饥寒浸体，顶天了，也就猛一跺脚，大吼一声：日绝娘哦！

太阳当了顶，阳光落在那口黑漆棺材上。我扭捏着过去看了看，榉木，黑漆，圆挡，滚刀盖，头部的凸起处雕了一只正展翅的燕子。这种燕子据说只有燕子峡才有，叫做鹰燕，不光体型像鹰，还有眼神。

从此刻起，我未来的人生将和我的父辈祖辈们一样，大多数光阴会在燕王宫那面高耸入云的岩壁上度过。

忽然落雨了。

燕子峡的天气就是这样，从笑模笑样到哭流洒涕就一转眼工夫。棺材还没绑好，雨就下来了，豆大的雨点打得手背生疼。雨点在一群赤裸着身子的男人肩背上砸出噼里啪啦的声响。

棺材绑扎完毕，两根粗壮的杠子从绳索之间穿过，八个男人矮下身，肩膀抵着杠子，高喊一声:起。

八个壮汉抬着那口棺材险象环生爬行在雾谷岭上。雾谷岭是石头的天下，那些白亮的石头立成整齐的排排，形似马牙，燕子峡的乡老管叫马牙石。十六条粗壮的腿骨在碎石中踩出凌乱的嚓嚓声。刚把雾谷岭丢在身后，雾就从河底爬上来了。不怀好意的夏雾，顺着阴森的峡谷铺天盖地漫过来。很快远的近的那些瘦削枯败就看不见了，只有白雾团里的那口黑棺材，影影绰绰向着燕王宫的方向飘去。棺材飘到极陡的悬崖边，定住了，八个人轮转身子，换了肩，使劲跺跺脚，歌声就起来了。

刀劈斧削哟
行路的山
云山雾罩哟
脚下的路
簸天磕地哟
胯下的卵
追狼逐虎哟
汉子的胆
都说生来为了死　咳呵
又说死是为了生　咳呵
生生死死调个头　咳呵
好似睡觉翻个身　咳呵

歌声和脚步一样，笨重踏实，顺着岩壁，稳稳当当向着天的方向攀升。

很快，雾团被踩在了脚下，头顶露出了朗朗的青天，太阳又露了面，抛下刺目的白光。极目望去，能看到燕王宫，横跨在猫跳河上，直插云霄。我的记忆中，燕王宫似乎一直都这样高，那些幼时觉得高不可攀的沟沟坎坎，尖山峭壁，随着自己年岁和攀爬本领的增长，它们都在一天天矮下去。只有燕王宫，一直都觉得它还是那样高。

太阳急痨痨下到山的那一面，一行人才到了燕王宫崖下。两扇峭壁，左面是天梯道，右面是悬棺崖。天梯道直通燕王宫，抬眼看去，崖壁上那些巴掌大小的红布条在风里左右摇晃。燕子峡的攀岩人每攀到一个新的地方，都会系上一块小小的红布，做个标记，下一次爬过这里，解下来，然后把它系在更高的地方。那些飘在风中的红布，有些簇新，有些已然泛白。簇新的，是比我年纪稍长的新手；泛白的，这一生都没法再继续攀爬了。立在壁间，一个恍惚，一次错误的转身，甚至一闪念的走神，人就成了断线的风筝。十之十死，归宿地就在对面的悬棺崖，那里有他们十四岁时就已经置放好了的黑漆老家。

从上往下细数，悬棺一共十一层，代表了十一代，每层都密密麻麻一字排开。最上的几层，已经枯朽残破，还有散了架的，隔上几年，燕子峡的攀爬好手们会上去收拾一回。选个好日子，腰上别着篾条，噔噔上去，把那些散架的棺木并拢，捆牢。先人是见不得光的，那会散了魂灵。

把棺木放下，我的父亲来辛苦对着悬棺崖点上香蜡纸烛，把昨夜母亲煮熟的刀头和一升山谷端出来放好。然后把我唤过去，并排跪在崖前。

来辛苦高喊：

列祖列宗，来畏难十四岁，成人了，根据燕子峡的规矩，他从今天开始就算是真正的攀岩人了。从今往后，他就要在对面的岩壁上行走了，列祖列宗要拿只龙眼观照住他。我晓得，悬崖路上无老少，运气不好，我就把他送过来。今天是来畏难老家升崖的日子，祖宗保佑，万事顺遂。

把我撂一边，来辛苦带着一帮人开始准备棺木升崖。先把棺木绑缚好，绳索留出足够的富裕，另一头缠在腰上，一齐攀到置放棺木的岩壁，找个可靠的支撑，齐喊，“走咯！”喊一声拉一段，喊一声再拉一段，直到棺木升到指定的地点。

我对这个没兴趣，这些年看得多了，就远远找块大石头坐下来，才发现黄昏从远处漫过来了。此时浓雾已经散尽，夕阳的光芒从燕王宫的岩壁上淌下来，像面巨大的金色瀑布。那口棺木在耀眼的金色里，逆着光芒正一点一点攀升，对面绵延而去的岩壁上，回响着男人们粗壮厚实的喊声。目光投向更远处，清澈的天幕下能见到曲家寨，一个全寨人都姓曲的寨子，房屋东拉西扯悬挂在高高矮矮的山崖上，有几处炊烟已经升起，袅袅地，顺着石壁，往天的方向蔓延。

第二章

夜晚，来辛苦在饭桌低着头喝酒。酒是深山的青棡树上的青棡籽酿就的，又暴又辣，我曾偷喝过，剐喉咙的，像是吞下一把锋利的刀子。有一年，一个远方亲戚来看来辛苦，带来两斤高粱酒，本以为会得到来辛苦的夸赞，哪晓得吞了一口，来辛苦眉头就皱起来了，只说了一句：寡淡了些。亲戚不高兴了，说这是纯粮食酿的呢。来辛苦更不高兴，瘪着嘴答：我们燕子峡可不敢这样糟践粮食，我们的粮食得留着活命。

兴许是喝惯了，来辛苦喝青棡籽酒的模样很享受，连眉头都鲜见皱一皱。往嘴里扔了一颗锅煸黄豆，来辛苦睁着血红的眼睛对我说：明天上祖祠崖吧！

我心头一哆嗦，脱口而出：“我不去！”

来辛苦眼睛血红，恶狼似的瞪着我，沉声说：“你再说一遍！”

看着他那副吃人的凶相，我没敢出声。

祖祠崖在燕王宫西侧,是个穿洞,进口到出口大约六七里地,隐在一片枯藤老树中,洞口很小,不注意根本发现不了。这个隐秘的所在一直是男娃们心头多年的恐惧。稍大一些被送进祖祠崖待了一夜下到地面的,大多好几天连抻抖的话都说不了一句。缓过来问起,也就一句话:尽是死人,哦,不是,尽是活人。没进去的嫩娃刨根问底,到底是活人还是死人?对面的费劲地想了半天,面上的恐惧云山雾罩了,才戚戚答:活死人。

要上燕王宫,先上祖祠崖,是我们燕子峡的规矩。有被送达崖下准备进洞的娃娃求大人,说怕得很,不进去?大人黑着脸,一巴掌扇在稚嫩的脸上,吼:日绝娘,连这关都过不去,还想上燕王宫?

天刚放亮, 来辛苦就踹开了房门, 把我从被窝里拎出来扔在院子里。在心头我跟自己说:不要哭,不要让狗日的来辛苦看笑话。眼泪在眼眶里打转转,本想憋住,没成功,温热顺着脸颊一直往下淌。来辛苦看不见我的悲伤,把装物事的背篓往肩上一挎,往院门边走去,看我不动,又回头吼:收起你那两滴狗尿,这个地头不兴这个。

立在崖下,我胸口冰冷。来辛苦把两支松烟火把递给我,又把一盒火柴和几个煮熟的洋芋装进我的兜里,指指崖壁上的山洞说:"上去吧,我在穿洞那头等你两天,两天不出来,我就当你死在里头了。"

爬到洞口,崖下的来辛苦成了一个模糊的黑点。朝着黑点狠狠吐了泡口水,我摸出火柴把松油火把点燃,弯腰掀开洞口的藤蔓,一股阴风扑面而来。打了个寒战,定了定神,我才抖抖索索迈出了第一步。

其实昨晚我就想好了对付恐惧的办法,除了看脚下的路,绝不东张西望, 就想这些年燕子峡让我印象最深的一件事情。在床上想了大半夜,还是觉得来高粱最有意思。

低着头钻进洞子,路不太宽,仅容一人通过,湿气很重,脚下有些黏糊糊的感觉。风好像更大了,还夹着呜呜的声响。

嗯,还是想想来高粱吧!算起来,来高粱算我曾祖辈,来辛苦喊他二公,我喊他二老祖,今年七十二了。他是同龄人里最先爬上燕王宫的人,技艺高,胆子大。听寨上其他老人说,那年天旱得特别厉害,来高粱在燕王宫的拱洞里连续装了一天一夜的燕粪,下岩时犯了黑头晕,枯叶样地落到了地面。

那一年,来高粱二十三岁。

在燕子峡,攀岩人摔死算平常事。不平常的是,尽管摊在地面的来高粱像一只摔碎的土碗,可他居然没有死。十多天才醒过来,发现一条腿没了,就拿脑壳撞墙。来高粱爹妈死得早,他从天梯道上落下来时还没有成家。从那时候起,他就被寨人供养了起来。排好顺序的,每户负责他半月的吃喝。到了年终,该添衣添衣,该置被置被。

刚想起来高粱的断腿,我发现脚下开始变得陡峭,紧接着是一道齐腰的石门坎。翻过石门坎,路不再湿滑,路面上还有薄薄的一层灰,脚踩上去,会发出噗噗的声响,继而腾起朦胧的烟雾。

四周没一点声响,我不敢抬头,只能接着想来高粱。

足足在床上躺了半年,来高粱没和任何人说过一句话。下地后,他第一件事就是拄着青枫树做成的拐,晃荡着一只空裤管,蹦跳着去到寨门口最高的那块大石头上,开始高声咒骂:“那些把我抬回来的听好,哪个喊你们把老子抬回来的?我日绝你娘的,我日绝你娘的。”

这成了来高粱此后几十年的习惯。午饭后,他就会准时去到那块石头上,开始长声吆吆地咒骂。有次我和来辛苦从寨门口经过,来辛苦招呼他:“二公,口不渴呀?”

来高粱摇摇头,满脸悲戚说:“日绝娘,崖上那口老家,我是进不去了。”

来辛苦怔在原地,也不晓得如何安慰,低声说:“二公,你忙,我先走了。”

我和来辛苦走出没多远,又听见了来高粱的声音。

“那些把我抬回来的听好,哪个喊你们把老子抬回来的?我日绝你娘的,我日绝你娘的。”

我问来辛苦:“二老祖为啥子要这样子?”

来辛苦悠悠叹了一口气:“上不了悬棺崖,进不了祭棺簿子,生不如死,你说难受不?”

我说他可以再从崖上滚下去一次呀。来辛苦瞪着我,看样子是想冒火,盯了半天,语气软了下去,瘪瘪嘴说:“只有从掏燕粪的天梯道摔下来,才有资格睡在悬棺里头,懂不懂?”

来辛苦最后说:其实当年把他抬回来的那些人,差不多都死完了。

后来我慢慢晓得来高粱为啥会那样难过了。在我们燕子峡,有个最重要的日子,叫做祭棺,就是每年阴历九月初三,寨人都要把家里最好的东西拿出来,全都聚到悬棺崖下,将供品齐齐摆成一排,焚香点烛。再烧上六堆火,男人赤膊,女人赤脚。围着火堆先跳丰收舞。接下来是拜棺,男女老幼跪倒在悬棺崖前,有专门的香灯师,翻开簿子念诵每一个躺在悬棺里头的人名。三拜过后,开始唱歌。

走了

走远了

越走越远了

向着太阳的方向

双脚踩着山

踩着水

踩着白的云

踩着来时的路

快跑

跑过猛虎
跑过雄鹰
快追
追逐狂风
追逐落日
……

从小，老人们就告诉还未长成的娃娃，这里其实不是我们的家，我们的老家在有海的地方，那里水草丰茂，鱼肥米香。因为一场战争，才不得不背井离乡，沿着大河一直往上游走。走啊走啊，实在走不动了，就选了这样一个地方扎下来。又说，在这样的地头活命，就要抛得开生死，人死了会变成天上的星星，每个人都是独一无二的星宿，死了，就是换了一个更好的地方活着而已。

燕子峡的细娃，时逢繁星满天的夜晚，都会聚在一起仰望夜空，找寻死去后活在天幕上的那些人。

每次讲述完毕，老人们就会说：总有一天，我们是要回去的。

松油火把摇着昏暗的光，穿过一段狭窄的巷道，洞内开始开阔起来，忍不住举头看了看，火光能照见四壁，一间堂屋大小。我有些累了，气息不太均匀，本想歇一阵，没敢停下来，催着自己赶快闯过这段漫长的恐惧。

折过一个弯，心思刚回到寨门口大石头上，来高粱的面容还没有完全清晰，我就在折过的弯道口呆住了。

白色。

壮观的白，透明的白，晃得我眼睛生疼。松油火把微弱的光，在四面石壁上完成数次折射后，瞬时光芒万丈。怔了半天，我惶然移过去，伸手摸了摸晶莹剔透的石壁，凑过去仔细看了半天，才晓得白昼的来历。

这种石头我曾经在猫跳河里捡到过，大人说这叫仙宿石，是天上的先人成神之前褪掉的外壳，神人冉冉升起，外壳则落到地面。谁要捡到了，好运气就成了屁股后面的尾巴，甩都甩不掉。

沿着四壁转了一圈，我才发现靠东的墙角还有一处低矮的入口。猫着腰举着火把进去，也是一间完全由仙宿石构成的屋子，只是比外面那间好像更宽大一些。

举着火把的手往里一伸，我立时惊骇。

石屋里挤满了人，老的小的，或坐或卧，借着茂盛的白光，能清楚看到他们的衣服的颜色和质地；能看清细娃们还泛着亮光的脸庞，老人们额头上密集的皱纹。他们没有半点死人的模样，倒像是群体劳作后的小憩，又像是晚饭后一次随意的讲古。慢慢地，恐惧被眼前的景象逐渐抽空，下意识往前跨了几步，看得就更清楚了。最里面靠着石壁的全是细娃，中间一段是老人，外面一层看起来都是些气饱力胀的汉子，手里都握着锄头扁担这些杂七杂八的东西。

深吸一口气，我慢慢走过去，蹲下来，仔细看了看地上一个歪坐着的人。他年纪和来辛苦差不多，有浓密的胡须，眼睛微闭，双手紧紧攥着一根扁担。那手粗壮有力，指甲微微后翻，他该是个攀岩高手。我想这双手一定攀爬过燕子峡那些高高矮矮的石壁，我甚至能想象到这双手有力地嵌进石缝时的情景。

盯着那双手看了好久，我忍不住伸出手，轻轻摸了一下那布满青筋的手背。

眼前荡起一股淡黑的烟尘，那只鲜活的大手瞬时化为齑粉。

我对自己的粗野很后悔，给他磕了三个头，才慢慢退出了石屋。

坐在外室的壁根下，我掖了掖衣服，半天才平息下来。我想这样多人，怎么会全死在这里？我来到这个世界的十四年里，燕子峡没有人能把这个山洞里的事情说清楚，就算年岁最大的来稻谷也不能。

插在石缝里的松油火把，火光渐渐微弱。我感觉到有些累了，索性伸直腿，想歇一阵再走吧！火光慢慢收拢，虚弱地颤抖了几下，终于熄灭了。

黑暗没有如约而至，白光还在，氤氤氲氲。渐渐地，四壁开始有更强的白光射出，如同遥远的地方飘过来的丝丝白雾。

就在这时，我听见了脚步声，好像从洞外跑来，急促慌乱。我绷直腰，刚想听清楚脚步声传来的方向，忽然更多的声音开始响了起来。细娃的啼哭声，大人的呵斥声，老人的叹气声，这些声响夹杂在一起，仿佛一锅沸腾的稀粥。

最清晰的还是那个由远及近的脚步声，最后脚步声在石室入口处停住了，取而代之的是沉重的喘息声，喘了几声，虚空中有人说话。

“不好了，土匪在山洞两头燃起了火。”

我边上忽然有东西重重杵在地上的声响，接着一个声音吼：“烧火怕啥子？只要掐住石门坎，土匪能奈我何？”

“不光烧火，我看见他们还搬来了两架风簸，开始往洞里头送烟了。”门口的声音说。

话音一落，石室里掀起一阵慌乱的嘈杂声。

“不要闹！”我边上的声音吼，“老人娃娃，全都退到里头去。”

白雾渺渺中，竟然开始有人影晃动，我头皮一炸，后背紧紧贴着石壁。

幻影逐渐清晰起来，我看见老人和娃娃们拉着手，依次退进了里面的石屋。剩下的几十个壮年男女，手里操着家伙，分别把守着两扇石门。

接着我看见了烟，开始有人咳嗽。烟雾越来越浓，咳嗽声响成一片，还夹杂着细娃的哭声。这时手握扁担的壮汉站了出来，他挥手扇了扇眼前的浓烟，开始点名。

“来黄杨、来石头、来小树、来明白——”他喊了一串名字，然后对喊到姓名围拢来的人说,“你们二十个人从地下的暗河马上走,明天正午就可以从猫跳河的鲢鱼洞出来。”

话音没落,众人都嚷着不走。

“卵话多,今天这一劫看样子是过不去了,”他沉声说,“你们不走,燕子峡就绝人种了。”

还有人嚷。

朝着嚷得最大声的那个一巴掌甩过去,扁担往地上狠命一杵,他大声吼:“祖宗千辛万苦才找到这样一块栖身的地头生育繁衍,难道就这样子在我们手头化苗了吗?”

“我们去里头跟婆娘娃娃道个别吧!”有人哽咽着说。

“都火烧眉毛了,道个卵的别。”他又吼。

“走!”他横起扁担一扫,拨得一片踉踉跄跄。

一群人爬起来,开始陆续往门口退。

“等一下,”他声音矮了下了,走过去,把手按在一个年轻人的肩膀上说,“出去后分成两拨,不要住一个寨子,另立寨门的重新改个姓,免得大难来临了遭一锅端。”

送走那群人,他回身对剩下的人说:“退进去,守好老人娃娃,土匪进来,有口气就拼他妈个×的。”众人捂着嘴,咳咳亢亢退回了里面的石室。

浓烟很快塞满了石屋,可我一点也闻不到。窝在原地,我心里怦怦乱跳。里屋间或有咳嗽声传来,都压得低低的。没多久,咳嗽声也听不见了。我想肯定都死去了。这一刻,时间仿佛被冻住了,变得硬硬邦邦。我的心也被冻成了冰凉的一坨。死寂中,忽然有微弱的声音传来。我往石门那边移过去,侧耳仔细听了听,歌声,熟悉的歌声。

走远了

越走越远了

向着太阳的方向

双脚踩着山

……

唱到这里，歌声消失了。

我心头一热，想接着唱下去，嘴巴动了动，最终没能发出声音。

浓稠的烟雾瞬间就散得干干净净，我挣扎着站起来，从腰上取下另一支松烟火把点燃，咬紧嘴唇，向着出口走去。

第三章

山间石缝的玉米黄豆在干瘦寡毒的山风中偏偏倒倒，总算挨到过了初夏。大半都死去了，土层太薄，没有足够的水分和营养，拖着纤细枯黄的腰杆熬了大半个夏天，还是成了一把枯焦。活下来的依旧羸弱，可毕竟还活着，活着就有希望。此时最需要的除了雨水，还有燕粪，比脸皮还薄的黄土层，没有肥料下去，就会光杆杆来，光杆杆去，连种子也不给你留一粒。

燕子峡的男人们开始从燕王宫掏运燕粪的那个早晨，我和来辛苦在那些摩肩接踵的崖壁上无数次地起落后，终于站在了摸天岭上。

舔了舔焦渴的嘴唇，横起衣袖拉了一把额头，我指着天上那圈白花花的圆骂："日你烂娘，少出来两天你会发霉？"来辛苦一把揪住我的耳朵，将我提起来，厉声吼："得了，连老天你都敢撅。"我脚尖掂着地，惨叫着说不敢了，不敢了。

来辛苦松开手，骂骂咧咧朝崖边去了。一大团阳光罩着我，半天耳朵才有了钻心的疼。掏出小鸡鸡，朝着来辛苦的背影狠狠地尿了出去，正尿得欢腾，忽见他猛地有了一个回头，我惊惶失措地把鸡鸡扳开，射向路边的一块青石。嗞嗞，青烟蒸腾，像是往烧红的铁板上泼了半瓢水。还没拉好裤子，来辛苦在崖边大骂："狗日的，好好一泡尿，为啥不给那棵杉树。"跺跺脚，他又说："让它多活几天，说不定正好能接上旱后的第一泼雨水呢！"扭过头，我看见了石头旁边一棵细筋筋的水杉，有气无力黄着，根部依稀还存有些浅绿。

"老子就不尿给它！"我在心里对来辛苦喊，还隐隐有些得意。

回过头，对着那棵蔫巴的杉树愣了半天，我后悔了，最后骂了自己。

"瞎×。"

来辛苦在崖边用手搭了一个凉棚往山脚看了看说："这两爷崽，拖尾巴蛆！"

就要见到我的引路师傅了，他叫曲从水，我喊他曲二叔。我见过他，络腮胡，八棍子打不出一个屁。有一年我一个族中老人过世，曲从水来帮忙，我那几天就偷偷看他。整整三天，他硬是一句话都没有说。我不仅认识曲从水，我还认识他儿子曲向海。曲向海和我同岁，所以我爹和他爹正好做了碰头师傅。在我们这里，攀岩师是不教自家娃娃学攀岩的，那是怕心软，心软了就舍不得打骂，不打骂就教不出真本事。这样就有了一个规矩，燕子峡和曲家寨，换了娃娃教。不是亲生的，舍得下手，手下得越重，攀岩本领就越过硬，这叫过寨活。

太阳刚到顶，曲从水和他儿子曲向海爬上了摸天岭。

点点头，来辛苦把我推给了长着一脸络腮胡的曲从水，然后把和我一般高矮的曲向海牵了过去。

从腰上取下一把寒光闪闪的镰刀，曲从水指了指路边一块石头，示意我坐下。坐下来，曲从水左手按住我的脑壳，说："不要乱动，怕开瓢！"我反头睖了他一眼，心里说："要剃就快剃，卵话多。"我硬着脖子，镰刀在头顶嚓嚓响，头发纷纷扬扬。燕子峡的男娃，都有这一出，剃掉一头发须，就算是男人了。剃完，曲从水牵着我的衣领吹了吹脖子里的断发。吹完，他把镰刀递给了来辛苦，来辛苦嘴巴往边上努了努，我让开，曲向海坐了上来。

简单的成人仪式完成后，临别前曲从水对我说，明天早点来。

第二天一早我来到曲家寨，吭哧吭哧半天才爬到曲从水悬吊在峡口上的家。

喊了两声曲二叔，一个女人从屋里出来，凑过来看了看我的葫芦头，笑着说："你二叔这活没干好，没有剃干净。"接着她又笑嘻嘻说："不过也差不多了，又不是过年洗猪脑壳下酒。"说完女人哈哈大笑。

女人是我二婶，蛊镇嫁过来的。和她男人两个脾性，典型的话篓子。

我喊了声二婶，女人从兜里掏出一块红布，缝中撕成两截，一截拴在我手腕上，把另一截递给我说：这是你的引路幡，我在祖祠崖下求来的，要收好！

伸手摸了摸我的脑袋，女人说你二叔天不亮就出门了，让你去天梯道找他。

阳光寡毒，惨白惨白的。我头晕眼花在一堆乱石里飘荡，眼睛转了一圈，连棵避荫的树木都没有。昏得很，蹲下来扯了些地瓜藤编了一个圆圈套在脑壳上，才敢继续往前走。

站在山脊上，成群的鹰燕从头顶掠过，发出锐利的尖啸。

此时是燕王宫最热闹的时节，崖上崖下全是人。从六月第一天开始，燕子峡和曲家寨就开始轮流采取燕粪，一个寨子一天。今天是曲家寨采粪的日子。放眼过去，地面上是大大小小的燕粪丘。崖上不断有燕粪送下来，绳索吊着麻袋，耸动着从天而降。崖下的取下袋子，将燕粪翻倒出来，伸手抓一把，捏一捏，脸上堆满了笑，仿佛手里抓着的已经是黄澄澄的粮食了。今年鹰燕来得密，燕粪充裕，庄稼有福了。庄稼有福，人也就有福了。

我弯着腰,双手拄着膝盖喘了好一阵,呼吸才变得均匀。横起衣袖抹掉额头上密集的细汗,我在崖下的人群里看见了曲从水。慢腾腾折到他面前,我抬头看着他。他正指挥分发燕粪,低头看见了我,微微点了点头。

“好久开始?”我问他。

“干啥?”曲从水说。

我一愣,说攀岩啊!

指指对面的天梯道,他问:“怕不?”

我看了看对面的绝壁,说怕个卵。

“不怕摔死?”曲从水说。

瘪瘪嘴,我说:“摔死也要爬。”

他冷冷地说:“今天不爬。”

我说不爬你喊我来干啥呢?

指指对面崖壁,他说:“看咯。”

“看?”

“看!”

“看哪样?”

“看悬崖。”

“悬崖有个屌看法!”

“看久了就看出个屌来了。”

我斜靠在一块黢黑的大石头上,眼睛定定盯着对面的天梯道。目光在崖壁上爬上爬下,入眼都是无边的暗黑。只有那些黄杨树,从狭窄的岩缝里探出身子,悬吊在崖壁间,崖壁才有了些许的生气。静静看了好久,我发现天梯道真是太高了,还越看越高,看到最后,心底的惧怕越积越浓,比在祖祠崖见到那些怪东西时还害怕。这块崖壁不比他处,有凹陷的弧度，这比垂直还要命。我们平时攀爬的那些悬崖，也陡也高，可没有这样骇人的凹凸。

天上忽然一声呼啸，是鹰燕，从远处结队飞来，黑压压一片。它们飞得很快，迅捷掠过那些高高矮矮，接近燕王宫，燕群就拉成了一条黑线，扑棱棱钻进了高处的崖洞里。

“鹰燕归巢了，燕粪不能掏了，”曲从水不知什么时候站在我面前说，“你回家去吧！”

我说还早呢！

“鹰燕惊扰不得，我们也要回家了，”拍拍手上的粪渣，曲从水问我，“看了半天，看见啥子了？”

我先是摇摇头，想想说：“越看越高，越看越怕。”

曲从水说：“有怕惧就好。”

回家的路显得格外漫长，在崇山峻岭间几起几落后，我在寨口看见了大石头上的来高粱。阳光从正面裹着他，把他的须发染成了炫目的橘黄。他依旧重复着那几句骂人的老话，我发现和前两年相比，他骂人的模样好像更认真了。

经过时，我懒懒喊了一声二老祖。他一般不会应声的，我之前和他有过无数次这样的照面，喊他他也不应。不过我还是一直坚持喊，毕竟他是长辈！

越过大石头没几步，他忽然止了骂，喊了一声我的名字。

我吃了一惊，转过身看着他，他脸上退去了刚才骂人时的狰狞，挤成一堆的皱纹也慢慢舒展开了。伸手把那条在风中猎猎作响的空裤管掖到屁股下，他对我招招手说你过来。我走到他面前，他拍了拍身边的空余，让我上去。

爬上去，我先往他那头挪了挪，想了想，又把屁股挪回了原来的位置。

“畏难，听说你要上崖了？”来高粱露出了百年难遇的和蔼。

我点点头。

“好好爬，一定要成燕子峡最好的攀岩人。”他拍拍我的后背说。

我摇摇头。

他绷着脸，假装不高兴，说：“背时娃娃，一点志气都没得。”

两手撑着身子往我这边移了移，还警觉地四下看了看，来高粱神秘地对我说：“畏难，二老祖求你个事。”

“啥事？”我问。

轻轻咳嗽一声，来高粱说：“等攀岩熟练了，你——那个——”

我说二老祖，那个啥子嘛！

他把嘴凑到我耳朵边，悄悄说：“等熟练了，麻烦你把我背上悬棺崖，死我也要死在自家的悬棺里头。”

我一听，大惊失色，慌忙摆手，说要不得，要不得，我爸他们晓得了可不得了。

他瞪着眼说：“我们悄悄摸摸地上去，鬼才晓得，他们要问起，你就说我跳猫跳河了。”

我说那也要不得。看我这样坚决，他是真发怒了，一下把我掀下石头，骂：“你个小狗日的，我是你老祖呢！和你老子的老子的老子一辈你晓得不？求你个小事你都不干，无忠无孝的东西。”

我说二老祖，我不敢这样做。

双手一摊，他说：“哪个晓得嘛？鬼都不晓得。”

正正色，我说：“二老祖，鬼真的会晓得的呢！”

朝我呸一口，他吼说滚，快给老子滚。

我心想，来高粱要是见到了祖祠崖洞中的那番景象，他就不会说这样的话了。

骂完我，狰狞重新统治了来高粱的脸庞，他又开始骂。

“那些把我抬回来的听好,哪个喊你们把老子抬回来的？我日绝你娘的,我日绝你娘的。”

我把目光投向远处,黄昏结实了,暮色挂满了高耸的岩壁。有晚归的鹰燕在空旷的峡谷里鸣叫。

第四章

盯着天梯道看了足足一个月,曲从水才对我说:你可以上崖了。

站在崖下,曲从水说:“攀岩这活,说白了就几招,托、撑、转、靠、蹬、举、耸。关键是要记得崖上的每一个细部,哪个地方湿滑,哪个地方逼窄,大到碰头的石崖,小到可供蹬腿的拇指大小的石瘤子,都要刻进脑壳里头。”

我点点头,往手心啐了一泡唾沫,刚准备上去,曲从水又说:“记住,两件事不能干,一是千万不要碰崖上的树木,抓和踩都不行,不牢靠;二是越容易的地方越要万分小心,不少落崖的,都是在看似容易的地方闪了神。”顿了顿,曲从水最后说:“攀岩人没得二次,稍有闪失,只能去阴间重来了。”

我倒是诧异了,络腮胡原来也会说很多话的呢!

刚开始这段倒是容易,似乎不比燕子峡其他岩壁难多少。上去约莫三丈,听见曲从水在崖下喊:“停！”我左手抓牢一片凸出的崖壁,回身应他:“我还能上！”

“喊你停你就停,”他有些生气地喊,“把你的引路幡拴好！”

我从兜里掏出二婶给我的红布条,找了石锥子系好。

“拴好了,我上去了！”我朝他喊。

“下来！”

“啥？”

“下来！”

我极不情愿地逡到地面，刚想和他理论，忽见他举着一根粗大的棍子劈头盖脸就给我砸过来。我慌忙伸手去挡，棍子砸在我的手臂上，钻心地疼。我连忙后撤，棍子如影随形跟着砸了过来，噼啪乱响。徒劳了一番，看逃不掉，我干脆抱着脑袋蹲在地上任凭他捶打。又一阵噼噼啪啪空响后，曲从水才停了手。

猛地跳起来，我指着他骂：“曲从水，我和你有仇吗？”

他把棍子往地上一扔，使劲摇了摇头。

“哪你为啥打我？”我努力憋着眼泪吼。

“不为啥，就是打一顿，好让你长记性咯！”挠挠头他又说，“你算好的了，当年我还没上崖，就被引路师饱打一顿，双手肿了一个月。”

看我还在呼呼出气，他说不要喘了，继续爬，爬到引路幡的地方就给我下来。

揉揉酸痛的手臂，我在心里骂了他几句狗日的，赌着气噔噔上去摸着那块红布条，反身问他：“啥子时候才能继续往上爬？”

“等蒙着眼睛都能上去了，就继续爬。”

从那天开始，我天天在这段石崖跟着太阳上上下下。等我开始下一段攀爬的时候，燕子峡已经进入收割的季节了。今年老天给脸，连续来了好几泼雨水，加上燕粪充裕，庄稼吃饱喝足了，就憋着劲猛长。收割的时候，我见到了十多年来最粗壮的玉米棒子和最饱满的旱地稻谷。

守着一院子的收成，来辛苦笑得合不拢嘴。叉着腰在檐坎上检阅了一遍成果，他得意洋洋说：“起码够吃半年，加上洋芋红苕，最多喝两个月的稀饭。”

来辛苦是该得意。去年庄稼刚伸腰时雨水倒是充足，燕粪也够，本以为是个丰年，哪晓得庄稼正在挂包背果的关键时期，老天爷就转到阴山背后去了，三个月一滴雨水没有。最后我家从地里收回了两背篓旱谷和三背篓玉米。一家人喝了大半年野菜粥,母亲省嘴,想留给我们多一点吃的,喝到后来都开始浮肿了。今年刚好颠倒,开始一直干渴,眼看庄稼都要倒苗了,雨水开始一泼接着一泼,下得一个燕子峡眉开眼笑。

因为是农忙,曲从水让我这几日在家帮忙,说等过些时候再上崖。来辛苦从曲从水那里知道我崖上的一些事情,大约都是好话,加上收成肥实,格外高兴,让我和妹妹帮母亲剥玉米,还很浪费地宣布:今晚吃顿白米饭,不加苞谷籽,不加红苕干。母亲也高兴,假装埋怨说:叫花子留不得隔夜食。

我们在院子正兴高采烈撕着苞谷壳,来向南进来了,他哈腰笑着,先夸了一番收成,然后转头对檐坎下的来辛苦说:"哥,有趟活,想来问你愿不愿去?"

来辛苦正在绑扎悬吊玉米串子的木架,回头问:"啥子活路?"

"前些天有人从盅镇带信过来,说过几日有人要来燕子峡,让我找几个人过去帮忙搬东西,"迟疑片刻,来向南试探着说,"听说有劳苦钱。"

来辛苦鼻子嗤了一声。

脸微微一红,来向南讪讪说:"去不?"

狠命拉紧一根篾条,来辛苦说:"不去。"

"那我让畏难和我去。"来向南转头对我挤了挤眼。

我没敢吱声,拿眼睛看着来辛苦。

"敢!"怕缺少威慑力,来辛苦又恶狠狠嚷,"哪只脚先迈出去,老子就把它折断塞进屁眼里去。"

无奈摇摇头,来向南走了。来辛苦扭过头,对着那个弯弓样的背影飙了一大泡口水。

等那张弓飘远了,来辛苦转头问我:"到哪儿了?"

"啥?"

“老子问攀岩。”

“快到帽檐崖了。”我小声说。

来辛苦嘴角掠过一丝隐秘的笑意，随即正色说：“比曲向海差点。”

他以为老子不晓得，曲向海还在三丈高的崖壁上打转转。

农忙过后，曲从水教我过帽檐崖。实在太过险恶，我的引路师傅怕我有闪失，反反复复给我做了十多次示范。看他过得很轻松，我以为容易。真上去了才晓得它的刁钻。难处在帽檐下方，身体得完全悬空，全凭臂力带动整个身子，整个过程必须一口气完成，稍有泄气，就可以去对面的悬棺崖睡安稳觉了。

甩甩手准备上，曲从水拉住了我。

“想好如何上去没有？”

“你上去的法子我记下了，照着做咯。”

兜头一巴掌飞过来，镗一声脆响。还没等我捂住脸，曲从水大声吼：“十多岁了，你狗日的脑筋是豆渣捏的吗？”他把右手一伸，问：“你那手杆有这样长吗？”

我摇摇头。

叹口气，他语气才稍稍舒缓。

“手脚长短不一，我够得到的地方你够不到，我踩得踏实的地头你踩不踏实，按照我的法子爬，你就等着来辛苦给你收尸吧！”

“用哪样法子上去呢？”我小声问他。

“没得法子，这个地头的攀岩人，一个人一套法子，”我的引路师傅语气急促地说，“我爬给你看，是要你晓得，帽檐崖就是看起来吓人，可要有了属于自家的法子，它就卵都不算。”

我问他：“你的法子哪来的？”

“根据自家手脚长短，腰杆粗细，脑壳大小，慢慢摸出来的。”

我郑重地点点头，说二叔，我懂了。捋起袖子，系紧鞋带，我刚想上去，他从后面一把拉住我说："今天不爬了，回去和家里人吃顿团圆饭，明天再爬。"我晓得他的意思，怕我花半天时间爬上去，眨个眼的工夫就落下来。我没有拂他的意，默默点了点头。

回家照例要经过寨门口。来高粱还在，今天他没有骂人，远远就看见他伸着脖子看着远方，像只木讷的老龟。喊了他一声二老祖，刚要过去，他好像在说话，蚊虫样的低鸣。挨过去仔细听了半天，才听清他说的话。

"我要走了，菩萨来接我，骑着玉麒麟，带着金童玉女，"低低哼几声，他又接着说，"蛇长脚了，长长短短八只脚，我数过了的。"

我忽然喉咙一下变得硬梆。石头上的这个人，几十年来只能靠眼睛在崇山峻岭之间行走。以前我们一帮细娃暗地里都拿他当玩笑耍，说他睡不进自己的悬棺才变得这样古里古怪。上了天梯道我才慢慢明白了，在燕子峡，男人只有行走在悬崖上才是幸福的，我想没有比解除你翻山越岭的本领更让人难过的事情了。

晚饭时，我没有给来辛苦讲明天上帽檐崖的事情。刨了两口饭，我对来辛苦说："今天我看见二老祖，他脑筋好像越来越不管事了。"来辛苦自顾低头吃饭，含口饭含混着说："不就是咒骂吗？让他咒去，反正都习惯了。"

"他今天说了另外一些话。"我说。

"哦！"来辛苦停止了咀嚼，抬头看着我惊奇地问，"说啥了？"

我把来高粱的话复述了一遍。来辛苦放下手里的碗，把嘴角的一粒饭扒拉进嘴里，笑笑说："我是佩服他，装憨可以装这样多年，不容易。我看他不装到死去那天是不罢休了。"

"他死了可以进悬棺不？"我问。

来辛苦抬头看着我，冷冷说："除非顺顺利利爬到五十下崖，要不就摔崖时当场断气，他想进悬棺，没这样的开头。"

我嘴巴动了动，没出声。

来辛苦撂了碗，起身转出门去了。母亲低头看了看他的饭碗，说还没吃完呢，干啥去？门外传来来辛苦低哑的声音。

“闷屎得很，老子出来透透气。”

我放下碗，悄悄问母亲：“二老祖真是装的呀？”

轻轻笑笑，母亲啥都没说。

第五章

大清早落了点毛毛雨，天梯道的岩壁变得异常湿滑。举起头，晶莹的水珠凝结在暗绿色的青苔上，水珠慢慢变得饱胀，最终失去了攀附，垂直降落下来，在石壁前击打出一排浅浅的小坑。

这样的湿滑，能不能上去，我心头没底。在一处干燥的崖壁下蹲下来，才想起燕子峡的汉子在掏采燕粪的时节可不看天气的。庄稼在比脸皮还薄的土地里喘息着等待下粪，老天要戏耍你，连续落个十天半月，等你候着好天气把燕粪盘下来，已然过时了，再多的粪铺下去，禾苗也瘦着筋骨一直到秋收，你连颗种子都没有。

脱掉衣服，挽起裤腿，我硬着头皮开始上。下面一段轻车熟路，到了帽檐崖，我不敢冒进，先仔细看清了崖壁的每一个细处，琢磨了半天，算是有了路数，才开始上崖。等到了最险要的地头才晓得湿滑给攀岩带来的难处。手抓不牢，脚踩不稳，心头就开始发虚。曲从水跟我说过，攀岩最忌讳心乱，心乱了，手脚就乱了，手脚乱了，节奏也就乱了，失去了节奏，摔崖是迟早的事情。

倒悬在半空，崖上的水珠捶打着我的脸，仿佛每一滴水珠都能把我砸落崖底。没了方寸，心更慌了，刚才还刻在脑子里的崖上的一点一滴的细节也不见了。闭了眼，脑子里白茫茫一片。睁开眼，头顶上的水珠掉落后又开始在青苔上聚集。时间在这一刻变得无比漫长，手脚先是剧痛，然后开始酸麻，要命的就是酸麻，酸麻降临，坠落就比头顶上那滴水珠还来得快。

我想我就要死去了。

此刻，我好想把自己来到这个世界十四年的日子都认真捋一遍，可一闭眼，却什么都想不起来。脑子里全被高高矮矮，密密麻麻的悬崖占据了，它们都泛着黑黝黝的光泽，冷眉冷眼立在天地间。

睁开眼再看一眼这个地头吧，还是高高矮矮，密密麻麻的悬崖，一样泛着黑黝黝的光泽，全都冷漠地看着我。

就在临近坠落的一刻，我看见了一只脚，一只穿着岩豆藤草鞋的脚。还没等我回过神来，那只脚就开始拼命踩踏我的手。我连忙躲避，可就是躲不开。挨了好几脚后，手上的酸麻不见了，疼痛回来了。大吼一声，拼足余力，我猛一耸身，居然翻了上去。

上到帽檐，有了一方逼窄的开阔。一屁股坐下来，我看见那人站在我面前，手里抱着那根扁担，面无表情看着我。我一怔，往后缩了缩，指着他问："你为啥要害我？"

他没搭我话，鼻子哼了一声，冷冷说："鹰燕要走了。"

说完一挫身，掠过那些尖牙利齿，很快就消失不见了。

忽然崖下有人喊我，俯身我看见了曲从水。他仰头对着我招手喊，下来，你快下来。

我把红布拴在一棵石笋上，顺着崖壁滑了下来。

站在曲从水面前，得意地拍了拍手，我想他该夸我两句的。哪晓得他飞起一脚就把我踹进一摊积水中。冲过来，一把抓住我的脖子，将我的脸扭向崖壁，咬牙切齿地问："哪个喊你一个人上崖的？"我反手吊着他的手臂痛苦地喊："是我自家要上去的。"

把我掼倒在水中，曲从水直起腰，呼呼直喘。我抿了抿嘴，腥腥的咸湿。呸地往水潭里啐了一口血沫子，抬眼死盯着我的引路师。大约是见我挂红了，曲从水紧绷的面皮才慢慢舒缓过来。

伸手把我从水窝里提出来，他疾步走到崖壁下，手指往上一戳说："你狗日的差点就摔崖了。"我赌气说那你为啥不喊住我，让我不要爬。他对着我啐了一泡口水，说老子赶来时，就看你挂在帽檐下了。叹口气，他说："以为就等着收尸了，哪晓得看你又耸上去了。"

擦掉嘴角的血渍，我说："有人要害我，拿脚拼命踩我。"

他脸色一变，又火了，冲过来扬起巴掌。顿了顿，巴掌变成了拳头，拳头又长出一根食指，笔直指着我的脑袋说："还扯谎，老子一直盯着你上去的，上头哪来的人迹？"

我很认真对他说："确实有人要害我。"

曲从水气得原地转了一圈，然后他指着岩壁对我吼："爬，给我爬上去，我倒要看看是哪个要害你。"

我白了他一眼，转身上了崖。

这次顺利得多，崖壁上的点滴算是刻在脑门上了。

站在帽檐崖上，我褪下裤子，对着崖下的曲从水撒了一泡高尿。他仰头指着我跳来跳去骂。说你小狗日的有种给老子下来。我心头骂你老狗日的有种给老子上来。骂了一阵，他折身走了，走得远远的还在骂，骂声在空旷的山谷里飘来荡去。

我坐下来，看着远近的淡墨，轻盈的雾气停在崖间。远处的岭子上，一行人沿着山脊正往寨子方向移动，仿佛爬行在刀刃上的蚂蚁。最前面一个影子背个背篓，弓着腰，那是我的族叔来向南。

回到家，一进院门就看见院子里站着一个人。三十来岁，清清秀秀的，和我们燕子峡膀大腰圆的汉子相比，他像一根晒干的豇豆。他的边上，来向南正弯腰搬一个箱子，见我进来，来向南对他说这是我侄儿来畏难。那人推了推鼻梁上架着的眼镜，伸长脖子瞅了瞅，笑着说你好。我张张嘴，没接话，也不晓得咋样接。

“我叫许净植。”他说。

“喊人啊！”来向南朝我喊。见我没理他，他无趣地弯腰开始搬地上的箱子。那个叫许净植的指着地上的箱子说里面全是书，有点沉。脖子一直，来向南装得很轻巧地提起箱子掂了掂说。

“重哪样鸡巴哟，跟提只鸡差不多！”

我折进屋，母亲正蹲在地上捡菜。朝我招招手，小声对我说：“看见那人没？”我点点头。母亲又说：“城里来的，要住我们家。”我问我爸晓得不？母亲说晓得的，去借青枫籽酒了，说要款待客人。

夜晚的饭桌上，来辛苦一个劲劝姓许的喝酒。许净植笑呵呵应着，每一口都喝得苦大仇深。面部被燕子峡的青枫籽酒烧得不停地痉挛。来辛苦看他痛苦，就说酒不好，将就着喝。许净植红着眼摆手，说好喝好喝，就是度数太高了。

吞下母亲夹过去的一筷鱼腥草，许净植啪的一口吐掉了。然后抬头问这是啥东西，比烧酒还难吞。大家就呵呵笑。这时他拍拍我肩膀说：往后这些日子就让畏难带我四处看看吧。

第二天正午，我和许净植沿着薄刀岭的山脊一路向东。两边有风吹来，鼓着我们的衣袖，发出噗噗的声响。我回头看了看后面的客人，满脸通红，横起衣袖擦汗，还不停地抬头看天上热辣的太阳。

“你们这地方路可真难走，”他喘着说，“一直都是这种路吗？”

我摇摇头。

舒了口气，他说前面的路怕是要好走些吧。

我又摇摇头。

“比这还难走？”他惊呼。

“根本就没有路。”我对他说。

然后他站住了，眼睛睁得大大的看着我。愣了半晌才嗫嚅着说：“没有路？”

“有悬崖。”我说。

叉着腰看了看远处迷离的苍茫，他长吐了一口气，指指前方说我们走吧。

那些日子，我领着这个城里人在燕子峡起起落落。每到一处新鲜地头，他都要掏出随身携带的小本写写画画。在庄稼生长的地方，他会翻开土层看看厚薄。就在他白净的面皮被太阳彻底烤糊的那天，我和他沿着猫跳河往下游走，他蹲在河边，弯腰掬起一捧水往嘴里送，灌饱了，他从河里捞起一块石头对着我晃晃说。

“想不到你们这里还有这种石头。”

我说这是仙宿石，老人们说的这是仙人从天上扔下来的。他笑笑，说这是胡扯，天上哪会掉下这种石头。他告诉我这叫水晶石，主要成分是二氧化硅。多是在地底下、岩洞中，需要有丰富的地下水，地下水又多含有饱和的二氧化矽，温度如果在 550~600℃间，再有适当的时间，就会形成这种石头。

我不懂他在说什么，只是给他说了祖祠崖的山洞里有很多这种石头。想想，我还给他说了那天我在洞里见到的怪事。“这不可能，没有科学依据，”他呵呵笑着说，“一定是你的幻觉，恐惧情绪下产生的幻觉。”

我不想和他说了。因为我当时一点都不恐惧，既然不恐惧，哪来的幻觉？

第六章

在燕子峡待了半个月，许净植走了。

走就走了，我不留恋他。我给他说的好多事情他都不相信，坚持说不可能，好像我说谎骗他似的。不过他走那天，我还是和来向南他们一起把他送到了薄刀岭。分手时,他回头看了看矗在崇山峻岭间的那些房屋,重重拍了拍我的肩膀说:“你们活得太苦了。”

城里人走后,我又回到了天梯道。重回崖壁可不是件容易的事情,曲从水给来辛苦表态,这个娃娃我教不了了。我也晓得错了,对着引路师撒尿不是小事。所以来辛苦在曲从水院子里对我拳脚相加时我都没敢哼一声。来辛苦为了表明立场,下手特别很。后来还是曲从水死死拽住了来辛苦,说再打娃娃就上不了崖了。

和我的引路师傅重新来到崖下那天,燕粪已经掏完。抬起头,九月白亮刺眼的阳光尖针似的飞泻而下,刺得眼睛生疼。头顶上盘旋着密密麻麻的鹰燕,围着燕王宫不停地盘旋。凄厉的嘶叫声响彻云霄。

看了一阵,曲从水慌慌对我说,今天这崖是上不了了。说完他紧张地跳着离开了,出去好远又回头对我喊。

“快去通知燕子峡的人,就说鹰燕要殉崖。”

我不敢怠慢,顺着寨子的方向狂奔。

正午十分,燕子峡和曲家寨的男女老少全都聚集在了燕王宫下。每颗仰着的脑袋上都布满了阴霾,随着头顶鹰燕鸣叫声的逐渐凄厉和宏大,悲伤在人群中波澜起伏。

乌云般围着燕王宫盘旋的鹰燕群,在撕心裂肺的鸣叫声中逐渐分成了两股,一股开始上升,继续盘旋;一股逐渐下降,笔直飞向对面的悬棺崖,在崖间调了一个头后徐徐升高,一直升到崖顶。突然,突前的头燕一声尖啸,燕群对着天梯道急速俯冲过来,它们越飞越快,越飞越快,仿佛离弦之箭,在人群头顶拉出一道黑色的轨迹后,天梯道的崖壁上就响起了接连不断的砰砰声响。瞬时鲜血迸射,炸裂的鹰燕顺着岩壁往下掉,仿佛一道宽大的黑色瀑布。

崖下的人群,没一个作声。鹰燕撞崖时飞溅的鲜血雨点一样打在人们的脸上,手上,衣服上。长久满含哀伤的静默,任凭血雨漫天。

漫长的令人窒息的沉闷声响后，崖前的地面上堆积了厚厚一层鹰燕的尸身。

空中的燕群还在鸣叫，声音愈发凄厉，它们一直在盘旋。

天地瞬时安静了，只剩下人群粗重的喘息声。

送咯！忽然有人高喊。

送咯！所有人高喊。

就是这样，鹰燕三年一次的殉崖。燕群中那些老弱，失去了觅食护崽的能力，就会选取一个日子，拼尽最后的残力，集体撞崖死去，把燕王宫更多的空间腾出来，留给那些可以继续繁衍生息的后代。

殉崖燕群的后事，处理过程总是沉闷的。

一群壮汉在崖壁下架起了七八个柴堆。男男女女，老老少少把死去的鹰燕一个一个捧上柴堆。一个细娃抓起一只鹰燕的腿，倒提着摇晃着过去，远远把死去的扔上柴堆。很快他就为自己的轻佻付出了代价，啪的一声脆响，脸上多了五道暗红。捂着脸呆在原地，看着来来往往的乡人肃穆的神情，没敢哭出来。

点燃火堆，噼里啪啦的大火烧了起来。

足足燃了一个上午，最后剩下一堆堆黑灰。把黑灰装进袋子，十多个汉子把袋子绑在腰间，噔噔上了燕王宫。汉子们在宫门的崖壁上站成一排，从袋子里抓出黑灰，往半空一扬，高喊：回去咯！

崖下的跟着高喊：回去咯！

风卷着黑灰，在半空中纷纷扬扬，很快就消失无踪了。

入冬了，燕子峡迎来了今年的第一场雪。雪粒子落了一早上，到了正午，北风把雪粒子搓成了雪花，大片大片的，在天地间飘飘洒洒。

吃完午饭，来辛苦递给我半袋子山谷米，让我给来高粱送去。还没走出院子，母亲又从后面赶上来，悄悄塞给我半袋小米。她怕来辛苦看见，推着我赶快走。我回过头，来辛苦在猪圈边取圈门板。他的眼睛往这边瞟了瞟，明显发现了母亲的小动作。瘪了瘪嘴，装着没看见，回头继续取门板。

二老祖的家在风口上，每年都要被掀翻几次。大家就劝他重新找个避风地头搭个房子，来高粱不干，还骂：老子就喜欢听着风声睡觉，没风我还睡不着。劝了几次没效果，也就不劝了。房子掀翻了，汉子们就割些山茅草给重新盖上。

本以为这样的天气，来高粱肯定窝在火塘边打瞌睡。到了才发现他在院子里，斑鸠窝样的头顶上积了厚厚一层雪，胡须结着晶莹的冰茬子。他坐在一条独凳上，拿着一把柴刀正剁着一截木头。我喊了一声二老祖。他抬头看看我，没理会，鼻子嗤了一声。他这模样我早就习惯了，这些年每次给他送吃的过来，他都这样。不光我，所有给他送东西来的人，都会从他那里领走这样一声怪叫。

我把袋子放在门边的石凳上，转回来蹲在他身边。

"二老祖，这是做啥呢？"

他又嗤了一声。

"你给我说，到底做啥嘛！"

停下手中的活路，他扭头白了我一眼，说："求你你不帮忙，老子只好自家想办法咯！"

"你求我？干啥？"我问他。

"求你小狗日的把我背上悬棺崖噻。"吐出一口白气，他又低头开始劈砍。

我没出声，他又气鼓鼓说："求人不如求己。"

扬扬手里那截木头，他高声说："老子做一只假脚杆，自家爬上去。"

我鼻子有些酸，站起来拂掉他头上的雪屑，说太冷了，先进去烤会火吧！点点头，他捞起地上的木拐，支在腋下，一蹦一蹦往屋里走。走到大门边，看见石凳上的布袋子，转身对我说："拿回去，上个月人家送来的都还没吃完呢！”迈进屋去又咕哝：“就你狗日的来辛苦大方，每次都是山谷米，都给我了，你一家老小吃个尿啊？”

火塘上的茶罐咕咕响。往灶膛里塞了一根柴，来高粱说：“娃，我见着异相了。”叹口气，他接着说：“天兵天将驾着祥云停在燕王宫上，打着忽哨，云中一个穿金盔金甲的天神，一挥手，洪水从天上汹涌着下来了，一眨眼就啥都没了。”

他说这话的时候，脸上尽是惊骇的表情。

说完他问：“娃，你信不？”

我点点头。

“你真信？”

我又点点头。

他忽然哈哈大笑，笑得脸上沟壑震荡，然后指着我上气不接下气说：“其实我也不晓得是真的假的。”

见我无动于衷，他有些讪讪，一下收住了笑。屋子里顿时安静了下来，只有茶罐在闷叫。

“二老祖，鹰燕殉崖了！”我说。

一怔，他问：“多不？”

“燃了七八堆火才烧完。”我说。

来高粱一下沉默了，悲伤爬满了一张脸。大喜到大悲，转换得如此迅速。含着泪，来高粱盯着我问：“娃，你说我是不是该去死？”

我慌忙摇头。

“下了好多年决心，就是舍不得屁股下头这些沟沟坎坎，”他抹了一把泪说，“我连只燕雀都不如。”

回家的路上，风雪更大了，风从崖下卷上来，团成腰身粗细的旋头风，打得雪花四下飞散。我在呼啸的风中放声大哭，反正也不会有人听见。谁说燕子峡的男人不兴哭。老子就是要哭，老子还要大声哭，关你们屎事。

第七章

进了腊月，抬腿就是年关，该备些过年的物事了。吃的没什么讲究，大年夜有点酒有点肉就行。过年不能放炮仗，怕惊着山神。香蜡纸烛得备齐，白面粉是必需的。燕子峡的年初一不吃饺子汤圆，吃百虫汤粑。家家户户，年三十晚上就和好白面，手巧的女人们能把白面捏成蝗虫、蝴蝶、蛾子等虫子的模样，大小也差不多。初一早起，把捏好的虫子下锅氽熟，燃上香蜡纸烛，把热腾腾的虫子面抬到神龛上，先拜三拜，嘴里还要念叨：燕神啊燕神，多吃些吧，都是你爱吃的呢。还有心厚的，念叨着要燕神保佑燕子峡有用不完的燕粪，收回的粮食屋子都装不下。燕神享用了，才轮到凡人，大人娃娃吃得舔口舔嘴。家家户户都是欢欣的笑声。

笑声在大年十一戛然而止。

怕燕神冷着冻着，十一得给燕神送火。寨上挑出三四个小伙子，上到燕王宫，点上香蜡纸烛，燃一堆柴火。去送火的人，要等到那堆火彻底烧尽才能回转。四个人一早出门，未及中午就回来了，一进寨门就破着嗓子喊：出大事了。

最先撞见的是来辛苦，我和他正准备去看我的二老祖来高粱。刚到寨门就看见几个人远远喊着跑过来。

“撞鬼了？鬼吼呐叫的。”来辛苦骂。

来人喘着气把一个东西往来辛苦面前一送，说：“辛苦叔，撞大鬼了。”

来辛苦接过那东西一看，一只燕窝。

“崖下捡到的，”来人急痨痨说，“我们几个上到燕王宫一看，撞他妈的鬼了。”

“有屁快放。”来辛苦吼。

“一大片燕窝都不见了,起码上百个。”

来辛苦愣了愣,把手里的燕窝往地上一掼,破口大骂:“日你烂娘,谁干的。”

随即他发出了一声凄厉的哀号。

这是大事,牵涉燕子峡和曲家寨两族人的生计。两寨人很快聚在了天梯道前。所有人都黑着脸。来高粱坐在一块石头上,手里的拐杖狠狠敲着面前的石板说:“这是要绝活路啊!”

我听来高粱讲过,说他还是个娃娃的时候,族中一个年轻汉子偷采了十个燕窝卖到了盅镇一个地主家。后来被发现了,根据祖宗定下的规矩,偷采燕窝者,一个剁手,十个以上沉塘。族老虽然愤怒,但还是想留下汉子一条命,就说没超过十个,还是剁手吧!族人都同意,只有两个人坚决要求把年轻人沉塘。这两个人是他爹妈。沉塘那天,爹妈给他做了一顿好吃的,找了身好衣服给他换上,对他说:儿啊!不要怪爹妈狠心,你这个念头太过歹毒了,你绝了一寨人的活路啊!接下来,燕子峡连续三年没有鹰燕的影子。在没有鹰燕的三年时间里,燕子峡没有从地里收上来一粒粮食。光饿死的就好几十人,剩下的远走他乡。直到三年后鹰燕归巢,逃难的乡人才逐渐回来。

冷风呼啸,心情和天气一样。几个汉子从燕王宫下来,大声说,清点过了,一百一十二个。没人说话,身体仿佛从里到外都冻住了。骇死人的数字。盗采十个燕窝,鹰燕就可以三年不归。一百多个,怕是三百年都见不着这灵物了。

来辛苦在石头上猛地站起来,指着曲家寨那头的人群喊:“哪个干的,给老子站出来。”

所有人都举目望着他,没人应声。

我的引路师曲从水满脸怒气跳上大石头,指着燕子峡这边的人群大喊:“是哪个？站出来。”

侧目瞪了一眼曲从水,来辛苦说:“我燕子峡的人干不出这种事。”

曲从水气呼呼接过去,“你的意思是我曲家寨干的咯？”

两个人怒目相对,绝境让他们在这一刻都失去了理智。

一把把曲从水推下石头,来辛苦说妈个×,你曲家寨好几个人在外做生意,这种事情只有生意人才干得出来。推得太重,曲从水得了一个四仰八叉。翻爬起来,他一纵身跳上石头,一拳砸在来辛苦脸上,来辛苦鼻孔立时钻出来两条赤红的蚯蚓。两人一开打,下面气饱力胀的闲不住了,冲上去加入了战团。剩下女人娃娃站在边上大喊大叫。瞬间,拳头击打声,呵斥声,叫骂声,嚎哭声充斥在冬日干瘦的峡谷里。

战争泾渭分明,两族人分隔在大石头两边,一边要奋力冲过石头,一边竭力抵挡。持续了大约一盏茶工夫,两边都有人挂了彩,石头上血迹斑斑。

曲家寨那头,前排几个壮劳力铆足了劲,准备冲锋。曲从水跳到前面双手一展,拦下了后面的后生。他指着来辛苦说:“辛苦,要干仗可以,但是不要当着婆娘娃娃的面,我们挑个好日子,两个寨子各选十个人出来,到祖祠崖下去打,那地头宽,闪得开。”

“鬼大二哥怕你,就依你,干架要挑哪样鸡巴好日子,就明天正午,不打到披麻戴孝不算完。”来辛苦恶狠狠吼。

夜晚的燕子峡,凶狠的激情在凛冽的寒风中四处激荡。一群壮汉聚在我家屋子里,摩拳擦掌,跃跃欲试。人人都嚷着要让曲家寨的人晓得锅儿是铁铸的。来辛苦检阅着即将出战的勇士,很是满意。燕子峡要粮食没有,要土地没有,要耍勇斗狠的汉子,一抓一大把。

正午,两族人聚在祖祠崖下,每一只眼睛都迸射着噬人的凶光。二十个汉子立成两排,全都赤裸着上身,雪粒子拍打着他们健壮的肌肉。开战之前要清场,地上的石块、木棒这些可以用作武器的东西全都被清理掉，就怕有人干急了，随手捞起来砸人。这场战斗是不能操家伙的，肉坨坨对肉坨坨。

除了女人和未满十四岁的男娃，两个寨子的男人都来了。

一场战斗即将开始，我立在人群中，双拳紧握，热血上涌。

人群中忽然有人发出一声惊呼，只见远处的风雪中，一个人影踽踽着往这边过来。等那影子近了，人群里发出了更多的惊呼。风雪裹着他瘦削的身体，须发白着，手里那根磨得油亮的拐杖也不见了。所有的眼睛都瞪圆了，没有人知道他是如何越过那些陡峭的崖壁来到这里的。最奇怪的是，他那条断腿又回来了，尽管还是摇晃，可那条断腿是真真切切回来了。他没理会众人，歪歪扭扭走到两拨即将开打队伍中间的空地上，抖索着坐下来，伸手轻轻拍打着衣服上的雪片。

来辛苦鼓着眼折过去，蹲下来问："二公，你这条腿？"

捞起裤脚，水落石出了，一条木腿。

"黄杨木的，耐磨，"二老祖悠悠说，"现在动起来还不太方便，时间长点就好了。"

来辛苦说二公你先让一让，他们要开仗。

摆摆手，来高粱说："你们打你们的，我累了，歇一歇。"

"你看——"来辛苦说，"占着地头了。"

啪，一巴掌扇在来辛苦脸上，来高粱大骂："妈个×，你们牛打死马，马打死牛关老子卵事，还会选地盘呢，来祖祠崖打，就不怕恶心了祖宗的眼睛。"

这时曲从水过来，弯腰对来高粱说："今天这架不打怕是不行。"

又一巴掌，震得山谷空响。

"你为啥打我，老子可不是你燕子峡的人。"曲从水捂着脸说。

手指往崖上一指，来高粱颤声说："你拱进去问问，三百年前你狗日的姓啥？"

骂完，来高粱艰难地爬起来，指着人群大声喊："哪个掏的燕窝，站出来。"

人群一片寂静。

头顶忽然有异响，宏大的隆隆声从崖上的山洞里传出来，滚雷一般。响声持续了大约半盏茶工夫，接着洞里有白雾涌出，初时丝丝缕缕，慢慢变得粗壮，白雾顺着山壁一直往下淌，最后把崖下的人群全埋实了，连身边站着的人都看不见了。

"到底哪个掏的？"来高粱声嘶力竭问，"先人都发怒了，说不说？"

"我！"浓雾里有个声音应。

"你是哪个？"来高粱问。

顿了一下，那个声音说："来向南。"

时间在这一刻死了。没人说话，只有风用巴掌拍打着岩壁的声响，像个控诉他人罪行时愤怒的拍打。死寂中，浓雾开始散去，每个面孔逐渐清晰。大家的目光开始悲愤而焦急地搜寻，都在找寻那张吃了豹子胆的脸孔。

来向南靠在岩壁上，表情悠然，像是个旁观者。这绝不是我之前天天看见的那个弯着腰堆着笑的族叔，我都弄不清楚现在的来向南和以往的来向南哪个才是真的来向南。

来高粱慢慢挪到来向南面前，清咳一声问：咋想的？

伸出一个指头挠了挠鼻尖，来向南说："没咋想，就是找两个饭钱。"

"日绝娘哟！"来高粱手里不知啥时候掂了块石头，狠命砸在来向南的脑壳上。"嘭"的一声空响，好些人都往后缩了缩脖子。来向南枯柴样地倒在地上，鲜血从创口处汩汩涌出来。咧着嘴痛苦地坐起来，来向南抬手抹了一把额头上的鲜血。嘭，又一次把来向南拍翻在地，来高粱直着脖子吼："你还好意思擦？"

把石块往地上一扔，来高粱走了，歪斜着出去几步才冷声说："这是你自找的。”

来高粱走了半天，曲从水才从人群里站出来，他指着来向南说：“就这样算了？”

不行，不行。人群里头有人喊。

“那你说咋整？”来辛苦问。

叉着腰喘着气踱了几个来回，曲从水说：“我不晓得，你们燕子峡自己看着办，不给出一个说法，老子带人把你寨子烧个精光。”

接下来这些日子，燕子峡陷入了沉闷的悲愤。祖宗是有规矩，可眼下这个年月，剁手沉塘都行不通了。寨人聚在我家院子里，问来辛苦这事到底咋办？来辛苦沉默半天说：“咋办？我还能咬他鸡巴两口。”这头沉默，曲家寨那边闹热着呢。三天两头喊人过来催问：这事到底咋个整？

那晚来辛苦喊来了燕子峡几个管事的攀岩人，他们都有带徒上崖的资格，说话有用。来向南窝在屋角，脸上像是铺了一层山灰。来辛苦几个聚在里屋商量了半天，出来对来向南说：你走吧！

来向南一怔，问：走哪点？

“越远越好！”来辛苦说。

抽抽鼻子，来向南说：“我不走。”想想他又说：“老子就不走，我倒要看看，哪个能咬我卵蛋两口。”

第八章

一进春天，燕子峡的屋檐下，院子里，崖口上，峡谷头，都是仰着脑袋的人。日日等，天天盼，就等着鹰燕飞回来。崖上的黄杨树抽出新芽的时候，第一拨鹰燕回来了。那天，燕子峡和曲家寨所有的人都站在崖上，伸长脖子看着隐在云雾里头的燕王宫，心都提到了嗓子眼。燕群刚沿着峡谷飞过来，有人惊叫着说快看，来了。燕群在山脊上绕了数圈后，一头扎进了燕王宫。

所有人屏住呼吸，等待着最后的判决。

来辛苦挨我站着，拳头使劲握着，硬着脖子，目不转睛看着燕王宫的洞口。大约一袋烟时间，第一只鹰燕从燕王宫飞了出来。来辛苦猛一跺脚，大喊："拐，要走。"紧接着第二只，第三只，最后燕群呼啸着冲了出来，陡地向天空爬升，升得高了，在寨子上空不停地盘旋，还发出撕心裂肺的鸣叫。紧接着一折身，沿着来时的峡谷飞去了。那些黑点慢慢变淡了，天边终于失去了鹰燕的影子，只剩下枯瘦冷漠的岩壁。

"早就晓得要冒火的。"来辛苦喃喃说。然后他一屁股坐在地上，满含悲愤地说："日绝娘，要老命了。"

这是个让人绝望的春天，人们每天都这样无奈地看着鹰燕们来了又走了，一点法子没有，除了看，还是看。也有不认命的，连夜捏了好几盆百虫汤粑，一大早下锅煮熟抬到燕王宫下。鹰燕一现身，抓起来漫天抛撒，嘴里大声喊着：来吃吧，我们晓得做错了。天上的自然不理会，打个转身就顺着峡谷远去了。喊声慢慢就变成了哭声：一个人做的事，咋个把账让一寨人背嘛！

就在最后一拨鹰燕离开的那个黄昏，我们燕子峡的男女老幼全都聚集在崖上，木木地看着天空中盘旋着的那些黑点。已经没有人哭了，目光一律的呆死，神情一律的枯败。就在那拨鹰燕从燕王宫出来的时候，来向南来了，他悄悄挨到崖边，目光跟着那群燕子跳跃。没人看他，从他承认偷掏燕窝那天起，他就不是燕子峡的人了。每一个遇见他的人都会问：你还不滚啊？他说老子为啥要滚，这燕子峡又不是你家的。

一个女人扭头看见了身边的来向南，往边上挪了挪，还啐了一泡厌恶的口水。

鹰燕的哀鸣声在燕王宫上空泼刺刺响，它们在绝望地盘旋。都知道的，半袋烟的盘旋后，它们就会顺着河流的方向远走高飞。

猛然，崖边的来向南扑通跪倒在地，对着天空的黑点声嘶力竭大喊:“日绝娘哟！我手贱,现在就还给你。”话音刚落,来向南右手多了一把明晃晃的柴刀。把左手平摊在面前的石板上,刀光一闪,手掌被齐齐斩下。

鲜血狂飙。

还是来辛苦眼快,扑过去捞起来向南的左手,脱下衣服缠在飙着热血的断处。眼睛死死盯着他的族兄弟,表情异常复杂。

这时,那群鹰燕在空中发出一阵尖而长的哀号后,一头扎下河谷飞走了。

看着远去的鹰燕,我的族叔来向南哭了,煞白的脸挤成一团。他开始骂:“日绝娘哟！该还的我都还给你了,你还要咋样嘛？”

鹰燕离开燕子峡一个月后,我的族叔来向南走了。

临走前，他把那截已经干枯发黑的断掌交给我，神情落寞地对我说:“悬棺崖我上不去了,我走后,你把这截断掌放进我崖上的悬棺,等将来我死了,得有个全尸。”我说二叔,他们将来怕是不会让你进悬棺的。他顿了顿说:“将来,哪个晓得将来是个啥样？”

第二天一早,来向南弯弓样的身子在如林的崖间无数次起落后,终于消失在了薄刀岭的山脊上。我和来高粱骑在寨口的石头上,一直目送着他远去。来向南的背影消失了好久,来高粱才吐口气说:“走吧,走了好。”

变故后的村庄一下陷入了疲沓,每张脸上都写满了愁苦,久不上饭桌的野菜又回来了。燕粪没了,意味着粮食也没了。眼光一放长,就不敢敞开肚皮吃了，能省的都要省下来，谁都不晓得鹰燕什么时候才会回来。也许明年,也许后年,也许永远都不回来了。

更大的变故还在后面。刚入夏,燕子峡来了一拨人,说是政府家的。汗流浃背站在我家屋檐下给燕子峡和曲家寨的乡人开会。一个干瘦的人给大家讲话，他说他是县上来的副县长。叉着腰喊了几声乡亲们，他说去年有个姓许的人来过这里，做了大量的调查。各项数据表明，这个地方不适合人类居住，我们上报了市里，市里决定拨出一笔钱，专门划拨出一块地盘给大家建房子，让你们集体搬出去。

说完他笑吟吟看着众人，以为会欢欣鼓舞，哪晓得下头像个闷罐，一点生息没有。

以为大家没听明白，他又强调：这地方真是不适合人居住啊！我们几个爬了整整大半天才爬过来。

一个人忽然接话问："不适合？哪个说的不适合？"

另一个冷冷说："不适合？生生死死多少代了？还不是活下来了。"

"不搬！"靠在院墙上的来辛苦忽然说话了。

"说啥？"檐坎上的副县长问。

"不搬！"来辛苦大声喊。

抿抿嘴唇，副县长说这事怕你一个人说了不算哦！来辛苦指指黑压压的人群说："你问问他们，谁愿意搬？"人群顿时成了煮沸的开水，呜呜哇哇抢着说话。大意就是搬家可是大事，哪能说搬就搬。副县长没料到会有这样一出，有些愠怒说："新的地方，生活条件肯定比这穷山恶水好多了，这样的好事，打着灯笼都难找呢！"

依旧没人领情，副县长有些讪讪，四下扫扫，看出了来辛苦是管事的，就朝来辛苦喊："这样吧，你们先商量一下，如果不放心，可以派几个去新选的居住地走走看看。"

说完拔腿就走，走到院门边，回身又喊："商量好了就给镇上一个答复，要去新地头看看也去找镇上，他们会安排。"迈出去几步，咕哝："穷山恶水出刁民，这地方我是不想再来了，老命都要爬杵脱。"

夜晚，燕子峡的乡老坐下来商量，意见出奇的统一。不搬，就是不搬。世世代代生活的地头，哪能拍拍屁股就走。其他都放得下，崖上的祖宗咋办？全都拍屁股走了，风吹雨淋，要不了多久，棺材就会散架，到时候连上去绑根篾条的人都没得。有人也说，这个倒不是问题，可以定期回来绑扎绑扎的。来高粱就开了黄腔："妈个×，远天远地，看不见摸不着，时间久了，还不两眼一摸黑，谁还记得下这山旮旯里头还睡着祖宗。"

来高粱一开黄腔，就没人敢接嘴了。沉默了一阵，就散去了。

第二天一早，曲从水来我家，拉条凳子坐在院子里问来辛苦。

"你们这头咋想的？"

摇摇头，来辛苦说商量过了，不搬。点点头，曲从水说我们那头也不搬。

搓搓手，曲从水说就是这肚皮不晓得咋样填饱？

"这地头少吃少穿经历得还少啊？还不是照样过来了。"来辛苦说。

叹口气，曲从水看着远处的悬崖说："日绝娘，石头要能晒出油来就好了。"

那天深夜，我起床撒尿，看见来辛苦一个人坐在院子里。月亮很好，银白的光芒罩着他。他弓着身子，木木看着远处山峦淡淡的剪影。等我尿完从茅厕出来，他对我招招手，过去挨着他坐下来，他先叹口气，问我：你愿意走不？我点点头，随即又摇摇头。他说不用跟老子甩脑壳，我就晓得你狗日的想走。

来辛苦第二天就找了三个年轻的寨人，让他们和曲家寨的人一起去新的地方看看。去的人问他：辛苦叔你咋不亲自去看看呢？他一脚踹在问话人的屁股上，骂：你管老子去不去，让你去你就去，卵话多。

去的人第三天才回转来，一寨人早就在崖前候着他们了。刚爬上崖来，还没顾得上擦汗，大家就七嘴八舌问开了。

"那地头如何？"

去的人掂起衣角擦了一把汗，两手往外一抹说："平，平惨了，放眼看去，一马平川。"

“那就是没崖了？”又问。

“啥子崖哟，连土堡堡都见不着一个。”去的又说。

“连悬崖都没一壁，这样的地头日子咋过？”来辛苦往地上啐了一口痰，狠狠地说。

不管走不走，眼下紧要的是生计。开春在猫跳河岸边种下的苞谷，在阳光里头疯长，绿油油一大片。接下来就只有乞求老天开眼了，让今年入夏后的河水能小一些，要是能收上这一季救命粮，那就真是阿弥陀佛了。未及仲夏，寨人就看出了老天屌事不管。今年的洪水来得又粗又早，黄龙轰隆隆咆哮了四五天，把沿河那片馋人的绿色连根带走了，连片叶子都没有留下。就在洪水卷走希望那天，来向南回来了。他弯着腰从寨口走来，脸上的愧色还在，那条空袖管被山风吹得噼啪作响。他咧着嘴和遇见的每一个人打招呼，连女人怀里抱着的娃娃他都要亲热地喊一声。走进我家院子，来辛苦正在磨镰刀。看见来向南进来，来辛苦鼻子哼了一声，没理会。来向南远远站着，等来辛苦把刀磨完，他才试探着喊了一声哥。来辛苦喉咙响了响，算是应答。

“哥，鹰燕没来，都算我头上，我想给大家寻个活路。”来向南低声说。

缓缓抬起头，来辛苦说：“偷还是抢？”

摇摇那只断手，来向南说不是不是，我现在在镇上的粮店搞搬运，就想带大家出去挣点力气钱。盯着来向南那只断手看了一阵，来辛苦绷紧的脸才松弛下来，然后他问：“要几个？”来向南脸上顿时绽开了一朵莲花，慌不迭接过话说：“越多越好。”

第九章

寨上的壮劳力都走了，我成了一只没人管束的野狗，整日在峡谷间游荡。迎着清晨的第一缕霞光，我穿上那件有好几个破洞的红色汗衫，赤着双脚在暗黑油亮的峡谷里漫无目的乱走，成了天地间随风乱荡的一片红布。入眼都是千篇一律的无聊。连块宽大蹦跳的地方都没有。我就看蚂蚁搬家，看一种有着扇子大小尾翼的棕色鸟雀飞过峡谷，看脑袋奇大，鼓着一对复眼的绿色蜻蜓在飞翔着交配。

峡谷活物太少，几缕淡绿隐伏在石块的阴影下，胆战心惊地活着。它们的名字叫伏地草，根扎得很深，地面上巴掌大小的绿意，在地底下却有着千丝万缕的根须。此刻正是正午，我躺在一处长了几块伏地草的阴影里，躲避着白花花的烈日。

眼皮频繁打着架，倦意像六月汹涌的猫跳河。对面的悬棺崖时隐时现，崖上那条粗大的裂缝，跟着眼皮不停地跳动。就在即将睡去的时候，我被远处一阵喧闹惊醒了。

烈日下，一队人从峡谷口过来。最前面的是一个着长衫的祭师，摇着给死人引路的悬幡，面前吊着装有纸钱的袋子，伸手抓出一把，随手一扬，纸钱漫天飞舞。他嘴里还念叨：山魈洞神，不敬打扰，后有亡人，天寿已尽；今逢吉日，入殓悬棺，卑人不敢惊扰诸神，逢山不敢开道，遇水岂敢搭桥，只借神灵庇佑，助亡人入棺为安。

念完，抛撒一把纸钱，接着喊：双脚蹬实，走起咯！

紧随他身后的六个人，抬着一块门板，门板上有具被白布包裹着的尸体。再后面，是一群穿着白衣的人，全都神色肃穆，不声不响跟着前头的节奏走。

这是燕子峡送人入棺的场景，这些年我见过不少。奇怪的是，人群中我一个人都不认识。对面崖壁上的悬棺都是燕子峡的，按理我都认识，可眼前这群人硬是陌生得很。

程序有条不紊，抵达崖下，祭师先是唱诵一段经文，几个年轻汉子噔噔上到崖上，找个可供倚靠的地头稳好身子，然后抛下绳索。地面上的用绳索把尸体绑缚好,祭师仰头高喊一声:起咯!

崖上的跟着齐喊:起咯! 然后相互看看,点点头,一齐使力,那段雪白开始缓缓升起。

升到最高处,地面的祭师又喊:搁咯!

崖上一个青年把尸体稳住,其他几个迅速过来,合力将尸体捧入棺中,合上棺盖,然后冲着远方的层层叠叠喊:霜凄凄露茫茫,风雨剥蚀日月迎将。我辈族人骨骸坚强,必不速朽恋此高岗。山之广大地厚无疆,居此高崖遥望故乡。

猛然,我心头大惊。那个刚刚搁完尸体的棺木,正是不久前我刚刚升崖的悬棺。搞错了,这群外来人肯定是搞错了。我慌忙跑过去,边跑边喊:错了,搞错了。

没人理会我的声嘶力竭,甚至没有一个人回身看我。

跑到长衫祭师跟前,我急痨痨对他说:"你们搞错了,那是我的悬棺。"他依然仰着头,根本不理我。我急了,伸手就去扯他的衣袖。

日绝娘,我的手居然从他的衣袖中穿了过去,空空荡荡,我什么都没有捞着。

一屁股坐倒在地,我的心都快跳出来了。

崖上的几个人下到地面。拍拍手对长衫祭师点点头。祭师一挥手,人群又顺着来时的路迤逦而去。我两手反撑着地面,仰头看着崖上那口悬棺。平息了一阵,正想上去看个究竟,忽然屁股下面开始颤动,颤动越来越激烈,拳头大小的石块在地上慌乱地蹦跳。仰起头,崖壁也在颤动,大大小小的石块哗啦啦往下掉。终于,那口悬棺在猛烈的晃动下,一头从崖壁上栽了下来,咣当一声,在我面前炸得四分五裂。那具裹着白布的尸体,正好横躺在我面前,我抖战着凑过去。一个老人,须发白着,耳廓处有块和我一模一样的红色斑块。

翻爬起来,我飞似的逃离。

这晚我没敢回家，在来高粱的屋子里，我在昏暗的灯光下上下牙不停地打了好久的架，才结结巴巴把遇见的事情给他说了。来高粱蹙着眉头听完，歪过去拨了拨油灯，半天才回身对我说：你看见的是自家的丧事。说完他取下那条木头做的假腿，掂起一把锉子开始锉。

呜——擦——呜——擦

我问："你咋晓得呢？"

把锉掉的木粉吹掉，来高粱斜着看了我一眼，说："娃，你这辈子睡不进那口棺材了。"

"为啥呢？"

"在和你差不多一样大年纪的时候，我也看见过自家的丧事，"来高粱叹口气说，"燕子峡出过好几桩这种事，凡是见了自家丧事的，最后都没能搁进那口棺材。"

"是睡不进去了，棺材都摔破了。"我说。

套好镂空的假腿，来高粱笑着说："你明天去看看吧，那口棺材还在崖上。"

第二天一早，我和来高粱去了悬棺崖。来高粱实在太慢了，像只瘸腿的蜗牛，在崖壁上一直蹭到正午，才落实在地面上。

来到崖下，我的那口棺材还在，横在崖上，好好的。

拣处地头坐下来，我陷入一种难抑的悲凉，我想来高粱说的是对的，我这辈子怕真是进不了自己的悬棺了。然后又想，只要上崖时小心再小心，也不学来向南偷鸡摸狗，就一定能睡进去。边上的来高粱也不和我说话，他和自己说，说的都是他年轻时干过的坏事。在地里偷看女人撒尿啊，背地里说某人的坏话啊，乱七八糟一大堆，我想狗日的来高粱原来这样坏啊！

歇了一阵，他横起衣袖擦了擦嘴角的唾沫，又开始说："来高粱，你十六岁那年，鹰燕殉崖后，偷偷藏了两只找个没人的地头烤来吃了，有没得？”

他轻轻嗯了一声，脸一下涨得通红，一巴掌甩在嘴巴上，破口大骂：“日你妈，×嘴馋啊！你吃哪样不好？去吃燕子肉。你真饿肉了，就割一块自家大腿上的肉烧来吃噻！”

说完又扇了自己一嘴巴。我赶忙拉住他，说你不要打了。他格开我的手，忿忿说：“你不要管他，狗日的该打。”

“猫跳河没水了。”我怕他把自己打死，慌忙指着远处的河流对他说。

扬起的手慢慢放了下来，他说：“说啥？”

我说猫跳河干了。

眯着眼朝枯死的河沟看了看，他摇着头说：“不对不对，这个时节正是发大水的时候。”

我说：“两个月前我下来耍，头天还轰隆隆地响，第二天就没水了。”

接着我们又没话了，沉默跟着太阳一直到了后脑勺，峡谷那头有风过来，轻轻摇着崖壁上那些稀稀拉拉的黄杨树。抬抬手，来高粱说回去了。我们刚站起身，河流的上游突然传来轰隆隆的巨响。我看见来高粱的假腿左右晃了晃。立定身子，他探着脑袋喃喃说：这是闹哪样鬼？

洪水从上游奔腾而下，在岩石上撞击出高高的水花。大约一顿饭工夫，干涸的河沟就吃得饱胀。河里很快起来一层雾气，那是水流趟过晒烫的石头炙出来的。

热雾中，上游下来了两个红色的皮筏，一前一后，筏子上的人手里拿根竹竿东撑西挡，在激流中发出欢快的尖叫。

第十章

母亲把饭盒放进布包，将布包斜挎在我身上。出门来，刚到院门边，母亲又追出来，把一个斗笠递给我说给你爸带过去，看这天翻过午后怕是要落雨。我把斗笠推回去说攀岩是不能戴斗笠的。母亲白了我一眼说让你带去你就带去。

下到猫跳河，正是一天最热闹的时候，上游不断有皮筏下来，男女的尖叫声填满了一个峡谷。河岸上到处是湿漉漉的人，大都还未回过魂来，满脸煞白地左顾右盼。一个黄褂子摇着手里的小旗子对着众人喊："大家聚拢来，现在你们将要看到的是我们燕子峡奇幻漂流中最神奇的一环，那就是蜘蛛人的徒手攀岩。"黄褂子说完，对着崖壁下招了招手，我的父亲来辛苦就带着几个人过来了。

"要钱不要哟？"一个女人拧着裤管上的水问。

"人家爬岩的也辛苦，你们就看着给点辛苦钱。"黄褂子说。

摆摆手，女人说还是说清楚，免得到时候扯皮。

"真的随便给点就行。"黄褂子又说。

"随便给？"女人笑笑，"十块行不行？"

"行啊！"来辛苦接过话说，"你们不来我们还不是天天爬上爬下。"

后头的来向南扯了扯来辛苦的衣袖，来辛苦回身瞪了来向南一眼，来向南就怏怏退回去了。来向南是燕子峡有了漂流后回来的。断手的来向南在镇上的粮店做搬运，毕竟少了一只手，挣那两个劳力钱还不够糊口。来辛苦可怜他，把他喊了回来。断手后的来向南上不了崖，他要干的事情是来辛苦他们上崖后，负责给观看的人做做解释什么的。

我过去把饭盒取出来往来辛苦面前一送，来辛苦一把推开，说要干正事，等下岩了再吃。说完一挥手，几个乡人噔噔就上去了。崖下开始有人欢呼，随着攀爬的升高，欢呼变成了惊叫。等到过帽檐崖的时候，下面一点声音都没有了，瞪圆了眼睛看着对面崖壁上的惊心动魄。

我木木看着，脑袋混沌得很，瞌睡虫在四肢百骸乱窜。刚要睡过去，一阵响亮的掌声把我拍了回来。来辛苦第一个跳到地面上，拍了拍手上的尘土,模样轻松得像是直起腰杆在树上摘了个桃子。来辛苦一落地,刚才那个女人笑吟吟迎上去,对着来辛苦伸出大拇指,连说了好几声了不起。来辛苦挠挠后脑,面露羞涩说:这有啥子了不起的,从小到大一直爬,习惯了。把二百块钱拍在来辛苦手里,女人说这一趟,来得值。

那个黄马褂在边上一直笑,对女人说,值的话,明年多带人来,让更多人看看这藏在深山的绝技。说完他又挥舞着手里的旗子大声喊:都拢来,下面我带大家看燕子峡的另一处奇景,神奇悬棺。

夜晚照例要喝酒,酒还是青枫籽酒。母亲手巧,满满一桌,光洋芋就做出了四个菜。看得出来辛苦很高兴,给众人把酒斟满,端起碗笑呵呵说今天满打满算爬了整整五回,都累了,喝两口解乏。大家都举起碗,唯独来向南不动。来辛苦说端碗啊!来向南说这碗重得很,我端不动。来辛苦放下碗,说你又是哪根筋松动了嘛?来向南咕哝说:“日绝娘,蜘蛛人,燕子峡几时有这种叫法?太难扅听了。”说完端起酒碗一仰脖子灌了个精光。抹抹嘴,他又说:“叫个啥都算了,你看漂流公司那些日脓包,就像老子们在他们下嘴唇接饭吃似的,日天冲地的。”来辛苦说:“你这话就不对了,我们又不是他们的人,我爬我的,他漂他的,河水不犯井水。”来向南鼻子哼了一声,说:“你以为我不晓得,你还不是图那几个卵子钱。”

来辛苦霍地一下立起来,从兜里掏出几张钱拍在桌上,大声吼:“这是今天分成得的,你拿走,从明天开始老子不爬了。”

母亲眼尖,赶忙过来劝,都是数落来辛苦,还不停扭头对来向南说:“你哥就是个炮仗,一点就着,你不要惹他。”来向南脑袋扭向一边,继续咕哝:“还说我搞歪门邪道,我看这个才是歪门邪道。”一巴掌拍在桌子上,来辛苦大吼:“老子守在自家地头,守着祖宗,守着规矩,不偷不抢,这算哪门子歪门邪道?”

最后来辛苦把酒碗往地上一掼,直着脖子喊:“不管如何,干这个总比偷扒燕窝强吧？”

“就算扒燕窝老子也不愿干这个。”来向南低声说。

这话就我听见了，我离他近。

其实，当初漂流公司找上门来，要来辛苦带几个人表演攀岩，来辛苦也不干。他跟漂流公司的人说：这是用来糊口的，干其他的不行。漂流公司的人就说：你攀岩给游客看，游客给你钱，你拿钱去买米买油，这是不是糊口？来辛苦嘴巴动了动，没法子反驳。上崖后，寨人能混饱肚皮了，野菜草根们躲过了一劫。看着大家端着的白米饭，来辛苦相信这个做法是对的，慢慢就变得理直气壮了。

晚饭不欢而散。众人走后，来辛苦一个人坐在墙角，我倒碗水递给他，他没有接，抬头跟我说：明天你给曲从水送点粮食过去吧！

第十一章

清晨落了点毛毛雨，到了曲从水的院子里，他正蹲在屋檐下剥山豆。山豆又叫岩豆，可以果腹，味道不好，吃多了拉不出屎来。我八岁那年，寨上就有个族人山豆吃多了，躺在床上哼了好几天，死的时候肚子像面薄皮鼓。看我进来，曲从水把一把山豆丢进脚边的碗里，说你们燕子峡男人不是都上崖了吗？你来干啥？我把米袋子卸下来说我爸让我给你送点米来。曲从水黑着脸摆摆手说：我肠子饿朽了，吃不得他的富贵食。没等我说话，他冷哼一声，接着说：“为了几个卵子钱爬上爬下，猴啊？”往地上啐了一泡口水，曲从水又说：“对面崖上的祖宗都看着呢！”

“我啥时候能进燕王宫？”我问他。

“燕子都不来了，还爬个屌啊？”他大声吼，“这个引路师我不当了，教好了还不是去当猴。”

我没说话，把米袋子撂地上走了，刚到院外，袋子从院墙上飞了出来，啪哒掉我面前。

院墙后传来曲从水的声音:“跟来辛苦说，这种爬法，落崖了悬棺休想给老子搁进去。”

看我悻悻回来，来辛苦也没问，就像他早知道曲从水不会要这米似的。进屋时才听见他蹲在屋檐下咕哝了一句:咬卵匠。

时节一晃入了仲夏，猫跳河更热闹了，每天都有无数的皮筏子下来。来辛苦他们更繁忙了，一天要上上下下十多次。和河边的喧嚣相比，崖上的村寨则安静了许多。不必为填饱肚子发愁的日子显得从容而慵懒。女人们拉条凳子坐在阴凉处纳鞋底，三三两两，围成一圈，不时还有会心的笑容。老人们眯着眼把自己摊晒在阳光下，神情遥远。

对于猫跳河上日日的重复，我实在打不起精神来。每天给来辛苦送完饭，我都慌慌地赶忙逃走。兴许是在这和闹热绝缘的崇山峻岭之间存活的日子太久了，我特别怕那种无序的喧闹，听得久了就会心慌。不愿去河边，又不甘于寨上的百无聊赖，总得找一些生趣才行。

一大早弄了两只松油火把，我准备去祖祠崖看看。我想洞里肯定还有许多未知的新奇。

进了洞，没有了第一次时的不安和恐惧，倒像是拜会一些熟识的人。没了怕惧，就敢东张西望，好好看看这洞里的形状。

洞口很小，但内里却极其宽阔，松油火把的光芒无法触摸到洞穴的边界，只有些影影绰绰的轮廓。依旧有风，从暗黑的深处一浪一浪涌过来，火光摇摇晃晃。本以为有奇景，一路过来，都是极其普通的钟乳石。

到了石门坎处，心跳变得快了许多，前面就是仙宿石屋了，想着就要那不时在梦中重现的景象，脚步就变得快了。

耀眼的白光中，我径直走进里屋。

还未进屋，就听见了密集的喧闹。探进头一看，所有人都在忙碌。娃娃们在大人堆里跑来跑去，借助大人密麻高大的身影正玩躲猫猫呢！一个藏好的女娃被揪了出了，旋即发出哈哈的笑声。大人们则神情严肃地收拾着地上的物事。一个女人蹲在地上，把一包衣物往雕有牡丹花的箱子里塞，她看起来心情不好，塞进去一件就咕哝一声，塞进去一件又咕哝一声。一个娃娃猫着腰藏到她面前，她伸手一拨，大声说一边躲去，不要碍着我做事。帮不上忙的老人也没闲着。一个先深吸一口气，扎紧腰带，扯扯衣服下摆，然后拐杖使劲往地上杵一杵，轻喊一声：上路咯！另一个正弯腰绑扎草鞋的绊子，抬头说：要跟紧哟！转到阴山背后你就出不来咯！

寻了半天，我才看见那个见过两次的汉子。手里的扁担往石壁上敲敲，他朗声说：啥都不要带，用不上。那些正忙着收拾的停了下来，望着他。点点头，他又说：明明晓得用不上，还带着干啥嘛？再说山高路远，无牵无挂的还好赶路些。大家站起来，拍拍手上的尘土，全都安静了下来。那个汉子扁担往石门一指，人群就向我这边依次过来。我慌忙闪到一边，他们从我身边轻轻走过，没人看我一眼，连那些从我身边蹦跳过去的细娃也没有谁看我一眼。手持扁担的汉子最后一个出来，和我擦肩的瞬间我见他朝我看了一眼，还露出一丝浅浅的笑，然后他就尾随着人流去了。我喊了一声：喂。他没回头，也没应答。我连忙追上去，刚追到外室门口，手里的火把噗的一声就熄灭了。我连忙蹲下来，摸出火柴，划了好几十下都没能划燃。无奈一屁股坐下来，听着黑暗中娃娃们嬉闹的声音逐渐远去。

在黑暗中坐了很久，我才摸索着站起来，把火把夹在腋下，划动火柴，嗤的一声，一抹光亮驱散了浓密的黑暗，那点光芒弱弱跳动了几下，才慢慢稳住身形。点燃火把，我折回石室。转进里屋，我的心差点就蹦出了胸口。

男女老幼挤在一起，每一张面容都栩栩如生。

我使劲扯了扯耳朵，钻心地疼。

踩着碎步挨过去，蹲下来，先看看老熟人。

我确信他在熟睡，我简直可以看到他呼吸时候鼻翼的翕动。我举高火把，挨个检视了一遍。全都似曾相识，他们就像你在燕子峡爬坡上坎时遇到的那些乡人，或是热情地寒暄一番，要不就是打个招呼，甚至相互点点头，然后各奔各路。

忽然，我觉得石屋一下亮了许多。以为是火把旺盛了，抬头一看，火焰正在萎缩。那光越来越强，越来越白，晃得我眼睛生疼。眼前沉睡着的那些躯体，全都粉碎开去，在眼前腾起一层薄雾。

几乎就在眨眼间，他们全都消失得无影无踪。

刺眼的白光跟着他们一起消失了，石室最后剩下我举着的那点虚弱的橘黄。靠着石壁，我真觉累了，像是在天梯道上下了好几个来回。

我想睡了。

一觉醒来，火把早已熄灭，巨大的黑暗包围着我。点燃火把一路踉跄着出来，我发现已然黄昏了。

就在那个黄昏，我在回家的崖壁上遇见了来向南。他背上捆着一个饱满的蛇皮口袋，耸动着身子往崖下降落。

我喊他："二叔，又要走啊？"

他点点头。

"去哪儿呢？"

他摇摇头。

我说都没想好去哪里，咋就要走呢？

他没应我话，顺着石壁逡下去了。

我的族叔来向南就这样悄无声息再次离开了燕子峡，就像一只远飞的鹰燕，可能明天回来，也可能明年回来。但我始终相信，他是永远也不会回来了。

第十二章

和往年这个时节不同，今年八月的燕子峡，窄土和石缝中见不着了战战兢兢的玉米大豆，蒿草却占领了那些地盘，郁郁葱葱，青翠欲滴。不怪它们长得好，实在是老天太晓事了，像是个深谙农事的庄稼把式，雨水布置得及时均匀。

远近的苍翠让来高粱情绪低落。他坐在寨上那块石头上，长长短短叹着气。他说这样的雨水，如果有了燕粪，能搬回多少粮食啊！他的哀伤不止这个，更大的伤痛是他那条假腿没能让他腾云驾雾。我陪他试着爬了两回悬棺崖，不晓得是年纪大了还是假腿带来的障碍，上去两丈就动不了了。正午我给他送粮食，看见他又开始在院子里劈劈砍砍。以为他要重新做条假腿，就问他，他摇着头说靠那个是上不去了。我说那你这是做啥呢？他展开双手，又指了指后背，我半天没明白过来。看我云里雾里，他啜着嘴咕咕叫了两声。我说这是鹰燕。他得意地呵呵笑了，说老子就是要做一对翅膀，像鹰燕样的飞进崖上那口棺材。我看了半天也没看出那是一对翅膀，就说怕是飞不起来吧？来高粱白了我一眼，说不试咋晓得。

接下来的一段日子，寨口的石头上见不着来高粱了。他把自己按在院子里，刀劈刨走，心无旁骛捣鼓他那对木翅膀。他的专心让我吃惊，那天我心急火燎跳进他院门跟他说出大事了，他连看都不看我一眼。以为他没听清，我又扯着嗓子喊说出大事了。扭过头，他淡淡对我说：把你脚边的锉子递给我。我捡起锉子递给他，接过去把一处榫头锉平，他抖开那扇翅膀笑容满面问：你看安逸不？

我说我爸他们和漂流公司的人打起来了。

“跟你说做这个翅膀最关键的就是扇叶，要薄，还要兜得住风。”他说。

“打得凶得很，”我比划着说，“都见血了。”

“翅膀倒是好做，起飞的地点不好选。”他皱着眉说。

看他不理睬，我跳着跑出了院门。这样大的事情，他竟然一点不在意，我看他八成是老癫东了。

蹦着回到家，来辛苦他们几个已经回来了。母亲正往一个汉子头上捆绷带，绷带是用我那件满是窟窿的红汗衫撕成的。来回捆扎了好几道，还是没能止住血。鲜血顺着他的脖子一直往下淌，把衣服都打湿了。其余几个也都带着伤，垂头丧气散落在院子里。来辛苦坐在大门门槛上，脸色像脱了水的紫茄子。他忽地一挥手说：喊冷静点，冷静点，就是不听，这下好了。

满头是血的汉子挣脱母亲的双手，一把把绷带从头上扯下来，一口血沫子啐在地上，吼：“你忍得住你忍，老子反正忍不住。”

来辛苦听完垂着头，牙齿咬得咯咯响，然后一巴掌拍在门框上。

“不爬了，饿死也不爬了。”

来辛苦吼完，没人说话了，大家都低着头，院子里一下安静下来，只有粗重的喘气声。

本来一切如旧，筏子满载着尖叫声横冲直撞着下来，岸上陈列着湿漉漉的男男女女，来辛苦他们在游人的惊呼声中爬上爬下。安然一直延续到中午时分，来辛苦刚吃完我送的饭，就来了一个人，说他是漂流公司的经理，有事情要和来辛苦他们商量一下。他从筏子上下来，把来辛苦他们几个召过去，擦着眼镜片上的水渍说：“你们这个徒手攀岩很厉害，是对漂流项目很好的补充，我们找专家论证过，说你们这个项目如果能更古朴原始一些就更有吸引力。”

来辛苦摇了摇头。

经理看出了来辛苦没能消化掉他的话，干咳一声，说：“以前你们咋个爬法？”

来辛苦一愣，说：“就这样爬的啊！”

摇摇头，经理说：“这样爬太平淡了，得改。”

“咋改？”来辛苦问。

“光着身子爬，”经理微微一笑，“这样原始味道就更浓了。”

“你说啥？”来辛苦身后一个汉子直着脖子问。

“当然了，也不是全光，可以穿条裤衩，或者绑块布条子，这样——”

没等经理说完，我就看见一个硕大的拳头快速越过来辛苦的脑袋，径直砸在经理的额头上，嘭的一声空响，瘦弱的经理像片黄菜叶样飘出去好远。

“放你妈的狗屁。”打人的汉子扒开人群跳出来吼。

战斗就是这样拉开的，漂流公司人多，燕子峡这边力猛。打斗很激烈，最终双拳难敌四腿，一支烟工夫不到，燕子峡的汉子们就趴下了。

刚开始，我还捞脚挽手准备帮忙，可最后我却选择了去通知来高粱。我没有仔细深究过为啥会有这样的选择，来高粱老胳膊老腿，越过门槛都费力，通知他也不晓得有个啥用。

攀缘表演在这场打斗后结束了，日子又回到了之前的战战兢兢。

清晨我出门采野菜，地里的丰厚让我大吃一惊，鹅儿肠、车前草、蛤蟆菜、黄芽尖，这些饭桌上的常客，在石缝土坎上摇晃着丰腴的身姿。还没转过寨头的垭口，提篮已经装载得满满当当了。提着篮子刚折回道上，就看见来高粱驭着他的假腿摇晃着过来。

二老祖，干啥呢？我问。

摇摇手里的篮子，他说向土地讨口吃的咯。

我们这边说摘野菜不叫摘野菜，喊做向土地讨口吃的。泥巴确是稀罕，可毕竟还是养活了一寨人，不管时节好坏，寨人都觉得是土地的惠赐。收得多了，说明上一年一寨人恶事行得少；收成稀疏，那就定是背地有人触了神灵。

我把摘好的野菜全倒进来高粱的篮子，说老祖你脚程不好，先回吧，反正菜数旺盛，费不了多大力气就能摘满。

拍拍我的脑袋，来高粱说娃你过来，给我说说你爸他们干架的事情。

我说那天我跟你说，你不是懒得听吗？

笑笑，来高粱说："我那时候在做正事，要紧的正事，要听你说了，就影响我了。"

把篮子放在地上，我跟他说了那天发生的事情。

"还爬吗？他们。"他问我。

我摇摇头。

然后他就笑了，一张脸像是乌云散尽的晴空。

停止了爬岩，来辛苦变得寡言了。每天他都起得很早，在院中架上磨石，把闲置的农具翻出来，咯吱咯吱，一磨就是一早上。挖锄、镰刀、尖嘴锹全都被他磨得闪亮。母亲蹲在屋檐下削土豆，不时念叨：又不是耕种时节，也不晓得磨它们干啥？来辛苦瞥了母亲一眼，也不答话，埋头继续。磨完了，把那些铮亮挂上墙壁，来辛苦转到水缸边咕噜噜灌下一瓢水，折身回屋睡觉去了。

第十三章

谣言从曲家寨传来，说是猫跳河的漂流就要完蛋了。说这话的曲姓人怕听的人不相信，赌神发咒说这是曲家寨一个在省上做生意的人传回来的话，骗你们我天打五雷轰。看旁听的露出了确信的神情，他才裹管旱烟坐下来慢悠悠细说。他说猫跳河要修一个天鸡巴大的水电站，所以河上的漂流就像垂死的老者，就等着数天天了。听的人瘪瘪嘴说：哪能说停就停，漂流公司的人多气粗啊。曲姓的轻轻哼一声：他气粗，还有比他更气粗的，胳膊能粗过大腿？

开始都以为是谣言，后来燕子峡不断有外人进来，还扛着仪器，大家就开始动摇了。进入九月，寨口石墙上出现了一张盖有大红印章的纸片，大意是燕子峡将要建一个水电站，要大家做好迁出的准备。事情确认了，燕子峡很是沸腾了一阵。茶余饭后都在谈论这件事情。

不搬。

一寨人异口同声。

尤其是来辛苦，态度比谁都决绝，他咬牙切齿说：就算死，老子也要死在崖壁上。

牙一直咬到年底，都还没有一点松动的迹象。县上派人过来做工作，说这块地盘，穷得烧虱子吃，流连在这里有哪样好？真建了电站，不光利国利民，也是人类改造大自然的一个奇迹，是人类征服和战胜恶劣自然条件的一个典型例子。话听起来是好话，可就是没人赞成。来辛苦说了，你们翻翻嘴皮子倒是轻松，鞭子没有打在你们身上。搬走了，崖上的祖宗咋办？人家答复他，根据规划，悬棺那笔崖会被完全淹没。这一说就彻底炸锅了，人人脸上都翻滚着愤怒。

“这要得个鸡巴！”来辛苦说。

县上的又答复：可以重新选块土地，改成土葬。

要命的就是这句话，群情激愤中，几个县上来的差点吃了拳脚。逃得远远的了，寨上的乡人还站在崖上骂。

“放狗屁，放你妈的狗屁！”

和往年相比，今年的年味稀薄了许多。一是断了收成，二是各种变故接踵而来，仿佛坐上了两头分量不一的跷板，平衡就不在了。

除夕一早，母亲把我从床上拉起来，让我给来高粱送东西过去。接过提篮，我看见里面有半片腊肉，一小袋山谷米和汤粑粉，两块烟熏豆腐干,居然还有半瓶子青枫籽酒。

嘟嘟嘴,我说这样多,我家不过年了?

这时候来辛苦从屋里折出来,朝我吼,快送去,×话多。

我到了院门,他又在后头喊:等等,我和你去。

山风很大,我和来辛苦偏偏倒倒走在路上,远远就看见大石头上坐着的来高粱。他枯瘦的身躯在风中摇摇晃晃,我真怕他一不小心就让风给带走了。

“天,冷飕飕的,你坐在这里喝风不是?”来辛苦朝他喊。

我和来辛苦把来高粱从石头上搬下来,来高粱指指天上厚厚的灰云说:怕是要落雪了。

抖抖那条好腿,他问来辛苦。

“听说要喊搬走了?”

“喊搬就搬啊?”来辛苦说,“打死老子也不搬。”

叹口气,来高粱目光去到远处,他指着那些隐约的崖壁说:“活了这样多年,时节更迭,生生死死我也算见了不少,感觉啥子都在变,又好像啥子都没变。你看那些悬崖,从我记事起它们就那模样,现在还是那模样。”

扭头看着来辛苦,来高粱又说:“辛苦啊!搬走吧!”

“啥子?”来辛苦鼓着眼睛问,随即又急痨痨说,“不搬,哪个要搬他搬,反正我不搬。”

“为啥?”来高粱问。

指指脚下,来辛苦说:“这地头是故土,悬棺崖上有祖宗,哪能撂下拍拍屁股就走了。”

来高粱摇摇头说:“你错了,这里不是故土,棺材为啥要悬在崖上,那是祖宗们想回到故土,可他们想回去的那块土地,谁又晓得是不是真的故土。”

长叹一声,来高粱接着说:“人就是这样,你得一程一程往前赶,走累了,歇一歇,歇够了,还得继续上路。”

想了想,来辛苦说:“崖上悬棺里头的祖宗咋办?总不能让水给冲走吧?”

笑笑,来高粱说:“祖宗们背井离乡的时候,又能拿祖宗的祖宗咋办?”

“新地头一马平川,连片崖壁都没得,这种地头日子咋过?”来辛苦说。

“老子几十年没上崖了,一睡死过去就在崖上,”来高粱气呼呼说,“你放心,这辈子不管到了哪里,只要你还惦记着崖壁,你夜夜都在上头。”

回到家,来辛苦一直皱着眉。草草吃完年夜饭,他坐在火塘边一直不停往里塞柴火。母亲收拾完毕,说都要睡了,你还烧这样大干啥嘛?

“睡了?”来辛苦低沉着问,“哪个说要睡了?”

摊摊手,母亲说不睡还能干啥?

“和面,捏百虫汤粑。”

燕子都不来了,百虫汤粑做来干啥?再说粮食这样金贵。母亲说。

狠命折断手里的柴火,来辛苦怒吼:“叫你捏你就捏,卵话多,你还翻天了。”

翌日,我和来辛苦背着昨夜捏好的百虫汤粑到了燕王宫下,那里早就聚满了人。地上摆满了背篓,大家都没话,默默把背篓里的物事取出来,集中装进几个背篓。几个汉子背上背篓就上了崖,登到燕王宫高处,抓起汤粑开始漫天抛撒。和往年不同的是,今年抛撒汤粑少了兴高采烈,祝词也没了。崖上抛撒的黑着脸,崖底仰头的也黑着脸。

燕子峡这边刚撒完,曲家寨十多个男人背着背篓过来了,走在最前面的是我的引路师曲从水。曲家寨那头抛撒完汤粑,两寨人黑着脸悄无声息离开了。曲从水刚走出去几步,来辛苦喊住了他。

把我拉到曲从水面前,来辛苦说这娃的路你还没引完呢。曲从水说我家曲向海的你不是也没引完吗?来辛苦说你让他过来吧,我把他带上燕王宫。摆摆手,曲从水说我看就算了,马上就一片汪洋了,还爬个干屎啊!

你们那头走不走?来辛苦问。

沉默片刻,曲从水说:不走,坚决不走。

"我们也不走。"来辛苦说。想了想,来辛苦又说:"要说到坚决,燕子峡胜过你曲家寨。"

"放你娘的狗屁!"曲从水骂。

"日绝娘,老子就这样说了,不信你还会咬我卵子几口?"来辛苦讪笑。

"你再说一遍?"曲从水说。

来辛苦说我就说了,如何?

一咬牙,曲从水恶狼一样扑向来辛苦,两手掐住来辛苦脖子,一下就把来辛苦扑倒在地。来辛苦块头要大些,一翻身脱了困,一拳砸在曲从水脸上,顿时黑的红的飙了一脸。费力往后一撤,曲从水腿一屈一伸,蹬了来辛苦一个仰翻叉,然后迅速腾过去,将来辛苦压在身下,拳头乒乓往来辛苦全身乱砸。嚎叫一声,来辛苦也开了酱铺子。我看来辛苦吃了亏,返身掂起一块石头,冲到曲从水身后就准备砸。忽见来辛苦腾出一只手,笔直指着我吼:小狗日的你敢,给老子滚到一边去。曲从水悚然回头,看了看我手里的石头,一纵身从来辛苦身上跳开了。来辛苦翻起身来,根本不看曲从水,径直冲过来一脚将我踹翻在地,指着我的鼻子破口大骂:你他妈还翻天了,连引路师你都敢打。我喉咙一紧,带着哭腔说我不是看你要遭他打死了才上来帮忙的吗?又给了我一脚,来辛苦说:我和他打架关你卵事,你狗日的细崽崽一个,哪轮到你插手。说完又准备过来继续收拾我，这时曲从水过来护住我，把我拽起来对来辛苦说:“你是他老子,他不帮你难道帮我啊？”

两个人各找了块石头相对坐下,捞起衣角擦净血迹,来辛苦抽抽鼻子问:

“你们那边啥时候走？”

把沾满血渍的手伸到脚边的青苔上擦了擦，曲从水答:“水涨起来就走。”

“燕子峡个个都是咬卵匠,就怕有死活不挪窝的。”来辛苦说。

“我那头一样，”曲从水擤了一把鼻涕说,“还能咋办，挨家去央告咯！”

看看对面悬棺崖,来辛苦说:“崖上的祖宗是保不住了。”

“又不只是你燕子峡的祖宗,”曲从水说,“我亲爹还睡在上头呢！”

分手时,来辛苦对曲从水说:“过两天你喊几个人过来,我们两头一起爬上去把棺材都绑一绑吧！免得漂走时散了架。”

第十四章

来高粱偷偷告诉我,他那对翅膀完工了。

在他的院子里,他把翅膀徐徐拉开让我看。我确定我的二老祖不是凡人,那对翅膀做得和鹰燕的翅膀一模一样,连薄翼上的纹路都是一样的。他把翅膀穿戴好,来回扇动了好几下,然后神秘地对我说他试过,真的可以飞起来。得意在脸上还没消散,转瞬他又伤心了,把翅膀卸下来扔在一边,他难过地说:悬棺都没了,做得再好有个卵用。

水位一天天在抬高,先是猫跳河不见了,接着祖祠崖不见了。和脚下的水流刚好相反,寨人的情绪都落到谷底。家家户户都在收拾东西，其实也没什么可以收拾的,新的地头住的用的都准备好了。负责协助搬迁的人说了,提把扫帚就可以入住。当然没人理会,该收的还是要收好,能不能带走是一回事,收不收又是另外一回事。再不入眼的破家烂园,都是自家一手一脚置下的,走前归整归整,也算一种交代。

连续几天,我和母亲都在收拾,只有来辛苦不动,每早起来都坐在院门边发呆。母亲看不过,说你憨坐啥子,过来帮忙收点东西噻。来辛苦不应,问得急了,他就幽幽说一句:连祖宗都没了,其他的有个卵用!

前些日子挨家挨户搞动员时,来辛苦还像只撒欢的狗,等把通寨的人说动,他就成条遭瘟的狗了。日日魂不守舍,有事没事就发火,半夜爬起来一个人到处乱逛。

今天是寨人约好上路的日子。天麻麻亮,来辛苦就开始给房前屋后的树木浇水,直到把水缸舀干。我和母亲挎着沉重的物事站在院门边等着他。浇完了,四下环顾一回,他喃喃说:最后一次照应你们了,往后风雪旱涝,就靠你们自家了。一家人扛着收好的东西出门来,发现寨口早就聚满了人。来辛苦过去挨个清点了一遍,发现少了来高粱,就对我说你二老祖还没来,你去喊他快点,水就要过悬棺崖了,水一过悬棺崖,就出不去了。

进了来高粱院门,喊了几声没人应。院子收拾得很干净,连墙根下的枯草都除去了。进屋看了看,被褥叠得整整齐齐,连平素那张积满了灰尘的歪腿木桌都擦拭得干干净净。屋子里转了一圈,都没见来高粱的影子。折到屋后,顺着歪斜的小路跑过去,我看见了我的二老祖。他穿着簇新的青布汗衫,背着一对宽大的翅膀,耸动着往前走。

我喊他。他停下来,回身看看我,没理会,继续往前去了。赶忙过去拉住他的衣服,我说二老祖,水就要漫上来了,寨人都等着你呢!薅开我的手,他弯下腰,摸了摸我的脸说:“你们走,二老祖不走了。”我说你不走的话会被淹死的。叹口气,他说我早就该死了。

我喉咙一哽,眼泪就下来了。他伸手抹掉我的泪,脸上荡开一弯笑,展开那对翅膀扇了扇说："路线我都看好了，悬棺崖后山有条毛狗路，直通山顶，我试过，断腿没能挡住我。"

我哭着说你跟我们走吧！

摇摇头他说："娃哎！你们走吧，几十代人都在这崖上爬上爬下，是累了，换个地方过吧！"然后他拿手戳了戳我的心窝子，严肃着说："娃，看得见的悬崖不在了，看不见的悬崖还在，往后遇上翻不过去的坎，多看看躲在心里头的崖壁。"

说完他歪歪扭扭去了，崖底有风不断涌上来，鼓着他一对翅膀，发出咻咻的声音。

走出好远他又回身跟我说："快走吧，还有好长一段路等着你呢！记住，不要对人说我的去向。"

抹干泪跑回寨口，我给来辛苦说二老祖不见了。

咋办？一个人问。

来辛苦看看我，我轻轻点了点头。来辛苦愣了一阵，鼻子抽了抽，又看看我，我对着他重重点了点头。深吸一口气，来辛苦说等不得了，出寨的路就要不在了，大家动身吧！

转过身时，我看见了来辛苦眼眶里的泪花。

我们沿着石壁下来，水位已经漫了过来。往前一直向上，刚上了薄刀岭，出寨的那条路就不见了。

回过身，昔日纵横的沟壑已经不见了，只有那些高拔的山尖探出个脑袋，宽阔的浩茫一直向天边延伸。大家停了下来，目不转睛看着对面的悬棺崖。此刻，水位已经爬到了悬棺的位置，先是吞掉了最底层的棺材，那些被吞掉的棺材慢慢耸动着浮出水面。紧接着第二层，第三层。不多时，水面上就浮满了暗褐色的悬棺，跟着水流开始缓缓向下游漂去。

突然听见来辛苦带着哭腔高喊一声。

"送咯！"

山脊上立时跪倒一片，砸得尘土飞扬。

跪拜完毕，人群立起来开始继续往前赶。我停了下来，站在崖壁上，看着远处高耸的悬棺崖顶。这时太阳起来了，光芒一下铺满了浩茫的水面，发出耀眼的金黄。终于，一个背着翅膀的剪影从朝阳里踯躅着走了出来。在山顶立了片刻，那面剪影双臂展开，鹰燕般从高处飞了下去。风鼓着翅膀，缓缓向水的方向降落。下到水面，起起落落好几回，他终于找到了水面上那口属于他的棺材。爬进棺材，他卸下那对翅膀，两手扶着棺沿，开始唱歌。

走了
走远了
越走越远了
向着太阳的方向
双脚踩着山
踩着水
踩着白的云
踩着来时的路
快跑
跑过猛虎
跑过雄鹰
快追
追逐狂风
追逐落日
最后在东边，更东边，在黄河的尽头，在有海的地方
重新生根，发芽，繁茂
不要哭哟，哭个屁啊

那里是老家，负责埋葬祖宗，负责安顿魂灵
走得专心点
不要往两边看
走得高兴点
不要淌狗尿
有一天，我们也会回来
跟着你的脚印
顺水而下

歌声苍凉，就像两岸那些屹立千年的石壁，散发着从远古飘来的味道。

波光跳跃的水面看似平缓，底下其实暗流汹涌，那口棺材，在水天一色间越飘越远。

抹了一把泪，甩甩肩上的包裹，折过身，我猛然发现，我的身后站着祖祠崖出来的那群人。他们全都盯着我，脸上带着淡淡的笑。领头的那个拄着扁担，额上的皱纹仿佛脚下纵横的悬崖。

原刊《人民文学》2014 年第 9 期

傩　面

一

蛊镇往西二十里是条古驿道，明朝奢香夫人所建，是由黔入渝的必经之道。只是岁月更迭，驿道早已废弃，只有扒开那些密麻的蒿草，透过布满苔藓的青石，才能窥见些依稀的过往。

驿道穿过半山，山高风急，路就被撩成了一条折叠的飘带。弯弯绕绕无数回，折过一堆零碎的乱石，就能看到傩村了。傩村人唱傩戏，一个面具，一身袍服，就能唱一出大戏。傩村除了傩戏，还出寿星，巴掌大的庄子，爬过百岁这坎儿的就有六七个。有好事者曾来考察过傩村的风水，站在高岗上看了好几天，都没琢磨出啥子稀罕来。着实无奇啊！既无绕山咀流的清溪，也无繁茂翠绿的密林。黄土裸露，怪石嶙峋，低矮的山尖上稀稀拉拉蹲伏着一些灌木，仿佛患上癣疾的枯脸。

傩村有半年在雾中，浓稠的雾气，从一月弥漫到五月，只有夏秋之交为数不多的日子，阳光才会朗照。所以庄子上最兴奋的时候不是过年，也不是迎送傩神的日子，而是阳光朗照的这几天。的确是幸福，一年到头，总算能把彼此的面目看清了，雾里靠着声音辨析身份的生活始终不那么透亮。

总是在五月最末的几天，雾气不声不响就从傩村溜走了。阳光沉甸甸均匀铺开，照着黄土、山丘、灌木和乱石。长久的湿潮，太阳俯身一晒，腾腾的雾气从村庄的每一个毛孔中升起，这雾和平常的雾气不同，轻而薄，刚爬过屋顶就没了。

朗照的傩村是一年中最忙碌的日子。铺的盖的得抱出来晾晾，穿的戴的得铺开来晒晒。物事还不是最要紧的，最要紧的是人。窝在屋子里一年的寿星们，都快发霉了，得在阳光驾临的日子里都搬出去好好过过太阳。

晾晒地点在村西的晒谷场。午饭刚过，村子就热闹起来了。古物在青石板上一溜排开，全都皱皮腊干。偶尔的一个咳嗽，或者一个哈欠，算是证明着他们还在阳间。人当然是识不得的，拉着孙子的衣袖，爹呀爹的喊个不停。孙子们也是习惯了，哎哎应着。不能不应，不应就不松口。应了，他就指着边上的问：爹唉，这个死老东西谁呀？孙子就答：莫理他，过路的。然后无牙的嘴发出空洞而快乐的笑，仿佛儿时寻得了一个欢喜的物事。笑一阵，脑袋艰难上举，眯着眼看了半天，手指往天上软弱地一戳，兴奋地喊：爹呀，月，月亮。孙子郑重地点点头，说对对，月亮，月亮。

阳光温暖，很快倦意就上来了，七八颗花白的脑袋低垂着，口水牵着线长淌。孙子曾孙子们摸出手帕慌乱地擦。口水擦净，儿孙们掏出傩戏面具，龙王、虾匠、判官、土地、灵童。如此种种，往老癫东们面壳上一套，天地立时澄明。

东头居首的刚才还垂死般，面具甫一套上，手掌上举，把面具摩挲一遍，就知道自己的角色了。“呔，土地老儿来也！”一声恶吼，老眼猛地一睁，刚才还混沌的眼神瞬间清澈透亮。手臂一挥，高声诵唱：

土地本姓程，常在天空驾祥云。

唱词仿佛一剂良药，一排的垂死顿时成了逢上及时雨的蔫苗。

紧挨着的手一摊，接：

呔！由何处来？

东首的应：

从天上来！

西首的问：

看到些哪样景致嘛？

东首的又应：

四川下来重庆城，开九门，闭九门。

开九门来闭九门，子牙庙内把香焚。

四川下来重庆府，一戏文来一戏武。

自古侯门出权贵，世间只有百姓苦。

中间一个接：

不谢天，不下雨；不谢地，草不生。

不谢父母遭雷打，不谢师傅法不灵。

众人合唱：

谢了天，才下雨；谢了地，草才生。

谢了父母雷不打，谢了师傅法才灵。

东首那个唱：

东方驾朵青云起

挨着的接：

南方驾朵赤祥云

紧挨着的又接：

西方驾朵白云起

顺着过去的又接：

北方驾朵黑祥云

众人合唱：

五色祥云来托起，退回灵霄宝殿门。

唱毕，数颗脑袋整齐地一垂，神仙还原成了凡人。

可以不识五谷，可以六亲不认，可以天地混沌，可以指鹿为马。可是面具一上脸，老得发霉的记忆又抽枝发芽了。

此刻，秦安顺站在自家院墙边，笑模笑样听着风送过来的唱词。

本来他也想去晒谷场过过太阳的，踌躇了半天还是没去。他瞧不上那几根活得昏天黑地的老枯木。自家才七十出头，眼明心亮，哪能去跟着厮混。更要紧的，是得在秋收之前刨刮出一个谷神面具来。村长答应他的，刈麦时可以跳一出丰收戏。以前这出戏本是惯例，日子跑到这些年，渐渐就疏松了。连村长都说了，跳哪样跳？傩戏？你妈垂死的家什了。倒是前两年有外人对傩戏面具感兴趣，村长让赶制了一批，送到县城的商店里头，销路还不错。秦安顺就对村长说，没开过光的面具就是个木疙瘩，买回去有个卵用。村长就教育他，开光了又如何？人家就是买稀奇买古怪，这个垂死的玩意，垂死了哟！

拉条凳子在院子里坐下来，拉开工具箱，秦安顺开始了谷神傩面的第一刀。木材选用的核桃木，木质梆梆硬，得放进水里浸泡七八天，要不刻好的面具一见阳光就会炸裂。好木材雕好东西，这是硬理。谷神在傩面序列里头算不得大人物，但对庄户人却极其重要，所以核桃木得是上了年岁的，最少五十年以上，这样神灵才容易附上面具，木质嫩了，神仙会嫌弃的。全傩村最金贵的面具是傩神，也就是伏羲氏，金丝楠的，几百年树龄，就睡在秦安顺的箱子底。

动刀之前有个仪式，得念上一段怕惧咒。上师传艺时叮嘱过，面具在成型过程中，神灵就开始附着了。不过刻师始终是凡人，走神是难免的，一个恍惚，刻刀就会跑错路，面具也就毁了。毁了面具是小事，神灵散去了就是大不敬了。所以下刀之前得有个说明，傩面师管这个叫礼多神不怪。

选就的木料斜靠在院墙上，近前燃上一炷香，焚化几张纸。垂首开始默念：

凡人起刀
傩村垂首
抖抖战战
魂飞魄走
敬告上神
佑我两手
不偏不倚
不跳不抖
面具成日
焚香敬酒

凿子铲得木屑纷飞，远处晒谷场的诵唱声高高矮矮传过来，在阳光里打着旋。秦安顺嘴巴跟着歌声跑，不过没声音，歌声在心头。

二

已是午后，阳光不再灼人，困意却见缝插针。刻刀在秦安顺手里有些晃荡，眼皮子不停碰撞，手里的面具成了两个，虚虚实实，奋力睁大眼，虚实才能叠合。一松懈，虚影裂出来好大一块。不敢下刀，秦安顺索性把身子瘫软下来，让自己眯一阵子。

眼睛刚合上，秦安顺又被带走了。

依旧是那两个人，一般高矮，一般面相。面壳额头凸大，下巴尖削，还挂有长长的青髯。照秦安顺的推测，该是判官。又似不像，自己手里刻出来的判官，少说有上百个，祖上传下来的傩面图谱上，判官面形该是地阔天宽，近于方形，且胡须短促，眼神也不似来者这般软和。傩村刻师都晓得，判官面具的要诀就在眼神，凶煞越甚，说明傩面师功力越高。

好几次，秦安顺都想问问来者身份，又怕唐突，加之害怕，一直没敢张嘴。

每次都一样，迷糊中，两人就出现了。听不见一点响动，来者就已经立在面前了。宽大的黑袍罩着他们的身形，见不着胖瘦。抬抬手，示意秦安顺起身。秦安顺没动，想着来者不善，哪能说走就走。可秦安顺发现自己根本无法按住自己，左首那个双手轻轻一抬，秦安顺就飘起来了，悬在半空，仿佛跌进了一堆厚厚的棉花团。

来者一左一右死死夹着秦安顺出了院门，步伐不急不缓。

天光悱恻，照模样推测该是黑夜和白昼开始交接的时日，四下泛着幽幽的蓝光。门口那棵死去多年的紫荆树竟然开花了，花串呈淡蓝色，拳头大小的蜜蜂在花间嗡嗡飞着。折出院门，天光大亮。阳光是橘色的，傩村浸泡在一团柔和里，像朝霞里婴儿的脸庞。

一抬头，秦安顺看见了村东的老庙，梁柱、瓦片都是簇新的，连门口的石阶都还是新打制的刻痕。这不是翻新的，秦安顺天天经过这里，老庙的破旧早在心头扎了根。他往旁边凑了凑，想看个究竟。后面忽然伸出来一只枯瘦的手掌，将他拨回路上。秦安顺回头，发现面壳变得严肃了许多。没敢多话，任由两人架着走。

庄户人得赶早，渐渐有了人声、狗吠声和孩子的啼哭声。

迎面过来两个人，一男一女，男的扛着锄，女的挎着筐。两人有说有笑，离得很近了，都还在自顾说笑。这不是乡下庄户人的做法，爬山过坎，不管是否熟识，离得远远的就该有声招呼。去哪儿啊？吃了没有啊？下地啊？没话也要找话。对面来的不是这样，径直就过来了，直到从秦安顺身体里穿过去，秦安顺才发现来人根本看不见自己。

穿过那一刻，秦安顺看见自己身体被拉出去一抹淡雾。

惊着自家的还不是这个，过去的两人才让秦安顺惊骇不已。两人秦安顺都认识，虽然都年轻着，但相貌还是熟识的。男的喜欢抽旱烟，没事就窝在屋檐下把自己罩进一团烟雾里。女的爱干净，两天就要用生皂角洗一次头，发丝一年到头干干净净，就是老了，头发全白了还保留着这个习惯。不过，早在二十年前，两人都去了傩村的坟场，合棺，下葬时种植在坟前的那棵皂角树都碗口粗细了。皂角树是秦安顺种植的，他说奶以后就有生皂角洗头了。

深吸一口气，秦安顺闻到了空气中飘荡着的一股淡淡的皂角味道。

回身看了一眼，男女去得远了，秦安顺认得女人挎着的那个柳条筐子，现在就挂在自家堂屋的墙壁上，只是不再这样崭新了。男女抛洒着一路笑，最后折进了秦安顺的院子。

继续往前，傩村就在身后了。天色又暗了下来，平素那些熟识的景致渐渐就不见了，脚步越往前赶，天地愈发荒凉。大片大片的林子，尽是老树，树上缠满了粗壮的藤蔓。远远近近还有野兽的叫声，狼的，虎的，豹的，还有好多说不出来的，长长短短，吼得头顶上枯死的叶片簌簌下落。

一眨眼，天就黑尽了，天幕上星星点点，一弯残月悬在天边。

使劲挣脱束缚，秦安顺深吸了一口气。他不是怕，七十三的人了，哪样精怪没见过？他就是想搞清楚一件事情。

轻轻咳嗽一声，秦安顺问：两位，我就想问问你们是哪路神仙？、前后都没应声。

“不说个子丑寅卯我就不走了，我也是七老八十的人了，饶你鬼神我也不怕。”秦安顺索性站住了说。

后面的推了秦安顺一把，秦安顺一跺脚，说：“不走了，你干脆收了我去。”

就这样僵持着，半天，前头的对着秦安顺挥挥手，秦安顺把脸送了过去。那位把手往前指了指。秦安顺跟着指头看过去，他就呆住了。

不远处是一片平整的开阔地，有人正围着火堆跳舞，每个人面上都套着一张面具，嘴里发出嗷嗷的叫声。这个秦安顺识得，归乡傩，专为归乡的游子和远征结束后返家的士兵跳的。按傩村的说法，人远涉江湖，难免会撞见些不干不净的东西，这些东西会依附在人身上，时长日久，会慢慢吞掉人的魂灵。回来后，跳场傩戏，驱邪除怪，就能干干净净做人了。

领首的傩师是土地菩萨，着一件素袍，持桃木剑，劈空刺出一剑，喊：

一炷檀香两头燃，下接万物上接天，
土地今日受请托，接引游子把家还。
桃木剑指阴角处，妖魔鬼邪避两边，
口中吐火吞瘟癀，泥中奋出紫青莲。

唱词高亢，秦安顺有些神往了，步子不由自主往火堆那头去了。凑近看了半天，秦安顺心头一凛，他发现那些凹凸的木刻面具在火光中开始慢慢软化，流淌，最后和脸孔融为了一体，泛着黑色的油光。

猛地，亮光炸开，秦安顺顿觉眼前一片白亮，灼得双眼刺痛。

慢慢张开眼睛，眼里的物事逐渐清晰。他站在了自家的院子里。

天光明朗，四下环顾，颓败的院墙在，墙根下的水缸还在，那棵枯死的紫荆树也在。阳光下，一个老人坐在一张矮凳上，正认真鼓捣着一个即将成型的面具，面具是灵官，谱系里算个小角色，不过大场小场的傩戏，倒是个缺不得的人物。口有点渴，秦安顺走到水缸边，操起水瓢弯下腰，自己被吓了一跳。映在水缸里头的脸，正是矮凳上自己正在雕刻着的灵官。

“嘿，我的灵官神哎！”矮凳上的一声喊。

看着矮凳上的人，又看看水缸里头的人，秦安顺不晓得到底哪个自己才是真的？

抬起头，傩村的早晨开始了，照旧有雾，贴着褐色的土地，四下流淌。

三

女人回来了，在麦子开始泛黄的时节。

高跟鞋在傩村铺满枫叶的石板路上，敲打出压抑的闷响。一袭红裙在傩村漫无边际的黄色里像一朵妖艳的蘑菇。

傩村秋季很短，像个慌张的过客，行迹在山水间一晃就没了。还没等你把她打量清楚，第一拨秋霜就降临了。就因这个，傩村的庄户人总是把秋尾巴盯得死死的，麦粒一收浆，刈麦的嚓嚓声就响成一片。此刻正是抢麦的前夕，天地寂然。安静只是表象，镰刀早就磨得明晃晃挂在墙上，就等着麦粒们蒸腾掉身子里的水分，热闹就开始了。庄户人都是弦上的箭矢，一声激响，傩村就会上演一场奔命似的抢收。

女人走得很慢，虽然化了妆，还是没能掩盖住脸上的颓败。旅行包上上下下，在肩和手之间慌张地转换。脚步也显得格外凌乱，到底是昂首大步，还是俯身慢走，女人还没有拿定主意。心思一乱，脚步也就乱了，一个踉跄，幸亏抓住了路旁一棵行将枯死的老树，她才稳住了身形。

靠着老树定定神，把一缕头发拢到耳根后夹好，女人咧嘴一笑，面上的颓然不见了。那笑逐渐拉开，嘴角开始上扬，眼神立时是满满当当的轻蔑和不屑。

既然敢回来，我怕个鬼。

其实一直没有回来的念头，梦想是把钱挣足后，就在那个能吹海风的城市过完一生。可从医生把诊断书递给她那天起，回家的念头就愈发强烈了。她以前从来不明白落叶为什么要归根？等死之将至，她才慢慢悟出来了。

无边的安静让女人有些不安。记忆中的傩村总是人来人往。树木、花草、石头、远处的枯山和近处的瘦溪，是最近几年才成了记忆的主体。刚进城那些年，闲暇时想起傩村，全是熟悉的脸。爹妈的脸，姐妹的脸，姑爹姑妈的脸，甚至平素那些老旧皱皮的脸。甚至还在睡梦中见过傩神的脸：山王、判官、灵童、度关王母、减灾和尚。这些面孔，只在睡梦中才会活过来，在山间跳，坝子里跳，堂屋里跳。最玄乎一次，她看见好多傩面在她的额头上跳。剧目是“延寿傩”，黑白无常和一群小鬼，踩得她眼皮生疼。

心思起起伏伏，脚步稳稳当当。稳当中有轻贱一切的成分。傩村人算啥？我吃过，穿过，玩过，横比竖比也比你们窝在这里一辈子强。折过一个弯，是一块斜坡，斜坡上开满了野秋菊，一头黄牛立在斜坡上啃着草。听见脚步声，慢悠悠抬起头往这边看。

“看啥看？我就回来了。”女人冲着黄牛说。

黄牛没搭理，低下头继续啃草。

女人黑着脸，弯腰捡起一块拳头大小石头扔了过去。石头软绵绵落在牛背上，黄牛抖抖背，伸长脖子喊了一声“哞”。

终究是无趣，心情一下落到了地面。

“我一个要死的人！”女人对着牛说。话音一落，眼泪就下来了。

眼睛朝前面看了看，能见到自家房子，青砖瓦房，还有好看的翘檐。小姑娘那时候，在母亲的呼喊中从这片野菊地跑到家，也就一袋烟工夫。可现在，她觉得这段路无比漫长。

“颜素容，你个砍脑壳的，天都黑了，还不回家吃饭！”

她还记得母亲的喊声，总是在黄昏，声音高亢明亮，震得远处的落日都跟着抖。

那牛又叫了，长声吆吆。

一下回过神，高跟鞋继续敲打老旧的石板路。

颜素容穿过秦安顺青砖瓦房时，他正在院子里忙活。活儿几个月前就开始了，傩面中的谷神。原本神龛上有，前年和老太婆斗嘴，被她摔成了两半。就因这个，秦安顺一个月没理会老太婆。去年腊月还没过，老太婆就走了，急症，啥征兆没有，睡前还跟秦安顺唠叨过年的糯米面还没磕好，第二天就硬在了床上。寨人都安慰秦安顺。秦安顺却拍着老太婆棺材笑呵呵说：走得干干净净，啥苦没受，不晓得她前世修了啥子大德，我羡妒她啊！

刻刀走走停停，木屑飘飘洒洒。七十多了，手老抖。稍一分心刻刀就四处乱逛。前段好不容易找到一块核桃木，眼看就要成了，眼一花，手一弹，傩面的鼻子就去了半边。谷神在诸多的傩面里头，算是个小角子。但在庄户人眼里，却比引兵土地啊勾愿判官这些实权派还重要。庄稼下种，有一场许愿傩，收割完毕后，还有一场还愿傩。酬恩缴愿，都是给谷神的。丰收歉收不能计较，想想，凡人哪能跟神仙算得一清二楚？

雕工完成后，接下来还要着须，上色。不过这只是第一步，把面具请上神龛，开了光，度了灵，才能算真正的傩面。没有神性的只能称着脸壳子，县城商店里头摆着出售的就是。开光度灵后的傩面就只能供奉在神龛上，傩戏开场前，还得请傩面，连请都得有一个简短的仪式。

日头开始偏西，阳光堆满了院子。秦安顺眼皮一炸，膝上的面具就模糊了。他停了下来，揉揉眼，从兜里摸出一支纸烟点上。刚吐出一口烟，他就听见了皮鞋敲打石板路的声音。

抬手搭了一个凉棚，眯着眼往远处瞅了半天，秦安顺也没看清来人，只有一团红幽幽飘过来。

“安顺叔。”

喊声不太利索，像是嘴上蒙了一层罩子，还有些躲躲闪闪。

“谁啊？”

“我啊！”轻轻咳嗽一声，那团模糊接着说，“我素容啊！”

秦安顺呵呵笑，“是素容啊！我这眼睛不太好使，进来坐。”

迟疑片刻，那团红才飘进院子。

拉条凳子在面前坐下来，秦安顺仔细打量了一番面前的人。不错的，村西颜东生的幺姑娘，看上去啥都变了，但眼角那颗黑痣还在。

“在城里好好的，咋回来了？”

“回来看看。”

“啥时候回去？”

“嗯！再说吧！”

把凳子往后挪了挪，颜素容眼睛四下扫了扫，问：叔娘呢？

手往远处的笔架山指了指，秦安顺说在那儿呢！

“干活啊？”

扯着嘴笑笑，秦安顺说干啥活哟，享福去了。

一咧嘴，颜素容把凳子往前拉了拉，说：“死了就死了嘛！享福？去到那头说不定铡刀油锅正伺候着呢？”声音没了刚才的温润，变得冰凉冷硬。秦安顺还是笑，把烟卷扔在地上踩灭，他说：姑娘说得对！那头的事情哪个说得清哟！

女人没接话，摸出一盒烟，递一支给对面，对面摆摆手：我刚丢，我刚丢。

“来一支吧，这一支能抵你那一盒呢！”

秦安顺摆摆手，颜素容没再勉强，自顾点燃烟，悠然吐出口烟雾，眼睛死死盯着秦安顺说：“你是不是觉得抽烟的女娃都不是好东西？”抬手抹了一把脸，秦安顺没说话。颜素容呵呵笑着说：你嘴上不说，心里头就是这样想的，我说得对不对？

吐口气，秦安顺感觉是没话了，他俯身捡起地上的傩面，右手掂起刻刀，刀还没动，颜素容一把把傩面抢了过去。

翻来翻去瞧了瞧，颜素容说：“是灵官？”

“谷神。”秦安顺说。

伸手弹了弹谷神的额头，噗一声轻响。颜素容笑笑，一甩手，面具在地上几个骨碌，滚得远远的。秦安顺身子一挫，嘴里发出一声哎，随即又坐定了，眼睛跟着面具去到了台阶下。

“都哪朝哪月了，还鼓捣这破烂货，”翘着指头把烟卷送到嘴里吸了一口，颜素容接着说，“能当饭吃还是能当汤喝？”

“闲着无事，整着玩。”秦安顺声音压得低低的，像个做了错事的娃娃。

指头一弹，烟卷在空中划了一道惨白的弧线，女人双手一撑站起来，捋了捋裙裾的褶皱，说：“好了，不和你说屌了，该回家了。”语气放肆猖狂，刺耳的脏字还做了重音处理。

摇曳着走到院门边，颜素容回身对院中目瞪口呆的老头说：“干点正事吧！你鼓捣的那玩意离死不远屌了。”

连续两个屌，砸得秦安顺有些蒙。高跟鞋的声响消失了老半天，他都还没缓过来。

泥塑样地坐了好久，秦安顺都不得要领。颜东生的幺姑娘不是这样子的，至于以前是啥样，秦安顺竟然一时想不起来了。

头顶椿树巅上一只乌鸦唤醒了他，那黑不溜秋的东西刮刮喊了几声，翅膀一扑又飞走了。撑着腰站起来，秦安顺挪过去捡起地上的面具，凑近看了看，满是灰迹，噗噗吹掉，回身坐下来想继续，才发现黄昏上来了。

这就是傩村的黄昏，惨红在天边肆意铺展，仿佛一摊无际的血湖。那红跟着日头的退隐愈发深沉，傩村就这样被血黑主宰了。

颜素容蹲在院墙根下，盯着天际那滩逐渐隐去的惨红色。老娘的声音在院子里飘荡。喏喏喏，快来吃，快来吃。还有猪的哼哼和铁瓢敲击猪槽的声音。抽抽鼻子，颜素容闻到了饭食的香味。酸酸的，辣辣的，应该是糟辣椒炒腊肉，味道极好，因为腊肉是老娘自己喂养的肥猪做成的，这种味道城里头吃不到。

转进院子，老娘正好提着木桶折过身，没看清背着漫天血红的女儿。脑袋伸过去瞅了半天，才惊讶着高喊："哎呀呀，我家幺姑娘回来了！"把木桶往地上一撂，冲着屋里喊："颜东生，快来看，素容回来了。"喉咙一哽，颜素容差点落了泪。咬咬牙忍住了，几步跨过院子，才冷冰冰说："回来就回来了，鬼吼鬼叫啥？"老娘愣了一下，旋即快步跟了上去，慌张着去接女儿手里的旅行包。粗暴地格开老娘的手，颜素容瞪着眼说："我自家又不是没得手。"

晚饭桌上，爹妈都看出了异样，不敢说也不敢问，三个人自顾端着碗刨饭。吃完饭，三个人坐在屋子里，老娘把凳子朝姑娘边上挪了挪，刚想说话，颜素容站起来说我累了，先睡了。

和衣躺在床上，颜素容眼泪就下来了。有月光从窗户淌进来，在屋子里圈成一摊不规则的惨白。能看见月亮，已经饱满，冷清孤寂挂在天上，面无表情。整晚，颜素容都仿佛掉进了米汤的蚊虫，挣扎了一夜，都没有踏实睡过去。早先一闭眼，能见到无数斑斓的光圈，大小不一的彩色圈儿在一个硕大的空间里飘来荡去。天光泛白时，连眼都不敢闭上了，合了眼只有一个黑洞，见不到底，身体忽啦啦往下落，落啊落啊，落了好久都不见底。

四

夜深了,远处几家的狗叫声时断时续。辗转无数次,秦安顺还是没能睡过去。本来是个寻常的黄昏,东生的闺女却狐仙一样就落在了自家院子里。降落就降落吧,还嬉笑着给了自己几闷锤。野喳喳不说,一撩嘴皮子还屎啊屎的。唉!叹口气,秦安顺转了一个身,脑门子正好对着窗户,有光从窗户洒进来,灰扑扑的。

娃娃嘛!跟她计较啥子哟!长大就好了。秦安顺跟自己说。

在他眼里,颜素容们还在长,出生、学话、吊着两吊鼻涕满寨子跑,一直到扛着背包进城,他们仿佛从来就没有长大过。

就是长齐天,你也是盘豆芽菜。

拖拖拉拉跟自己说了很多,勉强算是说服了自己。

还是睡不着,挠挠头才明白了,这和白日里那些杂七杂八的事情屁关系没有。还是岁数大了,等着天收,说不定明年,甚至明天,和老太婆一样,噗通一躺就没了。想想,临刑前的死囚,哪有淌梦口水的。

身子一蜷,秦安顺坐了起来。走到门前燃了一支烟,才发现月亮到了最胖的日子。

掐灭烟卷,秦安顺折回里屋,拉出床底那个老旧的木箱。嘎吱一声老旧的响声,各式各样的面具在灯光下有暗黑的光芒。小心翼翼从箱底抽出伏羲傩面,俯身一吹,尘烟腾起。

捧着面具转到堂屋,秦安顺在神龛上燃了两只火烛,三炷香。拉条凳子往堂屋中央一坐,朗声高喊:众人垂首,有请始祖伏羲氏。咔嚓一声,火烛炸响。把面具往头上一套,秦安顺眼睛微闭,朦胧中一团红光从天而降,绕着堂屋转了三圈,随即和身体融为了一体。

然后秦安顺看见自己开始爬升,越过屋梁,越过树梢,越过幽暗的云彩，越过一片空旷的惨白。

低头，树不见了，房屋不见了，村庄不见了，最后只能见到白亮亮摊开的大地。

大口大口喘了几口气，秦安顺感觉胸中有无数的声响在奔走相告。

他就开始唱：

祭起东方青帝青旗号，青旗号来青戟枪，青帝兵马镇东方。

祭起南方赤帝赤旗号，赤旗号来赤戟枪，赤帝兵马镇南方。

祭起西方白帝白旗号，白旗号来白戟枪，白帝兵马镇西方。

祭起北方黑帝黑旗号，黑旗号来黑戟枪，黑帝兵马镇北方。

祭起中央黄帝黄旗号，黄旗号来黄戟枪，黄帝兵马镇中央。

安了寨来扎了营，莫等邪神邪鬼入吾乡。

云端上，无数的兵马从四周向傩村逼近，呐喊声震天动地。秦安顺气定神闲，傩村每一个档口都埋下了伏兵，就等着歼灭来敌哩。腰间取下令旗，没等摇动，他就降落凡尘了。

带他落地的是一阵敲门声，敲门声很急促，卸下面具拉开大门，村西的德平媳妇。女人看样子是跑来的，满脸细汗。抬手往额头上抹了一把，德平媳妇急痨痨说，安顺叔，你赶紧，我祖不行了。

返身回屋取出引路灵童，秦安顺赶着德平媳妇步子跑。

傩村人以为，人死了会去另一个地方，可毕竟路径不熟，需要个引路的，这样傩戏里头就有了引路灵童，灵童唯一的活计就是带故去的人找到那个新的地方。其实不光傩村，猫跳河上游的蛊镇，下游的燕子峡都有这个讲究。临死之人，啥都可以没有，引路灵童是万万不能少的。垂死一刻没有他的指引，就会堕入无边的暗地，永世不得超生。

坐在床沿边，秦安顺半天才把气息调均匀，朽了，小跑半里地，就气短胸闷。低头看了看床板上的人,确是垂死了。没有肉,活脱脱一副骨架,眼眶仿佛透到了脑后。一吐气,喉咙就发出嚯嚯的响动,山洪一般。

“前几天不是还在晒谷场唱傩调么?”秦安顺说。

德平鼻子抽了抽,说:“一百零三的人了,眨个眼就可能没了。”

叹口气,秦安顺说看样子是过不了今晚了,香蜡纸烛备上了?德平点点头,秦安顺说那就准备引路吧。

俯下身,秦安顺对即将远走高飞的说:“安心走,灵童来了的。”

床上的一阵剧烈的嚯嚯,眼睛徐徐睁开,半天看清了秦安顺,嗫嚅着吐话:“有预兆的,乌鸦歇梁,梦中遇虎,该去那头了,你辛苦,带我一程。”

焚香燃纸,面具上脸。秦安顺站在床前,右手按住德平老祖额头,高声诵念:

早早起来早动身,莫等仙界闭了门。
若等仙界闭门罢,船开不顾岸头人。

唱完,引路灵童径直往门边走去,回身观望,床上的翻身起行,目不四顾,跟着灵童的步子出了门。一路坦途,没了生界的沟沟坎坎,黄土枯木。大道两旁溪流潺潺,开满了各种颜色的野花。有光,橘黄色的,从天空抛洒下来。秦安顺喜欢做引路灵童,这样可以见到傩村平素见不到的景致。至今他还记得灵童第一次上身时的情形,那次是村南的黄老爷子,领着老爷子魂灵出得门来,就是这样一个场景。多好看啊!他心头感叹,这该是几万年前的傩村吧?要不就是几万年后的傩村。

沿着溪水一路前行,能见到有金黄色毛皮的野鹿,它们在茂密的林子里悠闲地吃着草,偶尔抬头看看远方,甩一甩脖子,抖一抖尾巴,发出一声长长的叫唤。

泛着亮光的石板路曲曲折折穿过林子,就是迤逦远去的山峦,层层叠叠，高高矮矮簇拥着去到远处。独路到这里成了岔口，三条，染布样往更远的地方铺展。

站定，灵童说：三条岔道，去向不同的地方。

魂灵默首，说：我哪敢乱选，烦劳您指条去路吧！

灵童回身，对魂灵说：你脑袋何在？

魂灵答：在头上。

灵童说：把头戴在帽上。

魂灵一愣。

灵童又问：你身子何在？

魂灵答：在身上。

灵童说：把身子穿在衣服上。

魂灵又一愣，旋即指着远方层叠的山峦问：为何我见到风吹山形在晃动？

灵童说：走近才看得真切。

魂灵应一声，顺着中间那条道路去了，出去几步，回身一看，灵童不见了。

夜湿答答的，雾气弥漫着。丧事有条不紊，亡人已经在堂屋停放完毕，青色长衫，软底布鞋，都是一年前就准备好了的。秦安顺坐在屋檐下，夜有点凉，掖了掖衣衫，摸出一支纸烟点上。德平蹲在旁边烧纸钱，忽然抬头问：我祖去得苦不？秦安顺说：你祖杀过人还是放过火？德平摇头。

“就是咯，你见过恶人能逍逍遥遥活他妈一百多岁吗？”

五

颜素容坐在自家屋檐下，套着一件印有小鹿的睡衣。父母都下地去了，母亲出门前给她煮了一碗荞麦肉沫面。面条就在身边的凳子上，时间太久，坨了。一晚上没睡着，眼圈泛着淡黑，一只手靠在膝盖上托着下巴，木木看着远处。

出门几年了，这里仿佛没有一点点变化。远处那条暗褐色的驿路还在，驿路两旁低伏着的灌木还在，村子四周一摊一摊的荒凉也还在。甚至连阳光照落下来印在院墙上的那些斑块都还在。哪像如火如荼的城市啊！大街上攒动的人头里没一个熟悉的，房屋雨后的杂草样疯长，出门几天就找不到回去的路了。

时间到了傩村仿佛就站住了，像是一个行进久了的旅人，到了这里决定坐下来歇一歇，于是，一切都静止了。至于那些细微的变化，你要用心才能捉得住它们。草青草黄，云卷云舒，雨停雪飞，生老病死，暗夜水塘里青蛙的纵身一跃，竹林里笋子的一次奋力拔节，都隐秘得仿佛什么都没有发生过。

现在，颜素容终于知道好多事情都发生了。

比如自己。

双手环抱着膝盖，眼睛慢悠悠四下扫了一圈，她能看到了自己的未来。

堂屋正中应该有一口白色素棺。自己躺在里面，面色灰白，可能还会有些浮肿，对襟藏青长袍是万万不会穿的。临死前她会告诉母亲自己唯一的请求，她想穿那件淡蓝色的连衣裙，刚进城时买的，她还记得店铺的名字，叫达衣岩。老板是个三十多岁的年轻男人，个儿高高的，笑起来有些腼腆。她那天试穿了好几件衣服，自己还算满意，老板却一直摇头。直到那件淡蓝色的连衣裙上了身，老板蹙着的眉头才舒展开来。一拍巴掌，说就是它了。后来又去了店铺几次，知道男人姓唐。此后很长时间，她会经常想起他，当然，就是想想，也只能想想。

棺材周围会装点一些柏枝，不会太多，八十以上死去的才有权隆重。棺材的正面有个香案，案桌上会有自己的灵牌，叫做“颜素容之灵位”。要是嫁了人有了娃，那就该写做“某母颜氏老孺人之灵位”了。某母？想到这里，颜素容嘴角扯动了一下，两行泪就下来了。横起衣袖拉去泪水，她觉得给自己超度的法师最好是蛊镇的郑家，附近几班法师她都见过，最认真的就算郑家了。每一个程序都一丝不苟，最喜见的是破地狱那一出，师傅声音高亢洪亮，步伐沉稳有力。如果真有魂灵，能遇上这样的法事肯定能去得安稳些。

院子里定然一派忙碌，洗菜的，和煤的，生火的。父亲和母亲会倚靠在某个角落，四周围满了劝慰的人。最常见的就是：这人啊！都有定数，该走的八头牛也拽不住，要想开些。母亲自然听不进，号啕大哭是当然的。劝慰未必出自内心，母亲的号哭却一定真实。而且颜素容相信，自己的离开会让父母一生都浸泡在伤痛中不能自拔。

法事会持续三天。都是些最简单的程序，开路、奈何桥、告罪、破地狱、望乡台。一个早夭的人，哪有资格隆重，把你引去那头也就是了。

三天后的早晨，就是出殡的日子了。颜素容不知道自己会被葬在哪里，她也不想知道，哪里都一样，一堆黄土，几缕白纸，最后还不是尘归尘土归土。

葬礼结束后，最重要的一堂傩戏就会上演。日子在头七，傩师会在坟前唱一出离别傩。角色是灵官，他会告诉还活着的人，故去的去了哪里？是乘七色祥云登了仙界还是堕入十八层地狱不得超生。这场傩戏是傩村人自己的仪式，没有分别，胎死腹中的和年逾百岁的一个样。跳傩的自然是秦安顺，傩村最后一个傩师。

不过颜素容不信这些，人死如泥，哪还有这门那门。像傩戏这样的习俗，早该死去了才对。刚晓事的时候，村里大人细娃都喜欢追傩戏。哪里有场傩戏，人流就潮水样地往那里涌。慢慢长大了，从书本上晓得了这个世界是物质构成的，才发现这玩意的无聊。一个人穿身袍服，戴个面具煞有介事地跳来跳去，好好笑。

正东想西想，忽然院门外有人喊。

“素容，是你啊！啥时候回来的？”

来客是四婆，住村南，和素容妈走得最近，两家人时常相互帮衬，收麦刈稻，都会一起出活。素容刚学走路那阵，母亲要去赶个集粜个米，把闺女往四婆院里一扔，放放心心就去了。村里的女人，除了母亲，和颜素容最亲的就算四婆了。

看见四婆那张熟悉的脸，颜素容心头一热，刚想跑过去，喉头一紧，硬生生把自家按在了原地。抽抽鼻子，脸就上了霜。

“管我哪时候回来的？”脑袋一偏，傲慢得像财主家姑娘。

“说啥？”四婆以为自己耳背。

“我啥时候回来的关你啥事？”颜素容说。

四婆一句话没说，黑着脸折身走了。

四婆是老了，走路早没了年轻时候的迅捷，老迈的身躯半天都没挨过门前的弯道。颜素容定在原地，满心怅然。四婆对自己的好，三天都数不完。四岁那年，在村西的陡坡上摘覆盆子，不小心滚下了三丈高的陡坡。闻讯赶来的素容妈抱着满身血污一动不动的颜素容就软下去了。四婆跟着赶来，从素容妈怀里去抢颜素容。素容妈死活不放，号哭着说已经死了，你就别跟我抢了。四婆说死活不是你说了算，你给我松手。素容妈还是不放，四婆扬手响了一耳光，还骂：死婆娘，你这样犯浑，你姑娘才真是死定了。四婆下手重，打醒了，素容妈松了手。四婆接过颜素容，拼命往村南的赤脚医生家里跑。一路颠簸，怀里的女娃魂给颠回来了。颜素容至今还记得四婆奔跑时发出的喘气声，呼喝呼喝，温热的气流急促地往脖子里钻。醒来的颜素容看见了四婆那张咬牙切齿的脸，她就说：四婆，你快点，我好痛哟！

赤脚医生后来说，姑娘晚送去半截烟的时辰，就该垒坟挂纸了。

打那后，素容妈经常念叨这事，说我家姑娘的命就是四婆从阎王殿硬生生拽回来的。

不过四婆倒是从来不说，像是早忘了。

正午，爹妈回来了，老爹在牛圈门边给牛喂草；老娘在水缸边洗净满手的泥，两手交互在腋下擦着水，走过来看见木木的姑娘，又看看凳子上，两只苍蝇在面条碗里起起落落。伸手端起碗，老娘说不能吃了，我再去给你下一碗。

“我不吃。”声音怪怪的。

“不吃？你神仙呀？”老娘咧嘴笑笑说。

猛一抬头，两眼寒光四射，颜素容说：“我——说——了，我——不——吃，你——聋——了？”

一字一顿，仿佛嚼碎了吐出来的。

老娘脸部一紧，往前跨了一步，直直盯着姑娘看了好一会，脸皮才松弛下来。往后撤了一步，才说：“德平老祖过世了，我和你爸要去帮忙，你去不去？”

“他死不死干我卵事？我去干啥？”颜素容斜乜着眼说。

老娘还没来得及起火，牛圈那头有声音响箭般激射过来。

“你再说一遍，老子撕了你的嘴。”

颜素容两手一撑，起来绕过惊愕的老娘，钻屋里去了。

老爹把一捆草往地上一掼，又说：“这哪是我颜东生的姑娘，老子看她是撞了邪了。”

听到老爹的骂，里屋的颜素容不伤心，反而得意地笑了，她鼓励自己，一定要咬牙挺住，坚持就是胜利。

六

秦安顺去了趟县城。

县城在黔中和黔西交界处，最早是个驿站，唤作龙场驿，一直都没什么名声。到了明朝，一个叫王阳明的大官被贬谪过来，据说在这里悟了道。地因人贵，渐渐就有些声名了。当地给阳明先生建了纪念馆，当年他居住过的那个潮湿的山洞也成了赫赫的文化遗址。每年都有世界各地的人来朝拜，原本冷清的边地小县热闹了不少。县城不大，被一条河连串起来，河流最早叫沙溪河，后来改成了阳明河。阳明河一路下行，流过蛊镇，经越山峦，摔落进猫跳河后，顺着燕子峡汇入了乌江。

河流枯瘦，没什么值得显摆的景致，流经处俱是枯瘦裸露的黄土地和石旮旯。只是到了蛊镇，才能见到些许的生气，两岸铺开了绿色。一种细毛竹成了难得一见的好景。竹子长不大，到了寿终也只有拇指粗细。好在命贱，一年三拨雨水就能郁郁葱葱。好景到了傩村就断了线，枯黄重新抖擞，这瘦河还不待见傩村，只在傩村的地界边上舔舐一下，就使坏一样奔着猫跳河去了。

有懂风水的人说：从阴阳学的角度讲，河神安排河道时，到了傩村这一截正好打了个瞌睡。傩村是被忘记了。那些年各个镇子都成立水利站，偏偏傩村没有，村长去找县里理论，县长两手一摊说：你妈连个水凼凼都没得，水利站拿来搓卵啊？管各家各户的水缸吗？村长无话可说，一咬牙带着乡人在傩村后山腰硬是挖出了一条溪流，这条窄窄的小溪，成了营养一庄人的血脉。

傩村最近被人记起是因为傩戏。傩戏吧，本已垂死，哪晓得前些年从北京来了一个民俗学家，误打误撞来到傩村，偶然发现了傩村的傩戏面具，民俗学家眼睛瞪得比牛鼓眼还大。兴奋之余，接连写了好几篇有关傩戏面具的文章，还组织好些人开了研讨会，最后建议傩村将面具推向市场。

傩戏面具销售点在县城的龙场古镇一条街。顺着阳明河绕好几个来回，就能见到古街了。商品不少，蜡染、龙化石、石刻、傩面，叮叮当当，杂七杂八。

秦安顺在古街的东口吃了一碗豆花面,抹着嘴来到傩面店铺口。店主是村长的儿子,叫梁兴富,见秦安顺过来,赶忙从铺子里头钻出来招呼。

端条凳子给秦安顺坐下来,梁兴富说安顺叔,今天咋想着进城来了?

“德平祖走了,我来买些丹砂,唱离别傩用。”接过梁兴富递来的一支烟,秦安顺说。

“有那闲工夫,你还不如多给我做几个傩面哩!”梁兴富说。

“放你娘的狗屁,”吐了一口烟,秦安顺接着说,“你爸死了你不给唱?”

“唱啥唱,有个卵用,还能唱活过来?”梁兴富靠着门框说。

手指往梁兴富那头戳戳,秦安顺说:“你呀你呀!狗东西。”

两人无话,就自顾着狠命吸烟。这时来了客人,在摊位上翻翻拣拣,掂起一个一个傩面笑嘻嘻瞧着。梁兴富赶忙凑上去,指着客人手里的傩面说:“一看您就是懂行的,这个叫镇宅童子,地位比土地菩萨还高,买一个放家里,保管一家平平安安。”

客人反复看了看,狐疑着问:“真的假的?”

梁兴富急痨痨说:“骗你我死全家。”

怕对方不信,又指指凳子上的秦安顺说:“这是我们傩村最有名的傩师,不信你问他。”

客人扭头看着秦安顺。

吐出一口烟,秦安顺说他骗你的。

白了梁兴富一眼,客人说我也晓得是骗人的,不过这面具丑怪丑怪的,我喜欢。

客人欢天喜地去远了,秦安顺一巴掌拍在梁兴富脑门上:“啥时候造出个镇宅童子来了？”梁兴富嘻嘻一笑，说生意嘛，你还能一板一眼的？

“没开光的家什，算啥子傩面哟？”秦安顺扫了一眼铺子里的琳琅满目说。

直直看着秦安顺，梁兴富说安顺叔，你还真信这面具后头有鬼神？

秦安顺点点头。

手一扫，梁兴富说扯卵谈。

“娃啊！”秦安顺顿了顿说，“你不信，是因为你没得怕惧。”

带着丹砂回到傩村，天快黑尽了。

进了院门，屋檐下坐着一个人，夜色朦胧，看不清脸。

哪个？秦安顺问。

我。那人答。

素容啊！秦安顺笑呵呵说，不过心头有点打鼓，他想起了那天的场景。

打开门，秦安顺说你坐，我去煮饭。

“多下点米，我和你吃。”声音扎实得不容商量。

“要得，要得。”嘴上笑着应，心头却说咋不晓得客气一句呢。

挖尽现存家底，也只凑够四菜一汤。糟辣椒炒洋芋丝、糟辣椒炒腊肉、糟辣椒炒豆干、糟辣椒炒干笋，汤是素酸菜豆米。筷子在盘子里扒拉扒拉，颜素容夹起一根洋芋丝问：这是啥子？洋芋丝呀！秦安顺答。把拇指粗细的洋芋丝扔回盘子，颜素容说我还以为是抵门的杠子呢！秦安顺连忙笑，说没法子，我这刀法粗，以前都是老太婆做。扫了一眼桌面，颜素容又说你糟辣椒里头泡大的吗？啜啜嘴，秦安顺没接话，不好接，接过来也没什么意思。想了半天，他才说：乡下旮旯比不上城里头，我们只能吃季节，春夏秋冬，地里长出什么我们就吃什么。说完低头刨饭，动作小心翼翼，生怕弄出什么动静来。颜素容笑笑，埋头开始吃饭，她动作很慢，眼睛不时往秦安顺这头瞟，像个随时会发出暗器的杀手。

一餐饭总算吃完了，虽说有些战战兢兢。收拾完毕从厨房出来，秦安顺看见颜素容在凳子上吸烟。吐出一个椭圆的圈儿，颜素容说这是我吃过的最难吃的一顿饭。秦安顺撩起衣服擦擦手说：姑娘，我不会弄，以前都是你伯娘弄来伺候我，她手艺好，怪你运气差，吃不上她弄的饭菜了。

“她弄的我更不吃。”颜素容笑眯眯说。

“为啥呢？”秦安顺问。

讪笑一声，颜素容说你看她长的那丑×样，鬼见了都怕，吃她做的饭？我怕我会吐哟！

没等秦安顺接话，颜素容接着说：“不过我挺佩服你，几十年和这样一个丑鬼睡在一张床上，你就不怕半夜醒来被吓死吗？”

哈哈笑了两声，颜素容再接再厉，说：“问你一件事，你晚上和她做那事的时候，你关不关灯哟！”

刚遭雷打，接着又被火烧，灾难接踵而至，秦安顺喘不过气来了，他满脸通红，嘴唇剧烈抖动，两手交互狠命握着，看样子想搏命。

呼哧呼哧喘了半天，总算憋出一句话。

“姑娘，你这样乱说，是要遭雷打的哟！”

两手拍着膝盖，颜素容笑得更欢了，她抬头看着屋顶，大声吆喝：我就说了，你让雷来打我呀！雷真要打我，早就打了。喊完，颜素容猛地盯着秦安顺，恶狠狠说：“你现在是不是特别想给我两耳刮子？”摇摇头，秦安顺说你一个娃娃，胡打乱说几句，我哪能打你哟！

盯着秦安顺看了一阵，颜素容眼神软了下去，嘴唇瘪了瘪，她哭了，嘤嘤嗡嗡开始小声啜泣。秦安顺一时没得了分寸，颜家姑娘简直就是傩村六月的天气，刚才还天光清朗，一转眼就雷光火闪，再一转眼大雨瓢泼。他没开口劝解，不晓得病因，就不能对症下药。颜素容转过身子，面对墙壁，小声啜泣变成了号啕大哭，身体开始有节律地抖动。默坐片刻，无所事事，秦安顺索性拿出锉刀，就着灯光摆弄起了傩面。谷神眼耳鼻都浮现了，就差下巴了。按老式刻法，下巴一般呈椭圆，上行到脸部有个夸张的一勾，就是这一勾，脸谱就活了，鬼精毕现。秦安顺一直不太喜欢这个刻法，每次到了紧要处，他都有再放一放的冲动。他试过，其实勾的那处放得更猛些，不仅不会坏掉神韵，反而会让谷神在鬼精之外更给人一种可堪信赖的气味。年轻时刻面，他就故意走了神，拿给师傅过目，换来的是一记响亮的耳光。

师傅吼：你当自己是谁？说改就改啊？

现在好了，师傅早就去了，就算耳鼻颠倒也不会挨打了。不过秦安顺反而变得谨慎了，每次刻面，到了紧要处总要彷徨一阵，次次都想改，最后成型的还是老式样。他不怕别的，就怕变了形后神灵附着不上来。

刻刀游弋，能听见沙沙的声响。那头哭泣声开始委顿，没了刚才的嘹亮，变成受尽委屈后难抑的伤感。

抬手抹干泪，颜素容把凳子往这边挪了挪，说："给我一支烟。"

秦安顺抬起头说我这烟冲鼻子，怕你抽不惯。

让你给你就给。颜素容说。

摸出一支烟递过去，秦安顺问："哭够了？"

颜素容没理会，把烟点燃，吸了一口，埋头大声咳嗽。

笑笑，秦安顺操起刻刀继续。

"真他妈过瘾啊！"颜素容说。

"烟叶差，烟雾大，当然过瘾了。"秦安顺说。

亢亢两声，颜素容说你晓得个鬼，我是说哭得真他妈过瘾。

哦！秦安顺应一声，就没话了。

把剩烟扔到地上踩灭，颜素容把椅子伸过脑袋，看着刻刀走了片刻，她问："刻好这鬼东西要多久？"秦安顺抬头看着颜素容，脸上浮起来一弯笑，然后他说：这不是鬼东西，我们唤作谷神。

七

该是刈麦的时候了。这几日老天慈悲，艳阳高悬。平素浓稠的雾气也不见了，傩村到处都清清朗朗。得抢在雨季来临前把麦子收割打晒，全村都铆足了劲，天一放光，提着镰刀就往麦地跑。和别处不同，傩村的传统是帮衬。几家人结成比较固定的互助，今天你家，明天我家，后天他家。不光是人多力量大，更多的是能在劳作时说说笑笑，吹吹唠唠。累了，扫一扫帮衬的乡人，心头会感觉暖和，无助感会消散。

照例是一个不眠之夜，只有在天光放亮时能睡去片刻。颜素容晓得，这难得的片刻其实也是假的。总能见到坟墓中的自己，破烂衣衫下堆放着的一堆零散的枯骨。还能见到墓碑，在苍黄的天底下散发着黑黝黝的色泽。碑上的字迹已然斑驳，苔藓传染病一样在墓碑上疯长。最后见到的是坟墓，孤零零一堆黄土，土堆上长满了筷子粗细的班茅草，风过处，摇出刷刷的凄惶。第一抹晨色起来，颜素容双眼刚合上，就听见了大门被推开的声音。按顺序，今天是颜东生家割麦的日子。两口子得赶早，要是帮衬的相邻过来了，自己还在蒙头大睡，就算失礼了。

很快院子里有了杂乱的人声。颜素容侧耳听了听，有四婆，有村西的陈伯，还有村坎下的刘家老三，另外还有两个声音听着熟悉，一时想不起来是谁了。除了人声，还有镰刀撞击发出的金属声。乱哄哄说一阵，就听着出得院门去了。

等日头起来老高，颜素容才爬起来。洗了脸，拉条凳子坐在屋檐下描眉。刚出村那年，她还有浓黑的眉毛，后来跟着姐妹们把眉毛拔掉了，纹上了细细一弯黑月。描完左边，化妆镜往下移了移，颜素容就被吓着了，两个眼圈泛着浓密的黑，最要命的是她看见了那些细细的皱纹，黑线虫样的到处乱爬。慌张着举高镜子，眼眶潮湿了。呆呆定了好一阵子，手边的手机忽然响了。一个激灵，颜素容抓起电话，电话来自那个遥远的城市，大拇指动了动，颜素容摁灭了电话，屏幕显示三十二个未接来电。

拖拖拉拉来到野地，颜素容找了一处高坡坐下来。入目都是忙碌的人群，能听见镰刀决绝的刷刷声。麦秆新鲜的味道随风飘来，吸一口，水水的，腥腥的。没有云，天高远了很多，能看到平时看不到的远处，山脉一路往更远的地方延伸。很小的时候，颜素容坐在高坡上看远处，也是这样的万里无云。她就想，远方山峦后是个什么样？一个清晨，她独自一人去到了远处高高的山顶，本以为爬到最高的地方就能看清一切，谁知道看见的还是山。对她来说，远方是无尽的，你永远也不知道山那边会是一个什么样的模样。

正怅然，远处突然有人唱歌，歌声先是隐在一处荆棘的背后，慢慢歌声就转出来了。一袭青布长衫，一张傩戏面具，咿咿呀呀来到了晒谷场：

吾乃谷神，应求来镇五方不利。
一镇东方甲乙木，麒麟献寿；
二镇南方丙丁火，双凤朝阳；
三镇东方庚辛金，魁星占斗；
四镇北方壬癸水，挂印封侯；
五镇中央戊己土，紫薇高照；
耕种者，田禾五谷，谷打满仓，一籽落地，万担归仓。
老的勤来少的勤，种片庄稼好喜人；
懒人田地生青草，勤人田地草不生；
懒人收成三五担，勤人仓满笑吟吟；
到春来，肯起早，绫罗绸缎穿上身；

数九寒天不受冷，不受饥来不受贫。

唱到此处，谷神高喊：东方有尊神，庄稼汉知不知道？

麦地里男男女女立起身，一起高喊：谷神不说，俗人不知。

谷神接话唱：

自从盘古开天地，三皇五帝镇乾坤；
伏羲才把人烟治，轩辕皇帝制衣襟；
神龙皇帝制五谷，禹王疏通江河伸；
九州大地同日月，孕育万代好儿孙。

正劳作的人群和：

九州大地同日月，孕育万代好儿孙。

众人接着大笑。除了颜素容，她对着卸下面具的秦安顺啐了一泡口水。装神弄鬼的秦安顺固然可恨，让颜素容更无法容忍的这群乡下人的无忧无虑。这些人一路走来，贫穷、疾病、天灾人祸、生离死别似乎都抹不去他们没心没肺的烂德性。多少有点好事，就乐得忘乎所以。

午饭在院子里吃，拉一条长桌，上头都是常见货。腊肉、豆花、凉拌鱼腥草。饭食的香味在空气中流淌。一直卧在墙角打盹的黄狗也抖掉困乏，循着香味在饭桌下穿来穿去。颜素容坐在门槛上，斜着身子，面色冷峻。见黄狗在众人膝间环绕，她觉得这是跌份的事情，你好歹也十岁的老狗了，为口吃的犯得着这样下贱吗？

“喂，过来！”颜素容压低声音朝狗喊。

饭桌上人声太盛，狗没听见门槛边的呼喊。

“烂狗,我让你过来,”颜素容忿忿然高喝,“你莫非聋了吗?”

声音很大,众人倏然一凛,目光转过来,发现是在呵斥脚下的黄狗,随即又欢快了。

“要说麦种,还是本地的好,”村西陈伯说,“粒儿是小些,但擀出来的面条就是好。”

四婆点点头说那是那是,不光香,筋道也好。四婆说完,目光往门槛边斜了一下,正好碰见一道冷光,心头一颤,赶忙掉头。

“再不过来,我炖了你。”颜素容跟狗说。

像是听懂了,狗甩甩尾巴,极不情愿往门槛边挨过来。还没靠站,那边有人扔了一截腊肉骨头,几乎没有丝毫犹豫,黄狗折身冲向目标,根本不考虑炖还是不炖的问题。

颜素容正悻悻然,陈伯回身喊了一句:素容,你也来吃噻,好吃得很哟!

“好吃你多吃点,”停了停,颜素容补充,“反正你这岁数也吃不了几顿了。”

“姑娘,你话里有话呀。”刘家三叔说。

哼一声,颜素容说:“你说得对三叔,我是不该乱说,该向你学才对,自己儿媳妇跟人家睡了,硬是咬着牙一言不发,好了得的忍耐心。”

“都是你长辈呢!”秦安顺本来不想说话,忍了忍,没忍住。

细长的手指往秦安顺一指,颜素容干脆站起来,粗声粗气喊:“最不要脸的就算你了,装神做鬼憨跳一通,就跑来骗饭吃,先把你那件袍子扒了吧,人不人鬼不鬼,看着就烦心。”

砰一声脆响,颜东生饭碗往地上一摺,冲过去抬手给了姑娘一巴掌。

饭桌上的全愣住了。墙边正研究腊肉骨头的黄狗都停了下来,昂着脑袋往这边看。

颜素容摸了摸挨打的半边脸，一点看不出难过，还挤出一线笑，说：“这下你们高兴了？”

说完折进屋去了。

回到饭桌坐下来，颜东生长叹一口气说：“对不起大家，这死姑娘撞鬼了。”

大家坐下来，此前的欢快不见了，全都阴着脸。素容妈蹲在地上捡拾碎碗片，眼泪汪汪抬头看了看丈夫。

“死婆娘，看个卵，给老子再添一碗来。”

躺在床上，颜素容能听到屋外的碗筷敲击声。闭着眼，脑门上一大片空白。什么都不用想，舒服得很，从来没有这样舒服过。

八

一大早就开始落毛毛雨，傩村被浸在一汪湿漉漉里头。秦安顺戴个斗笠，披件蓑衣，去了对面的云顶山。他要赶在家里那只老母鸡落气之前去采些何首乌回来。母鸡五岁，难得的高龄，去年就不再落蛋了。狠了几次心，秦安顺都没舍得杀掉。没功劳也有苦劳，图这口干个啥子哟！这两日发现是不行了，咋个唤都不出窝，给它粮食也不吃。寿终正寝的话，炖了它也无话可说了。一只高寿的母鸡，佐以五六根上了岁数的何首乌藤，对付头昏目眩，体倦乏力，眩晕耳鸣，腰膝酸软最好了。村里这样的老迈不少，炖上一锅，喊几个过来，分而食之，母鸡也算功德圆满了。

爬到山腰，雨还落个不停，脚下是灰蒙蒙的一层雾。秦安顺不敢往高处爬了，尽管越高的地方何首乌越健硕，他怕自己上去就下不来了。

土地虽然贫瘠，何首乌却极其茂盛。这贱物不挑不拣，落到土里就能奋力活着，雨水稍稍充足，就活得更加得意了。药锄一番起落，就从泥地里翻出了一大堆。把那些瘦弱的重新埋回去，秦安顺顺着山脊逡回了地面。

刚落地，背山就转出来一个人，披件惨白色雨衣，挎着个竹篮，竹篮里堆满了各式各样的翠绿。尽管只有一个照面，秦安顺还是认出了颜素容。四目相撞，颜素容眼皮抖了抖，慌慌张张躲开了去，顺着石槽子急匆匆跑走了。

就那一瞬，秦安顺一下记起了颜家姑娘以前的模样。记是记起来了，秦安顺却没法去形容她，心里头只是说：懂事。在乡间，这个词语算是很高的赞誉了。傩村人至今还记得一件事，姑娘那时五六岁的样子，跟父亲去镇上赶集，东生贪杯，在集市上灌了半斤烧包谷酒。回家路过大坡，身子一歪跌下了几十米的悬崖。姑娘吓坏了，哭着摸索到坡底，半天才找到奄奄一息的父亲。放眼四顾，见不到人迹，颜素容扯着嗓子喊了半天救命，只有对面的山壁回应她。镇定下来，颜家姑娘摸出父亲口袋里的火柴，往上爬了一段，点燃了一坡的枯草和灌木。时日正逢秋末，火势一下就铺开了半面山坡。见到火起，村民蜂拥而来，火没救成，却救起了垂死的颜东生。半坡的灌木换回了颜东生一条命，颜素容就对老爹说，你活了，树死了，你应该把树给种上，它们是为你死的。颜东生不敢怠慢，领着人忙活了半个多月，直到确认种下去的树木都活了，才长吁了一口气。此后，村人就拿这事奚落颜东生，末了都会点着头补充：你家姑娘懂事啊！

迎着毛雨回到家，秦安顺径直去到鸡窝边。母鸡等不起了，闭着眼蜷成一团，走了。叹口气，秦安顺想得赶在僵直前打整干净，要不就硬梆了。在鸡窝边燃了一炷香，默念了几句好话，秦安顺开始给鸡拔毛。刚褪到脖颈，那件惨白色的雨衣就飘进了院门。

不容秦安顺说话，颜素容就把竹篮塞进了秦安顺手里。

“洗了熬上，”站在屋檐下脱下雨衣，颜素容又补充，“洗干净点。”

指指地上的母鸡，秦安顺说这个咋办？

颜素容不接话，过去拎起故去的家禽，走到院门边，一扬手扔进了一丛繁茂的火麻林。

摊摊手，颜素容说这下好了，可以专心做事了。

摇摇头，秦安顺心里说：估计是我上辈子欠你的。

蹲在水缸边，秦安顺翻检着竹篮里头的内容。艾草、蓖麻、车前草、蒺藜、金樱子、鸡冠花、淡竹叶，甚至还有马耳朵草。秦安顺也知道一些常见病的偏方，在脑袋里扫了一个来回，他都没能把这些草药和病症关联起来。特别是这马耳朵草，乡人从不拿它入药。

“姑娘，你熬这些来是治啥子病哟？”

“让你洗就洗，问东问西干啥？”

“可这些家什挨不着啊！”秦安顺说。

“你洗不洗，不洗我另外找户人家。”

秦安顺说我洗，洗净了我给你熬，屋里头有熬药的沙罐。

沙罐在火炉上咕噜噜响，生涩的草腥味满屋乱蹿。

半天，秦安顺端着一碗墨绿从屋里出来，把药碗递到颜家姑娘手里，秦安顺说小心烫着哦！颜素容把碗放在旁边的凳子上，没理他，眼睛定定看着远处。

雨更得劲了，在风的推动下四下扑打。雾气也更重了，开始侵蚀远远近近的物事。刚才还清晰的山廓，此刻只剩下一抹淡影。

两个人坐在屋檐下，谁都不开口。

仿佛过了百年，秦安顺才慢吞吞吐出一句话：“凉透了。”

颜素容看看他，端起了药碗。本以为她要喝下去，哪晓得一扬手，颜素容把一碗汤汁泼进了雨水里。

“哎！辛辛苦苦采来熬起，咋不喝呢？”秦安顺说。

盯着空碗看了一阵，颜素容说：“有个屁用。”

把碗放回凳子上，颜素容看着秦安顺，眼眶湿嗒嗒问：“村里死去的都是你引路？”

秦安顺点点头。

“引路的那个叫啥？”

“引路童子。”

“引路时都见到啥？”

“好东西啊！”秦安顺笑着说。

直直腰，颜素容又问：“死去的人呢？啥样子？”

嗯，顿了顿，秦安顺说这个说不准，百人百面，就看你这辈子是咋样过来的。

干咳两声，秦安顺说：“姑娘，我想问问你哪里欠妥帖，你叔找点药草治个头痛脑热的还行。”冷哼一声，颜素容没再搭理他。秦安顺不甘心，撵着自己的话把刚想继续表态，颜素容斜了他一眼，说：“我饿了。”秦安顺双手一拍大腿，说好吧，我去做饭。刚起身，颜素容站起来说你把东西找出来，我来做。秦安顺忙说那哪成啊！你是客人，还是我来做吧！板着脸折进屋，颜素容说你做的我吃不下。

同样的食材，同样的锅灶，颜家姑娘做出来的就是不一样。三碗米饭下去，秦安顺幸福地咂吧着嘴说：“嗯，不错不错，谁要把你娶回家，这嘴巴算是亏不了了。”颜素容闻言眼睛一鼓，手里的碗咣当一声掼在桌上，饭粒儿震得惊慌失措。狠狠瞪了撑着了的秦安顺一眼，颜素容转身出门去了。

秦安顺摸摸头发稀疏的后脑勺，胸中泛起一股潮气，捶了自己胸口一拳，他骂自家：

老鞭子，少说两句你会死啊！

想想不对，自家好像也没啥错了。那就是颜家姑娘错了，错了就错了吧，他又连忙帮摔碗出门的姑娘开脱。

她还是个娃娃，里里外外都是。

正乱想，大门边伸进来半颗脑袋，一字一顿说：“你要把我熬药的事说出去,我点火烧了你的老窝。”怕秦安顺没理解,颜素容手往上戳了戳说:就是你这房子。

窝在屋里半天,秦安顺才出门来。雨已经停了,颜家姑娘早不见了,大片大片的雾气往这头涌,雾团厚实,乌黑状,仿佛里头藏了啥子东西。叉着腰在屋檐下看了半天,秦安顺才发现门口那棵死去的紫荆树早该砍掉了。

回到家,爹妈正在吃晚饭。没理会饭桌上的人,颜素容直接往里屋去了。倚着床沿刚坐下来,老娘在那头喊:过来吃饭啊!

不吃。颜素容粗着嗓子回。

不吃饭,你要成仙吗? 母亲说。

嘭一声响,老爹把饭碗一砸。

“你喊她干啥? 管她妈吃不吃,饿死最好。”

语气满含愤怒,嗯,还有厌恶。

扯着嘴笑笑,颜素容仰面躺下,拉过被子蒙住了脑袋。

暗夜静得像潭死水,颜素容和衣躺在床上,仿佛躺在棺材里。窗户透着暧昧的白光,像是死人面上罩着的那层白纱。隔壁是父亲如雷的鼾声,庄户人就这点好,劳作了一天,夜晚只要爬上床,就和这个世界没有半点瓜葛了,天塌了照样睡得死死的。颜素容忽然想起了祖父死去的那年,应该是中秋,天上有很圆的月亮。晚饭后,硬要去晒谷场和一帮子老人唱傩戏,尽兴时月亮都当顶了,颜素容去接他,跟着孙女走到半路,忽然说:“我累了,想睡一觉。”孙女说:“几步路就到家了,回家睡吧!”摇摇头,老头躺倒在路边斜坡上。等了一阵,颜素容无聊,就坐在石头上看月亮。仰着脖子,颜素容眼睛跟着月亮跑啊跑啊!不晓得跑了好久,颈子都跑酸了,颜素容才去叫爷爷回家。喊了几声没答应,摇了半天也没反应。颜素容慌了,哭着去喊老爹。老爹急慌慌跑来,伸手探了探,一屁股坐在地上说:睡死了。颜素容至今还记得爷爷死去的模样:眼微闭着,笑眯眯的，像是见到了啥子美好的物事。那时颜素容觉得爷爷死得太可怜了，无根无据，不明不白。现在她才晓得，那算是最幸福的死亡了。没有病痛，没有惊吓，随便一躺就走了。

九

黄昏急冲冲扑面而来，秦安顺坐在屋檐下，看着天边翻滚拥挤的杂乱。远处有人在收拾晾晒的麦子，木铲扬起麦粒，风会带走无用的秕壳。风中散发着麦子的香味，还有泥土淡淡的腥。秦安顺在心头捋着日子的褶皱，这人老了，脚步就往回赶了，往昔的人和事愈发鲜活，近前的就只剩下相似的日复一日。听到的，看到的，闻到的种种，仿佛只为忆起某年某月的某个人和某件事。

那时也是这样，父亲在晒谷场扬麦粒，木铲往天上一翻，能见到风带走的轻飘和纷纷坠落的壮实。后来父亲老了，扬不动了，扬麦的换成了自己。再后来自己也老了，扬麦的换成了儿子。儿子才扬了一年，十五岁就走了，十五岁啊！刚出土的嫩芽，老天脸一黑，一场怪病，说收走就收走了。

剩下的两个儿子，一天麦子没扬过，扛着行李进城去了。

站起来拍打拍打酸麻的老腿，秦安顺想去山里走走。每隔几天，他都会去看看婆娘娃娃，跟他们说说话。哪家婆媳又吵嘴了，哪家娃娃又出门了；傩村的溪水又枯了，盅镇的王木匠娶老婆了。七七八八零零碎碎说一大堆。最后照例要唱一出傩戏，秦安顺晓得的，婆娘好这口，娃娃不待见。还活着的时候，每次秦安顺一开腔，小狗日的就蒙上两只耳朵，呲牙咧嘴喊好难听。秦安顺才不管，唱几句就睃一眼，说：你蒙耳朵也没用，听不听由不得你。

拖着腿出了院门，黄昏更结实了，绚烂填满了天边，白色的、黑色的、红色的云密密实实挤在一起。霞光奋力从缝隙里钻出来，形成无数杂乱交错的光柱。

走了几步，一只黑鸦从枯死的紫荆树上腾身而起，时起时伏跟在秦安顺身后。等拐到进山的小道，头顶的乌鸦变成了十多只。也不晓得是从哪里钻出来的，秦安顺快它们就快，秦安顺慢它们也慢。爬到婆娘娃娃坟前，头顶已经罩了一层黑云。应该有几十只，盘旋在秦安顺头顶。秦安顺在坟前坐下来，黑鸦云才散落开来，稀稀拉拉散落在石林间、坟头上和空地里。

点一支纸烟，抽了两口发觉奇苦。搓熄剩烟，秦安顺问老婆子：今天想听哪一出？随即又笑笑说："问你也白问，还是我给你做主，就唱个清污解秽的'天地咒'吧！"

天地自然，遇去分散。

洞中虚玄，皇郎太元。

八方威神，使我自然。

灵宝护命，普告九天。

斩妖除邪，杀鬼万千。

……

到此处，秦安顺停住了。旋即对老婆子高声说：不是我不唱了，你看看你家儿那样子，脸难看得都能拧出水来。他说我要再唱，将来就不准我和你们在一处了，要我离他远点。

然后秦安顺哈哈大笑。指着儿子说：小狗日的，一点都不晓得这傩戏的妙处。

举头看看天，秦安顺说：日头退席了，我要回去了。还不忘记叮嘱老婆子：麻烦你好生看着你儿，就晓得跳天舞地的，你这头可不比我们那头,凡事都要讲点规矩。

走出几步，回身指着散落一地的黑鸦又说:“我说要不多久我就会过来,你看看,没骗你嘛!”

顶着一头黑云回到家,天已经黑了。秦安顺双脚刚踏进院子,头顶那团黑就呼啦啦散去了。此刻该是晚饭时间,秦安顺一点不觉得饿。歇了片刻,他摸进厨房开始做饭。对他来说,晚饭可以不吃,但不能不做,这更像一个仪式,只有这个仪式完成了,一个人的一天才是完整的。

晚饭上桌,添上四小碗,分置于东南西北,每样小菜夹上一点,燃三张纸,点一炷香。置办停当,站在桌边吆喝一声:四方傩神,烦请用膳。这还不算完,琢磨着神仙们用完了,还得添上一碗,再往碗里倒上半碗水,走到院墙边,反手将饭食泼洒出去。这碗饭食是倒给那些孤魂野鬼的。这一出的要诀是反手,一定要反手,这个很重要。游魂是没有归宿的,只能游荡在一个倒置的空间里,这个空间不在三界,也不属五行,反手泼出,暗合倒置之义。正手泼洒,它们就吃不到这碗衣禄。

伺候完,秦安顺搬条凳子在屋檐下枯坐。一直到下半夜,没有半点睡意。他不停地琢磨,这个白昼不停追逐着夜晚的人间,到底还有没有值得自家顾盼的事物。好像是没有了,生生死死,枯枯败败,来来往往,起起落落,都经历过了。用力想想,又好像都值得顾盼一回。山前山后,坎上坎下,男的女的,老的少的,都有些舍不得。就说门前那棵死去的紫荆树吧!一直都想砍,一直都没砍。不是懒,其实是心里头舍不下。闲时门前安坐,目光扫到那丛褐色的干枯,会想到它活着时的繁茂,特别是紫荆花开繁的时节,目光从花间穿过去,整个傩村都花团锦簇了。想了好久,秦安顺倒是有些害怕了,就怕想深,深去了,就啥都惦记了。

打了个冷战,秦安顺慌慌逃进里屋,打开箱子,把伏羲氏请上神龛。跪伏在地,口中念叨。

我祖伏羲，请听我语。

弟子安顺，阳寿已及。

生死有命，不敢强趋。

凡尘已历，生死接替。

敬望我祖，示我归期。

敬告毕，草草洗了脸脚，秦安顺拱进被窝。拉灭电灯，身子就陷进了软绵绵的黑暗中。照例辗转，总算在白昼来临前睡了过去。还是有梦，看见自己在傩村溪流的源头，溪边是一年生的蘚叶，巴掌宽的叶片上有暗褐色的斑点。粗粗看去，蘚叶仿佛行将死去，那是表象，其实它们活得很好。到了花开的季节，才发现蘚叶的与众不同，垂死的叶片上顶着一丛一丛三色的小花，花朵有香味，味道和上好的甜酒酿一模一样。

蹲在开满花儿的蘚叶岸边，秦安顺能看见水底的情形。一块一块红褐色的石片铺在水底，翠翠的水豆芽跟着水流俯身在石片上左右摇晃，溪流里有透明的盲鱼，它们应该来自地下的暗河，跟着水流到远处。阳光下游弋大约四五日，盲鱼就会睁眼，身体开始出现黑壁，再过四五日，它们就变成了正常的鱼类。

看了一阵，身后突然有人咳嗽。回过头，秦安顺看见了一个矮瘦的老者，头秃着，朝他吆喝：下去呀，搬开石块，能摸到稀奇。

秦安顺说：能摸到啥子稀奇？再说我腿脚不好。

老者说：反正我跟你说了，摸不摸随你。

正想着摸还是不摸，忽闻有鸡叫声。睁开眼，天已大亮，秦安顺逡下床，才记起今天是给德平祖唱离别傩的日子。慌慌套好衣裤，连骂自己记性让狗给吃了。粗粗洗把脸，从箱子里取出灵官，换上青布长衫，急匆匆往德平家去了。

十

德平祖葬在西山，一地乱石，属于死地。死地不是指埋人的地方，是说这里几乎没有庄稼的活处。方圆两里，一捧土也休想刨得出来。太阳光最猛烈的时辰，西山就成了一面镜子，白花花的晃眼。庄稼养不活，那就用来埋葬死去的吧！

德平祖新家在二道坎上，周围稀稀拉拉堆着几座老坟。都是德平祖的旧交，年轻时一起出门当过脚力，老了也时常凑在一处摆弄干枯的时光。几个老者约好了，活着时脚跟脚，死了也肩并肩吧！扛不住先走的，就先在乱石堆安了家。

灵官面具上了脸，秦安顺用朱砂在地上做了符，双脚踏进符中，朗声高唱：

生离死别
连绵不绝
两眼一闭
阴阳两隔
眷恋凡间
临别掩泣
灵官驾到
听个真切
从此别后
无声无息

手往面上一抹，白光过处，灵官看见了德平祖。一身长衫，蹲在新家门口裹旱烟，还是原来的表情：天塌下来关我卵事。几个走得早些的老伙计也在，每人架着一管旱烟，咂得烟雾沉沉。

喊一声德平祖，那边扭过头，看见了坡下的灵官。

“哪一路？”德平祖拔下烟袋问。

“灵官。”往前移了两步。

德平祖立起身，痴痴看了半天，对另外几个伙计说：“坡下有个神灵。”

灵官摆手：“多余，他们看不见的。”

扭扭脖子，德平祖问：“为啥？”

“新逝之人，完成这场离别傩后，就和凡间无半点瓜葛了。”灵官说。

“找我何干？”德平祖问。

指指远处立着的一排人，灵官说你亲戚朋友都在，你可以最后再见他们一次。

德平祖笑笑，缓缓坐下来，挥挥手说不见了不见了，看了几十年老子都看厌了，让他们该干啥干啥去，该下地的下地，该上学的上学，该割草的割草，该喂猪的喂猪，不要耽搁了正事。

“真不见了？”

“说不见就不见了！”

灵官取出一把丹砂，高喊一声：离别咯！

手一扬，灵官向着德平祖抛出一汪红雾。

红雾散尽，是新垒就的坟茔。

收拾停当下来，德平一家围过来，扯着秦安顺衣袖问。

“老祖留了啥话？”

左右扫了扫，秦安顺说：“喊你们该干啥子去干啥子。”

“没其他的了？”德平歪着脖子问。

看了看德平，秦安顺把德平拉到一边，拍了拍德平的肩膀说：你祖还有一句话，让我转给你。

啥？德平立起耳朵。

“不要再赌了，好好带着婆娘娃娃过日子。”

秦安顺说完转身走了，德平在后面咕哝：死就死了嘛！管事管得宽。

秦安顺身影消失在远处的拐角，德平还怔怔站在原地，目不转睛盯着老祖的新坟。

转回家门，已是正午。

远远就看见悬在紫荆树上的颜家姑娘，脚边歪倒着一个木凳子。看上去是刚把自己套上去，身体还在剧烈地摆动。费尽呆力才把寻死的从枯树上弄下来。扛到院墙下，舀来半瓢水劈头盖脸泼过去，颜素容才活转过来。吭哧吭哧半天，秦安顺指着颜素容，大大张着嘴，想说话，还想高声说话，还想高声说几句骂人的话，终究是背过气了，话噎在喉咙里，如何攒劲都没能吐出来。

倒是躺着的先说话了。

“不要怕，我就是试一下吊死是啥子感觉。”

脑袋前前后后伸缩了一阵，傩村的傩师才发出声来，“你撞鬼了吗？这个都能试？”

颜素容说我拿我自己试，又没拿你试，你吼哪样？

“试也不该你试呀！你看你年纪轻轻的。”

“黄泉路上无老少，你不懂啊！”恨了秦安顺一眼，颜素容说。

秦安顺没说话，手往天上指了指。

抬起头，颜素容吓了一跳。

几十只乌鸦在半空盘旋，还有一些在院外的枯树上扑腾。

笑笑，颜素容说：“它们是来送我的。”

摇摇头，秦安顺说你错了，是送我的，跟着我都有一段日子了。

晚饭秦安顺做的，特地做了个糟辣椒炒腊肉，他晓得颜家姑娘喜欢这口。把饭碗往颜素容面前一推，秦安顺说吃饭。颜素容坐在对面，表情木然。秦安顺又喊了一声吃饭，颜家姑娘伸手抓起筷子，突然抬起头问：你是不是要死了？

刨了一口饭，秦安顺嗯了一声。

“那你为啥不去死呢？”颜素容说。

鼓着眼把嘴里的饭咽下去，秦安顺说我为啥要去死呢？伸手夹起一块腊肉对着颜素容扬了扬，又说：“去年腌的腊肉还没吃完，我哪里舍得去死。”

“你呢？为啥？”秦安顺问。

“不为啥？”颜素容用筷子轻轻敲了敲碗沿说，“我来你家，看见院子里有条凳子，凳子上搭了条绳子，一扭头正好看见那棵枯树。”

呵呵笑了两声，颜素容接着说：“你不觉得冥冥之中这就是给我准备的？”

吃得不紧不慢，两个人再没说话。直到离开，秦安顺问。

“走了？”

“走了！”

“去哪？”

“回家。”

“真回家？”

“真回家。”

走到门边，颜素容回头看着歪在椅子上的秦安顺问。

“你是傩师，晓得自己还有多少日子不？”

晃晃脑袋，秦安顺说不管还剩多少日子，我都好好等着。

十一

见到母亲那天是鬼节。

正午，在院子里烧完纸钱，秦安顺从箱子里翻出伏羲傩面。每年鬼节，都要唱一出扫秽傩。扫秽傩嘛，扫除污秽，免得沾些不干不净的东西。套上面具，念完附神诀，就见到母亲了。

时节是初夏，有高照的艳阳。傩村的山山水水在阳光下格外真切，能见到日头带着的晕斑，这说明朗照只是暂时的，接下来月余，傩村就将被雨水浸泡。唯一拿不准的是雨水洒落的时辰，也许明天，也许后天，或者眨个眼。

母亲站在院门口，穿一件小夹袄，夹袄上有碗口大的牡丹花，白边布鞋，看上去是赶了远路，鞋上覆了一层灰。秦安顺惊异于母亲的年轻，从头到脚都是新鲜的气息。要不是左眼那枚黑痣，秦安顺真认不出来。

母亲从院门边缓缓折进来，脸上写满了通红的羞涩，目光躲躲闪闪的四下张望。

跟着母亲一道的还有一个女人，秦安顺认得她，母亲娘家那边的二姑，嘴皮子特别利索，常做些保媒拉纤的活。隔着院门，二姑甩开嗓子喊：屋里有人吗？

屋头应一声，一个人转了出来。是父亲，看来是精心准备过了的，穿一件还能窥见线缝的对襟衫，脚上是崭新的白布鞋，头发像刚趟过风的半坡地，整齐地向一个方向倒伏着。站在檐坎上，父亲似乎慌张更甚。两手在面前握着，不停地搓揉，往院门边瞟了一眼，连嘴唇都在抖动。

二姑大剌剌拐进院子，回身看了看，母亲还停在院门边，头低着，一只手攥着衣角，脸红得更厉害了。转过去牵了母亲的手，二姑说：上刑场吗？拐弯抹角的。扯着母亲走进院子，二姑又喊：老秦家不错呀！屋顶茅草都换成瓦片了。

喊完颇为得意地看了母亲一眼。

上了檐坎，父亲和母亲擦肩的一瞬，四目相对，立刻弹开，两张脸能煎熟鸡蛋。

进屋前,母亲弯下腰,轻轻拂去鞋面上的积灰。

晚饭丰盛空前,居然有新鲜肉。从头至尾,父亲筷子都没伸进肉碗。倒是奶奶热情非凡,笑着不停往母亲碗里夹菜。看得出,她对未来的儿媳很满意。二姑假作嗔怪,对奶奶说:哦哟!还没过门呢,就这样待见了?母亲羞红了脸,假装狠狠瞥了二姑一眼,说:姑呢!瞎说啥呀?

饭后一家人坐在堂屋闲聊,天南海北,山里山外,不时夹杂些嘻笑。秦安顺无聊,搬把椅子坐在墙角看热闹。母亲和父亲的心思不在话题上,满腹心事,说到好笑处,跟着咧咧嘴,算是配合。

母亲在世时,秦安顺没见过母亲的羞涩。印象中的母亲,是扯着嗓门在村头破口大骂的那个粗粝的乡下女人:秦安顺!你个狗日的,天都黑尽了还在外头疯跑,小心野鬼逮了你去。

母亲原来也会羞涩。

闲话扯尽,奶奶瞥了母亲一眼,悄声对二姑说:你觉得有谱不?

二姑撇撇嘴,笑着摇摇头,凑过去咬着奶奶耳朵说:姑娘眼光高,谁都拿不准。

秦安顺咧着嘴笑着大声喊:我拿得准。

母亲和二姑被安排在西厢房。透过面具,能看到厢房刚翻新过,墙上涂过白色的石灰,油灯映得四下亮亮堂堂。床上铺的盖的都是新换的,那床铺盖秦安顺认得,深灰色老布料,一直盖到秦安顺十八岁,最后都成了一坨死棉,母亲还是没舍得扔,送给了一个串寨的流浪汉。

众人安歇,秦安顺也有些累了。倚在门槛上,能见到旧时的村庄,除了树木矮小些,月色明朗些,真看不出差别。

卸下面具,秦安顺燃支烟,烟火在一团暗黑中眨着眼。

眼前的庄子要晦暗得多,远处近处的山廓都见不着,能听见夜莺的鸣叫,从东首过来,嘶叫着往西头去了。

重新戴上面具,夜色有了微光,没见着夜莺,只有水田里不知疲倦的蛙鸣。

身后突然传来响动，回过头，秦安顺看见母亲蹑手蹑脚从屋子里出来，气息粗重，借着幽幽的暗光发现了墙角的一双布鞋，那是父亲的鞋子。轻轻过去，母亲掂起父亲的鞋子，从怀里掏出一根稻草，仔细丈量了鞋子的长度，掐去稻草多余的部分，又小心翼翼塞进怀里。不知从哪里传来一声猫叫，母亲一个激灵，惊惶地四下张望，立了片刻，才弯着腰把鞋子摆回原位。踮着脚点出去几步，回身看了看，确信鞋子摆放的位置没了破绽，才返回里屋。

秦安顺喉咙忽然一阵干涩，眼角倏地潮湿了。

在他的记忆里，母亲和父亲的争吵从他的童年一直持续到中年。大事吵，小事也吵，甚至商量事情用的都是吵闹的方式。

父亲是在冬天去世的，寒热病，身上捂了四床被子还说冷。母亲在父亲大病的日子里仍然秉持她一贯的恶声恶气。给父亲掖被子都不忘咒骂几句。

“要死早死，折磨人！”

“看你这卵样，干脆直接捂死得了。”

在床上抖抖索索挨了两个月，父亲在立春前两天死去了。那时候秦安顺刚进入东村傩师的门下，还没有戴脸子唱傩戏的资格。师傅唱完离别傩后告诉他，父亲从头到尾都在叹气，说冷清得很，连个吵架的人都没得。

父亲走后，母亲就变得寡言了。搬个椅子在屋檐下一坐就是一整天，眼睛撵着日头跑，这样孤寂无声地枯坐了半年后，母亲也走了。无病无灾，头晚还跟着剥了半箩筐玉米，第二天午饭时刻了还没见着下床，等跑去一看，都凉透了。

摘下面具，秦安顺抹去眼角滑出来的两行老泪，硬手硬脚摸进西厢房。拉开灯，床上堆积着陈旧的冰冷，站在门边盯着空荡荡的床铺看了半天,秦安顺转身轻轻拉上门,转到东边厢房去了。

叽喳的鸟叫声把秦安顺唤醒过来,旋身起来,在床沿坐了好久,他都不晓得要干啥。户外的鸟叫声起起落落,更把里里外外衬托得清寂幽暗。

面具在枕头边,发出暗黑的瓦亮。

沉默片刻,秦安顺伸手捧起了面具。

出门来,母亲和二姑正道别,母亲站在院门边低头不语。二姑过去,拿肩膀碰了碰母亲,低声说:说句话呀！哑巴了?

母亲红着脸说:叔,还有叔娘,我走了,你们有空闲来家耍。

爷和奶慌不迭点着头。

二姑又扯扯母亲,说:还有呢?

母亲抬起头,看了看立在院中的父亲,脸红得更厉害了,半天才嗫嚅着说:那个,那个那个啥,有时间来家耍。

说完转身顺着路跑走了。

二姑在后面追着喊:鬼姑娘,那个啥?到底是啥嘛?连哥都不晓得喊一声。

秦安顺倚在大门上笑,笑得摆来摆去的。

此刻,太阳出来了,照着院门边那棵紫荆花。

花开得正繁盛,仿佛无数张幸福的脸。

十二

紫荆花开始枯败,往日的繁茂艳丽,被日子绞成了难看的死黑。屋檐下的燕窝已经筑好,新鲜的泥球子还有湿答答的光亮。

今天是去母亲那头拿话的日子。拿话在邻村叫提亲,独独在傩村是这个叫法。傩村人觉得喊做拿话更合情理。你想啊！人家父母辛辛苦苦把个姑娘养大，你说娶走就娶走啊！这得父母点头，你得从老人那里拿到话头。备礼是肯定的，没有具体的规定，家境好点的就多点，次点的就少点，乌江沿岸的庄子不是太看重这个，主要还是人家得瞧上你这人。

二姑一早就过来了，笑眯眯站在院子里喊父亲的名字。

秦安顺起得早，坐在院门边编筛子。用的是老竹子，篾条深黄。本来一直舍不得砍，想着得留着给房子翻瓦时绞椽子用。现在好了，不再想翻瓦的事情，钻进竹林就变得大方阔绰了，指着老的砍，一点都不心痛。

面具还套在脸上，自从能看到落下的日子后，这脸壳子就拿不下来了。

父亲急急慌慌从屋子里出来，二姑递过去一方素白。父亲疑惑着打开布包，是一双簇新的鞋垫。看着二姑笑笑，父亲忙说谢谢。

“不用谢我，又不是我做的。”二姑说。

父亲挠着后脑勺。

二姑指指父亲的双脚。

脱下鞋子，鞋垫放进去，不长不短，刚刚合适。

父亲咧着嘴笑，说这谁做的，咋晓得我脚大小呢？

二姑说谁做的我晓得，不过为啥合脚我就不晓得了。

秦安顺手掌扒拉着篾条，大声说我晓得，我晓得。

院子里摆着去拿话的物事，看规模，爷奶差不多把家底都交出来了。

一对公鸡，拣的是鸡圈里最肥大的。两块腊肉，都是猪屁股那段。还有两壶酒，二十斤，酒浆子一直灌到瓶口处。

人群嘻嘻哈哈出去了，爷奶站在院门边目送着队伍远去，相互看着笑笑，返身扛上锄头下地去了。

摘掉脸壳，燃了一支烟，刚抽了两口，颜素容就进来了。

拉条凳子坐下来，颜素容问：“你疯癫了？”

秦安顺摇摇头。

冷哼一声，颜素容说："你刚才一个人又说又笑的干啥？"

"我没有啊！"秦安顺说。

"我在门边听见你喊：我晓得，我晓得。"身子往前凑了凑，颜素容问，"你晓得啥子了？"

摆摆手，秦安顺说没啥，看见了过去的一些事情。

倏地站起来，颜素容两手伸直，原地转了一圈。

"你能看见过去的事情，那你看看我过去干啥的？"

喷出一口烟，秦安顺摇摇头说我又不是神仙，这我看不见。

颜素容弯下腰，眼睛盯着秦安顺，秦安顺不敢看，垂下脑袋，慌忙把凳子往后挪。

"你肯定觉得我在城里干的都是脏事？对不对？"颜素容声音冰凉。

秦安顺慌忙摇头。

站起来在院子里踱了一个来回，颜素容回到凳子上，双手揉了揉眼睛，她很郑重地对秦安顺说：我活不了多久了。

秦安顺慌忙摆手，说你娃年纪轻轻的，咋说这样的疯话？

"疯话？你家三娃，年岁不及我吧！还不是一堆枯骨。"

"这不一样，三娃得的是急症，那是他的命，"伸手抖掉一截烟灰，秦安顺接着说，"你看你，就像棵刚长抽条的柳树，日子还长得很。"

摸出一支烟燃上，颜素容右手夹着纸烟，她手指细长，指甲好久都没有修剪了，暗褐色的指甲油开始脱落，露出不规则的白色斑块。

把剩烟丢到脚底踩灭，秦安顺弯腰继续编织他的筛子。刚才专注于院子里的喧嚣，走了神，筛子的边口没有编圆。筛子其实不是自己要的，是村南坡脚的陈二婆要的。二婆男人没这手艺，用的篾器都朝秦安顺要，要的方式也别具一格。

"安顺啊！老娘筛子连黄豆都兜不住了，你狗日的反正闲得卵蛋疼，给我编一个噻！”

秦安顺慌忙笑着答应。

二婆就笑着夸他:小狗日的还算孝道。

其实,二婆比秦安顺小了十多岁,但是辈分高,出口就雷打火烧。

拆开封好的边圈,秦安顺准备顺着篾竹再走一回,要不筛子扁头腮歪,二婆怕又要日妈操娘了。院子里很安静,只有篾条拉过空气发出的沙沙声。颜素容两手拄在膝盖上,盯着地上一条长长的黑线。该是又要落雨了,蚂蚁开始搬家,大大小小的举着各种物事往高处赶。虽说忙碌,却不杂乱,看得出那种与生俱来的规矩。

颜素容腮帮一紧,一泡口水斩断了抖动的黑线。一只个头很小的蚂蚁成了受害者,它在口水中开始了漫长的挣扎,左冲右突,前屈后仰,始终不得要领。慢慢地,就一动不动了。嘴一咧,颜素容笑了,佛祖把悟空镇在山下那种笑。正笑得舒坦,那只蚂蚁忽然动了,它轻轻旋了一下身,竟然从那团柔软的恐惧中挣脱了出来。在地上打了一个滚,晃晃脑袋,举起身边一块指甲大小的碎叶片,重新融进那段蜿蜒的黑色。

眼神沮丧了,目光去向远方,天地慢慢湿润了。

秦安顺看不到这头的曲折迷离,心思都在筛子上,年纪是去了,手艺还依旧娴熟。圈完最后一根篾条,秦安顺举起筛子,立时圈出来一个规则的圆。阳光从筛子眼里漏下来,洒满一张老迈的脸。

“看看,你看看,”把圆圈伸到颜家姑娘面前,秦安顺一脸按捺不住的得意,“如何？编得好不好？”

“叔,给我唱个延寿傩吧！”

声音冷静清澈。

“啥？”秦安顺伸长脖子问。

“给我唱个延寿傩吧！”

十三

灯光有些晦暗，屋子里没有一丝声息。晚饭用完，碗筷还在桌上。菜数简单粗粝，能看出做饭人心情不佳，一个炒洋芋片，一个炒豆干，当然还是糟辣椒。

手原本搭在桌沿上，倏然缩回手，秦安顺说：真要唱？

颜素容眼睛一横："让你唱你就唱！"

吐了一口气，秦安顺说年纪轻轻，延啥子寿哟？

拉直身，颜素容声音陡然高亢：你唱不唱？

秦安顺不敢说话了。

把两个空碗叠在一起，秦安顺说：这出傩戏有点复杂，需要一些物事。

把厚厚一沓钱拍在桌子上，颜素容问：够不够？

"要不了那样多。"秦安顺端起空碗站起来说。

挥挥手，颜素容说剩下的就算给你的工钱。

摇摇头，秦安顺说唱这出傩是不能收钱的。

"哪个规定的？"颜素容问。

"我也不晓得是哪个规定的，反正不能收。"秦安顺抽抽鼻子说。

"你收不收？"那头声色俱厉。

"不能收！"这头水波不兴。

颜素容无话了，把凳子往墙角挪了挪，缩进一团漆黑。

打扫完从厨房出来，秦安顺坐在门边吸纸烟。烟丝始终是不好，吸了两口就不停地咳嗽。

"叔，你怕死不？"声音从黑暗处幽幽飘出来。

"啥？"秦安顺止住咳，探着脑袋问。

“你怕死不？”

怔了怔，秦安顺挠挠脑门，笑呵呵说：“怕了，当然怕！”

“我还以为到了你这个岁数就不怕死了？”颜素容说。

转转脖子，秦安顺说：“我像你这个岁数的时候才不怕死呢！天不怕地不怕，觉得吧！死嘛！也就那样，两眼一闭，两脚一伸，跟睡个觉没啥区别。”

重新燃了一根烟，秦安顺接着说：“现在我为啥怕死了呢？想了好久才明白了，其实不是怕，是舍不得。在这地头上活了几十年，山山水水、草草木木，男男女女，都生了情了，真要死了，扔不下，舍不得。”

“我就不念着，我要死了，也不要别人念着我。”颜素容一字一顿说。

呵呵笑笑，秦安顺说：娃啊！你想错了，你不念着别人，也不要别人念着你，也是一种念着。

话有点绕，墙角的一时没能转过弯来，过了好半天，颜素容才从暗黑里移出来，她站起来问：你啥时候给我唱？

“唱啥？”

“延寿傩啊！”

拍拍脑袋，秦安顺说你看我这记性，又让狗给吃了。

顿了顿，秦安顺接着说：“娃啊！这个有些麻烦啊！”

“麻烦啥？”

“要唱延寿傩，得先唱一出解结傩。”

“啥叫解结傩？”

“请求延寿之前，得先消罪解结才行啊！”

“那就消呗！”

“可你得先跟我说你犯忌何事才行啊！”

颜素容眼睛盯着地面，想了半天，猛一抬头对秦安顺说：你把能想到的罪名都给我安上吧！

慌忙摆了摆手，秦安顺说那不成，绝对不成。

“我都不怕你怕啥子？”语气斩金截铁，容不得半点商量。

借着月光回到家，父母都已经睡下。大门还留着，颜素容轻轻拨开门转进屋。堂屋灯还开着，屋中间的大桌上还留着饭菜，菜用碗倒扣着，掀开碗，菜还冒着丝丝热气。伸手捂住脸，眼泪就不争气地下来了。

本来得意地以为，每天的恶言相向能将世间的温情痛快地杀死。渐渐发现，一切都是徒劳。母亲就不说了，仿佛案板上的面团，任你如何摔打，她都那副模样。父亲时不时流露出来的厌恶和愤怒，一抹微风就能吹得干干净净。

就这样在饭桌边静坐，眼睛直勾勾盯着桌上的饭菜，任凭眼泪无声无息地流淌。那头父亲鼾声如雷，时不时还有母亲的剧烈的咳嗽声。这几年母亲的咳嗽是越来越厉害了，特别是夜晚，稍一着凉，就整宿整宿地咳。颜素容带母亲去省城最好的医院看过，还拍了一堆的片子，医院说要住院，母亲坚决不同意，嚷着说地里的麦子要再不收就该霉掉了。颜素容知道母亲是怕花女儿的钱。

颜素容却觉得那是她花钱花得最开心的一次，站在缴费窗口，和母亲心疼的模样不同，她从头到尾都看着收费员在笑。她有时候甚至不怀好意地希望父母能有一场像模像样的大病，然后自己能像模像样地花一次大钱。

既然不愿意想钱是如何挣来的，那就多想想它是如何花掉的。

夜晚依然漫长，失眠如影随形。不敢闭眼，一闭眼就能看见棺材中的自己。面容惨白，仿佛烂掉的时光。

十四

父母的婚事定在冬月初九。

日子是村西傩师看的。好酒好肉招待完，傩师说冬月初九吧！除了不宜动土，诸事皆宜。父亲笑着给傩师敬烟，说就按您的意思，冬月初九。傩师看着父亲笑了笑说：看你娃这面相，头胎该是个男娃。父亲面色大悦，惊奇地问真的假的。傩师拍拍父亲的肩膀说：我看这个，八九不离十。父亲也不知道说啥，只知道傻笑。傩师说真要是个男娃，就让他跟我学唱傩戏吧！父亲慌忙点头，笑呵呵把剩下的半包香烟全塞给了傩师。

迎亲日，秦安顺起个大早，本来准备把院子周围打扫打扫，哪晓得推门一看，雪片正簌簌落着，远处近处都披了一身白。打扫是不成了，干脆把雕刻谷神剩下的半截木头做个山王吧！这样可以一边干活，一边看看父母的婚事。

面具一上脸，秦安顺乐得开了花。

师傅没有看错，果然是个好日子，晴空万里，艳阳高照。

父亲实在是没法按住自己的激动，一早就站在院子里咋咋呼呼。这头才吩咐完几个洗菜的，那头又开始张罗砌灶烧水。其实这些事情，人家管事早就吩咐下去了。

看见杀猪匠挎着篮子进了院，父亲赶忙迎上去递烟。指指院墙下躺着的肥猪，父亲得意地问：如何？杀猪匠点着头说真肥啊！怕有四指的肥膘。父亲瘪瘪嘴，摇着头说我看不止吧！展开右手在杀猪匠面前晃晃说：起码一巴掌。

杀猪匠看着父亲笑笑，无奈地点了点头。

午后，太阳刚打斜，迎亲队伍就回来了。

母亲骑在一匹矮瘦的骡马上，长途跋涉没能掩住她的不知所措。这可不比出趟远门，出门再远也有回转的时辰，嫁为人妇就不同了，永远都回不去了，从今往后，就只能在另外一个屋檐下生活了。

骡马横在院门口，按照规矩，新媳妇双脚不能沾地。二姑搬来一条凳子放在骡马前，回身找父亲，父亲还站在屋檐下傻笑，双手搓捏着衣服下摆,笑呵呵看着骡背上的新媳妇。

哎哟! 你个呆货,来背你媳妇进屋呀! 二姑冲着父亲喊。

哎哎!父亲应着,慌不迭跑到骡马前,原地转了一个身,弓着背往后移。步子大了,屁股杵到了骡马腿,骡马没给新郎官好脸,闷哼一声,一抬腿,父亲身体笔直地飞了出去。院子里立时响起密集的笑声。

秦安顺拄着锉刀,笑得没皮没脸的。

拜完天地,二姑对父亲说:从今以后,她就是你媳妇了,你要如何待她。

父亲摸摸后脑勺,说:就好好待呗!

二姑问:如何好好待?

父亲憨笑:好好待就是好好待咯!

秦安顺取下面具,用手抹了一把脸。他对眼前的热闹实在有些嫉妒了。

雪开始变大,还夹着风,呼呼在院子里打着旋。远处山脊变得异常肥硕,浑圆的曲线顺着山梁去向很远的地方。最持久的还是空寂,村庄现在很难见到活着的物事了,特别是落雪的时节,连猫啊狗啊都蜷在窝里不挪身。

实在丢不下那头的闹热!扣上面具,秦安顺大声喊:娘唉!今天你大喜,儿子给你唱一段,就当给你的嫁妆了。

亲朋好友,听吾一言:
开船向东,河水畅通;
开船向南,顺水下滩;
开船向西,路有河溪;
开船向北,路无阻隔。
打花鼓,造花船,相呼相唤一时间。

金童玉女前引路，从此以后不回还。

船夫摇桨开船去，嫁入夫家享安然。

夫家娶了乡村妇，其实莲池女神仙。

洞中方七日，世上几十年，

夫唱妇随懂孝悌，百年之后又成仙。

父亲在酒席间穿梭着敬酒，母亲坐在西边新房的婚床上，眼睛规规矩矩盯着一个地方。

回转来，雪更大了，天空乌青着脸，惨白的乡间在风里头摇摇晃晃。

咧嘴笑笑，秦安顺跟自己说：唱哪样唱哟！没人听得见，狗日的秦安顺唱给狗日的秦安顺听。

十五

桌上一张解结牒，白纸黑字。

牒据大中华贵州省修文县盅镇傩村住居奉道投词，焚香秉烛，酬恩天地，解结消怨。今有信人颜素容言念：多生累劫，因物蔽而气拘；积孽成冤，恐因仇而执对。祈神恩解结，今将犯条，逐一开列于后：

信人颜素容，或犯怨天恨地、呵风骂雨、裸露三光、践踏五谷、污秽水府、烧毁山林、毒杀鱼虾、毁坏桥木、拦截要路、忿怒师长、欺神灭像、捏讼挑唆、破人婚姻、杀害生灵、辱老欺幼、凌孤逼寡、损人利己、阴恶阳善、谋人财产、秽污字纸、见善不为、知过不改、谩骂愚人、越井越灶、贪酒悖乱、讪谤圣贤之罪，以上条款，详载分明。尊奉上天好生之德，牒请灵官速诣天曹地府、水国阳元，囚禁素容之魂拷治。去处即与信人颜素容名下所造前孽，大小过咎，无分轻重，一一解释。仍将结冤文卷，一一焚化，星火奉行，须到牒者。延寿仙姑、翻冤童子照验施行。

谨牒。

抓起纸片看完,颜素容问:还有没有其他罪名,都给我安上。

“实在想不出来了,”秦安顺擦了一把鼻涕说,“能想到的都在这上头了。”

“再加一条吧!”

“啥?”

咬着嘴唇想了想,颜素容说:“还是算了!”

把傩公面具从箱底取出来,仔细擦拭了一遍,对着颜素容扬扬,秦安顺说:消灾延寿这是大事,一般的神灵做不来,只有他老人家有这本领。

接过面具,颜素容仔细打量了一番。不愧是傩中之王,没有一般小鬼的刁钻古怪,也不似山王菩萨那样死板规矩。每根线条都恰到好处,碰撞离散之间,呈现出来的是威严、愤怒、嗔怪和宽让,奇异的线条,将一个面具勾画得生动复杂。

颜素容坐在一张太师椅上,双目紧阖。开坛前,须得去掉身上脂粉、首饰这类身外之物。素颜的颜家姑娘脸色有些泛白,头发简单捆成一束马尾。秦安顺愣了片刻,面前的姑娘又变得熟识了。

伏羲附身,手里镇魂灵牌往桃木桌上一掼,大喊:翻冤童子、延寿仙姑何在?

一举目,一男一女两个素衣人立在颜素容两边。

伏羲朗声宣诵:

大中华贵州省修文县盅镇傩村具保信人颜素容。设坛投词,焚香秉烛,祈恩求解,运星赎魂,请茅替代,禳关度厄。信人今于岳府十二太保神员案前，委伏羲代吁恩宥罪延龄事：窃维祸淫福善，上帝严彰瘅之条；削咎延龄，下民切祷求之愿。凡兹人世殃祥，悉属圣神降鉴。恭维贵司，职司坤府，位隶东藩。为亿兆之帡幪，掌生成之主宰。兹有信人颜素容者，偶因五行运舛，遂致二竖为殃，突于甲申年七月初三得染(不详)灾星。谊属葭莩，情殷桑梓，伤心惨目。爰纠志于同里人中，异口同音，共呼恩于贵司案下。伏乞鉴兹恳祷，愿上天播仁慈于赤子，增寿算于信人。信人故沾再造之恩，必将顺天应时，惜命如金。今请翻冤童子、延寿仙姑移文换案，以求释罪消怨。

诵毕，两童子移步过来，捧起桌上解结牒，径直出门去了。

卸下傩面。对面椅子上的像是睡过去了。桌上的两对白烛烧得吱吱乱炸，火星左冲右突。坐下来，秦安顺抹了一把额头，全是汗。是快离开的人了，一场傩戏下来，人都快虚脱了。抖抖索索摸出一支烟，凑到烛火上点燃，椅子上的发话了。

“完了？”

吐出一口浊气，秦安顺说完是完了，不过三日之后才见回音。

“你信吗？”秦安顺问。

“我不信。”回答得很果断。

“不信你还让我唱。”

“就是因为不信我才让你唱，”颜素容抿抿嘴，“真灵验了我就信了。”

撑起身走到门边，入眼是厚厚的积雪，门口干枯的紫荆树格外肥厚。不远处的荒地里，一只觅食的野兔走走停停，踩出一串蜿蜒的白窝。

“你没说惹了啥子灾星，我在告词里头没说。”秦安顺说。

“有关系吗？”椅子上的问。

“当然，病根病根，不知根本，如何延寿？”

抽抽鼻子,颜素容说:“上天不是啥都晓得吗?我啥病他会不晓得?除非他眼瞎了。”

秦安顺没接话,踩着雪出门去了。

虽说是深冬,还是有雾,白雾,匍匐得很低,远近的山峦都缠了一条白色的腰带。老棉鞋在雪地上踩出嘎吱嘎吱的脆响。头顶上的乌鸦越聚越多,而且来得很快,总是走着走着,一抬头,就乌云压顶了。

选的终老之地在婆娘娃娃的边上，秦安顺曾经花了好几天时间研究这个位置的朝向。正对过去是河谷,岸上有高耸的巨石,几块巨石叠在一起,拼出一只活灵活现的金蟾。按理,这该是好地。但眼界再宽阔些,才发现四下蜿蜒的山脉刚好是条盘踞着的大蛇,蛇头高昂,盯着河岸上的金蟾,一动不动。

要命的是,金蟾压根就没察觉到危险。

懂点风水的都晓得,这是死地。

翻来覆去想了好多天，秦安顺还是决定就这里了。婆娘娃娃在世时,自己十里八乡唱傩戏,一年难得有几天落家。等过去了,他不想再离得远天远地的了。一家人凑在一处,起码能扯扯闲谈。

死地就死地吧！换个地头,风水再好,孤魂野鬼一个,有个卵意思。

站在娃娃墓前,秦安顺伸手抹去墓檐上的积雪,透骨的冰冷。

“我就要过来了,”抬头看看头顶那片叽喳的乌黑,秦安顺接着说,“也许今年,也许今天,也许明年,也许明天。”

“你为啥不给你自己唱个延寿傩呢?”身后一个声音问。

回过头,颜素容站在雪地里,搓着冻得通红的手问。

十六

父母新婚才两天,秦安顺就把伏羲傩面请回了木箱。

新婚第二天清晨，母亲起个大早，站在水缸边发了好一会呆。她嘴角挂着浅笑，侧脸看了一眼新房，脸就红了，低头舀水时，脸都差不多浸到水缸里去了。父亲起得晚一些，接过母亲递来的洗脸水，脸上挂着坏笑。

两个人就相对着笑，那笑格外隐秘。

笑容很快被爷奶起床出门的脚步声踩碎了，母亲脸瞬时阴了下来，一副被无辜欺负后才有的委屈样。父亲则抓起水桶出门挑水，脚步少了平日的沉稳和矫健，两条腿像被泡软的粉条。

秦安顺摘下了面具，他有点不好意思。

这时院门嘎吱一声响，东生两口子转了进来。

两口子坐在一条长凳上，不住地叹气。

“啥事说啊！”秦安顺对颜东生说。

唉！我家那死姑娘，怕是撞了邪了。东生说。

摸出一张旱烟叶子缓缓裹着，东生接着说：“自打从城里头回来，像是变了一个人，摸着谁都没句好话，连我和她妈，天天都给我们脸子看。”

这头说着，那头素容妈开始拭泪。

把烟卷塞进烟嘴，颜东生问：安顺啊！你看这是不是得唱堂傩来冲冲啊？

唱啥？秦安顺说。

唱堂过关傩吧！我看她八成是让脏东西缠身了。

摸摸下巴，秦安顺说东生啊！你狗日的癫东了，这过关傩是给十三岁以下的娃娃唱的，给你姑娘唱有个啥子用啊！斜眼看了一眼东生，秦安顺说：不过倒是可以唱堂平安傩。

颜东生说你是说打保福？

秦安顺点点头。

颜东生笑着说那好那好，这出肯定有用。

旱烟都未及点上，颜东生站起来说那我这就回去准备准备。斜眼瞥了一眼凳子上的老婆子，沉声吼：你他妈屁股里头拉出胶水了，扯不脱了？还不走？

走到院门边，老婆子低声说：我看姑娘那模样，不是唱堂平安傩就可以趟过去的。

说完抽抽搭搭走了。

两口子出门不久，颜素容从屋后转进了院子。

“他们来找你干啥？”颜素容问。

“让我给你唱堂平安傩。”

“你答应了？”

“答应了！”

“谁让你答应的？”颜素容怒气冲冲问。

摊开两手，秦安顺说：“我咋说？说你们就别操心了，打保福对你姑娘没啥用的？”

“今晚翻冤童子会回来，到时候你在屋外等着。”秦安顺说。

早早胡乱吃了点饭，秦安顺实在忐忑，来来回回在院子里忙了半天，啥都没做成。最后干脆拉把椅子坐在屋檐下发呆。

黑夜快来的时候，天空开始落雪。

夜变得潮湿。

面具上了脸，先在东南西北四个方位做了简单的拜祭，然后开始迎神。

手中灵牌往桌上一拍，唱：

一堂法事已周全，不敢重言喝神仙。

童子请坐金交椅，仙姑请坐莲花坛。

金交椅上宽心坐，莲花坛头受烛烟。

听某三声灵牌响，烦请二仙降人间。

唱罢，抓起灵牌连拍三下。

放眼门口，只见着翻冤童子，不见了延寿仙姑。

心头一震，秦安顺手中灵牌当一声掉在地上。

愣愣看了一阵，秦安顺问：无解？

灵童摇摇头，走上前，双手展开一面白色绢布，上书：罪怨消，寿已尽。

看完，秦安顺抢步上前，对着灵童一鞠躬，慌张张说：能否示明归期？

灵童无话，转身走了。

脱下法衣，卸下面具，秦安顺缓缓移出门来。颜家姑娘蹲在屋檐下，看着远处一汪黑。雪还在落，簌簌的，软软的。

“不用说了，我晓得的。”声音和夜一样潮湿。

“不管咋说，试过了的，”秦安顺抽抽鼻子，接着补充，“不过罪怨已经了了。”

接着是黑夜里长长的沉默。

“安顺叔，烦劳你拉条板凳过来，我脚蹲麻了。”

拖条长凳出来，两人坐下来。相互扭头看了一下，没见着彼此，都是黑乎乎一张脸。

好久秦安顺才说：我这就是哄鬼的，你千万别信。

“我信，”颜素容很坚定，“我真信！”

半弓着身子，双手拄在膝盖上，颜素容忽然问：“叔，你走之前还有啥想头没？”

歪着头想了想，秦安顺说：“我啊！想去趟省城。”

颜素容嘿嘿笑笑，说：我陪你去。

第二天，雪停住了，此刻晨曦刚刚驾临，傩村天空显得格外高远。一老一少踩着厚厚的积雪，走在幽寂的山路上。老的走在前头，一件深灰色的老棉衣，头上戴个老棉帽，他走得有些急，像是前方有着等待捡拾的宝贝；姑娘在后头，踩着前头的脚印走，这样省了不少力气。

爬过垭口，就能见到通往山外的大路，手搭个檐棚往远处看了看，秦安顺回身喊：怕要快点哟！错过这趟车，就要等到明天了。

后面的弯腰喘着气说：慢点噻！饿痨痨的干啥？

山脊上的笑着说：我饿痨？你娃些刚出门的时候，比谁都饿痨，恨不得长双翅膀飞着去。

客车进了站，秦安顺忽然觉得，从傩村到省城的路好像变短了。

八岁还是九岁那年，秦安顺跟父亲来过一次省城。父亲挑着两筐鸡鸭蛋，在崎岖的山道上爬行了两天一夜，才到了省城。卖掉鸡鸭蛋，父亲领着他走进一家小面馆，要了一碗豆花面。呼啦啦吃完，父子俩就踏上了回家的路。省城留给秦安顺的印象，除了杂乱的房屋和交错的街道，就剩下一碗豆花面了。

跟着人流从车站出来，颜素容说我带你去城中心逛逛吧！

秦安顺摇摇头说："我就想吃碗豆花面。"

"你跑三百多里大路，就是为了来吃碗豆花面？"颜素容说。

站在车站大门口，看着往来的人群和高大的楼群，秦安顺感觉到前所未有的慌乱，人太多了，肩撞着肩，脚赶着脚，洪水样的四下奔涌。摸着脑袋左顾右盼了好久，最后他无奈地说：我找不到当初吃面的地方了。

实在是找不到了，那时的四维不见了，高大的建筑遮蔽了他的双眼。

沿着街道走了好远，还是没寻着一处卖豆花面的店家。

扯扯秦安顺衣袖，颜素容说要不我请你吃顿火锅吧。

秦安顺说火锅就算了。颜素容说那我打个车带你去市中心，那里有最纯正的豆花面。

“我们回去吧！”秦安顺眼巴巴看着颜家姑娘说，“我有点喘不过气来。”

归途格外的轻松，道路两旁堆积着厚厚的积雪。

呼吸顺畅了，胸口不堵了，像刚从激流里脱身。

颜素容侧眼打量了一下身边的乡下人，摇摇头她说：没见着你这种进城的。

直了直脖子，秦安顺说你不晓得，人老了就怕挪窝，人脸一生，就慌乱了。

“那你说城里好还是乡下好呢？”颜素容问。

几乎没有迟疑，秦安顺说当然城里好了，要不你们咋个脚跟脚地往城里跑咯？

十七

好久没见着父母了，秦安顺有了念想。

雪正在消融，山前山后都在流泪。这个时节啥都做不成，枯冷不说，关键是不利索，一抬腿就是水，庄户人这个时候都喜欢把自己关在屋子里，掩上门，围一炉火，思量些远远近近的事，或者就啥都不想，拉把椅子靠在炉火边打个盹，让日子在朦朦胧胧里流走。

套上面具，秦安顺有些惊讶了。

那头也转进了深冬，雪也在融化。

一家人围在炉火边，秦安顺扫了一圈，还有村西的杨三婶，母亲坐在三婶的对面，捧着一只鞋垫，针线在布面上起起伏伏。

三婶眼神怪怪的，看看母亲，又看看父亲。父亲目光转过来，正撞上三婶，看见三婶的浅笑，慌忙移走了。

开始吧！三婶看着母亲说。

母亲脸刷一下红了，停下手里的活，眼睛朝奶那头看。

奶一脸的笑意，过去把母亲手里的鞋垫接过来，嘴朝里屋努了努。母亲站起来，把一缕头发撩到耳根后，红着脸瞟了屋角的爷一眼。爷是过来人，会了意，站起来抖抖衣衫说：屋里头憋闷，我出去透透气。

看着闪出门的爷，奶笑着骂：老东西，一点都不懂事。

三婶旋过来，上下把母亲打量了一遍，问：好久了？

母亲低着头小声答：三个月吧！

点点头，三婶说：三个月的话，那就能摸出底细。说完把母亲拉进了里屋。

秦安顺这才晓得三婶来家的目的。

三婶可不是凡人。据说有一晚梦见药王菩萨，传了她许多治病救人的本事，第二天翻身下床后，就成了傩村唯一的赤脚医生。三婶的绝招是摸子。啥叫摸子？傩村的媳妇们有了身孕，就会请来三婶，两手在肚子上跑上几圈，就知道娃娃发育得好不好，胎位正不正，脐带有没有绕颈。

母亲怀孕了。

没多久，三婶笑呵呵从里屋出来，掸掸衣角，对母亲说：好得很，个子大，位置正。

“产期呢？”奶慌忙问。

“明年六月下旬吧！”

心里咯噔一下，秦安顺明白了，自己在母亲的肚子里。

踏踏声从里屋传出，母亲转出来，先给三婶道了谢，又回到凳子上坐下来，仰头对奶说：妈，你积下的那些布头都拿出来吧！我做两套小衣服，再缝几张尿片。奶笑吟吟点头说要得要得。母亲说完，又低下头开始纳鞋垫。

屋里光线不太好，母亲眼睛离鞋垫很近，她纳得很慢，每一针都走得规规矩矩。

蓦然，母亲霍地抬起头，眼睛朝秦安顺这边扫了过去。就这一瞬，母亲的目光在秦安顺的位置做了异常短暂的停留，虽然短暂，但秦安顺还是察觉到了。他坚信，就在那一刻，母亲肯定看见了他。

“妈！”母亲喊了一声奶，目光又四下扫了一圈。

那头奶和三婶正聊得欢快，听见母亲的喊，奶转过头问：干啥？

迟疑片刻，母亲摇着头说：没啥！

定了定，母亲喃喃自语：怕是我眼花了。

一个激灵，秦安顺不由自主抖了一下。他站起来，慌慌逃出屋子，在屋檐下卸掉面具，半边身子倚在门框上，大口大口吐着气。

屋顶上的雪融掉了，水滴啪嗒啪嗒敲击着檐坎下的石板。

一堆乌鸦站在门口的紫荆树上，焦躁地跳来跳去。

母亲的眼神让他清楚了自己一直在找寻的那个神迹。按说，各有各的时序，各有各的经纬，不同时空在那一瞬被接通了，这就是一种明明白白的暗示。

伸个懒腰，傩村的傩师有了难得的舒展。

午饭刚过，二婆来了。

大大咧咧进得院来，看见秦安顺坐在屋檐下笑，二婆就骂：小狗日的，娶媳妇了？乐成这个样子。

秦安顺慌忙给二婆让座，从屋里倒了一碗茶递给二婆，笑呵呵说：二婆，你看我这岁数，拿娶媳妇的钱买口棺材怕更实在些。

上下打量一番，二婆说：乱说，你看你这身子骨，硬得像块石板。

“黄泉路上无老少！”秦安顺应。

挥挥手，二婆说：不说了，我让你给我编的筛子编好了？

编好了,编好了,正准备给你送过去呢!秦安顺说完从堂屋把新编的筛子拿出来递给二婆。举着筛子看了看,捏了捏捆扎密实的边圈,二婆朗笑着夸:巴适,小狗日的编得巴适。

指指秦安顺,二婆说我这几个孙子里,现在就你对二婆最好。

秦安顺慌不迭点着头说:当然当然,因为其他几个都死了好几年了嘛!

二婆瘪瘪嘴,看着秦安顺说:二婆家里还有几块老腊肉,改天我给你洗干净切好了送过来。顿了顿,二婆又说,你一个人冷锅冷灶的,不想做就到二婆家来吃。

秦安顺看着年轻的二婆,点了点头。

撑腰站起来,二婆说:你狗日的不要一天一个人窝在家里头,四下看看走走,要不脑门上都长青苔了。

"要得要得。"秦安顺说。

"我走了。"二婆提着筛子往外走。

走到院门边,秦安顺在后面说:二婆,你不是喜欢我那小磨吗?

转过头,二婆说:是啊,你那小磨磨的面最细,比我家那套好使。

"那你改天找两个人搬过去吧!"秦安顺说。

二婆眼睛瞪得大大的,说:你舍得?

秦安顺点点头。

"真舍得?"

秦安顺用力点了点头。

十八

今年风雪特别密,第一拨刚化掉,第二拨就脚赶脚来了。也是深夜,远处近处的灯光都歇了,只有风雪还没有歇,在暗夜里相互追打。颜素容也没有歇，拉条凳子坐在屋檐下看落雪。手里的纸烟忽明忽暗，风一猛，烟头就怒目圆睁；风一过，火星垂头丧气。吸了一口，大门嘎吱响了，颜东生披着衣服站在门槛边说你是雪地里头出世呢？半夜三更还在外头吞雪喝风。颜素容也不回头，恶声恶气说你挺你的尸，少管我。颜东生嗤一声，说老子才懒得管你。说完折身进屋去了。没多久，大门又嘎吱响了。这次出来的是老娘，把一件棉衣递过去，说外面冷，你披件衣服吧！刚转身准备走，颜素容说你过来，我和你摆几句龙门阵。老娘过来刚准备坐下，颜素容又说你去睡吧，跟你没啥好讲的。

老娘返回里屋，照例有一场恶吵。

“晓得是这样子，当年生下来就该两脚把她踩死。”老爹的恶毒在不断升级。

“去啊！你去把她踩死啊！现在踩死也不晚啊！”老娘呜咽着喊。

快了，就快了。颜素容觉得。

等到硬直的那一天，老爹老娘会召集三亲六戚，四邻八寨，请人超度一下，割一口薄皮棺材，随便挖个浅坑，棺材往里一搿，覆一层薄土。站在丑陋的坟堆前拍掉手上的尘土，长吐一口气，心头默念：这个祸害算是滚蛋了！

然后该吃饭吃饭，该下地下地，该打呼噜还打呼噜，就像自己从来没有一个叫颜素容的女儿。死亡带给颜家的没有伤痛，没有悲苦，只有百年难遇的轻松，仿佛又回到土地刚下放的时候，就差欢呼雀跃和奔走相告了。

手机忽然响了，短信，内容很简单：最近还好吗？啥时回来？姐妹们想你了。

鼻子一酸，按了一行字：这里下雪了，好大的雪。

想了想按了退出键，那行字变成了草稿。

然后呆坐，一直坐到天色微明。第一次看到黑夜和白昼的交接。先是朦胧的一层浅白，雪的映照让那层浅白有些耀眼；然后那白开始膨胀、扩充,原先那些还残留着的灰黑被驱赶得无影无踪,大地亮了,清晰了,像块洁白的棉布擦拭过积灰的镜面。

好奇妙的感觉,在那座遥远的城市,几乎忘掉了晨昏,甚至感觉不到四季的交替。

披上衣服,她踩着厚厚的积雪向远处无边的雪白走去。

得赶快出去走走,也许这是自己这辈子见到的最后一场雪了。

雪还在落,不过小了许多。雪片掉进脖颈里,能感到丝丝的冰凉。

远远看见秦安顺的房子,静悄悄伫立在透白的天光中,仿佛一个安静的老人。

颜素容觉得,屋子里那个人怕是天底下最舒坦的一个了。认认真真沉浸在自己编织的幻觉里,用一张张老旧的面具打发所剩不多的时光。

不过,有那么一刻,短暂的一刻,她居然相信了秦安顺能通过面具看到另外一个世界。

思绪杂七杂八,不知不觉走出了老远。一片松林,顶着厚厚的积雪,屈膝弯腰。靠在一棵松树上,颜素容摸出手机,她想给自己拍张照片。

该笑一笑,调整了半天,那笑都硬得要死。

十九

日子进入夏季,傩村的雾气散去了,又到了晾晒老人的时节。

照例唱傩戏,都快成化石了,还记得那些唱词。

混沌初分浊与清,元皇正气毓全真。

内含太乙冲和道,外现文元宰辅身。

保举科名同殿试,权衡嗣续应民祈。

自从周始随机化，货币纲常阴鹭深。

……

歌声飘飘荡荡。实在是难得一见的闹热。

秦安顺把锄头横在新翻出的泥土上，坐下来燃上一支烟，眯着眼听远处忽高忽低的歌声。

最多两天，墓坑就能完工了。接下来还要选一些方正一点的石块，垒坟用。墓前得种上一株紫荆树，要是运气好能碰上开两色花的就更好了。还得种上一圈小叶冬青，这样才叫有了门庭。

挖掘墓坑真是个体力活，不过还好，累了可以和婆娘娃娃说说话，或者给老婆子唱段傩戏。眼下时间最要紧，得赶在六月前把该摆布的摆布好。把该忙的忙完，能腾出点时间去和寨邻们说说话，去附近的山林里走走，再拿出一天的时间好好看看太阳升起落下，那就算没啥念想了。

站起来抓起锄头，秦安顺看到了傩村最通透的一片天空，没有云彩，一丝丝都没有，瓦蓝色，仿佛一面浆洗得干干净净的蓝棉布。

秦安顺忽然发现，盘旋在头顶的那群乌鸦竟然全都消失了。

壬申年六月十八。

夜静悄悄的，秦安顺躺在床上，气若游丝。他的萎谢让床边的颜素容大惑不解。前几日还神清气爽，短短两天，就如同昙花般的凋谢了。

本来今晚她没准备过来，想着该和父母好好吵一架。这些日子不断努力，母亲都流露出了难得的厌恶，她觉得应该再接再厉，巩固已有的战果。一晚无觉，起来梳洗完，正准备给吵架找个切口，忽然想起前两天秦安顺跟自己说：想吃顿新鲜肉。

几乎没想，她就奔镇上去了。

割上肉回来，她就直奔秦安顺这里来了，进院喊了两声没人应，进屋一看，秦安顺躺在床上，一脸灰白，像块被快速烘干的鱼片。

“我去喊人！”她对秦安顺说。

刚准备掉头，秦安顺喊住了她。

“还走不了。”秦安顺艰难地露出一抹笑。

“我能做点啥？”颜素容问。

“让你爸把墙脚的那架犁铧拿走吧！他惦记好长时间了，”顿了顿，秦安顺接着说，“烦劳你给我两个儿子打个电话，号码我写在大门上了。”

说完伸手指指屋角的矮凳，矮凳上放着一张伏羲傩面。

抖抖索索戴上了面具。

灼人的喧闹，母亲痛苦的叫声从厢房那边传过来。

三婶高喊：“热水，把烧好的热水端进来。”

哎！奶慌张地应。

三婶又喊：“用力，用力，就快了，就快了，对对对，就这样。”

接着是一声清脆的啼哭。

摘下面具，秦安顺露出一窝浅浅的笑。

天气稍稍有些好转，两个儿子把秦安顺搬到院子里。阳光不算朗照，遮遮掩掩。

躺在椅子上，秦安顺闭着眼，额头上一片灰白。

恍惚间，又见到了那两个人，一般高矮，一般面相。额头凸大，下巴尖削，挂着青髯。

两个人立在秦安顺身边，安安静静伫立着。

抹抹额头，秦安顺自己站了起来。走出院门，门口那棵紫荆树又开花了，淡蓝色花串，依旧有蜜蜂在嗡嗡飞。此刻的傩村，呈现出难得一见的景致，淡黄色的光芒铺满了远近的山石林木，有着巨大翅膀的飞鸟在无垠的蓝天上滑翔。

途中又看见了爷奶,急慌慌赶路。

爷脚步慢了些,奶就吼:快点噻! 回去给孙子熬米粥。

不紧不慢赶着路,傩村很快被抛得远远的了。回身,能听见大人呼叫小孩子的声音,还有狗吠。

很快傩村不见了,不远处那片平整的开阔地上,依旧有人围着火堆在跳舞。

一炷檀香两头燃,下接万物上接天,

土地今日受请托,接引游子把家还。

……

纯正的归乡傩。

秦安顺情不自禁移过去,一个人递给他一个面具。

接过面具戴上,双手一抬,秦安顺大喝一声:呔,左右神灵听我言。

立在远处那个干瘦的黑袍人忽然开腔了:哎! 回转不?

秦安顺没理会,横空戳出一指,朗声喊:归乡游魂站面前

……

二十

按照秦安顺大儿子的说法,父亲应该是在午后走的,当时小儿子说有风,过去给父亲盖床毯子,毯子上身了才发现,傩村的傩师走了,走得了无声息。

葬礼结束那天,两个儿子挨家跪谢,谢完回来清理秦安顺的遗物,对着一大堆傩戏面具犯了难。

两兄弟商量,说都是父亲生前的命根,那就给他烧过去吧!

正在院子里烧得烟雾缭绕,颜素容进来了。

“干啥？这是。”

“我爸唱戏的家什，烧过去给他。”大儿子答。

颜素容弯下腰，在一堆傩脸里头翻翻捡捡。

最后她掂起来一个。

伏羲氏，威严中透着慈祥。

“这个给我吧！”

夜晚，颜素容躺在床上，看着窗外一轮弯月，她突然哭了。回乡后第一次为另外一个人哭。哭够了，也哭累了，不过还是没能睡过去，扭头看见了梳妆台上的那副乌黑的面具，探身拿过来，慢慢套在脸上。

天光一下煞白，落日的余晖从窗户挤进来。

屋外一个声音在喊。

“颜素容，你个砍脑壳的，天都黑了，还不回家吃饭。”

原刊《人民文学》2016年第9期

出生入死:肖江虹小说的伦理追问

颜　军

阅读肖江虹的小说,“死亡”是一个必然会被注意到的现象。在肖江虹迄今为止的小说创作中,几乎每篇都涉及了“死亡”这一话题,其中多篇小说更是直接以死亡作为主题展开。《阴谋》(2007) 中赵飞之死、《家谱》(2009)中许东生之死、《平行线》(2009)中保安之死、《天堂口》(2009)中火葬场里无名之辈们的死、《当大事》(2011)中松柏爹之死、《犯罪嫌疑人》(2011)中刘桂花之死、《我们》(2011)中徐老二和徐老大之死、《内陆河》(2011)中春树之死、《像风一样轻》(2012)中顺生和秋霞之死、《天地玄黄》(2013) 中金大毛之死、《寻找 1978》(2014) 中庞德老汉的小狗之死,《求你和我说说话》(2008)中的王甲乙最终失语和《喊魂》中的范马义被打成植物人,这其实是另一种形式的死亡。在肖江虹备受关注的《百鸟朝凤》(2009)和“民俗三部曲”——《蛊镇》(2013)、《悬棺》(2014)、《傩面》(2016)中,“死亡”这一话题同样得到了集中的呈现。显然,从“死亡”这一角度切入理解肖江虹的小说是很有必要的。死的反面是生,生与死是人生的一体两面。出于生而入于死,这大约是人人雷同的存在简史。死生大事,古往今来的文学都在书写这一母题。不过,对于肖江虹的小说创作来说,“死亡”不仅仅是作者创作的一个契机、一个事件,还是作者面对现代社会展开伦理追问和价值判断的存在性基点。从这个角度出发,或许能理解肖江虹为何如此痴迷于“死亡”书写。

一　未知死,焉知生

对生与死的自觉反思,正是人之为人的一种本质性特征。何谓生?何谓死?生与死之间是什么关系?这都是人生于世的根本性问题。《论语》记载了这样一件事:“季路问事鬼神。子曰:‘未能事人,焉能事鬼?’‘敢问死。’曰:‘未知生,焉知死?’”虽说人鬼殊途、生死两岸,但人与鬼之间、生与死之间并不是分离的。在孔子这里,“事人”是“事鬼”的前提,“知生”是“知死”的前提。朱熹的解释很清楚:“问事鬼神,盖求所以奉祭祀之意。而死者人之所必有,不可不知。皆切问也。然非诚敬足以事人,则必不能事神;非原始而知所以生,则必不能反终而知所以死。”生与死、人与鬼,在古人看来这只不过是人的不同存在状态而已。人人都有死,这种“有死性”是内在于人本身的。我们活着的时候被称为“人”,死之后则进入“鬼神”行列。“事人”要“诚敬”,“事鬼神”亦然。后来荀子在《礼论》中谈到这种生与死的礼法之时说:“丧礼者,以生者饰死者也。大象其生以送其死也。故事死如生,事亡如存,始终一也。”“敬生”与“重死”是合二为一的。在中国传统伦理中,丧葬之礼的严肃与庄重正体现出这一“事死如生,事亡如存”的“重死”之道。孟子甚至在《离娄》中强调:“养生者不足以当大事,惟送死可以当大事。”“养生”是人情所在,人情所勉之下要达成并不太困难;“送死”是礼法所在,要做到不违礼法,“事死如生”,这是有一定难度的。所以相较于“养生”而言,“送死”才是“大事”所在。

肖江虹2011年的作品《当大事》就讲述了“送死”这样一件“大事”:无双镇的松柏爹死了,在城里打工的松柏两口子忙于工作没有回来参加葬礼,在松柏妈的操持下,一群留守乡村的老者和嫩苔苔把松柏爹草草下葬。松柏爹给自己准备的上好的白杨木棺材并没有给自己的死赢得尊严,灵堂搭建得马马虎虎、道场完成得潦潦草草、棺材被卸成几块搬到坟地,一场本应隆重庄严的葬礼变得漏洞百出、荒诞不经,悲剧变成了闹剧。李遇春指出:“这篇小说……通过讲述一个乡村老人艰难而尴尬的送葬过程,真实地呈现了中国传统的乡村葬礼作为一种系统的文化仪式,是如何在新世纪的社会经济转型中被一点点、一步步地蚕食或者吞没的。”“这篇小说仿佛是为我们勾画了一场最后的葬礼,它不单纯是一个乡村老人的葬礼,而是为我们民族文化精神的消亡而描绘的最后的祭奠。”生与死处于人生的两极,对死之重视映照的是生之价值,映照的是人之为人的那份尊严和神圣。钱穆指出:“死生本属一体,蚩蚩而生,则必昧昧而死。生而茫然,则必死而惘然。生能俯仰无愧,死则浩然天壤。今日浩然天壤之鬼神,皆即往日俯仰无愧之生人。苟能知生人之理,推及于死后之鬼神,则由于死生人鬼之一体,而可推见天人之一体矣。”现代社会,当死亡变得如此仓促和无足轻重之后,生的意义必然遭受到最根本的解构。作为“向死而生”的现代人,我们当何去何从?孔子强调:“未知生,焉知死?”我们今天可以反过来追问:未知死,焉知生?

死并不是生的结束,在某种意义上,死亡是生存的另一种展开形式。我们讲“盖棺定论”,意思是说,一个人只有死了,才能对他/她的一生作出论断。如果人生是一个圆环,死亡就是扣紧这个圆环生的那头的最终环扣,通过这一扣,生与死进入了人生圆环的往复之中。对死亡的伦理叙事,始终作用于生的展开过程。肖江虹在2009年的作品《家谱》中,就对这种死亡伦理作了揭示。故事讲述“我”在七月半根据家谱给祖先们写包时,发现家谱中某一页上只有一个叫“许东生”的孤零零的名字,这个“许东生”和家谱中的其他成员完全不同,家谱上其他成员的籍贯、经历、出生和死亡年月日时、死亡原因、安葬地都有详细的记录,唯独“许东生”这一页名字之外一片空白。家谱是一个家族的简史,家谱上每个名字后面的记录则是个人的生存简史。一个名字当然构不成一个人的简史,“许东生”留下的空白实际上意味着他的人生被“家谱”剥离、驱逐和抹除掉了。通过不断的追问,最后“我”终于找到了缘由:作为“我”爷爷的爹的许东生,实际上是个被乡邻“乱棍击毙”的恶霸。家谱通过对“许东生”人生的留白,完成了对这个人最大的惩罚:这个作恶的人,在被乡邻击毙之后又被家谱杀死了一次,而且是永久性的。

谱系是维持传统伦理秩序的重要形式,生是谱系中的生,死是谱系中的死。立足于这种宗法血缘关系的伦理传统,人们在谱系中找到了安抚寻得了永生。生前,有祖先神灵的庇护;死后,有后辈儿孙的缅怀。这是《家谱》这篇小说没有点明却试图召唤的伦理内容。对于中国传统的乡土社会来说,这套谱系化的伦理秩序让人们的生生死死都有了依归。然而,现代社会正在摧毁这套秩序,人们生生死死的根脉逐渐丧失。在《百鸟朝凤》中,肖江虹描述了这样一种正在去谱系化的生存状态,并对现代人生存的伦理困境作出了追问。小说中,唢呐匠“游家班”的最终解体标志着维系乡土伦理秩序和精神生活的传统文化走向终结。小说主要人物游天鸣作为最后的唢呐人,既没有实现父亲游本盛的遗愿,也没有光大师傅焦三爷的传承。作品中写到游天鸣的痛苦:“那个黄昏,我守在父亲的坟边。从此以后,水庄再没有游本盛了,他和深秋的落叶一起,凄凄惶惶地飘落、腐烂。我在夕阳里想了好久,都没有想起我到底给了我的父亲什么。而我对于他,只有一个又一个的失望。我的唢呐没了,游家班也没了,直到死去,他连一台送葬的唢呐都没有。”当游天鸣在城里见到已经沦为门卫的师傅焦三爷及一帮不再吹唢呐的师兄弟们后,他完全绝望了:“我知道,唢呐已经彻底离我而去了,这个在我的生命里曾经如此崇高和诗意的东西,如同伤口里奔涌而出的热血,现在,它终于流完了,淌干了。”小说中的游天鸣是尴尬的,作为儿子,他没有安抚好父亲的死,作为徒弟,他中断了师傅的传承。工业生产的浪潮汹涌澎湃,城市滚动的车轮碾碎了乡村的土地,也碾碎了土地上生长的一切关系与秩序。游家班的唢呐匠们,这群吹响乡村婚丧嫁娶节奏的传统艺人,在现代生活的轮渡上迷失了自己。

谱系既是传统伦理秩序的表现形式,也是其内容本身。在谱系中生生死死,个体都能有所安抚;但在去谱系化的生存中,生没有本源,死没有归宿。在维系生死的新的伦理秩序还没有完全建立起来之前,人只能走在他/她和生活之间的裂缝之中。裂缝中的行走,可能有很多的错位,有人踩空了,有人掉下深渊了。不过,生命的尊严依然要去维护,或暴力的、或温情的,有种种方式。在谱系伦理的背后,生命的神圣性显然更为根本。肖江虹在其作品中对这一个体生命尊严的伦理问题作了探索,如宗法血缘关系的伦理探讨一样,其展开方式依然从死亡这个事件入手。

《阴谋》(2007)、《平行线》(2009)、《我们》(2011) 这三个短篇可作为同一个故事来看。三个作品讲的都是复仇。《阴谋》里面,下岗工人赵林的弟弟赵武拒捕时被警察沈飞击毙,赵林欲为兄弟报仇却误杀了保安。在《平行线》中,肖江虹把这个故事重新写了一遍,情节不变,甚至人物名字也基本相同。赵武的哥哥赵成拒捕时被警察沈飞击毙,赵武欲为兄弟报仇却误杀了保安。不过,在《平行线》中,肖江虹调整了叙事策略,叙事分别由保安和沈飞的视角展开,故事的复杂性和饱满度都有所提升。在《我们》中,这一叙事策略得到进一步的使用,不过主题依然是复仇。徐老大在外挖煤的弟弟徐老二音信杳无,徐老大赴煤矿寻找弟弟的过程中发现弟弟已经死于矿难,尸体还埋在矿洞里。徐老大找到矿主一家欲为兄弟报仇,却被赶来的狙击手击杀。这几个作品追问的伦理问题是亲情和法理之间的冲突。血缘亲情强调一种黏稠连续的伦理关系,现代法理强调的却是界限分明的区隔关系。复仇的合法性单一地建立在血缘亲情的伦理关系上，而复仇的失败源于强大的现代法理的阻止。不过,肖江虹的追问并没有完全停留在这个层面。更深层次的问题是,生命的本质是什么?在传统伦理和现代法理之外,肖江虹提出了生命伦理的问题。显然,《我们》中"我们"的存在困境也是我们的。

生命伦理的首要问题是生命的尊严。如果生命的神圣性是与生俱来的,那这份尊严必然是内在于生命本身的。在《天堂口》和《寻找 1978》这两篇作品中,生命的尊严问题得到了讨论。《天堂口》讲述的是火葬场里发生的故事。孤寡老头范成大是火葬场的火化工人,偶尔会遇到一些送过来的"很粗糙的"尸体:挖煤砸死的,广场上病死的,脚手架上摔死的……由于火葬场条件比较简陋,总之,"那些客死他乡的,煤矿爆炸透水的,吃低保的,死了才会来这里,凄凄凉凉,冷冷清清,随便弄弄,就粗粗糙糙扔给范成大,有时候范成大也会问两句,说咋这样弄啊!连身衣服都没有。"在这些"无名尸体"火化之前,范成大总会细心地给死者清理身体,用几尺布裹上,念上一段《增广贤文》,再送入焚化炉。因为范成大有一个理念:"人老去了,应该干干净净地进去,因为那里是通往天上的入口。"《天堂口》不仅讲了一个温暖的故事,更主要的是彰显了一种生命伦理观。生生死死,不管是"有名"之人还是"无名"之人,只要是人,都必然会经历生与死,且没有谁能代替我们生、能代替我们死。他人之"死"也是我们的"死",这种本质性的"死"是属于每个人的。在范成大的眼中,只有"死者",并没有"有名"与"无名"之分。死者为大,一个人,即使活得很卑微,但没有谁有权力剥夺其死亡的尊严。范成大维护死者的尊严,实际上也是在维护人之为人的尊严。不知死,焉知生!

和《天堂口》的温暖不同,《寻找1978》讲述的是一个孤独的生命故事。庞德老汉有一条相依为命的黑狗,有一天黑狗被高速路上的车撞死了,老汉只知道撞死黑狗的车牌号后面数字是“1978”,于是,老汉就在收费站蹲守,想找到这辆“1978”,问个“子丑寅卯”。对庞德老汉来说,黑狗不仅仅是条狗,黑狗也有自己的生命。黑狗死后,老汉甚至给黑狗办了一场葬礼:“葬礼很隆重,坟堆不仅垒上了石块,庞德老汉还给他的黑狗诵了经。”撞死黑狗扬长而去的车子本质上是对生命的无视,这种无视实际上是对生命的背叛,是一种“原罪”。老汉的执念在于对黑狗生命的尊重,问个“一二三”的目的不仅是为黑狗伸冤,还要为黑狗找回它的生命的尊严。当然,庞德老汉是找不到“1978”的,他最多重新再养上一条狗。

肖江虹的作品执着于对人的存在的伦理追问。不管是对宗法伦理的探讨,还是对现代法理的思考,亦或对个体生命伦理的沉思,肖江虹都有强烈的自觉意识。有意思的是,肖江虹对“死亡”这一事件的书写似乎特别痴迷,他作品中的种种伦理追问,往往都建立在人物面对(自己或他人的)死亡时做出的选择和行动之上。粗略来看,他笔下的死亡,要么是人在“现代”的死,要么是“现代人”的死,正是“现代”这一背景,让这些死亡事件变得突兀、破碎,甚而荒诞。肖江虹作品中的死亡事件和伦理追问,要放在“现代”这一大背景下才能体现出它的复杂性。

二　循环时间和区隔空间

一般来说,“现代”这一概念在18世纪就成为哲学探讨的主题之一。在黑格尔看来,“现代”(moderne Zeit)就是“新的时代”(neue Zeit)。在黑格尔这里,“现代”只是一个单纯的历史概念,用来指称不同于中世纪的文艺复兴以来的时代。黑格尔之后,“现代”的“新”的内涵不断被加强。我们熟知的被波德莱尔强调的“审美现代性”,就是“现代”概念在内涵上的扩大。波德莱尔认为现代的艺术作品处于现实性和永恒性的交叉点上:“现代性就是过渡、短暂、偶然,就是艺术的一半,另一半是永恒和不变。”波德莱尔的“现代性”概念对美学和艺术的贡献此处不作讨论,和黑格尔比较而言,“现代”这个概念不仅仅是个时代范畴,“现代”还具备了“瞬间美”的审美内涵,“现代”的本质在此发生了改变。不过,“现代”的“现代性”并不满足于只停留在审美领域,社会学家马克思·韦伯把那种解神秘化(“祛魅”)的过程称之为“合理的”,并认为这是区别于传统的现代特征。哈贝马斯指出:“在韦伯看来,现代与他所说的西方理性主义之间有着内在联系。”韦伯之后,“现代性”和“合理性”之间的关系再也纠缠不清,有关“合理性”的各种标签也随之贴在了“现代性”的身上:主体性、技术理性、工具理性、逻各斯中心主义、人类中心主义、社会化大生产……“现代性”果然如波德莱尔描述的那样成了一个“时尚”的概念。进步与衰退、兴盛与没落、短暂与永恒、正义与罪恶,自20世纪之后,所有这些现象及其价值都成了现代事件。在对现代性展开反思的过程中,马克思和恩格斯在《共产党宣言》中的那段话被屡屡提起:“一切固定的僵化的关系以及与之相适应的素被尊崇的观念和见解都被消除了,一切新形成的关系等不到固定下来就陈旧了。一切等级的和固定的东西都烟消云散了,一切神圣的东西都被亵渎了。人们终于不得不用冷静的眼光来看他们的生活地位,他们的相互关系。”

不管我们在什么意义上来讨论“现代”,一个显而易见的事实就是,“现代”人在日常生活世界中的“生活地位”和“相互关系”与“前现代”比较而言有了本质性的改变。实际上,随着“现代”的突然降临,时间、空间、人等概念的内涵随之发生了巨大的变化,维护人们“生活地位”和“相互关系”的传统伦理最终陷入了困境,然而诡异的是,陷入困境的我们还没醒过神来,却被告知“后现代”已经发生了。前一瞬间,我们还在泥田里过着刀耕火种的前现代生活,后一瞬间,在我们一条腿跨上田埂的那一瞬间,却发现田埂已经变成了公路,还没回过神来,有人猛然把一个手机塞到我们还没洗净淤泥的手上。农耕时代、工业时代、信息时代叠加现身,等着我们瘦弱的胃去消化这块成分复杂的压缩饼干。

肖江虹的书写没有回避这种时代的复杂性,相反具有相当自觉的“现代”意识,这正是我们前文提到的他的作品中多种伦理现象冲突的时代原因。在肖江虹的笔下,传统与现代、乡村与城市之间的复杂纠缠构成了其伦理追问的特定时空场域,各种死亡事件就在这错位了的时空场域里面轮番上演。

这种特定时空场域的纠缠,我把它称之为循环时间和区隔空间的纠缠。在前现代的农耕文明传统中,土地作为最重要的生存资源把族人乡人等捆绑在一起。海子在诗歌《亚洲铜》里描述了这样一种与土地生死相依的情感:“亚洲铜,亚洲铜/祖父死在这里,父亲死在这里,我也将死在这里/你是唯一的一块埋人的地方”。生于这块土地,死于这块土地,生生死死都围绕着这块土地打转。以土地为中心,各种生存经验得以积累,各种伦理秩序得以建构。二十四节气是土地上农耕生活经验的总结,金木水火土是土地各元素的古老描述,坤卦象喻“厚德载物”的大地……无疑,农耕文明的许多生存经验都是围绕土地展开的。而土地的相对封闭性又构成了一个比较稳定和固化的空间,在这一空间中发生变化的不是空间本身,而是空间中的各种事物,对这些事物变化的各种描述最后却归结为时间的力量。因此,对源于土地的生存经验来说,时间成了构筑经验的最重要的因素。四季轮回、昼夜交替、圆缺盈亏,这些都是最重要的时间经验,甚至被总结成“周流不息”“循环往复”的形上智慧。当土地上聚族而居的人们把祖先一步步神灵化之后,维系“乡土中国”的礼法也随之神圣化,其中对谱系的强调就是礼法神圣性的重要表征。谱系中生存着的具体的某个人并非是孤立的,前有古人后有来者，在时间的长河中，“我”只是“我们”的影子，生前的“我”承受着祖先的荫蔽，死后的“我”享受着后人的祭奠。祖先是过去之“我”，后人是将来之“我”，在世之我是现在之“我”，当“我”进入“我们”的“循环往复”的谱系之中后，“我”也就进入了永恒，并实现了不朽。在这个意义上，“知死”是“知生”的前提，也是很多重要的伦理规范被建构的前提。而这些，最终都是建立在“循环时间”这一观念基础之上。

但是，随着“现代”的降临，我们祖祖辈辈不断重复的农耕生活遭遇了“三千年未有之大变局”，建立在“循环时间”基础上的生存经验和伦理规范不断遭遇挑战，在新的经验和伦理没有完全建构起来之前，“我们”的生活必然陷入茫然无措的状态。这一挑战，在根本上我们可视为“区隔空间”对“循环时间”的挤压和征服。

“区隔”是内在于“合理性”本身的。在海德格尔看来，自柏拉图以降，存在被遗忘，世界成了存在者的世界。特别是在笛卡尔之后，随着思维和广延之物的区分，一方面是主体意识不断被加强，另一方面是客体对象不断被分割，主体与客体之间的分离越来越分明。最后的结果是，一切都降格成为存在者，存在之思完全蜕变成了存在者之思。世界丧失了深度，“所有的事物都陷在相同的层次上，陷在表层，这表层就像一面无光泽的镜子，它不再能够反射与反抛光线。广延和数量成了一统天下的维度” 。丧失了深度的世界成了一个平面的世界，正如托马斯·弗里德曼一本书书名所言：世界是平的。引发这一结果的原因，按照海德格尔的说法是存在之遗忘，但在具体的表现上，科学技术的发展和工业生产的规模化显然是导致这种平面化的直接原因。麦克卢汉对此有很经典的描述：“凭借分解切割的、机械的技术，西方世界取得了三千年的爆炸性增长……” 结果是，我们生活在一个一体化的世界中，这个世界被称为“地球村”。这种切割是如何展开的？以钟表为例。麦克卢汉描述道：“作为一项技术，钟表是一种机器，它按照装配线模式生产统一的秒、分、时等时间单位。经过这样统一的加工,时间就从人的经验节律中分离出来了。简言之,机械钟表有助于创造一个数量化和机械驱动的宇宙的形象。”这样的线性时间就是现代时间的典型形式。麦克卢汉还指出,这种“时间可以呈现出封闭空间或图像型空间的特性……可以反复切割”。简言之,在现代社会,时间成为描述空间的重要方式,时间空间化的同时,空间也时间化了。我们用时区来描述地球,用轮船、汽车、飞机在各个时区间穿梭,最终,各种运输线路(水运、陆运、空运)和通讯方式把地球的空间布置成一张相互区隔而又紧密相连的巨网。城市就是这种平面化、网络化了的“区隔空间”的典型产物,随着城市的不断扩张,现代工业文明的“区隔空间”终归会取代传统农耕文明的“循环时间”,乡村终将消失,或者成为“城里人”的观光之地与挂在墙上的风景。这一世界变化正是肖江虹小说故事展开的大背景,其伦理追问也正是源于这一变化引发的种种困境。

《阴谋》《求你和我说说话》《平行线》《天堂口》等作品里的故事场景就在城市里面,居民小区、桥洞、火葬场等,主要人物的身份设定是下岗工人、流浪汉、警察、火葬场工人等。人自身的孤独、人与人之间的冷漠都在这一城市场域里上演。《寻找1978》的故事发生在高速路上,这里面的寓意最为明显,高速路就是城市的动脉,深入乡村各处,乡村虽然还站在哪儿,但已经不再属于自身了。庞德老汉的黑狗被“1978”撞死,这是乡村消失的寓言。1978年十一届三中全会的召开,标志着改革开放的人潮即将涌起,而奠基于现代工业的经济发展引发的各种伦理困境也随之出现。作者通过这个简短的故事,试图对这一历史作出反思。在肖江虹另外的没有直接书写城市的多数作品中,城市始终作为一个卡夫卡式的“城堡”般的存在,最终影响并决定着乡村的命运。如《百鸟朝凤》《喊魂》《我们》等作品,如果离开以大工业生产为核心的现代城市这一背景,就难以理解故事里乡村的没落和衰亡。不过,在肖江虹的作品中,

"民俗三部曲"(《蛊镇》《悬棺》《傩面》)是对这一时空变化引发的生存困境作出反思的最深刻的作品。

《蛊镇》里面的核心人物叫细崽,一个六岁的孩子。细崽年纪小,但辈分高,村里老蛊师王昌林也要叫他幺公。细崽脸上有一块红斑,"不规则的一块红斑,差不多占据了整张脸,从额头上蜿蜒而下,漫过鼻梁,在右脸颊上夸张地铺开,一直流淌到脖颈",后来王昌林发现,这块红斑实际上是蛊镇一百年前的地图。细崽脸上的红斑因为和父亲进了一趟城,回来后就逐渐散去,当红斑(地图)完全消失之后,细崽也走向了自己的死亡。这个孩子临死之前,样貌变得非常苍老,"窄窄的额头上爬满了密密麻麻的皱纹,一张脸被枯败完全占领,深陷的双眼仿佛两个看不到底的黑洞"。细崽作为一个寓言式的人物,以自身之死完成了蛊镇时间的循环,故去-现在-未来在这个圆环里滚动,细崽就是推动圆环的人或者就是圆环本身。城市是细崽的直接死因,细崽和父亲进过一趟城,却被其他孩子当成怪物,无奈回乡后,父亲给细崽承诺,脸上的红斑消失后就再带他进城,然而,细崽终归进不去那个他向往的城市。城市的空间容纳不了这个携带着循环时间的寓言,现代理性的手术刀把它不能理解的神秘的红斑切除了("祛魅"的另一种方式),细崽的命运就只能被当成"怪物"(不正常的,不合理性的,会破坏城市秩序的)为城市所驱逐。小说末尾,王昌林和一帮老者重建了"地基还在"的蛊神祠,作者还是留下了希望,蛊镇并没有像马尔克斯的马孔多那样最终消失。

和《蛊镇》把城市作为背景书写不太一样的是,《悬棺》直接书写了城市资本对乡村的侵略。《悬棺》以生死问题直接开头:"十四岁那年,我有了属于自己的棺材。"在小说中,这大概是燕子峡成人礼的表现方式。生和死之间的界限并非不可跨越,生有来源死有归属,生与死只是人存在的不同形式。在乡村,每个人的死亡都是可以谈论的,特别是到了一定年纪之后,很多人开始规划自己的死,缝制老衣、制作棺材、选择坟地,没有赴死的慷慨,没有等死的倦怠,一切都是自然而然水到渠成的,好像死亡是一件再正常不过的事。《悬棺》里面的民歌大约表达了这种乡民对死亡的理解:"都说生来为了死,又说死是为了生。生生死死掉个头,好似睡觉翻个身。"这种建立在"灵魂不灭"基础上的朴素的死亡观念,让作品中的"我"在放置族人棺材的山洞里面见到了先人们(亡灵们)的各种生活场景这一事件得到解释。"我"因拥有了还没到来但必将到来的本已死亡而进入了祖先们的世界,"我" 的生与死的人生圆环也因此进入了祖先们的谱系循环之中,在此意义上,"我"之生并不完全属于我,"我"之死也并不完全属于我。在时间的圆环中,"我"因被祖先接纳进入这一循环,从而实现了自我人生的圆满。然而城里人的出现打破了这个稳定的秩序,资本的力量渗透到乡土的每一个角落:燕窝被掏走卖了,河流要建电站搞漂流来挣钱了,"养生送死"的仪式之一攀岩成了旅游的景观。"一切等级的和固定的东西都烟消云散了,一切神圣的东西都被亵渎了。"人们的"生活地位"和"相互关系"发生了本质性的改变。在黏稠的时间长河上,乡村正在沉没,最终必将消失于城市条分缕析切割清楚的空间布局,滚滚而过的现代车轮甚至力图把埋葬古老乡村的坟墓也碾成畅通无阻的平地。

我们该怎么办?生存的时空场域已经改变,现代理性借助城市的发展即将完成它的统治。我们是系上石块和乡村一起沉没,还是保留希望去寻求新生?但不知死,又焉知生?这是肖江虹在《傩面》中提出的伦理问题。

三 向死而生的可能性

肖江虹在错位了的时空场域里面展开对人的生死伦理的追问。死亡作为人的存在的最大的局限性,如何克服"人之死"不仅是一个医学的问题,更是一个形而上的问题。笛卡尔提出“我思故我在”,让主体哲学获得了根基,人随之发现了自己的存在。获得力量的人把一切都作为自己的对立面(客体)来看待,甚至把人本身也作为客体性存在来对待。福柯通过知识型的框架对西方文化进行考察,指出随着知识的基本排列发生,变化之后,人作为一种近期的构思出现了,而这被构思出来的人也即将消失:“诚如我们的思想之考古学所轻易地表明的,人是近期的发明,并且正接近其终点……人将被抹去,如同大海边沙地上的一张脸。”实际上,在福柯看来,“人的消失”早就在尼采那里被设定了:“通过语文学批判,通过某一种生物主义,尼采重新发现了人与神相互属于的时候,在那时,神之死与人之消失同义,超人(le surhomme)的允诺首先意味着人之死(la mort de l´homme)。”人“发明”了自己,同时也“发现”了自己的死亡,在此意义上,对于人来说,“人之死”其实是一个现代性事件。福柯指出,正是在这“由人的消失所产生的空当内”,人“才能思考”,思考他的生,思考他的死,思考一种新的开端的可能性能否“重新返回”。

肖江虹的《傩面》“思考”的就是这样一个问题。“死亡”是肖江虹绝大部分作品的核心话题,不过,和这些作品比较而言,《傩面》对“死亡”的思考更集中也更直接。《傩面》的故事并不复杂,主要讲了两个人面对死亡时不同的选择和行动。一个叫颜素容,进城打工、身患绝症后返乡等死的年轻女子;另一个叫秦安顺,傩村最后的傩师,一个七十出头的老人。在秦安顺眼中,颜素容本来是个“懂事”的姑娘,但进城打工回来后,却“像一朵妖艳的蘑菇”,把他吓了一跳。这朵蘑菇抽烟、喝酒、说脏话、与爹娘吵架,还追问秦安顺和他死去的老伴“做那事的时候”关不关灯,总之,这朵即将枯萎的蘑菇已经陷入了虚无主义的愤怒和绝望之中,对这个世界丧失了敬畏之心。海德格尔指出,人的最大的无可逃避的可能性就是自己的死,换一个说法就是,凡事皆有可能,但只有死亡是确定无疑的。人人都会死,我们的生存其实就是“向死而生”的过程。既然死亡始终是难以避免的,为什么颜素容会陷入虚无状态呢?一个最直接的原因是,颜素容的世界破碎掉了,或者说颜素容丧失了她能够站立于其中的世界。一方面,颜素容对乡村是拒绝的:“装神弄鬼的秦安顺固然可恨,让颜素容更无法容忍的是这群乡下人的无忧无虑。这些人一路走来,贫穷、疾病、天灾人祸、生离死别似乎都抹不去他们没心没肺的烂德性。”乡村的生活固然“无忧无虑”,但也“没心没肺”,“看山是山,看水是水”,乡村人对其生活世界的那种顺应让颜素容难以忍受。或许是城市的经历让颜素容发现了自我,发现了自己可以抽离出乡村来看待这群浑浑噩噩的乡下人,这在某种程度上让颜素容具有了某种居高临下地俯视和藐视乡村的底气。生病返乡,是这朵蘑菇的潜意识之举,也是无奈之举。但是,拒绝了乡村的颜素容,也没有真正地融入城市,虽然她“其实一直没有回来的念头,梦想是把钱挣足后,就在那个能吹海风的城市过完一生。可从医生把诊断书递给她那天起,回家的念头就愈发强烈了”。城市最终拒绝了颜素容,这朵长于山野的蘑菇,即使涂上口红穿上红裙,还是没有在多姿多彩的城市里面找到自身的位置。

颜素容拒绝了乡村,但城市拒绝了颜素容。就这样,这个“懂事”的姑娘不可避免地掉进了城市与乡村的裂缝之中,她挣扎着,想理解自己的死,想为自己的一生找到安放之地。虽然她潜意识里还是想叶落归根,但她并不理解这“根”是什么。在和傩师秦安顺的相处中,颜素容慢慢从虚无主义的泥淖中爬出来了。

傩师秦安顺,做得最多的事除了雕刻傩面之外,就是跳傩,为离世之人“送死”。在傩村,人死了,“葬礼结束后,最重要的一堂傩戏就会上演。日子在头七,傩师会在坟前唱一出离别傩……跳傩的自然是秦安顺,傩村最后一个傩师”。作为一个以“送死”为职业的傩师,秦安顺无疑是傩村见识过死亡最多的人。但所有的死都是他人的死,并不是自己的死，作为七十出头的人，泥巴已经堆到颈子了，秦安顺又当如何来面对自己的死亡这个事件呢？和颜素容不同的是，秦安顺并不惧怕自己的死亡。感觉到死之将近，秦安顺把傩神伏羲氏请上了神龛，然后跪伏于地，口中念叨着："我祖伏羲，请听我语。弟子安顺，阳寿已及。生死有命，不敢强趋。凡尘已历，生死接替。敬望我祖，示我归期。"死亡是秦安顺自己的死亡，但如何死，什么时候死，这些却不是秦安顺能把握的。面对自己的死，秦安顺只能向傩神祈祷，请求傩神把死亡赐予自己。实际上，在秦安顺看来，如果死亡是一种权利，人本身是没有这种权利的，只有傩神才能决定一个人的死。死亡归属于神，来源于神的赐予。死是这样，生也是这样。生生死死，人只能去经历，去承受，但不能去决定。在《傩面》中，肖江虹用了较多的篇幅，书写秦安顺于恍惚中穿越时间的长河，像一个旁观者那样"看见"了自己父母的婚礼以及自己的出生。布朗肖在评价普鲁斯特的作品时指出，叠合的事件通过时间的转变能变成一个全新的现实："不是过去和现在，而是同一在场，被时间的流动隔开、无法兼容的多个时刻同时发生在一个感性的时刻。"在这样一个重新建构的时间秩序中，我们通过事件之间的裂缝进入了另一个世界。在另一个世界，在时间的长河中，秦安顺甚至忍不住叫了母亲一声，让时空那头的母亲不禁四处张望。不过，"母亲的眼神让他清楚了自己一直在找寻的那个神迹。按说，各有各的时序，各有各的经纬，不同时空在那一瞬间被接通了，这就是一种明明白白的暗示。"出生是父母的赐予，死亡是傩神的赐予，"出生入死"的背后，都是"神迹"的"暗示"。叶落归根，落叶在"返回"中获得了自己的新生。对于秦安顺来说，落叶返回之根不仅是生命的谱系，更是一个充满神迹的世界。正如归乡傩里面所唱的："一炷檀香两头燃，下接万物上接天，土地今日受请托，接引游子把家还。"这个世界是天地人神共处的世界，是一个具有神性的世界，人的生与死是神灵的赐予，人的"还乡"也是神灵的赐予。在这个完整的神性世界中，人的生存是谦卑的，人对生死、对万物都保留着敬畏之心。在秦安顺这里，颜素容学会了谦卑和敬畏，也学会了如何处理自己的生与自己的死。

海德格尔把人称之为“此在”(Dasein)，人的存在不是孤立的，而是和世间万物构成一个关联性的整体。自笛卡尔之后被强调的主体理性，让人把自己和万物对立起来，人站在一面，万物站在人的对面，人借助主体理性把一切存在物都当成了自己的客体。结果是，存在被彻底遗忘，世间只剩下存在者。在这个存在者聚集的“世界”中，海德格尔认为，万物(包括人)实际上是一种聚合状态，是无世界的。在20世纪，这样一个存在者聚集的“世界”有各种其他称呼：“祛魅”了的世界，“单向度”的世界，“图像化”的世界，“商品”世界，“消费”世界，等等。人自身在这样的“世界”中失落了，人的原本饱满的生活世界丧失了它丰富的维度。作为“此在”的人，和万物本是一体的，但人渴望成为“超人”，正如福柯指出的，“超人”的允诺意味着人将消失。

在海德格尔那里，“此在” 生存于世，其无可逃避的可能性就是死亡，向死而生，这是人存在于世间必须去承担的东西。如何向死而生呢？海德格尔后期提出了“诗意地栖居”的看法。海德格尔指出：“人作为终有一死者成其本质。人之所以能被称为终有一死者，是因为人能够赴死。惟有人赴死——而且只要人在这片土地上逗留，只要人栖居，他就不断地赴死。但人之栖居基于诗意。”我们都熟知，海德格尔的“诗意地栖居”这一说法来源于对荷尔德林诗的解读：“神本是人的尺度。/充满劳绩，但人诗意地，/栖居在这片大地上。”海德格尔对“神”作了特别的强调：“神性乃是人借以度量他在大地之上、天空之下的栖居的‘尺度’。惟当人以此方式测度他的栖居，他才能按其本质而存在(sein)。”如果缺少“神性”这一维度，人之“人性”也就丧失了“测度”的根据，“栖居”当然也无从谈起。在《物》一文中，海德格尔指出，人作为能够赴死的终有一死者，其存在是和天空、大地、诸神共属一体的，这四方相互映射而各自成其本质，这种映射叫做“游戏”，世界就在这映射游戏中成为世界：“天、地、神、人之纯一性的居有着的映射游戏，我们称之为世界。”显然，海德格尔想通过对世界的建构来实现人的自我救赎。

从海德格尔的观点来看，在《傩面》中，颜素容和秦安顺正好处于不同世界的两极。颜素容怕死，秦安顺赴死；颜素容骂天骂地骂神骂人、对世界毫无敬畏之心，秦安顺敬天敬地敬神敬人、对世界保持着宽厚谦和之心；颜素容的世界是支离破碎的，甚至有坠入虚无主义深渊的危险，秦安顺的世界是完整的，天地神人四方的映射游戏成就了他的世界，这世界因此具有“诗意地栖居”的丰满性和超越性。在此意义上看，《傩面》就是一个关于人的救赎的故事，而这也正是其伦理性的体现。以此来看肖江虹的其他作品，或是展现世界破碎后人难以安身立命的那份不知所措，或是试图召唤神性与人性来缝合世界的碎片，以让人能有尊严地“栖居”在这大地上。正是这样一种为现代人的自我救赎寻找出路的姿态，让肖江虹的小说弥漫着一股浓郁的悲情意味。

被抛入现代这一时代大潮中，我们能否“向死而生”？如果能，那么“向死而生”的根基何在？这都是还会不断讨论下去的话题。不过，在肖江虹的作品中，作家通过对神圣性的召唤，通过对人的尊严的维护，至少为现代人能够“向死而生”“栖居于世”保留了可能性。肖江虹围绕“死亡事件”展开的种种叙事，落脚点始终还是人的生存。知死，才能知生，这无疑是肖江虹在作品中反复追问的伦理问题。然而，随着现代性的降临，时空的变化如此突然如此让人措手不及，就算戴上了开过光的傩面，我们或许已没有机会和远遁了的诸神一起共舞了。或许，也不必如此灰心，书写的时刻，也许就是神迹显现的时刻。

创作年表

2007 年在《雨花》第 4 期发表短篇小说《阴谋》。

2008 年《山花》第 8 期发表短篇小说《求你和我说说话》。

2009 年《当代》第 2 期发表中篇小说《百鸟朝凤》。先后被《小说选刊》《中篇小说选刊》《新华文摘》《北京文学 中篇小说月报》转载，收入当年中国作协创研部主编的《2009 年度中篇小说》以及《小说选刊》杂志社主编的《中国年度中篇小说排行榜》和《2009 年中国年度小说》。

2009 年《天涯》推出"肖江虹小说专辑"，发表短篇小说《平行线》《家谱》。

2009 年《山花》第 12 期发表短篇小说《天堂口》。《小说选刊》2010 年第 1 期、《新华文摘》第 8 期转载。并收入《小说选刊》杂志社主编的《2010 年度短篇小说排行榜》和《2011 年中国年度小说》。

2010 年《山花》第 10 期发表中篇小说《喊魂》。《中篇小说选刊》年末专辑转载。

2011 年《天涯》第 3 期发表短篇小说《当大事》。《小说选刊》第 7 期、《新华文摘》第 18 期转载。入选 2013 年文化艺术出版社出版发行的《中国当代文学经典必读(短篇小说卷)》(吴义勤主编)。

2011 年第 5 期《中国作家》发表中篇小说《我们》。

2012 年在《当代》第 5 期发表中篇小说《犯罪嫌疑人》。《小说月报》年末专辑、《北京文学 中篇小说月报》第 10 期、《作品与争鸣》第 10 期转载。

2012 年在《芳草》发表短篇小说《内陆河》。

2011 年在《钟山》发表长篇小说《向日葵》。

2013 年在《人民文学》第 6 期发表中篇小说《蛊镇》,《小说月报》第 8 期、《中华文学选刊》第 8 期转载,并获 2013 年人民文学奖。

2013 年在《中国作家》第 7 期发表中篇小说《天地玄黄》。

2014 年在《人民文学》发表中篇小说《悬棺》。入选中国小说学会年度中篇小说排行榜。收入谢有顺选编的《2014 中国年度中篇小说》

2016 年在《人民文学》发表中篇小说《傩面》。《新华文摘》《小说选刊》《小说月报》选载。入选 2016 年"《收获》年度中篇小说排行榜",并获得第二届"华语青年作家奖小说类主奖"。

2018 年《傩面》获得第七届鲁迅文学奖中篇小说奖。